愛你怎麼說
3
完

# 目錄

Content

第一章

# 愛能讓人變得勇敢，所以結婚吧

翌日清晨，肖嘉樹迷迷糊糊地伸出手，想把季哥拉過來好好抱一抱、親一親，卻摸了個空。被窩裡是涼的，看樣子季哥已經離開很久了。他瞬間清醒，繼而半坐起身，這才發現季哥正坐在床尾，一隻手捏著他的腳踝，一隻手夾著一根香菸，表情很陰鬱。

「趾甲都長好了？」

他沒頭沒尾地說了一句，肖嘉樹卻立刻明白了他的意思，安慰道：「都長好了，和正常人的腳趾甲一樣，你看。」

季冕的心情依舊不是很好，卻也不想再提起那些糟糕的過往。他垂下頭，輕輕含住小樹的腳趾頭，用溫熱的舌尖掃了掃他粉紅圓潤的指甲蓋。

從今天開始，他會好好保護他。

肖嘉樹覺得很癢，忍不住把腳趾抽出來，又用腳掌踩了踩季哥英俊的臉，躺倒在床上大笑。他璀璨的笑顏沐浴在晨光中，一下子就照亮了季冕的雙眼。他撲過去，溫柔無比地親吻小樹的嘴唇，雙手插入他髮絲間撫弄，小心翼翼的態度就像對待自己的珍寶。

肖嘉樹的笑聲全被堵在喉嚨裡，清澈的眼眸逐漸變得水潤，迷糊中他想道：不對，季哥剛剛含了我的腳趾頭就來吻我的嘴，這樣豈不是等於我也含了自己的腳趾頭？算了，不管，我昨天晚上還含了季哥的小季季，不也跟他接吻了嗎？我們的身體是屬於彼此的。

情動無比的季冕忽然放開他，用既無奈又寵溺的目光看了他好一會兒，這才埋頭低笑起來。論破壞氣氛，他只服小樹。

「季哥，你笑什麼？」肖嘉樹推他一把，語氣有些不滿，「早安吻不應該是一件很神聖很嚴肅的事嗎？」

「對不起，我的錯。」季冕勉強壓下笑意，懺悔道：「我重新來一次？」

「算了，我自己來。」肖嘉樹化被動為主動，翻身把季哥壓住，像小狗一樣啃了啃他的唇瓣，又用小小樹頂了頂小季季，頓時從頭到腳都舒爽了。

從今天開始，他要和季哥展開全新的生活。

昨天還動不動就臉紅的人，現在已經可以光明正大耍流氓，季冕不得不重新估算小樹臉皮的厚度。不過，這樣挺好，戀人之間本來就應該是這種相處模式，可以毫不羞怯地表達愛和慾望，也可以毫無保留地展露自己最真實的一面。

小樹之所以能這麼快進入角色，是因為他徹底接納了自己，也接納這了這份感情。季冕盯著光溜溜在落地窗前手舞足蹈的小戀人，頓時愉悅地笑起來，他真是撿了一個大寶貝。

兩人在浴室裡膩歪了半天，你幫我刷牙，我幫你擦臉，弄得像小孩子扮家家酒一樣。肖嘉樹站著尿尿時，季冕還從身後幫他扶了扶小小樹，順便吃幾口嫩豆腐。肖嘉樹齜牙咧嘴地威脅說要尿在他身上，卻又很快笑倒在他胸膛。

兩人早上七點起床，一直黏糊到八點半才把彼此捯飭整齊，然後讓飯店的服務生送來兩份早餐，邊吃邊聊，順便刷刷微博。

「好奇怪，我的粉絲數怎麼漲回去了？」

因為退出《雙龍傳奇》劇組的事情，肖嘉樹被好幾個流量明星聯手抹黑，掉粉掉得很厲害，但只一夜之間，他的粉絲數不僅漲回去了，還比之前增加了幾十萬。

「我看看評論。」他繼續翻評論，這才知道昨天晚上趙川和薛淼站出來認領那些照片。如今「肖嘉樹的女裝照」這個話題取代「季冕疑似公開戀情」登上熱搜榜第一的位置。

知道偶像懷裡抱著的人不是美女，而是美男，並且兩人只是在為新電影做宣傳，女友粉和唯愛粉深感安慰，還有一些屬性比較奇怪的粉絲，竟然表示在知道真相後覺得有古怪，感覺很熱很蠢動，想流鼻血。

有一位粉絲這樣寫道：「原本我覺得這個女人太騷氣，配不上季神，但知道他是小樹苗之後，尼瑪，我的少女心為什麼忽然爆棚了？好想拿繩子把他們綁在一起！今後季神要是找了一個比不上小樹苗的女人，老娘寧願他一輩子單身！」

有人在下面留言：「噓，看破不說破，親如果有意，可以加我們的群密聊喔，還有更多讓妳蠢動發燙的資源！」不用說，這肯定是日益壯大的CP粉。

現在全娛樂圈的人都知道季冕和肖嘉樹是鐵哥們兒，分都分不開的那種，你被抹黑我就立刻站出來力挺，還不遠萬里去為你做配，什麼愛惜羽毛、保護聲譽，全不顧了。

不得不說，這樣的交情在娛樂圈裡很少見，博得了很多路人粉的好感，也讓他們對《一路狂奔》產生了濃濃的好奇和期待。

有季冕加盟，這部電影的品質肯定沒話說，再者從造型上看，他或許能夠突破以往的表現，為大家展示一個全新的角色。而肖嘉樹的女裝扮相則豔壓了整個娛樂圈，包括被戲稱為二十世紀最後一位女神的薛淼，由此可見該片的劇情也是很有看點和噱頭的。

「期待，超級期待！」網路上隨處可見類似的評論。

觀眾都是健忘的，此話果然說的沒錯，這才過了幾天，他們就完全忘了肖嘉樹之前那些黑料，只因他有強大的背景、豐富的人脈，還有一張盛世美顏。你把他抹黑得再慘又如何？他轉頭就能與超一線巨星合作，還讓人家給他做配角，試問娛樂圈誰有這個面子？

想把肖嘉樹徹底踩死的裘渡、姜冰潔等人只能暗自憋氣，卻又拿他毫無辦法。

這年頭，只要你長得漂亮，就能在娛樂圈裡混得風生水起，更何況肖嘉樹還不是普通的漂亮。他的女裝照片一出來，很多直男癌患者都表示：「性別是什麼，能吃嗎？我只要這張臉就夠了！不說了，去關注小樹苗的微博！」

於是，一夕之間，肖嘉樹就多了很多男粉絲，所謂「持靚行凶」不過如此。

肖嘉樹一邊刷微博一邊哈哈笑，季冕則挑高眉梢，認真翻看岳母大人的微博。她發送了幾張小樹幼時穿公主裙的照片，並配文道：「沒錯，我兒子從小就是一個漂亮的女孩子。」

照片裡的小樹畫了眉毛塗了口紅，眉心中間還點了一顆美人痣，歪著腦袋對鏡頭甜甜地笑，小模樣簡直萌化了。季冕鼻子有些發癢，心裡頭更癢，連忙把這些照片存進手機。

小樹的照片他全都有設置分類，生活照是生活照，劇照是劇照，合照是合照，童年照是童年照……等照片搜集齊全了，他還會把它們列印出來整理成冊，留待日後欣賞回味。

他會記錄自己和小樹的現在，當他們垂垂老去，現在的一切都將變成美好的回憶。所謂幸福，就是在日常生活的點點滴滴中積累的，不需要驚心動魄和大起大落，所有的快樂都存在於細水長流之中，全看你有沒有耐心和細心去發現。

有了小樹，季冕自然而然就明白了「幸福」這兩個字的含義。存好照片之後，他不忘給岳母點個讚，這才把切好的牛排餵進小樹嘴裡，又搶走他的手機扔到一邊，綿長地吻他。

兩人抵達片場已經九點半了，趙川正與道具師站在角落裡說話。

「喲，你們來了？快去化妝，今天拍攝『監獄風雲』那場戲。」瞥見手牽手走進來的兩人，他連忙催促。

「咦？不是說今天拍『馬路追趕』嗎？」肖嘉樹頗為驚訝。

「和交通局沒協調好，那場戲得挪到下個週末才能拍。道具師已經把場景布置好了，你們動作快點。」趙川擺擺手。

肖嘉樹和季冕立刻走進化妝間。

「監獄風雲」這場戲說的是人蛇集團為了奪得徐天佑和韓冬手裡的晶片，便在他們的車裡藏匿了大量毒品，然後報警。等兩人入獄後，自然會有囚犯幫他們解決麻煩，屆時晶片到手，人也死了，一切都不成問題。

韓冬中途下車去便利商店買飲料，徐天佑則留在車裡聽歌，被警察當場拘捕。韓冬見勢不妙躲了起來，事後想盡辦法去救徐天佑，因為他知道，一旦徐天佑被羈押了，哪怕只是一天，也會被人蛇集團收買的囚犯殺死。

在美國，如果你不想坐牢，就得交巨額的保釋金，但韓冬一分錢都沒有，只好求助遠在華國的徐父。像上次一樣，徐父拒絕了，而法院開出的保釋金高達七千萬美元，足夠掏空一個中型企業。徐天佑走投無路，只好去坐牢，卻也做足了準備工作。

入獄之前，他叫韓冬帶他去紋身，想讓自己看起來很不好惹，但紋身師傅只刺了一針他就殺豬一般嚎叫起來，只好讓師傅用洗不掉的油墨幫他畫，卻沒料到師傅那裡的防水油墨用完了，對方又不想放過這兩頭肥羊，就隨便調了一些普通墨水糊弄他們。

就這樣，刺滿紋身的徐天佑表面雄赳赳氣昂昂，內裡卻哭唧唧慘兮兮地入獄了。

眼下，化妝師正打開圖冊，讓肖嘉樹挑選紋身圖案。

「季哥，你幫我選吧。」肖嘉樹趴在季冕背上，親暱地咬著他的耳朵。

「這個。」季冕指著一頭黑豹。

「行，就畫這個，看起來很威猛。」肖嘉樹脫掉外套和襯衫，然後整個人都僵硬了。

化妝師捂住嘴巴，興奮道：「這樣叫人家怎麼畫嘛？一隻黑豹根本蓋不住，而且你待會兒要淋浴把墨水洗掉，不就把吻痕露出來了？觀眾看了會瘋吧？」

「不用觀眾看，我現在就想發瘋！」趙川推門進來，幾近崩潰地哀求：「兩位祖宗，你們能不能消停點？你看看小樹這一身該咋整？季哥，你他媽是禽獸嗎？」

他瞪著肖嘉樹印滿全身的吻痕，眼珠子都紅了。尼瑪，脖子、前胸、後背，全都是，甚至連咯吱窩裡都有，要多少防水遮瑕膏才蓋得住啊？

「先用防水顏料幫他塗一層膚色，再幫他畫紋身！快點啊，大家都等著呢！」趙川狠狠瞪了兩人一眼。

肖嘉樹起初還有些害羞，後來一想，自己跟季哥是情侶，情侶之間幹點沒羞沒臊的事怎麼啦？犯法啦？吃你家白米啦？看見沒，我家季哥多威猛，你們這是羨慕嫉妒恨！

他抱肩的手放下了，還挺了挺小胸脯，義正辭嚴道：「你要是早點通知我今天改戲了，我和季哥就不會弄成這樣，這事你得負主要責任。」

「行行行，我負責我負責！你別叨逼叨了，趕緊畫吧！」趙川扶著腦門，快被氣暈了。

季冕笑著揉揉小樹的屁股，對化妝師說道：「你調顏料，我來幫他塗掉這些吻痕。」

「好，肖少的皮膚很白，我要仔細調一調，否則看起來會很不自然。」化妝師拿出瓶瓶罐罐開始調製顏料，季冕一筆一筆把那些吻痕點掉，耳邊不時傳來小樹受不了癢癢而發出的笑聲，心情既滿足又愉悅。

折騰了一個多小時，滿身都是刺青的肖嘉樹才穿著一條平角內褲走進片場。該片場本來就是一座廢棄的監獄，如今已被道具師布置一新，許多體格健碩的臨時演員正三三兩兩地坐在角落聊天，面相都很凶惡。

「來來來，大家都把衣服脫了圍上浴巾，準備開拍啦！」場務推著一箱浴巾走過來。肖嘉樹隨手拿了兩條，一條遞給季哥，一條自己圍在腰間，如此他們看起來就像什麼都沒穿。

下面這場戲是監獄風雲裡的重頭戲，入獄後的徐天佑靠著這些紋身安然度過了第一天，但一夜之後，他發現囚服上沾了許多顏料，這才明白自己被紋身師傅騙了，頓時緊張起來。偏偏獄警每天都會押送犯人去洗澡，想不去都不行，於是他最大的劫難來了。

「小樹、季哥，你們準備好了嗎？」趙川高聲問道。

「準備好了。」兩人同時回答。

「ＯＫ，ＡＣＴＩＯＮ！」

場記剛打完板，肖嘉樹就一隻手拿著肥皂，一隻手揪著浴巾，小心翼翼地走進澡堂。左右兩旁的蓮蓬頭下站滿了窮凶極惡的暴徒，他們紛紛轉過頭來看他，目光在他雪白的皮膚和瘦弱的小身板上流連，口哨聲此起彼伏。

「嘿，我們這兒來了一位小婊子，快看他的屁股，多翹呀！」有人發出惡意的嘲諷，卻不敢上前騷擾，只因紋身師傅按照韓冬的要求，為徐天佑畫了勁松堂的專屬紋身，而丁勁松正是該堂堂主，也是美國最具勢力的幫派首領之一。

看見這個紋身，監獄裡的亞裔囚犯會主動庇護徐天佑。

肖嘉樹摸摸肩膀上的紋身，暗暗為自己打氣。他想走到最裡側躲起來，盡量避免碰水，卻發現越到裡面，聚集的人越多，而且有幾對囚犯已經搞上了，還發出放蕩的呻吟。

這簡直顛覆了肖嘉樹的三觀，他站在澡堂中間進也不是退也不是，正躊躇不定，一名囚犯路過時狠狠撞了他一下，使他踉踉蹌蹌撲到蓮蓬頭下。水流沖掉了他的紋身，讓他白膩光滑的皮膚暴露在眾人的目光之下。

撞人的囚犯低頭看看自己手臂上沾染的顏料，表情漸漸變得淫邪。

肖嘉樹傻眼了，手一抖，握在掌心的肥皂便滑落在地，又擦著地板溜出去好大一截。肥皂所經之處，眾囚犯皆抬起頭，齊刷刷朝他看過去，臉上掛著似笑非笑的表情。

「寶貝，你的肥皂掉了，快把它撿起來。」體格最為壯碩的囚犯舔舔唇。

肖嘉樹抱住自己慢慢蹲下，瑟瑟發抖的樣子像一隻小鵪鶉。

眾囚犯走到他身邊，將他團團圍住。就在這時澡堂的大門被人踢開，只圍著一條浴巾的季冕一步一步走進來。他的肌肉雖然比不上別的囚犯壯碩，卻充滿了爆發力，猙獰可怕的刺青爬滿他上半身，又沿著脖頸蔓延至耳邊，使他看起來像一隻猛獸。

他身後跟隨著許多幫派成員，眼神一個比一個狠戾。

浴室安靜了片刻，所有人都在看他，包括嚇傻了的肖嘉樹。他走到那塊肥皂前停住，戲謔道：「寶貝，這是你的肥皂？」

肖嘉樹看看像鐵塔一般高壯的外國人，又看看雖然也很高，但明顯瘦了一大截的季冕，不得不選擇向型號更小的人屈服。他的心思全寫在臉上，令季冕又好氣又好笑，想狠狠操他的慾望更強烈了。

肖嘉樹縮著肩膀，小心翼翼地穿過一群壯漢，走到季冕身邊，彎腰去撿肥皂。

季冕沉聲道：「轉過去撿。」

面對他的肖嘉樹整個人都石化了，過了很久才欲哭無淚地轉過身，背對他撿肥皂。

季冕扯著嘴角笑了笑，然後狠狠在他屁股上拍了一掌，響亮的聲音傳遍了整個澡堂。肖嘉樹頓時被打趴在地上，捂著嘴巴嚶嚶嚶地哭起來，小模樣別提多欠操。

「ＣＵＴ！」趙川站起來喊道：「我先看看重播，大家擦乾身體去一旁休息休息，等會兒可能還要重拍。劇組為你們準備了熱飲和食物，隨便拿，管飽。」

眾位臨時演員歡呼著朝休息區走去，肖嘉樹一骨碌爬起來，對季哥齜牙。

「剛才拍疼你了嗎？」季冕伸出手想去揉他的屁股，他卻笑嘻嘻地躲開了，扯掉腰間的浴巾，站在蓮蓬頭下一邊沖水一邊扭腰，「季哥，我跳舞給你看。」

昨天季哥還叫他回去之後跳舞給他看，結果他給忘了，今天補上。

但凡他答應季哥的事，能做的一定要做到。

看著在水流中舞動的戀人，季冕扶額長嘆，末了大步走過去，將他壓在牆上，又撈起他一條腿掛在自己腰間，用力頂了頂，咬牙道：「不想我在這裡辦了你，就給我老實點！」

瓷磚很涼，凍得肖嘉樹一陣哆嗦，但他心裡卻燃起一團熱火，忍不住湊到了季冕耳邊低語：「季哥，我如果現在老實點，回去之後你給我獎勵好不好？我們在浴室裡做幾次，要像現在這樣淋著水，也要泡在浴缸裡，還要坐在馬桶上，壓在洗臉臺上。」

他才剛滿二十歲，正是慾望最強烈的時候，想要在不同的地方用不同的姿勢嘗試性愛的滋味。季哥的技術太棒了，令他滿腦袋都是昨晚的畫面。看見季哥裸著上半身走進澡堂的時候，他甚至出戲了，很想跑過去摸摸他強健的身體，親親他薄而優美的唇，然後黏著他纏著他，讓他與他做愛。

他知道自己完蛋了，中了季哥的毒，這輩子想戒都戒不了。一看見季哥他就腦袋發昏，身體發燙，總想去吸引他的注意力。若是不跑到蓮蓬頭下沖水，他想自己一定會燒起來。

感受著小樹的渴望，季冕用力按住他後腦杓，狠狠吻了他一下。這哪是發情的小公狗，分明是勾魂的小妖精，看來健身的習慣還得繼續保持，否則早晚會被小樹榨乾。

想歸這樣想，季冕卻愉悅至極地低笑起來。

男人是一種很容易被慾望控制的動物，於他們而言，沒有任何讚美能比得上戀人對他們的渴求和肯定。季冕不得不承認，被小樹這樣依戀著，他心裡的驕傲快要將胸膛撐爆了。

當他努力平息身體的火熱時，肖嘉樹等不及了，輕輕扭著腰蹭他，追問道：「好不好，好不好？我們回去試一試嘛，好不好？」

季冕用力按住他不老實的下半身，咬牙道：「別蹭了，信不信我今晚操得你下不了床？」

信，所以我才要繼續蹭啊！

肖嘉樹咬著嘴唇偷笑，不怕死地頂了季哥幾下，趁他沒反應過來之前往他腋下一鑽，飛快跑走了。連最親密的事情都做過了，他還害羞個屁啊！

聽說情侶間有三個發展階段，第一階段彼此了解，這個不用多說；第二階段彼此適應，關係比好朋友還要疏遠一點，說什麼話做什麼事都要斟酌大半天，生怕破壞自己在對方心裡的形象；第三階段不分你我，可以盡情在對方面前摳腳、放屁、打鼾，不用擔心被嫌棄。

肖嘉樹覺得自己和季哥雖然只交往了三天，卻直接跨越了一、二階段，達到了不分你我的程度。不知道為什麼，他就是願意相信季哥，也願意全心全意地依賴他。他和季哥不僅僅是戀人，還是家人，感情特別特別親密。

想到這裡，他忍不住笑了起來，彎彎的眉毛和眼睛讓他顯得有些稚嫩，還有些憨傻，卻又無比可愛。

季冕站在蓮蓬頭下看著他，眼裡溢出濃到化不開的柔情。

「監獄風雲」這場戲非常重要，肖嘉樹和季冕從早上十點拍到晚上十點還沒結束，接下來的幾天還得繼續拍，但強度再大的工作，因為有彼此的存在，他們絲毫不覺得疲累，收工之後還開車去山頂看星星。

回到飯店後，肖嘉樹神色自然地打開袋子和背包，把保險套、潤滑油、痔瘡膏等必需品拿了出來。

季冕裝作很驚訝的樣子問道：「你什麼時候買這些東西的？」

肖嘉樹撓撓耳朵，含糊其辭：「看見就買了唄，反正我們遲早用得上。」

都滾過床單了，還遮掩啥啊，矯情！

季冕以拳抵唇，輕輕咳了咳，以免自己忍不住笑出聲來。他走到戀人身邊，用拇指和食指捏了捏他腮側的嫩肉，暗自點頭道：沒錯，這臉皮比昨天又厚了幾公分！

肖嘉樹被他捏得莫名其妙，卻也不躲，而是抬起頭用濕漉漉的眸子看他，「季哥，我們去洗澡？」快點脫衣服啊！你早上明明答應我今晚要洗鴛鴦浴的，可不能賴皮！

季冕再次捏了捏他的臉頰，忍笑道：「好，你先去，我打個電話給方坤。」

「那你快點。」肖嘉樹極其哀怨地瞪他一眼，這才慢吞吞地走進浴室，又飛快跑出來，把桌上的保險套和潤滑油拿進去。他打開浴室的門，百無聊賴地坐在馬桶上，眼巴巴地看著正在與方坤聊工作的季哥，感覺度日如年……哦，不，應該是度秒如年才對。

季冕一邊打電話一邊看他，臉上的笑容就沒停過。

肖嘉樹噘起嘴巴拋了幾個飛吻給他，眼角餘光瞥見放置在洗漱臺上的保險套和潤滑油，忽然想道：咦，不對啊！有流水的沖刷和沐浴露的潤滑，我和季哥壓根兒用不上這兩樣東西吧？戴套子做愛和穿靴子撓癢有什麼區別？不行，這些東西暫時用不上，還是放回去吧！

他立刻把東西拿出去，放進床頭櫃裡，路過季哥時從背後抱住他輕輕蹭了蹭，讓他感受自己已然迫不及待的身體。

季冕突然卡殼了，好半天都接不上方坤的話，只能把頑皮的戀人從背後撈進懷裡，給了他一個法式深吻，「乖啊，就一會兒，十分鐘以後我馬上過來。」

這通電話涉及到幾項重大投資，他不得不親自處理。

「那你快點啊！」肖嘉樹點頭，這才一步一挪地走進浴室。在馬桶上坐了大約三分鐘，他再一次不安分起來，走到浴室門口一邊扭腰一邊脫掉身上的衣服，還衝季哥勾食指。

雖然他的動作很笨拙，可他的臉頰染著兩片紅暈，潤濕的眼裡充滿著毫不遮掩的渴望與愛慕，令他顯得那樣純真性感，也極大地增加了這支舞蹈的誘惑力。

季冕已經完全聽不見方坤在說些什麼，銳利的目光牢牢鎖定戀人。

「喂？喂喂，季哥，你有在聽嗎？」方坤呼喚道。

季冕沉默了一分鐘才啞聲開口：「你等我一小時，不，兩小時……算了，今天下班之前我還會打電話給你，你讓董事會那些人先等等。」說完脫掉西裝外套，扯落襯衫鈕扣，朝戀人快速走過去。

肖嘉樹下意識地退後兩步，做衝刺狀，然後跳到季哥懷裡，像一隻無尾熊般手腳並用地抱住他，輕輕咬他的耳朵。

季冕低咒一聲，又大力拍了拍戀人白嫩嫩的屁股，卻捨不得將他放在冰冷的洗漱臺上，只好一直抱著他，轉頭親吻他殷紅的唇瓣。

兩人很快沉淪進慾海，愛得難分難捨。

倉促之間，季冕忘了掛斷手機，還兀自說著什麼的方坤，忽然聽見一道沙啞至極的嗓音傳來：「你今天是不是欠操？」

「季哥，你是在說我嗎？」方坤瞬間懵逼了，仔細聽了一會兒才後知後覺地發現：臥槽，季哥，你他媽放著幾億的案子不管，就是為了跟男朋友滾床單？肖嘉樹，你還能叫得更大聲一點嗎？

對面傳來的聲音越來越火熱，弄得方坤氣血翻湧，渾身燥熱，不得不掛斷了電話。沒想到啊沒想到，看起來傲得不得了的肖二少，在床上竟然是這麼個尤物，季哥真是有福啊！

這通電話一等就是四個小時，方坤算了算時間，美國那邊應該已經凌晨兩三點了，但季哥的聲音聽起來卻半點也沒有疲憊，反倒滿是饜足。他此時正躺在床上，懷裡抱著光溜溜的戀人，詢問道：「下班了嗎？」

「沒，一直等著你。」方坤連忙拿出記事本。

季冕這才開始交代公務，肖嘉樹躺在他懷裡玩手機遊戲，聲音調得很小，過關了就會抬起頭，「啾啾啾」地親季哥的耳朵或臉頰。

完事之後他習慣與季哥抱一會兒，就算什麼話都不說也會覺得很舒坦。

據說激烈的性事結束，高潮的餘韻消散，往往是一個人最感到空虛的時候，肖嘉樹卻並不這樣認為。躺在季哥懷裡，讓滾燙的身體慢慢平息，簡直像一場療癒，可以把一整天的疲憊和煩惱都清除。

所以說除了做愛，現在就是他最享受的時候。他又以最快的速度突破一個關卡，照例親了季哥幾口，心裡美滋滋的，也暖融融的。

將他抱在懷裡的季冕完全能聽見他的心聲，也能感受到他的放鬆與快樂，自己便也獲得了無上的滿足。他打電話的聲音不知不覺放得很輕柔，每當方坤讓他停一停以便記筆記時，他就會低下頭含住戀人紅腫的唇瓣，從他口裡吸取一點甜蜜的汁液。

有人說「愛情是一場戰爭」，在與小樹結合之前，他一直認為這句話很有道理，但現在他明白了，真正的愛情充滿著幸福和喜悅，而非你強我弱或你輸我贏。他很慶幸自己找到了一個對的人，更慶幸自己未曾因為那點顧慮而退怯。

失去小樹，他會錯過一整個世界。

這個吻很溫柔很綿長，令肖嘉樹不得不放下手機，轉而抱住季哥的頭，去全心全意地回應他。過了大約幾分鐘，他含著季哥的唇瓣問道：「電話打完了？」

季冕微微一愣，低笑起來，「沒，還有幾個問題要談，你再等我一會兒，嗯？」

他沒讓小樹先睡，因為知道就算自己開口，對方也不會答應，更睡不著。只過了短短幾天，小樹就熟悉了他的懷抱和氣息。他們既像剛陷入情網的戀人，愛得熱切；也像在一起生活了幾十年的老夫老妻，行為默契。

肖嘉樹乖巧地點頭，雖然有些困倦，卻也十分滿足。如果季哥讓他先睡，他反倒會失落一會兒，認為季哥不是很需要自己。而季哥讓他等待，他便會很快樂，很滿足。

季哥也想摟著他一塊進入夢鄉呢，真好！

他把臉頰貼在季哥寬闊而又強健的胸膛，靜靜聆聽他的心跳，每一個細胞都熨貼了。

季冕揉揉他烏黑的髮絲，又親親他光滑的額頭，這才低聲道：「方坤，你還在嗎？」

方坤有氣無力，「在呢，季哥，國際長途很貴的，電話費你來報銷啊？」

通話的時候，那頭一會兒一陣「啾啾」聲，一會兒一陣「啾啾」聲，以為他沒交過幾個女朋友就不知道嗎？那肯定是肖嘉樹在偷親季哥！而季哥說話的語氣越來越低柔，越來越寵溺，可見整個人已經浸泡在溫柔鄉裡了。

說實話，方坤渾身都起了一層雞皮疙瘩，簡直難以適應季哥的變化。以往談論公事的時候，他的口氣都是嚴肅冷硬的，叫人不知不覺就會挺直腰，豎起耳朵，戰戰兢兢地聽著。

現在呢？一通電話被分割成好幾段，說幾句就在那頭親熱一會兒。你倆是不是牛郎和織女，一年才見一次面啊？方坤壓抑住想吐槽的欲望，快速把季冕交代的公務記錄下來。

這回倒是挺順利的，沒再被肖嘉樹的啾啾聲打斷。

十分鐘後，方坤掛斷電話，搖頭道：「完了，季哥這回真的被套牢了！」

❤ ❤ ❤

白天工作晚上浪的肖嘉樹和季冕這些天的狀態一直很好，只用一半的工期就把「監獄風雲」拍完了，下面一場戲是「馬路追趕」，全都是肖嘉樹和吳傳藝的對手戲，沒有季冕什麼事，但他依然會每天來片場報到，兼職小樹的助理，順便給趙川當副導。

這天，劇組來到一座暫時封閉的大橋上，準備拍攝「跳橋逃生」這一幕。

在劇本裡，徐天佑和韓冬被殺手四處圍堵，只能跳下大橋潛入水底，才能順利逃生，實際上，趙川找了兩座相似的大橋來拍攝這場戲。一座高度只有七八米，下面是空地，可以搭建安全氣墊和防護網；一座高達上百米，下面是寬闊的河流。

拍攝時，兩位主演只需從稍矮的橋上跳下去就行，趙川會為他們拍攝幾個特寫和近景，而上百米的大橋則由特技演員來跳，取的是遠景和全景。

從高空往下跳本來就是非常危險的事情，更何況下方就是湍急的水流，一個鬧不好演員就會出事，所以這些鏡頭還得找專業的特技演員來拍，他們更有經驗。

「小藝、小樹，等會兒你倆跳下車，朝這邊跑，一定要拿出你們最快的速度。翻過圍欄後你倆要做出恐懼的表情，然後回頭看殺手。等他們拿出槍，你們就深吸一口氣跳下去。」趙川安慰道：「不用害怕，我們已經做了萬全的防護措施，安全氣墊厚達三米，周圍還有防護網，尖銳的東西也都搬走了，一定能接住你們。小樹，你跳下來的時候別忘了尖叫，表情盡量誇張一點啊！」

「不用你說我也會尖叫的。」肖嘉樹勉強維持表面的鎮定。接到劇本的時候他就知道這場戲對他來說絕對是難度最大的一場，跳橋跟吊鋼絲不一樣，一個是主動，一個是被動。

就算再害怕，吊鋼絲的機器也會迫使他去完成動作，可跳橋該咋整？他懷疑自己到底能不能邁出那關鍵的一步。如果他積攢不了足夠的勇氣，這場戲多半沒法拍，除非找替身。

不不不，不能找替身！

他很快否定了這個想法。這場戲取的是近景和特寫，趙川會著重拍攝他們的表情和肢體動作，若是讓替身去演，對方就不能以正臉出境，原本十分具有緊迫感和危機感的鏡頭只能潦草帶過，從而破壞電影的整體效果。

對肖嘉樹來說，這顯然是無法容忍的一件事。他握了握拳，暗自下定決心。

季冕捧著一杯熱可可走過來，安撫道：「喝點甜的東西緩解一下情緒。」

「季哥，我有點害怕。」肖嘉樹乖乖喝了一口，小聲道：「其實我有懼高症。」都老夫老妻了，這點事當然得告訴季哥！

季冕揉揉他的頭低語：「其實我也懼高。」

肖嘉樹早就知道，卻還是裝作驚訝的樣子，然後用力抱了抱季哥，叮囑道：「我跳的時候你站遠一點，別往下看。不不不，你別站在橋上，你去橋下等我。」

季哥那麼心疼我，我跳的時候他肯定會忍不住往下看，這可不行！恐懼留給我一個人就夠了，不能讓季哥也跟著擔驚受怕！

這樣想著，肖嘉樹便對場務招手，「小王，你是不是要下去？順便把季哥載下去吧。」正準備開車去橋下檢查安全設備的場務頷首，「行啊，快上來吧。」

「不用了，謝謝，我就在這裡看著。」季冕禮貌地拒絕了場務，等對方離開後便從背後抱住小樹，柔聲道：「我知道跳下去很困難，邁出關鍵的一步更艱難，在這種時刻，我怎麼能不陪在你身邊？」

「季哥……」被說中心事的肖嘉樹在季冕懷裡轉了個身，抱住他勁瘦的腰，終於把深埋在心底的恐懼全部釋放出來，「我不是有點害怕，我是超級超級害怕！我擔心我邁不出去，拖累整個劇組的拍攝進度！季哥，嗚嗚嗚……」

他把腦袋埋在季冕溫暖的頸窩，左拱拱，右拱拱，鼻端哼哼唧唧的，身體還瑟瑟發抖，像一隻被丟棄在冰天雪地裡的小狗。

季冕脫下外套將他裹住，不停拍撫他後背，表情既心疼又有點好笑。

小樹連恐懼的模樣都如此可愛，叫他心軟得一塌糊塗。他很想勸說他別拍了，卻也知道他一定不會答應。他對自己的要求太高，也太完美。

理解小樹就該支持他，於是季冕什麼話都沒說，只是緊緊抱著戀人，用盡全部耐心去安慰他、誘哄他，在開拍之前都沒捨得讓他離開自己的懷抱。

趙川聽說肖嘉樹有懼高症，倒也沒催促，只是一個勁兒讓工作人員去檢查安全設備。四五十分鐘後，把安全設備檢查了十多遍的場務用對講機問道：「一切都很好，絕不會出問題。導演，可以開拍了嗎？」

「小樹，你準備好了嗎？」趙川轉頭去看肖嘉樹。

「可以了。」肖嘉樹深吸一口氣。

「ＯＫ，那就開拍！」

他一聲令下，吳傳藝和肖嘉樹就打開被撞得歪七扭八的車門，快速翻過防護欄，沿著橋邊跑。四周全是殺手，堵住了他們的退路，無可奈何之下，他們跳上橋欄，準備往下跳。

然而幾秒鐘後，安全氣墊上只躺著吳傳藝一個，肖嘉樹還直挺挺站在橋上，哭喪著臉。

季冕立即走過去將他抱下來，額頭冒出一層冷汗。他直到此時才發現，看著小樹冒險，比自己親身去經歷還要折磨人。他生怕他沒站穩就掉下去，又害怕他掉下去後沒找準氣墊，還害怕氣墊將他彈到堅硬的地面……

總之他要擔心的東西太多太多了，似乎每個微小的可能都成為扎在他心頭的一根刺。

「季哥，我做不到。」肖嘉樹揪著他的衣領，嗓音飽含恐懼和沮喪，他對自己很失望。

季冕拍撫他瑟瑟發抖的脊背，下定決心道：「不然我先跳一次試試看？」

如果不自己跳下去，確定防護措施真的沒有問題，他沒法讓自己說出安慰乃至於支持的話，更沒法眼睜睜看著小樹往下跳。

「啊？」肖嘉樹嚇傻了，然後飛快回過神來，「不不不，你別跳，不准你跳！」他死死摟著季冕的腰，也不知從哪裡來的力氣，竟然一把將對方抱起來，飛快遠離跳橋地點。

季冕猝不及防下只能摟住小樹的脖子，感覺到自己雙腳離地，而且離橋欄越來越遠，不禁扶額低笑。上帝，你為什麼會賜給我如此可愛的一位戀人？

受不了，真的受不了，什麼擔心害怕都消散了，只餘下滿滿的感動！

「小樹，快放我下來。」季冕拍拍戀人的肩膀，堅定道：「我先跳一次，確定沒有問題你再跳。你擔心我跳下去出問題，同樣的，我也會擔心，所以為了我們彼此都安心，就一人跳一次。我可以為了你戰勝恐懼，你可以嗎？」

肖嘉樹慢慢把季冕放下，用力點頭，「可以，我當然可以！季哥，我愛死你了！」他抱住季冕，偷偷把溢出眼眶的淚水蹭在他的肩膀上。

原來他們的心情都是一樣的，對彼此的擔憂都遠遠超過了對自己的在意。

愛會讓人變得勇敢，肖嘉樹現在特別認同這句話。他一點都不害怕了，於是小聲道：「不要你先跳，我們一起跳，要出事大家一起出，不然我不幹。」

季冕摸摸他濕漉漉的眼角，寵溺道：「胡說什麼，我們都不會出事。」

兩人靜靜擁抱了一會兒，這才重新走到橋邊，把他們的打算告訴趙川。

趙川簡直服了兩人，酸溜溜地道：「你倆這是幹啥？我在拍動作喜劇，可不是拍羅密歐與茱麗葉。得，跳吧跳吧，跳完之後小樹要是還不敢，我一定用大喇叭掄死你們。」

「川兒，你最近是不是大姨媽來了，脾氣這麼暴？」肖嘉樹調侃一句，這才在季哥的幫助下翻過橋欄。

季冕握住他的手，冷靜道：「我數一二三，我們一起跳。」

「好。」

一二三，誰也不能快一秒，誰也不能慢一秒，快了慢了都會把戀人扯下去，從而影響落地的準頭。在這種情況下，都把彼此看得更重要的兩個人竟充滿了勇氣，三秒之後手拉著手跳了下去，動作十分乾脆。

落地之前，季冕下意識地抱住小樹，以免安全氣墊的彈力把他們衝散，也以免衝擊力傷到小樹的身體。而肖嘉樹則緊緊抱著季哥的腦袋，為他護住要害。

他們在氣墊上擁抱、起伏、親吻，一吻結束後深深看進彼此的眼睛，發現了同樣的關切和感動，然後抵著彼此的額頭笑起來。

「害怕嗎？」季冕揉揉小樹紅潤的唇瓣。

「不害怕，感覺還有點刺激。」肖嘉樹滿臉都是驚奇。

季冕低笑起來，徐徐道：「我也是，感覺很刺激，其實我們還可以再來一次。」

「那就再來？」肖嘉樹爬起來，表情頗有些躍躍欲試，卻聽見趙川通過對講機氣急敗壞地吼道：「你倆有完沒完？想玩高空彈跳就去遊樂園，別在片場搗亂！不害怕了就立刻給我滾上來，我們要開拍了！」

「來了來了！」肖嘉樹接過安全防護員遞來的對講機，愉快地宣告：「川兒，你看好了，這場戲我保證給你一條拍完，不會NG的！」

趙川這才軟了語氣：「少說廢話，快上來吧。NG不NG無所謂，只要你們安全就好。季哥，這下你放心了吧？知道我們的安全措施做得有多到位了吧？」

害怕戀人發生意外，所以親自上陣去檢驗劇組的安全設備，他怎麼從來沒發現季冕竟然是這樣一個大暖男呢？兩人的感情好到這個地步，看來是想要過一輩子了。

趙川搖搖頭，心裡頗多感慨。

季冕先行跳下安全氣墊，這才把小樹抱下來，回道：「放心了，繼續保持，別鬆懈，演員的安全始終是放在第一位的。」

「好好好，你家小樹是第一位中的第一位，我知道。」趙川有氣無力的聲音從對講機裡傳來。這兩個人能不能別整天虐狗？再這樣下去，他要報警了啊！

最終，肖嘉樹與吳傳藝以極佳的狀態拍完了這場戲。雖然吃了幾次ＮＧ，但每一次季冕都會站在橋下張開雙臂等著小樹，於是他一次次地鼓起勇氣，又一次次地往下跳。

只要季哥永遠在旁邊看著他，他就能戰勝一切恐懼！

經過緊鑼密鼓的拍攝，《一路狂奔》終於殺青，季冕和肖嘉樹準備休息兩天就回國。

這天早上，季冕把小樹叫醒，又幫著他刷完牙、洗完臉，穿上一套極其正式的西裝，這才把他按坐在自己對面的沙發上。

「季哥，你是不是有什麼話想要對我說啊？」肖嘉樹終於察覺出不對了，上下打量季哥一眼，笑咪咪地讚道：「季哥，你今天真帥！帥得我合不攏腿……」他岔開兩條大長腿，把它們一左一右放置在季冕腰間，還用腳趾頭撓了撓他的癢癢肉。

季冕今天的確有隆重打扮過，順滑的髮絲用髮膠全部抹到腦後，露出稜角分明的臉龐。身上穿著一套奢華的高級訂製的西裝，肩膀寬闊，腰十分勁瘦，雙腿包裹在貼身的布料裡，顯得又直又長。

他並不怕癢，卻還是寵溺地笑了笑，把小樹的雙腿從腰間挪到自己膝頭，用手掌握住，柔聲道：「別皮，我有話跟你說。」

同樣穿著西裝的肖嘉樹連忙乖巧點頭，「好好好，我不鬧了，你想說什麼？」

季冕整理一下領帶，又撫撫袖口，似乎有些緊張，斟酌大約幾十秒才徐徐開口：「小樹，我們結婚吧。」他從西裝內袋裡掏出一個精緻小巧的天鵝絨盒子，繼續道：「雖然我們在一起的時間不長，但是我認為我已經做好了與你相伴終生的準備。你願意嗎？如果你覺得太快，我可以等……」

當季冕說出第一句話的時候，肖嘉樹就懵了，過了好一會兒才回過神來，卻又聽見他說會不會太快……臥槽，在一起兩個多月才求婚竟然還嫌太快？與季哥交往的第一天他就是奔著結婚去的好不好？

想到這裡他飛快撲到季冕身上，把小盒子搶過來，打開之後把略小的戒指套進自己的無名指裡，又把略大的戒指套進季冕的無名指上，連聲地道：「願意願意！不快不快！季哥我愛你！」一邊說邊用密集的啄吻堵住季冕的嘴，生怕他反悔。

季冕話沒說完戒指就被小樹搶走了，還被親得一臉都是口水，頓時哭笑不得。

他原本是想好好表白一番，煽煽情什麼的，現在卻連一個字都吐不出來，只能被動承受小樹的吻。他吻也不好好吻，幾乎一秒鐘便親一下，舌頭飛快舔著他的嘴唇和齒縫，像一隻興奮到極點的小狗。

季冕下意識地摸摸他的屁股，想像著這裡要是真的長了一條尾巴，會搖得有多快。

肖嘉樹快被巨大的喜悅吞沒了，一邊親吻季冕一邊紅了眼眶和鼻頭。他的人生中有過很多令人難忘的時刻，但這一刻毫無疑問將成為他生命中的永恆。他感覺自己是如此幸福，如此圓滿，分明想要大笑，卻不知不覺掉出許多眼淚。所謂「喜極而泣」，大約就是如此吧。

為了不讓季哥看出來，他連忙把腦袋埋進他頸窩，輕輕蹭了蹭，又因為無法抑制的狂喜而咬了他幾口。他真的真的太激動了，如果不做點什麼，一定會原地爆炸。

季冕能清晰地感知到小樹的每一種情緒，於是抱著他就像抱著一大團火焰，又像抱著一顆甜蜜至極的糖果，更像抱著自己一輩子的幸福。他一遍又一遍親吻小樹露在外面的耳朵，五指插入他髮絲間，輕輕撫弄他後腦杓，滿心都是無法言說的柔情。

在求婚之前，季冕就曾預想過小樹的反應，他知道他一定會很開心，卻不知道他能開心到這種程度，就像一個得到了全世界的孩子。狂喜、興奮、不知所措，這樣的情緒毫無保留地傳遞給季冕，讓他明白自己今天做下了多麼正確的一個決定，他甚至為前幾天的猶豫不決而懊悔起來。

如果能讓小樹感覺到幸福，他願意為他做任何事。

「小樹，我也愛你。」季冕低笑著回應戀人的告白，嗓音溫柔，「緩過勁來沒有？」

「沒。」肖嘉樹聲音悶悶的，還咬了季冕一下。他今天一整天都緩不過來，必須要季哥抱著他，不能放下。一旦季哥把他放下，他被幸福感填滿的身體就會輕飄飄地飛上天去。

哎呀，原來這就是「下不了地」的感覺啊！誰發明的這句話？真貼切！

這樣想著，肖嘉樹便咬著嘴唇偷偷笑起來。

季冕快被戀人可愛的心理活動逗笑了，揉揉他的頭，戲謔道：「那行，那就讓你再緩緩，明天我們再去民政部門註冊登記。」

肖嘉樹這才意識到：在加州，同性婚姻是合法的，所以他們可以去登記，在限定的時間內舉行婚禮，這樣就能拿到政府頒發的結婚證書。雖然這張證書回國之後不一定能獲得法律的認可，卻是一種盟約，是莊嚴而又神聖的。

他立刻抹掉眼角的淚水，飛快抬頭，「季哥，我緩過來了，我們現在就去。」話落看看手錶，一個勁兒催促：「咦，都九點半了？快快快，我們快點出門，不然人家就下班了！」

看著小樹通紅的眼眶和鼻頭，還有被淚水浸泡過的，顯得特別濡濕明亮的眼睛，季冕再也按捺不住滿心的悸動，將他拉進懷裡親吻。他撬開他的齒縫，用舌頭舔過他的舌尖，啞聲道：「別急，教堂和牧師我都安排好了，登記之後我們立刻舉辦婚禮，保證在五天內能夠拿到結婚證書。看在我辦事很利索的分上，你是不是應該好好犒勞我？」

肖嘉樹滿心的急切都被安撫下來，抱住季冕的腦袋認真接吻。

為了這一天，季哥一定忙碌很久了吧？感動，想哭……

季冕揉揉他緋紅的眼角，無奈道：「我好像愛上了一個小哭包，這可怎麼辦？」

「什麼怎麼辦，難道你想反悔？」肖嘉樹哭唧唧的表情一秒鐘變成凶惡，用雪白的牙齒叼住季哥的下唇輕輕磨了兩下。

季冕揉揉他的頭髮，低笑道：「一輩子都不會反悔，誰要是反悔誰就是小狗。好了，別炸毛了，去浴室擦把臉我們就走。」

肖嘉樹這才從他懷裡爬出來，飛快把自己拾飭整齊。

由於早有準備，也事先預約過，兩人登記的過程很順利，出了民政部門就直奔教堂，在神職人員的見證下舉辦了一個簡單的婚禮。賓客只邀請了趙川、吳傳藝和張鸞，但這絲毫不能減少肖嘉樹的喜悅，當神父讓他們親吻彼此時，他立刻把嘴唇印在季冕的嘴唇上，眸子裡閃爍著璀璨的光芒。

季冕低聲笑了，摟著他的腰將他抱起來，原地轉了一圈。直到此時他才明白，為什麼有一句話叫做「幸福得想轉圈」，原來當一個人幸福到極致的時候，什麼傻事都能幹得出來。

三天後，兩人終於拿到了結婚證，雖然肖嘉樹很想把它拍下來發到微博上，到底還是忍住了。對他來說，向公眾宣告婚訊並沒有什麼，他演自己的戲，不像別的明星那樣需要粉絲的認同，沒了粉絲他也餓不死，照樣可以有大把的資源，但在此之前，他覺得自己必須向家人坦白，這才是最艱難的一步。

想到愛子如命的母親，想到古板封建的父親，又想到嚴肅幹練的哥哥，肖嘉樹憂愁地嘆了一口氣。

季冕抱著他的手微微一頓，當即提議道：「小樹，回國之前先跟我回家一趟吧？」

回家？肖嘉樹這才想起季哥的母親也住在美國，卻因為多年前的心結，來往並不密切。

「好啊，」他立刻點頭，「我們什麼時候去？」

「今天。」季冕打電話訂了兩張機票，輕笑道：「結婚這麼大的事總要告訴她一聲。」

他原本覺得這件事告不告訴母親都無所謂，他們各自有各自的生活，偶爾打個電話、見個面，最好不要互相干涉。早在母親選擇父親而放棄他的前途乃至於生命時，他便對家庭不再抱有期待。

然而，現在他有了自己的戀人和家庭，忽然就釋懷了。不，應該說在認識小樹之後，他便已經在慢慢釋懷，只是一直未曾發現而已。他可以心平氣和地與母親通電話，也可以把小樹帶回家請她照顧，他的暗傷一點一點被小樹撫平了。

如果能讓小樹感到被認同被祝福，他當然願意修復這段關係。

於是，下午五點，兩人乘坐飛機抵達洛杉磯，又驅車來到季母的家，敲響了房門。

「是誰來了？」保姆隔著窗戶往外一看，頓時驚叫，「上帝啊，蒂芙尼，妳快來看看誰來了！是季，妳的兒子！」

小冕半年前才來過，怎麼又來？對長年見不到兒子的季母來說，這簡直是意外之喜，連忙拄著拐杖走到門邊，手足無措地看著季冕。

季冕正準備張口，肖嘉樹從他背後探出頭，大大方方地喊道：「媽，我們看您來了。」

季冕以拳抵唇，忍俊不禁。

娶了一個大寶貝就是這樣的體驗：一天到晚都想笑，停都停不下來，怎樣尷尬的場面都可以被他輕鬆化解。

季母還來不及綻開笑容就呆住了，嚴重懷疑自己不但腿瘸，連耳朵都瘸了。

「媽，我和小樹剛結婚，回國之前想來看看您。」季冕舉起與小樹十指交握的手，讓季母看他們的同款婚戒。

「你、你倆結婚了？」季母先是驚訝，接著開心地笑起來，「結婚好呀，結婚就穩定了，人也有個盼頭了！快快快，快進來坐！珍妮，麻煩妳幫我們泡一壺咖啡！」

保姆熱烈地祝福兩人，這才跑進廚房忙碌。

季母接過肖嘉樹遞來的大包小包的禮物，越看越覺得他順眼。她就說嘛，兒子第一次把男孩子帶回家，還是如此漂亮的男孩子，怎麼可能一點心思都沒有。這些年她一直擔心兒子的婚事，卻不敢說，唯恐又傷害到他們本就岌岌可危的母子情。

她早已失去管教兒子的立場，所以並不在意他喜歡的是男人還是女人，她只希望他能安安穩穩、快快樂樂地過一輩子，不要再被以往那些黑暗糾纏。現在好了，他終於有了自己的家，她也可以放心了。

想到這裡，季母不禁濕了眼眶，連忙低下頭擦淚。

季冕用複雜的目光看著她，終究還是出言安慰道：「媽，我和小樹過得很好，您不用為我們擔心。」

肖嘉樹握緊季哥的手，補充道：「媽，我和季哥會經常回來看您的。」

「好好好，你們過得幸福我就放心了。我知道你們工作都忙，不用常常回來看我，平時多打幾通電話我就滿足了。小冕，小樹年紀小，你平時多讓著他啊！」

季冕還來不及點頭，肖嘉樹就維護道：「媽，您放心，季哥對我可好了，我也會對他好，我們是要過一輩子的。」都說醜媳婦怕見公婆，但他卻一點也不覺得尷尬。季哥的母親就是他的母親，只要想到這一點，那聲「媽」自然而然就叫出來了。

季冕再也忍不住了，當著母親的面就把戀人拉進懷裡，溫柔無比地親吻他的額頭。

他現在總算能夠理解母親當年的選擇，或許有些人會把孩子看成一切，但對一個家庭來說，最為重要的應該是夫妻關係。因為孩子或父母早晚有一天要離開，但丈夫或妻子卻是陪伴你走過一生的人。

母親愛父親勝過愛自己，這沒有什麼，錯只錯在她愛上了一個不值得愛的人。如果自己也面臨類似的情況，季冕相信他也會毫不猶豫地選擇小樹，所以過去那點事真的沒有什麼好計較的，何必揪著不放呢？

季冕放下最後一絲芥蒂，摟著小樹輕快地笑了。

肖嘉樹雖然有些搞不清楚狀況，卻還是湊過去回吻他幾下，眼睛亮晶晶的。他喜歡季哥此時此刻的笑容，像一片灑滿陽光的晴空，那麼清朗那麼溫暖。他更喜歡他把他帶到洛杉磯來探望母親，讓他感受到被認同和被祝福的喜悅。

拿到結婚證書的那一刻，他可以抱著季哥大喊大叫，卻不能把它放到微博上讓全世界都知道，這真的太憋屈了。能與季哥結婚，絕對是他這輩子最大的成就，一百個奧斯卡獎盃也不能與季哥相比。

肖嘉樹並不知道自己笑得有多傻，但看在季晃眼裡，只會覺得他無比可愛。他捏了捏戀人的鼻尖，到底還是忍住了親吻他的欲望，因為一個吻下去就會帶出無數個吻，這裡可不是飯店，沒地方讓他們黏糊。

兒子眼裡的深情與依戀，季母自是看得明白，於是哽咽道：「看見你們這樣，我總算是放心了。你們的婚姻與別人不同，路也難走，凡事要多體諒體諒對方，再過幾年可以領養一個孩子，起碼有個後……」

肖嘉樹下意識地反對：「我們不要孩子。」話落才怯生生看向季哥，小模樣有點可憐。

他自己還是孩子，需要季哥的照顧和呵護，怎麼能再要一個孩子來分散季哥的注意力？晚上孩子哭鬧，季哥不得抱著他睡？不得半夜爬起來給他換尿布、擦身體？白天還得給他餵奶，陪他玩耍，再長大一點還要早早起來送他上學，下午提前收工接他放學，晚上更要輔導他做功課……

臥槽，只要一想到季哥會把所有的空餘時間都耗在這個孩子身上，肖嘉樹的肺都快氣炸了。家裡還有沒有他的地兒了？他晚上哭鬧誰管啊？早上去工作誰送啊？晚上洗澡誰給他脫衣服，誰給他擦身體，誰把他抱上床餵飽他啊？

咳咳咳，說來說去，似乎最後一點才是最緊要的。

他臉紅了紅，怯生生的小眼神就變成了凶惡和威脅。

季冕連忙把炸毛的戀人抱進懷裡拍撫，憋笑道：「我們不要寶寶，你就是我這輩子唯一的寶寶，好不好？」話才剛起了一個頭，小樹就能腦補那麼多場景，季冕也是服了。

當然，他也很認同小樹的觀點。

他已經把所有感情都傾注在小樹身上，沒有精力也沒有時間再照顧另一個人，與其當一個不合格的父親，不如一開始就不要。他對未來的規劃中原本就不包括「撫養孩子」。小樹還如此稚嫩，他可以把他當作戀人一般呵護，也可以把他當作孩子一般寵溺。

小樹一個人就是他的全部，再沒有多餘的位置留給別人。

他捏捏小樹氣鼓鼓的臉頰，認真道：「媽，我們不會有孩子。」

季母遲疑了一下，到底還是沒法安心，「可是，等你們老了以後該怎麼辦，總不能沒有孩子在身邊照顧吧？」

肖嘉樹有些後悔自己嘴快，他應該保持沉默，事後再與季哥商量的，但話都已經說出口了，他也沒辦法收回，便極為誠懇地說道：「媽，我現在還年輕，季哥對我的照顧會多一點。等季哥老了，自然輪到我照顧他。就算有了孩子，等成年的時候他們不是一樣要走？如果我半夜得了急病，送我去醫院的肯定是躺在我身邊的季哥，沒有別人。等季哥老得走不動道，每天扶他出去散步的也肯定是我，而不是忙著工作的孩子。我們互相扶著，互相牽著，互相伴著，一輩子很快就過去了，您說是不是？」

誰說他和季哥年紀差距大來著？當他還稚嫩的時候，季哥已經成熟，可以引導他；當季哥老去，他還有精力，可以照顧他。世界上有哪對情侶能比他們更合適更般配？他始終相信他們的生活一定會充滿幸福和圓滿，不會留下任何遺憾。

季母想起自己孤單的晚年，竟有些感懷。是啊，孩子總要離開，能相伴終老的那個人只有伴侶，只怪她沒選對人，害了自己也害了兒子。

她看看神情認真的肖嘉樹，搖頭苦笑，「算了，你們有自己的計畫，我就不干涉了。」

「您放心，我們好著呢！」肖嘉樹握住季哥的手，對他眨眨眼睛。

季冕這才回過神來，點頭附和。

他最憂慮的莫過於小樹和自己的年紀差距，卻原來在小樹心裡，連這一點也是很美滿的嗎？年輕的時候相親相愛，年老的時候相依相伴，這樣的生活的確不會留下任何遺憾。

他總覺得自己愛小樹已經愛到了極點，卻又會在某一個時刻猛然發現，原來自己還可以更愛他一些。如此，他還要什麼孩子？

他垂眸去看小樹，心裡滿滿脹脹的，有什麼東西多得快要溢出來了。

雖然首次見岳母，而且在某些問題上產生了分歧，但並不能影響肖嘉樹的好心情，因為季哥始終是支持他的。

喝完一壺咖啡，季母打算親自下廚為兩個兒子做菜，還放了保姆一天假。

季冕挽起袖子說道：「媽，您坐著吧，我來。」

「季哥，我幫你。」肖嘉樹連忙跟進廚房，像個連體嬰一樣趴在季哥背上，雙手圈著他的腰，小聲道：「說好了，我們一定不要小孩喔！」他對這個提議非常抗拒，或許日後會改變想法，但誰知道呢？反正他不允許任何人搶走季哥的注意力。

「好，都聽你的。」季冕回頭親他翹得老高的嘴唇，笑容寵溺。

「回去就住在一起喔！」肖嘉樹繼續提要求。

「好，回去第一件事就是搬家，房子我已經讓人打掃乾淨了，家具、家電、日用品一應俱全。」季冕擺手，「把圍裙拿過來，幫我穿上。」

肖嘉樹依言拿來圍裙，仔仔細細地幫他穿上，承諾道：「回去之後我也會向家裡坦白的，我們要光明正大在一起。」

季冕愣了愣，然後把他拉過來，認真道：「這件事不用你操心，我來說。我做過的最後悔的一件事，你猜是什麼？」

「是什麼？」肖嘉樹抬頭看他。

「是在熱帶海島拍攝《荒野冒險家》的時候，那時我對你說：『別再這麼沒心沒肺了，好嗎？』但其實我說出口的瞬間就後悔了，現在更後悔。我就希望你一直過得沒心沒肺的，不用為任何事情煩惱。以前的你有家人保護，現在和將來有我，你只管做你喜歡的事，一切麻煩都交給我來處理。」

「可是，我媽很凶的，比你媽凶一百倍。」肖嘉樹心裡甜絲絲的，到底沒捨得讓季哥獨自去面對。

「我會有辦法的，你放心。」季晁狠狠親他一口，故意轉移話題：「來，我教你煎牛排，去冰箱拿幾個洋蔥。」

「好。」肖嘉樹沒那麼容易放下心事，卻也很快高興起來，他小心翼翼又飽含濃情地喚了一聲：「季哥？」

「嗯？」季晁轉頭看他。

他踮起腳尖親在季哥嘴上，笑容甜蜜，「老公。」他其實沒什麼話想說，就是宣告一下主權而已。終於可以光明正大地喊一聲老公了，嘻……

季晁低沉地笑起來，嗓音沙啞，「我看你還是出去陪我媽說話吧，不然我一定會把你壓在流理臺上辦了！」攤上小樹這麼一個大寶貝，他上輩子肯定拯救了銀河系。

在季母家住了兩天之後，肖嘉樹和季晁便回國了，很久沒見到兒子的薛淼親自跑到機場去接人，還請季晁吃了一頓飯。席間季晁非常有禮貌，一口一個「薛姨」地叫著，還敬了幾杯酒，姿態放得極低。

肖嘉樹坐在他身邊，卻不敢有任何親密的表現，只能趁母親不注意的時候對他眨眨眼，嘶嘶嘴，然後埋頭忍笑。一頓飯吃完，季晁已被戀人弄得既心癢又無奈，目送薛淼的車開出去老遠才回到自己車上，長長嘆了一口氣。

在美國與小樹朝夕相處了兩個多月，乍然分開，他真的很不習慣。以往出行，小樹總是與他形影不離，一上車就摟住他手臂，先喋喋不休地說會兒話，接著親他幾口，這才戀戀不捨地坐回原位。若是路況好，他便會偷偷伸出一隻手，握住他空閒的手；如果路況不好，他就會乖乖靠倒在椅背上，隔一會兒看他一眼，隔一會兒又看他一眼，彷彿怎麼也看不夠。

這時，季冕也會轉頭看他，或對他笑一笑，或揉揉他的腦袋，他就會立刻從蔫蔫的狀態變成生龍活虎。

第一次買車的人總會對駕駛充滿熱情，一個人把車開到幾百公里以外的地方，只待那麼幾分鐘，甚至一秒也不停留就開回來，也會覺得很意思，但駕齡越長，對於開車就越會感到乏味，一聽說自駕旅行，幾乎立刻就會頭皮發麻。往昔的季冕也是處於這個狀態，非常厭惡開車，尤其厭惡長達幾小時的駕駛。

然而，自從有了小樹，他就愛上了兩個人待在一個封閉空間中的滋味。

他們隨便聊什麼話題都會覺得很有趣，沒有話題可聊了就會黏糊糊地說幾句情話，然後被彼此感動，飛快交換一個親吻。他可以載著小樹在陌生的城市裡漫無目的地轉上好幾個小時，也可以突發奇想地把他帶到遙遠的另一座城市，在路邊的餐館坐一坐，吃一塊披薩，喝一杯咖啡，然後趁著夜色回轉。

漫長的旅途中，只要有小樹陪伴，他便絲毫也不會覺得疲憊。有時候他甚至覺得，他可以帶著小樹一直一直往前開，開到世界的盡頭去。

愛情真的是一件很神奇的東西，可以讓原本枯燥的生活變得新奇，也可以讓原本厭惡的事情變得有趣。季冕發現自己的生命正因為小樹而發生著翻天覆地的變化，但這種變化是好的，是甜蜜的，也是充實的。

所以，在此時此刻，送走小樹之後，他竟覺得格外孤獨，人已經坐在駕駛座很久了，卻不知道自己該幹些什麼。過了大約有十分鐘，他才發動引擎朝新裝潢的公寓駛去，小樹沒搬來之前，這裡還稱不上一個家。

他原本想住城郊的別墅，可小樹不同意。他說別墅太大太空曠，感受不到彼此的氣息。如果他們一個坐在樓下的客廳看電視，一個待在樓上的書房處理公務，周圍就像沒人一樣，會顯得特別孤獨。住公寓就不一樣了，哪怕待在不同的房間各忙各的，也能夠聽見彼此的響動，只要喚一聲，你愛的那個人就會立刻出現在身邊，讓你抱一抱、親一親，那樣多好？

季冕聽了這話只是笑一笑，覺得小樹特別黏人，特別可愛，但真正回到公寓，感受到屋裡的空蕩後，他忽然明白了他話裡的含義。他換上拖鞋，慢慢走進客廳，在柔軟的沙發上坐下，手指探入西裝內袋，這才發現自己很久沒抽菸了，身邊並沒有備著菸盒。

屋子裡沒點燈，顯得特別昏暗，家具都是新的，帶著一點皮革的氣味，不算難聞，唯獨缺了小樹的味道和氣息。這哪裡是一個家啊，簡直比他們在美國待的飯店還不如。

# 第二章 這檔真人秀實境節目很有毒

季冕扯掉領帶，脫掉西裝外套，在屋子裡翻箱倒櫃了好一會兒卻找不出一包菸，這才把燈打開。開了燈，空曠的客廳頓時顯得更空曠了，令他憋得難受。他再一次坐回沙發，以手掩面，甚感疲憊。

就在這時，手機響了一下，那是獨屬於小樹的提示音。

季冕渾身一震，用最快的速度滑開螢幕，點擊聊天頁面。

小樹苗：「季哥，我想你了！」

莫名煩躁的季冕低笑起來，回覆道：「我們才分開不到一個小時呢！」

「真的想你了，分開一個小時對我來說已經算很久很久了。分開一天我會無精打采，分開兩天我會精神萎靡，分開三天我會奄奄一息，四天以上我肯定會病得很重。季哥，你說我該怎麼辦呀？」

季冕心裡滾燙，真想順著無線電訊號鑽過去，把戀人抱進懷裡好好親一親，「那就不要和我分開。寶貝，我也想你了，特別想。你什麼時候搬過來？」他略帶緊張地等著回覆。

「明天，我跟我媽說好了。她問我為什麼忽然想要搬家，我就說我也要有獨立的感情生活，她就同意了。她其實特別開明，我很想告訴她我倆的事。」

季冕心頭一緊，立刻阻止：「暫時別說，這事交給我處理好嗎？你什麼都不用擔心。」

他現在只想趕緊把小樹接到身邊來，否則他不敢保證今後還能不能見到小樹。薛淼開明嗎？或許。但如果她得知兒子所謂的感情生活是與一個男人同居，那就不一定了。

季冕一定會想辦法獲得小樹家人的祝福，但與此同時，他也不願意冒任何一點有可能失去小樹的風險。他得想一個萬全之策，所以急不來。

「好。」小樹的回覆很簡單，但隔著螢幕，季冕也能想像得到他歪著腦袋，眨著眼睛的乖巧樣子。他的語氣一定是軟綿綿的，帶著幾絲甘甜，讓他想要親吻。

「寶寶。」他發出去兩個字，卻不知道自己想要表達些什麼。想說的話太多了，想傳遞的感情太濃了，結果指尖一按住手機就什麼都想不起來了，只能極盡溫柔地喚他一聲。

「老公。」那頭也只發來兩個字，卻很快就把季冕內心的空虛和不安都趕走。他知道，小樹現在的心情肯定也和自己一樣，千言萬語都抵不上一句愛意滿滿的呼喚。

他躺倒在沙發上，把手機貼在胸口愉悅地低笑起來，笑罷吻了吻無名指上的婚戒。他從未如此深刻地意識到，原來不是小樹離不開自己，而是自己離不開小樹。

他本想安靜地躺一會兒，手機卻嗡嗡聲不斷，有電話也有訊息，一個接一個，但他一個都不想理會。離開小樹後，他需要很長一段時間才能打起精神，如果有一包香菸或許會好一點，偏偏因為小樹，他竟不知不覺就把菸給戒掉了。

這對季冕來說真的是一件很神奇的事，要知道他的菸癮很大，多的時候一天要抽一包，少的時候也有十幾根。

完了，季冕，你真的完蛋了！

他越想越覺得好笑，盯著手上的戒指看很久。就在這時，小樹的訊息再次傳來：「季哥，我媽今天晚上要飛去杭州拍戲，我現在就搬過去，你等我啊！」

季晃瞬間坐起來，回覆道：「我去接你。」

他把手機放進口袋，連外套都來不及穿就出門了，原本疲憊的臉已是精神奕奕。然而，當他乘坐電梯抵達停車場時，小樹發來訊息告訴他自己已經在路上了，不用來接。

這麼短的時間內就把行李收拾好了，可見他急迫的心情一點也不比季晃少。季晃盯著這條訊息低笑，又把聊天記錄慢慢往上翻，回味以前的對話，心情無比愉悅。

他沿著匝道走到社區門口，站在一盞路燈下，讓昏黃的燈光照亮自己的臉，這樣小樹就能在抵達的第一時間看見他。路過一間超市時他本想買一包菸，卻鬼使神差地拿了一盒保險套，走出去老遠才回過神來，不禁以手掩面。

都說在一起久了，情侶之間會變得很相似，這話果然沒錯。他覺得自己的行為模式正無限向小樹靠攏，於是一邊摸著口袋裡的保險套一邊搖頭莞爾，心情十分美妙。

等了大約十幾分鐘，小樹的車便開過來了。因為季晃事先跟社區保全打過招呼，所以門很快就開了。小樹伸出頭，看著路燈下的人，想要大喊一聲「季哥」，又害怕周圍有狗仔在偷拍，只好歡快地招手。

季晃大步走過去，坐進副駕駛座，拿出剛買的保險套說道：「喏，送你的禮物。」

肖嘉樹接過盒子看了看，繼而笑起來，「早知道你也買了，我就不用在路上停車去買了，還耽誤我好幾分鐘的時間。」他恨不得插上翅膀飛到季哥身邊，幾分鐘感覺像是幾小時那麼長，但沒有辦法，幸福雖然很重要，性福也同樣重要，二者都要保障嘛！

季冕朗聲笑了，看看後照鏡，確定沒有狗仔能進入社區，這才抱住小樹的腦袋狠狠親了一口。兩人進屋後就開始親熱，在客廳的地毯上做了一次，又在浴室裡做了一次，這才撫平心底的空虛和寂寞。

「想睡了嗎？」季冕摟住戀人親了親。

「看會兒電視再睡，今天是《荒野冒險家》首播的日子，你還記得嗎？」肖嘉樹穿上睡衣，催促道：「走，我們去客廳看電視。」

「在臥室看不好嗎？」季冕不想動彈，吃飽喝足的他像獅子，無比饜足也無比慵懶。

「我想邊看電視邊吃零食，躺在床上看電視不得掉一床的碎屑？」肖嘉樹跳上床，用腳掌輕輕踩了踩季哥已經疲軟的那物，卻發現這個小東西正以驚人的速度腫脹起來。

季冕握住他的腳踝，嗓音沙啞，「還想好好看電視的話就別鬧，乖啊！」

風塵僕僕趕回國的小樹現在肯定是累了，他不想弄得他更累。

肖嘉樹抽回腳，又撲到季哥身上啃了幾口，討好道：「我不鬧，我就想讓你陪我看一下電視，看完我們就睡好不好？」連續坐了那麼久的飛機，季哥肯定是累了，就算他的身體依然會有反應，他也不想讓他再做。

聽見小樹的心聲，季冕抱住他柔柔地親吻，剛回家時的寂寥和空虛被填得滿滿當當。哪怕身體疲憊不堪，他們的內心依然渴望著對方，牽掛著對方，最好的愛情莫過於此。

「走，起床看電視。」反覆啄吻小樹幾下，季冕才爬起來，隨便披了一件睡袍。

「開始了開始了！」肖嘉樹從廚房跑出來，手裡拿著一包洋芋片。

季冕岔開雙腿，張開雙臂，自然而然地將他抱進懷裡，下頷擱在他肩頭，懶洋洋地說道：「餵我。」只要小樹待在他懷裡，他就不想動彈，身體和心靈都暖洋洋的，特別舒坦。

肖嘉樹自己吃一口，餵季冕一口，眼睛還一眨不眨地盯著螢幕。冠世也有自己的播放平臺，流量特別大，這期的嘉賓都是人氣很高的俊男靚女，僅靠顏值就能吸引一大群觀眾。

網友們紛紛發彈幕為自己的偶像打氣，當季冕出現的那一刻，小皇冠們的彈幕幾乎快將螢幕都遮蓋了，由此可見他的人氣有多高。也正因為如此，他最近這段時間頻頻站出來力挺肖嘉樹，很快就讓對方恢復了之前的人氣。

雖然裘渡和姜冰潔的粉絲還是不依不撓地逮著肖嘉樹黑，但遣詞用句實在是太惡毒，令很多路人都看不下去了。孰是孰非似乎早有定論，可漸漸的，「真相到底如何」的言論卻已悄然冒頭，一切只等《雙龍傳奇》播出的時候再見分曉。

「季哥，你好受歡迎啊！」肖嘉樹美滋滋地嚼著薯片，卻在下一秒黑了臉，「林樂洋一直在看你呢，哼！」酸歸酸，他倒不會揪著過去的事情不放。因為那點過往而與季哥爭吵或冷戰，然後把他越推越遠，他才不會那樣傻呢！

季冕親吻他氣鼓鼓的臉頰，安慰道：「我沒看他，我一直在看你。」

「是嗎？我看看。」肖嘉樹拿起遙控器把剛才的畫面倒回去一點點，卻發現有一名網友發彈幕評論道：「妳們發現沒有，當季老師出現的那一刻，小樹苗的眼睛在發光耶！是真的發光，不是特效！」

畫面終於倒回季冕出現的那一刻，螢幕裡的肖嘉樹立刻轉過頭去看他，眼睛亮晶晶的，然後紅著臉笑起來。攝影機也跟隨他的腦袋轉過去，給季冕的俊臉來了一個特寫，四周做了發光的特效，彷彿在這一刻，肖嘉樹的眼裡全是季冕，而季冕的眼裡也全是他。

肖嘉樹忽然不說話了，很久沒紅過的臉正一點一點染上晚霞，眼珠不時轉一轉，去偷瞄季冕的反應。季冕從背後親吻他耳朵，忍笑道：「原來從那時候起，你就開始喜歡我了？」

「對啊，我喜歡你很久了！」肖嘉樹趁機表白。

「其實那個時候我也已經喜歡上了你，只是我自己沒發現而已。」季冕親親他鼻尖，又揉揉他腦袋，語氣特別感慨。當他自己都沒發現的時候，其實攝影機已經察覺了，他們總會在人群中一眼發現彼此，也會在對視的瞬間同時笑起來，這大約就是心心相印的感覺吧。

發彈幕的網友忽然增多了，滿屏都是「啊啊啊，這就是真愛」的調侃。

季冕低聲笑了，由衷說道：「群眾的眼睛果然是雪亮的。」

肖嘉樹美得直冒泡，把腦袋貼在季哥胸口蹭了蹭，偷笑兩聲，這才繼續看電視。季冕接過他手裡的洋芋片，專心致志地餵他，還不忘隔一段時間給他遞口水。

節目組為了增加噱頭，重點剪輯季冕與肖嘉樹相處的畫面，當季冕挑選隊友時，後期小哥在肖嘉樹的腦袋上貼了一個巨大的紅箭頭，旁邊是一行小字：選我選我，季老師選我！

肖嘉樹捂臉呻吟，季冕低笑起來。小樹左蹦躂右蹦躂，不停舉起手吸引自己注意力的模樣實在是太可愛了。哪怕這些畫面都是他們的親身經歷，再看一次，季冕依然覺得有趣。

廣大網友快要笑死了，不停發彈幕為小樹苗應援。

「季老師，快選小樹苗啊！你還在那兒看什麼呢？」

「好著急啊！季老師，要是不選小樹苗，我就再也不相信愛情了！」

「選了選了，季老師終於做出了正確的選擇，前方高甜請注意！」這位網友發出的彈幕在肖嘉樹和季冕擁抱之後。兩人互相摟住對方的腰，貼著彼此的耳邊說了一句悄悄話，說完肖嘉樹笑起來，眼睛裡全是季冕的身影。季冕嘴唇沒動，但冷硬的臉龐卻顯而易見地柔和下來，眼瞼微垂，目光灼灼地看著肖嘉樹。

溫情和曖昧在他們周身流轉，他們原以為這一點只有他們自己知道，但當節目播出的時候，很多網友卻也發現了。

「好甜！好想看他們擁抱到天荒地老！」一名網友感慨道。

「我本來是衝黃映雪來的，沒想到卻被肖嘉樹圈粉了！他的反應好可愛，圍著季老師打轉的樣子好像一隻小狼狗！」

「你一說，我也這樣覺得了！」很多網友開始附和。

原本還美滋滋的肖嘉樹頓時臉黑了。

臥槽，什麼叫做小狼狗啊？他明明是季哥的小寶貝好不好？剛想到這裡，他自己也笑噴了，感覺小寶貝還不如小狼狗威風呢。

好吧，小狼狗就小狼狗，只要是季哥家的就行！

他在季哥懷裡翻了個身，占有性地摟住他的腰，繼續看電視。

季冕覺得小樹的心理活動比網友的彈幕還精彩，不由得笑著揉揉他腦袋。把小樹抱在懷裡，一起分享洋芋片，一起溫暖彼此的身體，一起八卦一起聊天，真是一種很棒的享受。

這就是家庭生活嗎？感覺真的很不錯！

節目慢慢展開，兩組隊員開始了熱帶海島的探險，有搞笑也有混亂。

發現季冕對肖嘉樹的照顧比黃映雪還多，某些網友不滿意了，認為他沒有紳士風度，直到看見肖嘉樹滿是水泡的腳掌才消停下來。

肖嘉樹在季冕的逗弄下聞了自己的腳，這一幕果然沒被後製剪掉，反倒在他的腳掌周圍貼了很多爛魚爛蝦，還畫了一個眼睛全是蚊香的Q版小人。

網友們快笑死了，都說這才是肖嘉樹的作風，夠逗比，夠接地氣。以前那些黑料似乎進一步被這期節目洗白了，直至第二天他忽然昏倒，醫生脫掉他的鞋看見滿腳血泡，這種認同感幾乎達到了頂點。

腳都傷成這樣了他一聲苦也沒叫，讓他爬山就爬山，讓他下海就下海，還獨自跑了那麼遠的路去撿衝浪板，他到底是怎麼忍過來的？

「肖嘉樹似乎擁有令人難以想像的毅力，佩服！」

「廢話，你去搜搜他在街頭流浪的視頻就知道了，他什麼苦受不了？我就奇了怪了，按照他的性格，怎麼可能因為導演讓他拍幾場落水戲就罷演？落水戲能比《荒野冒險家》的環境還艱苦？我不信！」

「聽說還有改劇本的問題。」

「這個也不可信，改沒改劇本，等《雙龍傳奇》播出之後就知道了。」

看到這裡，很多網友已經對肖嘉樹路轉粉了。

家世顯赫卻不嬌氣傲慢，待人有禮貌，吃得了苦，性格也熱忱，通過他在節目中的一言一行，觀眾不難發現他真正的為人。都說真人秀是一面照妖鏡，情商不高、性格不好的藝人最好不要輕易嘗試，否則很容易被打回原形。

肖嘉樹也被打回原形了，但他的原形似乎與那些黑料相去甚遠。觀眾很難去討厭他，卻很容易喜歡上他。

看到這裡，肖嘉樹眼眶熱呼呼的，心裡充滿著被人理解的喜悅。

季冕忽然把他抱進懷裡，啞聲道：「小樹，對不起。」

如果他能盡快正視自己的感情，小樹就不用遭受那些折磨了。

「小樹，幸好我醒悟得早，幸好我沒有錯過你。」

他把戀人抱進懷裡，既溫柔又害怕地親吻他。

他簡直不敢想像如果自己始終不願正視這份感情，會生活在怎樣的孤寂和黑暗中。或許這一生，他都會漫無目的地走下去，在空曠的宅邸中衰老，又在更加空曠的墓地中沉眠。他的墓碑前一定擺滿了花束，卻都是獻給巨星季冕的，而沒有一朵屬於凡人季冕，也沒有一朵來自於真正懂他愛他的人。

那樣的人生，何其可怕！

身為季冕京市後援會的會長，邱玲玲最近有點煩，起因是她最好的閨蜜蘇安娜叛變了。蘇安娜原本也是季冕全國後援會的骨幹之一，曾經發起了很多次非常成功的應援活動，但就在今年，她悄無聲息地退出後援會，連一句交代都沒有。

如果僅僅只是這樣也就算了，邱玲玲卻在最近發現她竟然組建了一個ＣＰ群，當起群主，粉的ＣＰ還是季冕和肖嘉樹，這簡直是邪教啊！

做為一名純粉，邱玲玲最煩的就是ＣＰ粉。偶像什麼表示都沒有，妳就在下邊拉郎配，拉的還是一個男人，妳以為妳是誰啊？

邱玲玲多次勸說蘇安娜回頭是岸，對方都拒絕了，還反過來安利這對ＣＰ，簡直搞笑！

看見閨蜜的來電，邱玲玲心裡一萬個不爽，卻還是接起電話，口氣很衝：「妳又想要做什麼？我告訴妳，妳如果不撤銷那個ＣＰ群，我以後都不理妳了！混ＣＰ圈是沒有前途的，妳看看古往今來那麼多對CP，有哪一對成功過？男女CP也就算了，妳粉的還是男男CP。等到季神結婚，有妳哭的時候！」

「我不跟妳多說，妳不懂。」蘇安娜笑嘻嘻地說道：「今晚《荒野冒險家》第一季第一集開播，妳記得看喔！季神和小樹苗都參演了，一定很甜很好看！」

「滾蛋！有肖嘉樹在，我絕對不看！」邱玲玲煩躁地掛斷電話，非常擔心這些日益壯大的CP粉會為偶像帶來麻煩。偶像在娛樂圈打拚那麼多年，從來沒跟女明星傳過緋聞，卻把第一次給了一個男明星，這算什麼？同性戀很光榮嗎？這些CP粉沒腦子，坑偶像專業戶啊！以後誰要是敢在後援會裡提到「肖嘉樹」三個字，她絕對要把那個人永久驅逐！

邱玲玲剛下定決心就發現八點半到了，這正是《荒野冒險家》開播的時間。雖然很反感肖嘉樹，但偶像畢竟也在，還是看一看吧。

她口嫌體正直地打開電腦，默默等待廣告和片頭，畫面一轉，一座美如天堂的熱帶海島出現在視野裡，一群俊男靚女從直升機上跳下來，手裡提著很多行李。因為閨蜜的關係，邱玲玲對肖嘉樹的關注比別人多些，然後不得不承認，這小子是真的很帥，皮膚又白又細膩，在陽光的照射下閃閃發光，明明是素顏，卻比化了妝的黃映雪還要亮眼。

他的五官深邃立體，有點像混血兒，是那種極具攻擊性的俊美，與時下流行的偏陰柔的小鮮肉完全不一樣，所以當他板著一張臉的時候，看起來會顯得特別高傲冷酷，再配上他顯赫的家世，自然而然便讓人退避三舍。

眾位嘉賓互相見面後很快就打成一片，唯獨他站在最邊上，禮貌地點點頭，彎彎腰，不太愛說話。

看到這裡，邱玲玲暗暗罵了一句：「跩什麼跩，有錢人了不起？」

沒錯，她就是仇富，她就是看不慣這種公子哥兒，怎麼樣？什麼街頭流浪啊，捐錢做慈善啊，都是假的吧？用來炒作的吧？要不是季神一直挺你，你以為你會有現在？

邱玲玲知道娛樂圈不單純，像季神這種毫無背景，草根出身的明星，肯定有很多不得已的地方。肖嘉樹是薛淼的兒子，薛淼在娛樂圈的人脈有多深厚，旁人簡直難以想像，她若是發了話讓季神照顧肖嘉樹，季神能不照辦？

還ＣＰ呢，明明就是以勢壓人！

邱玲玲不停吐槽看起來很酷很跩的肖少爺，卻忽然發現他綻開了笑容。這笑容映照著豔陽和粼粼波光，瞬間融化了他臉上的冰霜。他斜飛入鬢的眉毛越發挑高些，叫邱玲玲不由自主想起了「眉飛色舞」這個成語。他的眼睛彎成月牙狀，粉紅的薄唇微微翹起，露出雪白的牙齒，原本俊美冷傲的臉瞬間就顯得稚氣起來，那滿得快要溢出眼眶的喜悅，不知不覺就會感染到身邊的人。

邱玲玲很想知道他到底看見了什麼能高興成這樣，順著他的視線看過去，就發現了隆重登場的季冕。

原來肖嘉樹這麼喜歡季神嗎？看見他就會止不住地笑出來？

這個念頭剛一浮現，邱玲玲心裡就湧上一股非常奇怪的感覺。

顏值這東西真的害死人啊！她之前明明那麼抗拒這對ＣＰ，但看見兩人相視而笑的畫面，竟絲毫不覺得違和或噁心，反而有些悸動。

好吧，看在你也那麼喜歡季神的分上，對你的討厭可以少一點！

邱玲玲冷哼一聲，看向兩人的目光下意識變得專注。

兩位隊長開始挑選組員，別人都可勁兒往前鑽，唯獨肖嘉樹往後躲，卻還是被施廷衡點了出來，令邱玲玲忍不住笑出聲。好吧好吧，她承認縮著腦袋和肩膀，努力把一米八三的自己塞進一米七三的朱小龍身後的肖嘉樹有點可愛，那就讓季神選你好了！

輪到季神挑選組員時，邱玲玲已經接受了他會挑選肖嘉樹的事實，便老神在在地看著，但怎麼回事？肖嘉樹左蹦躂一下右蹦躂一下，季神你是老眼昏花了看不見嗎？難道你真的對肖嘉樹沒什麼好感，只是迫於無奈才照顧他？

邱玲玲不承認自己有點為肖嘉樹著急，她絕對是純粉，純得不能再純，只是，當季神笑著朝肖嘉樹伸出手，並把他抱進懷裡拍打後背撫摸腦袋時，她卻長長吐出一口氣。

兩個人笑得真甜呀，一個仰著腦袋，一個低垂著頭，眼裡只有彼此。毫無疑問，他們很喜歡對方，也很關注對方。季神之前根本沒有猶豫，只是在逗弄肖嘉樹而已。

好寵！

好撩！

邱玲玲眼睛發亮地盯著螢幕，並不知道自己也跟著傻笑起來。她把丟在一旁的抱枕拿進懷裡狠狠揉了幾下，似乎想趕跑心中古怪的悸動。

很多黑粉發彈幕斥責：「好煩，肖嘉樹又開始捆綁季冕炒作了！季冕也太沒節操了吧，被一個小新人反覆利用，也不怕人氣下跌！」

「跌你媽個頭！有我們廣大的粉絲在，季神就永遠都是娛樂圈的無冕之王！」邱玲玲氣呼呼地發了一條彈幕，抬頭一看才發現紅隊已經出發了。她原本以為季神一定會對黃映雪多加照顧，畢竟她長得那麼美，又是隊裡唯一的女生，可季神卻只是禮貌性地問一問，沒有多餘的關照。他從前面擠到後面，直接把肖嘉樹半抱起來，帶著他一路走。

肖嘉樹臉紅紅的，眼睛濕漉漉的，看起來更加漂亮了。很多黑粉罵他矯情做作，一個大男人連黃映雪都不如，但當季神脫掉他的鞋襪，將他滿是水泡的腳底板展露出來時，大家都無言了。是要怎樣的細心才能在肖嘉樹刻意的沉默中發現他的異樣？要知道在此之前，肖嘉樹可沒喊過一聲疼，走路的姿勢也很正常，像沒事人一樣。

季神絲毫也不嫌髒地拍掉他腳底板的沙粒，為他上藥。他打趣肖嘉樹腳臭，肖嘉樹居然抬起腳嗅聞時，他笑得那樣輕鬆愉悅。肖嘉樹的臉紅了，看著他的眼睛亮晶晶的，顯得那麼專注仰慕……

邱玲玲狠狠捶打抱枕，無聲呻吟。

這個畫面好暖好甜，連螢幕似乎都變成了粉紅色，她一定是眼睛出問題了！

等到她終於平復跳得過快的心跳時，紅隊已經抵達山頂，節目組讓他們派一個人下到懸崖拿食物，肖嘉樹卻攔著季神不讓他去，又有黑粉蹦出來說他故意裝作關心季冕的樣子，其實是在搶風頭。

邱玲玲皺了皺眉頭，第一次對肖嘉樹的行為產生了反感。

季神身為隊長，這個時候肯定得下去啊，你沒看見旁邊的施廷衡都下去了嗎？你這樣左攔右攔的，是想突顯自己還是想拖累季神？

季神從來都是強大的、果決的、從容不迫的，他當然可以完成這個任務。當你磨嘰的時候，你到底知不知道你正把勝利拱手讓給藍隊？

「你攔個屁，快讓我的偶像下去，他可是勝負心非常強烈的人，你少給他添亂！臥槽，他都下去了，你趴在懸崖邊做出一副泫然欲泣的鬼樣子是給誰看？垂降這種運動對季神來說太簡單了，你他媽的演戲演過頭了吧？」邱玲玲喋喋不休地數落。

她發現自己似乎錯估了肖嘉樹，他哪裡酷帥？他純粹就是個戲精嘛！

很多有這種想法的人紛紛發彈幕說道：「關心偶像不用到這樣吧？演技太浮誇！」

「肖嘉樹本來是想討好季神，結果用力太猛起了反效果。你看看他的表情，像不像季神要慷慨赴死一樣？難怪季神都煩他了，讓他走遠點。哈哈哈，我都替他尷尬！」

節目播放到這一段的時候，肖嘉樹的黑粉空前活躍起來，小皇冠們也陸續冒出來懇求肖嘉樹不要再利用自家偶像演戲。你尊敬前輩？ＯＫ！你關心偶像？ＯＫ！但是求你別太做作，這樣很容易讓人反感，連帶也拉低了季神的格調。

當紅隊拿著一包泡麵下山時，邱玲玲還滿心不平。

要不是肖嘉樹磨磨蹭蹭，浪費了偶像的時間，他們今天晚上原本可以吃到新鮮肉菜的。沒想到男明星裡也有走「小白花」路線的人，真是奇葩啊！

所幸黃映雪是個居家過日子的人，硬生生把泡麵煮成了海鮮大餐，拯救了大家的胃。她原本走的是御姐路線，容貌也非常美豔，看起來像一朵高嶺之花，很難接近，但在這個節目裡，她打破了固有的人設，為自己樹立更為親民的形象，於是獲得了廣大觀眾的認可。

她受歡迎的程度只排在季冕和施廷衡後面，而肖嘉樹無疑是墊底的存在。

人設崩塌和人設樹立，似乎只需要一個鏡頭就夠了，所以說沒有金剛鑽就別攬那個瓷器活，裝得再像也有被戳穿的時候。

「真人秀真不是什麼人都能參加的！」邱玲玲小聲吐槽一句，卻見季冕避開隊員走到角落，來了一段心靈獨白。

什麼？季神竟然有懼高症？當所有人都以為他無所不能時，只有肖嘉樹察覺到了他的脆弱，所以才會想要替代他。這還不算，肖嘉樹竟也是懼高的，他們彼此都以為對方不知道，都想獨自承擔這份恐懼。

不是什麼演技浮誇，也不是什麼用力過猛，更不是為自己加戲，肖嘉樹是實實在在為季冕擔心。當他趴在懸崖邊往下看時，誰都不知道他正遭受著怎樣的恐懼，只有季冕能理解，所以哭笑不得地讓他走遠一點。

他們都很害怕，但對彼此的關心和在意卻超越了一切。

邱玲玲臉紅了，過了很久才粗嗄地吐出兩個字：「媽呀！」

身為季冕後援會的會長，她竟不知道偶像懼高，還在肖嘉樹站出來保護偶像時罵他多事，這有多尷尬？她還配稱得上小皇冠嗎？

比她更尷尬的是那些發彈幕吐槽肖嘉樹戲精上身的人。

原本多的數不清的彈幕瞬間消失了，過了半天才出現一串紅色的大字：「這就是真愛啊！說肖嘉樹搶風頭的噴子們，你們去哪兒了？說肖嘉樹利用季冕給自己加戲的小皇冠們，你們去哪兒了？偶像懼高這件事，你們到底知不知道？」

邱玲玲捂臉呻吟，如果地上有條縫，她一定會立刻鑽進去。剛才她有多反感肖嘉樹，現在就有多喜歡，並對他產生了深深的認同感。她把視頻倒轉，重新觀看他趴伏在懸崖邊注視季冕的情景，忽然就開始鼻頭發酸。

他腿軟了一下，差點就站不住，所以才會趴下吧？這是有多害怕？如此害怕都不願意離開，還想代替季冕下去，他對季冕的感情又有多深？

邱玲玲用抱枕蒙住口鼻，感覺自己快要窒息了。

好喜歡好喜歡這樣的肖嘉樹！好喜歡他躺在地上，死活不願意搭理季冕的小模樣。因為太擔心，所以發脾氣了嗎？

哈哈哈，真可愛！

不知不覺，邱玲玲的姿勢由懶洋洋的靠坐變成了雙手托腮一眨不眨地盯著螢幕。她開始關注兩人的互動，只要他們對視一眼，笑一笑，她就會覺得特別甜軟，特別溫暖。

這樣的感情是無論如何都偽裝不出來的。

然而，好景不長，第二天，肖嘉樹的態度就改變了，他開始沉默，原本明亮的眼睛顯得灰濛濛的，似乎藏了很多心事。趕路的時候季冕總會回頭看他，喊他的名字，他就禮貌地笑一笑，不說多餘的話。

一次、兩次、三次……邱玲玲默默數著季冕呼喚肖嘉樹的次數，哀怨道：「你幹嘛不理季神啊？是不是昨天被照顧得太多，擔心引起觀眾反感，所以今天想要獨立一點？別啊，讓季神照顧你又怎麼了？他會把你當親弟弟一樣疼愛的！」

無奈狀況一直沒有好轉，鏡頭裡，兩人的互動明顯減少了，總是繞著季冕轉圈圈的肖嘉樹一反常態地避開與他的接觸。原本還擔心兩人走得太近引發不好流言的邱玲玲，心肝脾肺腎都開始刺撓。

她想看互動，啊啊啊！

與她懷有一樣想法的觀眾顯然比想像中更多，彈幕刷刷刷劃過，清一色都是在詢問肖嘉樹怎麼了，為什麼不跟季冕在一起行動。這兩個人可是節目最大的亮點，他們分開了，節目瞬間就平淡不少。

到最後，肖嘉樹竟然因為腳底板磨破徹底退出拍攝。

我靠！下面還有什麼看頭？難怪他不愛說話，是擔心季冕察覺異樣送他離開吧？他一定很想陪季冕錄完全程，所以才一聲不吭，堅強隱忍……

腦補了很多情節的邱玲玲被感動了，抽出一張面紙擦了擦眼角，心裡滿是憐愛。她原本以為後面的節目一定不會很好看，畢竟最萌的那個人已經走了，但她不得不承認，沒了肖嘉樹就控制不住自己脾氣的季神真的很好玩，哈哈哈！

瞎子都能看得出來他很煩躁，但只要隊員一提起肖嘉樹，順便拿他當擋箭牌，他就會一秒鐘恢復溫和的常態。有人覺得他對隊員太嚴厲了，不過是建個房子、採個果子而已，要不要那麼小題大做？

接著，忽然傾瀉的暴雨和山洪證明他絕對沒錯。如果不是他當機立斷去救人，林樂洋和黃映雪現在恐怕已經不在了。

觀眾先是目瞪口呆，然後對他的果敢表示欽佩。一時間他圈粉無數，而林樂洋和黃映雪卻招來謾罵。黃映雪還好，她畢竟是女生，又主動承擔了責任，反倒顯得林樂洋特別沒種。

季冕事後並未責備兩人，只是無奈地宣布這期節目結束了。

前期的高甜軟萌與後期的險象環生為這期節目增加了很多爆點，而中途退出的肖嘉樹卻火了，之前的很多黑料都被節目組無形洗白。

他要是吃不了苦，能忍痛忍到暈過去？他要是耍大牌，能對前輩那樣尊敬？你說他是裝的？那好，我把你腳底板削掉一層肉，你去給我翻幾座山頭試一試！

節目組邀請了那麼多流量大咖，只能算是小萌新的肖嘉樹卻一躍成為關注度最高的三人之一，僅排在施廷衡後面，而林樂洋直接墊底，還有人刷屏讓他滾蛋。性格沉悶，不會說話，不會來事，還偏偏愛自作主張。說要在地上建房子的是他，說要帶黃映雪去河谷摘果子的也是他，哪兒壞事哪兒就有他，乾脆下期別來了。

給偶像和肖嘉樹各投了一張票的邱玲玲放下抱枕，拿起手機，表情有些猶豫不決。過了很久，她終於給閨蜜發去一條訊息：「蘇蘇……妳那個ＣＰ群的敲門磚是什麼？」

「別加了，群已經滿了，不然妳幫忙再建一個？」蘇安娜飛快回覆。

邱玲玲掙扎良久才道：「好，這一票老娘幹了！」

媽的，一入邪教誤終身！這一對太萌太甜了，她控制不住內心的蠢動啊！

與此同時，肖嘉樹也在觀看節目，當季哥走到旁邊講述內心獨白時，他轉頭看他一眼，心都融化了。在這一刻，他實實在在地感受到，自己泥足深陷時，季哥也同樣喜歡著他。

「季哥……」肖嘉樹從季冕懷裡爬了出來，轉而抱住他的肩膀，用臉頰緊緊貼著他的臉頰，軟綿綿地喚道：「季哥，季哥……」他都不知道該怎樣去表達此刻的感動。季哥或許不太擅長表達，卻把所有的愛都化為實際行動，不知不覺為他承擔了那麼多，卻從來沒說過。

肖嘉樹的眼眶紅了，把額頭抵在季哥額頭上，輕輕拱了拱。

季冕揉揉他腦後的髮絲，又摸摸他的臉蛋，笑容溫柔。

他們什麼話都不必說，就能把彼此的愛意源源不斷地傳遞過去。

節目還在播放，在聽說小樹無故昏倒的那一刻，季冕差點扔飛手裡的工兵鏟。他以最快的速度跑到醫務室，小心翼翼地脫掉小樹的鞋襪，看著他染滿鮮血的腳掌，眼眶瞬間紅了。

哪怕曾親身經歷過，看見這一幕的季冕依然閉了閉眼睛，不敢去回想。

肖嘉樹也轉過頭去看電視機，很想知道自己離開後，季哥又經歷了什麼。他看著他控制不住自己的脾氣屢屢爆發，又看著他險些被山洪沖走，心臟便似被一雙大手揪住一般，疼得厲害。季哥會如此失態都是為了自己，他清楚地意識到這一點，卻不覺得喜悅或得意。

有一句話是這樣說的：每個男人的內心都住著一個孩子，無論外表多強大，總有脆弱的一面。而肖嘉樹很慶幸自己發現了季哥脆弱的一面，這樣他才能去彌補去撫慰。

正如季哥疼愛他，他也想疼愛季哥。季哥不是無所不能的，這點他一直知道，卻從未如此深刻地認識到自己會對他造成怎樣的傷害。

如果當時他沒有離開該多好？如果他當時立刻就找季哥問清楚該多好？

無奈現在說什麼都晚了。

肖嘉樹心裡愧疚極了，抱住季哥的頭不停親吻，鼻頭和心臟又酸又苦，小聲道：「季哥，我們來做一個約定，無論以後發生什麼事，我們都不能隱瞞對方，好不好？」

他再也不會什麼話都不說就丟下季哥了！

當小樹被懊悔折磨的時候，季冕何嘗不難受？他的懊悔比小樹多出無數倍，於是伸出小指勾住小樹的指頭，啞聲道：「好，無論發生什麼事，我都會第一時間告訴你。」

除了「那件事」，他不會對小樹保留任何祕密。

同居的第一天，剛睡醒的肖嘉樹過了好半晌才搞明白自己在哪兒。季冕也在同一時間睜開眼，輕聲道：「小樹，過來讓我抱一抱。」他伸出一隻手，肖嘉樹就自然而然地抬起頭，枕在他手臂上，迷迷糊糊地看著天花板。

「轉過來，看著我。」季冕再次開口。

肖嘉樹一個口令一個動作，慢吞吞地側過身子，面對季哥，兩隻手揉揉眼睛，臉上還殘留著剛睡醒的惺忪。

季冕這才感覺好多了，一隻手繞過去，攬著戀人的肩膀，將他按進自己懷裡，一隻手探入他寬鬆的睡褲，揉捏他悄然起了反應的那處。正如小樹每時每刻都渴望自己的關注那般，他對小樹的占有欲也十分強烈，早上睡醒總想抱一抱他，還必須是面對面的，能夠直視他的眼睛，也能稍一靠近就親到他的嘴唇，更能輕易掌控他的身體。

肖嘉樹還沒完全清醒就被季冕拉入情慾的漩渦，臉頰染上兩團酡紅，像喝醉了一般，眼裡噙著晶瑩的淚水，看起來有些可憐又有些可愛，鼻子輕輕哼了幾聲，似乎舒服到了極點。

他伸出手緊緊抱住季哥，指尖在他後背撓了好一會兒，然後徹底癱軟了，把臉埋入季哥胸膛呼哧呼哧喘著粗氣。同居生活就是這樣的嗎？

晚上睡得好，早上吃得飽，一天兩頓、三頓甚至四頓都不是夢想，這可真棒啊！

他迷迷糊糊地想著，卻聽見季哥低聲笑起來，笑得胸膛都在震顫。

「季哥，你笑得真好聽，我耳朵裡全是你的心跳聲，噗通噗通的。」他由衷感慨：「以後每天晚上我都要枕著你的胸膛，聽著你的心跳聲入睡，這樣特別舒坦，特別有安全感。」

或許是父愛的缺失，又或許是童年的遭遇，他非常缺乏安全感，晚上需要醞釀好幾個小時才能入睡，所以才會迷上網路遊戲，但現在有了季哥，他幾乎一沾枕頭就能睡著，當然這是在滿足了慾望的前提下。

結婚真好啊，無論是身體還是心靈，似乎都被治癒了，他忍不住滿足地笑起來。

季冕的笑聲忽然停歇，將他緊緊摟進懷裡，無比耐心又無比溫柔地拍撫他光裸的脊背。

兩人在床上黏糊了好半天才起來，一起查百度熬了一鍋白粥，只拌了點白糖卻也喝得津津有味。為彼此挑選今天要穿的衣服，打領帶的時候湊在一起親得難分難捨，眼看都快十點鐘了才匆忙趕去公司。

與季哥在電梯裡分開後，肖嘉樹笑嘻嘻地去找黃美軒。

「喲，我們的二少爺終於回來了！」黃美軒皮笑肉不笑地說道：「你可真行啊，在美國待了那麼久，一個助理都不要，說好每天打電話報備也沒打，我以為你這輩子都不回來了！」

「哪能啊！美軒姊，我這不是回來了嗎？我很小的時候就去美國讀書，一個人在那邊待慣了，真的不需要別人照顧。」肖嘉樹走到黃美軒身後幫她按摩，「美軒姊，您最近好像瘦了，皮膚也變好了，是不是談戀愛了？」

「滾蛋，別給老娘灌迷魂湯！我看你才瘦了，臉像剝了殼的雞蛋，能發光，你說，你是不是談戀愛了？」黃美軒追問道：「你看看你最近發的博文，又是剪影又是玉手，這絕對是戀愛的節奏。你要是真與別人攪和在一起了，一定要跟我說，我好幫你做個公關預案，免得到時候被狗仔爆出來，我們來不及反應。」

肖嘉樹翻開微博看了看照片，頓時悶笑起來。季哥的手非常修長也非常漂亮，卻因為握著杯子，看不出具體大小，所以網友都以為這是一個女人的手。

玉手？哈哈哈！他一邊忍笑一邊翻看評論，根本沒在聽黃美軒說話。黃美軒管不到這位小祖宗，只好把一疊劇本塞進他懷裡，讓他回家慢慢選。

看見劇本，肖嘉樹才猛然想起來，他和季哥都不是無業遊民，是要工作的，而且還很繁忙。片約暫且不提，季哥最近一頓時間肯定得把《荒野冒險家》的第一季拍完，也就是說，每隔十天半個月他就要去海外錄節目，到時候他們就見不著面了。

「美軒姊，我想繼續參演《荒野冒險家》，您快幫我安排安排！」他急促地說道。

「我也正想跟你說這件事。昨天收視率已經統計出來了，最高曾達到十八個百分點，位居同時段綜藝節目的第一，最低也有十五個百分點，而且是在你離開之後。你和季冕的互動非常和諧友愛，現在網上正在熱炒你們的兄弟ＣＰ，熱搜榜第一、第二、第三的話題分別是『季冕懼高』、『肖嘉樹懼高』、『季冕、肖嘉樹都以為對方不知道自己懼高』。你看看這些是什麼鬼，老娘的腦袋都被你們繞暈了。不過這個不重要，重要的是你火了，節目組想把你和季晃捆綁在一起組成兄弟CP，繼續博取粉絲的關注。剛才《荒野冒險家》的製作人來找過我，我打電話給你你沒接，我就讓她過一會兒再來。你要是不想去我就幫你推了，你要是想去我也不攔你，但你必須注意安全。」

「好好好，您快點把製作人找過來，我們先談一談合約。」肖嘉樹催促道。

黃美軒狠狠瞪他一眼，這才打電話給製作人。

對方很快就到了，態度非常殷勤，「你們看看，這才剛過去一晚，季總和肖嘉樹在節目中的互動就被網友單獨剪輯出來做成MTV了，而且點擊量比原版視頻還高，真是火得不得了。我覺得咱們不如趁熱打鐵續個約吧？真人秀特別吸粉，這個美軒姊應該是知道的。」

「那就續約吧。」肖嘉樹乾脆俐落地點頭。他可不耐煩與這些人磨嘰，光是一份合約就能談三四個小時，有完沒完？

「那真是太好了，片酬我們可以適當加一點。我們已經拍完第三集了，第四集再過兩天就要拍，參演嘉賓也都定好了，你們就從第五集開始簽吧。」

肖嘉樹一聽這話就炸了，強烈要求從第四集開始簽。再過兩天季哥要是走了，他一個人留在京市該怎麼辦，肯定整晚整晚都睡不著覺。

製作人也擔心後面幾集沒有肖嘉樹的參與會影響收視率，略微考慮後便同意了，讓他以神祕嘉賓的方式出場，誰也不透露，留給觀眾一個驚喜。

「誰也不透露的話，季哥也不知道我要去嘍？」肖嘉樹皺眉。

「當然，我們不會告訴大家這次的神祕嘉賓是誰，如果提前公開就沒有驚喜的感覺了。你們也不能在社交媒體上透露這一點，把懸念留到最後，節目效果一定很棒。」

經過製作人的幾番勸說，肖嘉樹總算是答應下來。他抱著劇本走進季冕的辦公室，一副心事重重的樣子。

「怎麼了？」季冕放下文件抬頭看他。

「季哥，這是我剛收到的劇本，你幫我選一選吧。我挑劇本的眼光不怎麼好，很怕又會遇見《雙龍傳奇》那樣的巨坑。」肖嘉樹把辦公桌對面的椅子移到季冕的身邊，緊挨著他坐下，兩隻腳輕輕一抖就把鞋子抖落，把腳丫塞進季哥懷裡。

季冕用手掌包住他的腳揉捏，「行，我幫你看看。」

肖嘉樹靠倒在椅背上，目光專注地看著季哥的側臉，腳丫子在他掌心左動動右扭扭，極不安分。哪怕季哥待在離他很近的地方，但只要季哥的心思沒完全放在他身上，他就會想方設法地搞點事引起他的關注。

季冕轉頭看他，短促地笑了一聲，這才湊過去親吻他薄而粉嫩的唇瓣，嗓音溫柔，「乖，我先看看大致的內容再說。」

「好。」肖嘉樹舔舔唇，眯眯眼，表情饜足。

好吧，這個吻可以讓他續航半小時，半小時以後再搞事。

在來之前，他其實已經把劇本都挑過了，近期開拍的先剔除，他好不容易和季哥結婚，必須享受一下幸福美滿的婚姻生活才有動力工作。有吻戲和床戲的也剔除，他可不願意與季哥以外的任何人有任何親密的肢體接觸。

幾輪篩選下來，剩下的劇本已經不多了，肖嘉樹這才拿來給季哥看。

季冕一邊翻劇本一邊忍笑。

都說男人不喜歡太過黏人的伴侶，但那只是對大多數男人而言，季冕卻是一個異類。他曾經被父母拋棄過，所以更喜歡被需要被依賴的感覺。當小樹全心全意信任他、依靠他的時候，當小樹想盡辦法吸引他的注意力，無論如何也不願離開他身邊的時候，他會特別有歸屬感，更產生一種深深的愉悅和滿足感。

沒人知道他心裡有多高興。他覺得自己的存在是有價值的，像氧氣一般不可或缺，於是浮躁的心自然而然就安穩下來。

他從不會覺得小樹煩人，更沒想過讓他自立自強。既然他上半輩子是在母親的保護下長大的，那麼下半輩子自然可以在戀人的呵護下老去，這沒有什麼不好。

想到這裡，季冕再次湊過去親了小樹一下。

肖嘉樹欣然接受了這個吻，暗暗忖道：十分鐘以內疊加的吻都不算，續航力依舊是半小時，半小時後我還得充電！

他覺得自己太幼稚太黏人了，所以不敢讓季哥知道，只能做一些無傷大雅的小動作。

季冕以拳抵唇，免得自己笑出聲來。

肖嘉樹趴在辦公桌上，一隻手撐著腦袋，一隻手把玩著季哥的袖釦，眼睛始終不離他左右。剛才答應製作人的事他有些後悔了，不知道該不該告訴季哥。雖然伴侶之間偶爾來一個小驚喜的確很浪漫，但這次的情況顯然不適合。

季哥在出發之前一定會問他要不要一起去，他明明要去卻說不能去，試想季哥的心情會如何？失望、難過、不捨……種種負面情緒會一直纏繞在他心間，糟糕的狀態從旅途開始一直持續到拍攝中段。與長達數天的焦慮比起來，短短一瞬間的驚喜能算什麼？

算個屁啊！將心比心，肖嘉樹寧願不要這份驚喜，也希望從一開始季哥就能陪伴在自己身邊。他已經答應過季哥，將來無論發生什麼事都會毫無保留地告訴他，又怎麼能出爾反爾？這可是他們一輩子的約定呢！

想到這裡肖嘉樹揉揉臉，似乎已下定決心。

季冕早已看不進劇本，深邃的眸子裡流轉著某種極濃烈的情緒。他非常確信，自己上輩子肯定做了什麼不得了的大事，譬如拯救天下蒼生，老天爺才會把小樹送到他身邊來。

他勉強壓下心中的悸動，正準備說話，小樹卻先開口：「季哥，我要告訴你一件事。」

「什麼事？」季冕看向他，表情深沉。

「我剛才簽了《荒野冒險家》第四集的合約，過兩天可以跟你一起去工作，但製作人讓我做為神祕嘉賓出場，說是要給觀眾一點驚喜，所以得瞞著你單獨去。我原本覺得生活中來一點驚喜也不錯，可認真考慮過後還是決定告訴你。我不想讓你帶著失望的情緒出門，也不想讓你孤零零坐十幾個小時的飛機，更不想讓你在拍攝的時候總惦記我。」

肖嘉樹撓撓腮幫子，羞赧道：「季哥，我知道我要是不能跟你一塊去，你肯定會非常非常難過，我不願意你難過。我們不是說好了嗎？無論生活中發生什麼事都要告訴對方，我現在告訴你了，驚喜就沒有了，會不會很沒情趣？」

季冕搖頭，「不會，你就是我生命中最大的驚喜。」

是的，只要小樹待在他身邊，對他來說每時每刻都會發生驚喜。

肖嘉樹很久沒紅過的臉頓時紅得滴血，伸出雙臂去抱季哥，聲音軟綿綿的，「我現在才發現季哥你其實挺會說甜言蜜語的，我真的有那麼重要嗎？」

「重要，」季冕垂頭看他，語氣嚴肅，「非常重要，遠超任何人，遠超你的想像。」

對他來說，小樹是未來的起點，也是過往的終結。

哎呀，我不行了，高興得快暈了！

肖嘉樹把腦袋抵在季哥胸口，恍恍惚惚地想道：對他來說，季哥也同樣重要。牽著季哥的手他可以不用擔心摔倒，也不用擔心迷失，腳下的路從未如此清晰，如此踏實。

總之，他們都在最好的時候遇見了最好的人。

季冕默默感受小樹的心意，不禁低笑起來。他把他抱進懷裡，捧著他的臉，耐心親吻他早已開啟的嘴唇，舌尖舔過他雪白的牙齒後探入口腔，與他的舌尖交纏。他的動作很輕柔，還帶著一點小心翼翼，彷彿含在嘴裡的是一顆糖果，一不留神就會化掉。

他吻得很綿長，每一個敏感的角落都會照顧到，然後勾著小樹的舌頭進入自己的口腔，吞嚥他帶過來的唾液。這個吻輕飄飄的，彷彿漫步於雲端；又沉甸甸的，似乎落入心田。

總會吻著吻著就忘了呼吸的肖嘉樹，這次一點也沒有呼吸困難的跡象。

他覺得自己正被季哥全心全意呵護著，每一根頭髮都熨貼了，每一個毛孔都舒暢了。他不知不覺掛在季哥脖子上，身體軟得像一灘水。

他偏偏腦袋，換一個角度去吻季哥，舌尖細細密密地舔著他的舌尖。

如果每一次季哥都採用這種極盡溫柔的方式吻他的話，他覺得他們完全可以去參加接吻比賽，不眠不休地吻上三天三夜都沒問題。

然而，三天三夜顯然是不可能的，過了大約十分鐘，方坤推門而入，大咧咧道：「季哥，我剛收到一封郵件，你看看……啊，不好意思，你們繼續！」

他砰一聲關上房門，狠狠罵了一句「臥槽」。

大白天的，還是在人來人往的辦公室，季冕，你可真有種啊！

你以前那些謹小慎微、愛惜羽毛、注重隱私，都他媽餵狗了嗎？

季冕這才結束這個甜蜜到極點的吻，用拇指抹掉小樹唇邊的唾液，又親了親他緋紅的眼角，把他抱坐到一旁的椅子上，語氣溫柔地道：「我先處理公事，等會兒繼續。」

「還繼續啊？」肖嘉樹咂嘴，好像很驚訝，心裡卻千百個樂意。

這樣的吻可不比小雞啄米一樣的吻，足夠他續航大半天。

季冕差點忍不住笑出聲來。他只聽說過淺吻深吻、乾吻濕吻、唇吻舌吻，可沒聽說過小雞啄米的吻，這絕對是小樹發明的吧？太可愛了……

「對，還繼續，你不想要？」他以拳抵唇，艱難忍笑。

「想要！」肖嘉樹跳下椅子，催促道：「我去上個廁所，回來之後你們必須談完啊！」

「好。」季冕彎腰幫他把鞋子撿起來，一隻一隻穿好。

肖嘉樹飛快親了季哥頭頂一下，美滋滋地跑走了。

季冕捂臉低笑，半晌才換上嚴肅的表情，沉聲道：「進來吧，以後記得敲門。」

……

肖嘉樹上完廁所正準備洗手，卻見林樂洋走了進來，身後跟著一名十六七歲的小男生，兩個人正言笑晏晏地說著什麼。

最近一段時間，《逐愛者》正在影院裡熱映，觀眾反應非常好。或許是因為失戀的緣故，林樂洋把一個反社會人格的變態演繹得淋漓盡致，也獲得了影評人的肯定，一舉奪得實力派小生的頭銜，未來很被看好。

雖然剛播出的《荒野冒險家》令他遭受了一些負面評論，但由於公關得當，風波很快就平息了。季冕不會平白無故就毀掉自己旗下的藝人，如果藝人發展得好，最終獲利的還是公司，這是雙贏的局面。

看見肖嘉樹，林樂洋愣了愣，竟不知該如何面對。他每天都關注肖嘉樹和季冕的微博，自然知道他們已經在一起了，而他說的謊想必也被拆穿了吧？這可不是普通的難堪。現在想起來，他都不敢相信做出那等卑劣舉動的人會是自己。

若是沒見著面，肖嘉樹差點就忘記還有林樂洋這號人。他一把拽住對方的衣領，把他扯進洗手間，狠狠一拳打在他腹部，咬牙道：「林樂洋，老子早就想這樣幹了！」

林樂洋痛得直不起腰，卻絲毫不反抗，倒是與他同路的小男生不斷去格擋，並義憤填膺地喊道：「你怎麼能打人呢？這裡可是冠冕工作室，不是你能撒野的地方！」

「老子就撒野了，你能怎麼樣？」一拳過後，肖嘉樹滿心的鬱氣都散了，把略顯凌亂的襯衫重新紮回褲頭裡，又洗乾淨手，這才不緊不慢地離開。

小男生似乎很不服氣，越過他朝總裁辦公室跑去，門也不敲就闖進去，劈里啪啦把之前的事情說了。林哥可是公司力捧的新人，季總絕對不會坐視不理。

林樂洋拉不住他，只好快速跟過去，表情別提有多難堪了。

反倒是肖嘉樹遲來一步，氣呼呼地站在門口。

「打哪兒了？」季冕放下文件，語氣淡漠。

「打肚子。」小男生想撩開林樂洋的衣服，卻被他緊緊拽住。

「沒打臉不就好了嗎？也不影響你最近的宣傳。」季冕看向戀人，發現他上一秒還瞪著眼睛，鼓著腮幫子，一副要與自己爭辯的表情，下一秒已經眉開眼笑地噘起嘴對自己拋飛吻，頓時好笑地搖頭。

季冕心平氣和地道：「過去的事已經翻篇了，以後好好工作吧。」

「好的，季總，我會努力工作的。」林樂洋連連點頭，把驚愕中的小男生拉出去。

季冕對戀人招手，語氣寵溺，「剛才氣鼓鼓的做什麼，以為我會罵你？」

「你敢？你要是罵我，我就，我就，我就……」肖嘉樹卡殼了，抓耳撓腮地想了老半天，也不知道該怎麼懲罰季哥才好。想說我就不理你了，這個真的辦不到啊；想說我就不讓你爬我的床，這個更辦不到。這是在懲罰季哥，還是在懲罰他自己啊？

過了大約幾分鐘，他才狀似凶狠地開口：「我就吃了大蒜再來親你！」

噗！季冕笑噴了，把他摟進懷裡親了一口，調侃道：「那正好，我喜歡蒜香味的吻。」

與製作人溝通過後，季冕成為唯一知道肖嘉樹即將參演《荒野冒險家》第四集的嘉賓。

兩人一大早就爬起來趕飛機，沒來得及吃早餐。

「季哥，你餓不餓？我去幫你買東西。」肖嘉樹舉起手機晃了晃。

「一起去，多買幾個麵包備著，路上餓了可以吃。」季冕攬住他的肩膀朝咖啡館走去。

用完餐肖嘉樹去櫃臺結帳，順便幫幾名助理打包早餐。季冕則兩隻手分別拎著兩個拉杆箱，站在門口等他。他戴著帽子和墨鏡，但出眾的身材和氣質還是被路過的粉絲認出來。

「哎呀，那是不是季神啊？」一個十六七歲的小女生驚呼道。

她的同伴連忙踮起腳尖去看，卻沒敢跑過去打招呼。

男人鶴立雞群一般站在路邊，比來來往往的外國人還要高出一大截，雖然穿著一套寬鬆的休閒服，卻掩蓋不了完美的身材，臉龐被墨鏡遮住一大半，但顯露在外的鼻樑、嘴唇、下頷卻十分性感，比摘掉墨鏡更多了幾分酷帥和神祕的味道。

很多人路過他的時候都會減慢行走的速度，若有若無地掃一眼，有些女生即便走過去了還會頻頻回頭看他，眼裡滿是欣賞，所以說氣質這玩意兒雖然虛無縹緲，卻是無法掩蓋的，一個人只要擁有足夠出眾的氣質，在哪裡都是焦點。

「沒錯，是季神，我可是他的鐵桿粉絲，就算他化成灰我都認得出來！」另一名小女生舉起手揮了揮，喊出口的名字卻變成了「肖嘉樹」，頓時尷尬了。

她的同伴全都用譴責的目光看過去，氣勢洶洶地道：「妳為什麼喊肖嘉樹？」

「我、我也不知道啊！」剛加入邪教的小女生捂住嘴，嚇得瑟瑟發抖。她的幾位好閨蜜都是純粉，要是知道她叛變了，這趟旅行一定會變成地獄之旅。

「妳是不是變成CP粉了？」領頭的小女生用指尖狠狠戳她腦袋，氣憤道：「妳趕緊給我退出，別害了季神！季神在娛樂圈打拚多年不容易，妳別把他的名聲搞壞了！誰喜歡跟一個男人傳緋聞啊，這又不是一件好事！CP粉是最沒前途的，我跟妳說，粉的時候多開心，

CP散了的時候就有多心碎，為了妳好，也為了季老師好，妳趕緊回歸大部隊吧！」

另外幾名小女生也圍攏過去勸解，好像同伴做了什麼十惡不赦的壞事一樣。當那位小女生抱著頭懷疑人生，甚至有些動搖時，聽見喊聲的季冕卻轉過頭看向她們，嘴角翹了翹。

他對戀人的名字特別敏感，只要一聽見就會下意識尋找，比聽見自己的名字反應還快。

被罵到臭頭的小女生愣了愣，不敢置信地道：「季神好像聽見了，他在看我們！真的，他真的在看我們，剛才還笑了！」

氣勢洶洶的小女生們立刻放下插腰的手，作乖巧狀。加入邪教的小女生大概天生性格就有點邪，竟然又硬著頭皮喊了一句：「季老師，肖嘉樹呢？」

她話音剛落，方才還萬分乖巧的同伴立刻沉下臉，狠狠瞪她。

臥槽，這種豬隊友是不能要了！

當著偶像的面竟然也敢拉郎配，簡直巨坑！

不不不，簡直天坑！

知道在機場偶遇季神一次有多難嗎？妳不好好地表達自己的崇拜之情就算了，妳扯什麼外人啊？但凡是個直男，都不會喜歡自己的名字跟另一個男人捆綁在一起吧？妳還想不想要到合照和簽名了？

小女生似乎意識到自己說錯話了，連忙以手掩面，無聲呻吟。

完蛋了，她會不會引起季神的反感從而拆散這對CP？她才剛入坑，這麼快就要被殘酷的現實砸醒了嗎？果然混CP圈都是沒前途的，嗚嗚嗚……

季冕的反應卻出乎所有人的預料。他先是四下看看，發現沒多少人注意到這邊，就豎起食指做了一個別聲張的手勢，然後對咖啡館裡招招手，臉上帶著溫柔的笑容。

不一會兒，穿著同款休閒服的肖嘉樹就從裡面走出來，手肘裡掛著一個塑膠袋，兩手各拿著一杯咖啡，自己低下頭喝了右手那杯，左手那杯就舉起來餵給季冕，粉嫩的薄唇不斷開合，似乎在說些什麼。如果他沒戴墨鏡，一定會露出眉飛色舞的表情，因為他在季冕面前從來都是那副模樣。

季冕自然而然低下頭喝咖啡，接著指了指小女生們。肖嘉樹轉頭看過去，薄唇忽然就揚起一個漂亮的弧度，雪白的牙齒彷彿在閃閃發光。

看見兩人親密無間的互動，小女生們都驚呆了，完全忘了跑過去要合照和簽名。兩人似乎在趕時間，雙手合十對她們做了一個感謝的動作就離開了。轉過身的時候，肖嘉樹去接季冕手裡的拉杆箱，被季冕躲開，還順手把他手肘上掛著的塑膠袋拿過去。一身輕鬆的肖嘉樹只能舉起咖啡杯投餵季冕。

似乎覺得這樣走著沒意思，肖嘉樹幾口把自己的咖啡喝完，扔進垃圾桶，接著便把空出來的手臂搭放在季冕肩頭，踮著腳十分彆扭地走著。他大半個身子都掛在季冕脖子上，令季冕不得不略微低下頭去將就他，臉上卻絲毫沒有不耐或不適的表情，反而頻頻偏頭看他，笑容寵溺，也會豎著耳朵認真聽他說話。

勾肩搭背的兩人越走越遠，邪教妹子這才舉起拳頭堵住嘴，免得自己尖叫出來。

啊啊啊，好萌好有愛！

幸好她有先見之明，在肖嘉樹走出來的瞬間就掏出手機錄了視頻。

這個資源要是放進群裡，大家一定會奉她為教主吧？ＣＰ圈真的沒白混啊！

當邪教妹子暗暗發送視頻時，另外幾個妹子的感覺卻非常複雜。沒見過真人，她們很難想像兩個男人在一起是什麼樣子，但季冕和肖嘉樹這一對實在是太特殊了，他們都有一張俊美逼人的臉，都有一副黃金比例的好身材，也都氣質出眾，氣場懾人。

他們分開單獨站著會顯得特別高不可攀，但湊在一塊的時候卻忽然從雲端掉了下來，這掉下來還不是臉著地的那種，而是非常有人氣的，會笑會鬧，快樂自在，和諧美滿。

呆呆看著他們遠去的背影，領頭的妹子咳了咳，尷尬道：「剛才季神是不是以為我們是肖嘉樹的粉絲啊？他跟肖嘉樹的關係可真好啊，真像一對親兄弟。」

「沒錯沒錯，他們是兄弟ＣＰ，沒什麼的，我們粉的又不是情侶ＣＰ。」邪教妹子此地無銀三百兩地解釋一句。管他什麼ＣＰ，天天有糖吃就行了。

「行吧，粉兄弟ＣＰ沒問題，以後大家在組織裡說話的時候注意點，別太出格啊！娛樂圈那麼複雜，季神交到一個真心實意的朋友不容易，我們得大力支持！」領頭的妹子爽快地揮了揮手，「走了，去辦登機手續。」

其他的妹子互相瞅瞅，乖巧地點頭。

其中一個妹子走到邪教妹子身邊，以極低的音量飛快說道：「我要入教，幫我引薦！」邪教妹子還來不及點頭，對方已經走上前去了，裝作一副沒事人的樣子。

過了不久，另一位妹子逮著空檔將她拉到一邊，急促道：「我要入教，快拉我進群，有好資源大家共用啊！」

嘖！這群人究竟是怎麼回事？剛才一個個罵我像罵孫子一樣，現在又一個個自己來裝孫子，好氣喔！但氣歸氣，妹子還是把她們拉進群了，邪教陣容進一步擴大。

# 第三章 肖少爺實力打臉，粉絲讚聲一片

旅途雖長，但有戀人陪伴在身邊卻彷彿一眨眼就過去了。

在距離熱帶海島最近的一座城市降落後，季冕不得不獨自離開，臨走交代了一大堆事。肖嘉樹也很難過，連著兩天沒怎麼睡得著覺，眼下微黑。

這次的荒野冒險採用的是極限生存模式，節目組不會為嘉賓提供一滴水、一粒米，所有的物資都得靠他們自己去打造或尋找。季冕繼續擔任紅隊隊長，之前建好的樹屋已被拆除，他們必須重新挑選一塊露營地從頭開始。

季冕憑藉豐富的經驗選擇了一個既曬不到太陽也不會積水的營地，然後幫大家分工。建造房屋可以先緩緩，最近天氣很好，短時間內應該不會下雨，但水、火和食物是重中之重，必須先把火生起來，再找到足夠的淡水和食物，這樣才能讓大家生存下去。

說是極限模式一點也沒誇張，節目組這次只給大家分發三樣工具，那就是匕首、指南針和針線包，沒有其他東西，而且規則比前幾集更嚴酷，誰要是撐不住了向工作人員討水喝討食物吃，就會立刻被淘汰，還會連累自己的小組輸掉比賽。

眾位嘉賓原本以為節目組是說著玩的，當大家真的活不下去了還是會伸出援手，可很快他們就意識到自己太天真了。第一天，兩個小組都沒能把火生起來，口渴了只能喝椰子水，找不著食物就吃澀得發苦的香蕉和酸溜溜的野果，那滋味簡直一言難盡。

勉強撐過這天後，大家的嘴唇都起了不同程度的水泡和白皮，看起來一個比一個憔悴。他們終於明白節目組這是想把他們往死裡整，若是不趕緊奮發圖強，出不了三天就會跪下哭著喊著求他們施捨一點食物，那可丟臉了。

「各位嘉賓，告訴你們一個不幸的消息，今天入夜會有暴雨，請大家做好相應的準備。我們不會提供乾淨的換洗衣物給大家，你們自己看著辦吧。」導演冒著生命危險說道。

被整得欲哭無淚的嘉賓果然造反了，脫掉鞋子就朝導演砸去。

「出完氣大家快去找食物吧，目測你們的椰子和水果都不多了，待會兒不是渴死就是餓死。」導演扶了扶鼻樑上的眼鏡，語氣很冷酷。

黃映雪和梁明珍抱頭痛哭，連聲說自己被節目組坑了，當初就不應該來參加這檔該死的節目，但她們哭得越厲害，形容越淒慘，觀眾就越愛看，這才是荒野求生的樂趣所在嘛。

代替林樂洋的嘉賓是一位二十出頭的流量小生，叫于玉宇，很會來事，見著誰都是哥哥姊姊地叫，非常有禮貌。他打著小皇冠的旗號，時時刻刻跟在季冕身邊，似乎是想要填補肖嘉樹的空位。

「哥，我們今天接著生火嗎？」他指著季冕親手打造的鑽木工具問道。

「先試一試吧，不行我們就去找水源和食物。」季冕擰著眉頭坐下。他昨天鑽了一天也沒能把火生起來，這才明白原始人是何等不易。由於工具太簡陋，鑽木的速度無法提升，很難摩擦發熱，取火用的小團絨草也不夠乾燥，每次出現一點火星總是一吹就滅了。

季冕昨天一整天都在驚喜與失望中徘徊，到今天甚至有些絕望了。

「再不行我們就乾脆不生火了。」他當機立斷地道。

幸好這是錄節目，而非真正的荒野求生，否則他早晚會死在這座島上。

于玉宇乖巧地點頭，「沒事的，沒有火我們還可以吃果子，哥，你別太給自己壓力。」他抱著膝蓋坐在季晁身邊，專注地看著對方。

節目組的良心還沒死透，好歹給季晁發了一雙手套，否則他的掌心早就磨破皮了。當他飛快鑽木時，腦子不由自主地想著小樹，想他一個人待在飯店晚上能不能睡著，會不會又玩通宵的遊戲，會不會忘了吃飯，會不會在街上亂走被人騙了……

小樹說的果然沒錯，如果這回他沒跟著一起來，季晁絕對會非常難過。雖然早已知曉他要參演的消息，但季晁依然會牽腸掛肚，依然會無比期待。對他來說，只要能見到小樹就是最大的驚喜，與事先知不知情完全沒關係。

「啊，有火星了！」于玉宇的驚呼打斷季晁的思緒，他連忙把木頭捧起來用手掌攏著，小心翼翼地吹火，卻不知于玉宇是有意還是無意，竟也噘著嘴湊過去，與他頭碰頭地吹。

季晁避了一下，火星被海風一吹瞬間就滅了，令他異常煩躁。他丟下已經鑽得焦黑的木頭，沉聲道：「你來試試吧，我離開一下。」

于玉宇仰頭看他，眼睛裡滿是委屈，攝影師立刻給他的臉來了一個特寫。

季晁沒說什麼，徑直離去，私下裡找導演詢問小樹抵達海島的時間。

「肖嘉樹已經出發了，大概還有一個小時才能到。他會坐一艘遊艇過來，到時候你們就能下海抓魚了。」

「還有一個小時？」季冕看了看手錶，眉頭皺得很緊。與導演分開後，他回到營地，發現于玉宇正捧著掌心掉眼淚，似乎受傷了，瞬間更感煩躁。他逐漸發現，哪怕與小樹在一起了，但離開他太久，自己仍然會控制不住脾氣，做什麼都沒法專心，看什麼都不順眼。

「你怎麼了？」他按捺住脾氣問道。

「我的掌心磨破了。」于玉宇舉起白嫩的掌心，淚眼汪汪地說道。

真奇怪，若是小樹露出這種表情，季冕只會覺得可愛，繼而心疼，換了一個人，他卻覺得對方太弱了。磨破皮算什麼，小樹當初整個腳掌都掉了一層皮，也沒見他喊一聲疼。

不行，這件事真不能想，一想季冕就會炸。

他壓下滿心不耐，問道：「導演不是發了手套給大家嗎？你沒戴？」

于玉宇臉色微微一僵，低聲道：「我忘了。」說著就開始翻找工裝褲上的眾多口袋，總算從屁股後頭把手套找出來。

「喏，這是針線包，把水泡戳破，但別把皮掀開。」季冕把針線包遞過去，接過木頭繼續鑽。他每隔幾分鐘就會看一眼手錶，心情越來越浮躁。與小樹在一起的時候，一個小時彷彿一眨眼就過去了。離開他，一個小時就像一年那麼漫長，原來這就是「度日如年」的感覺，古人真會形容。

于玉宇笨手笨腳地拿起針挑水泡，外出找食物的黃映雪和余柏秀回來了，面帶難色。

「小魚手掌磨起泡了？來來來，姊姊幫你挑！」黃映雪連忙抓住于玉宇的手。于玉宇湊近她，小聲問道：「姊，季哥是不是不喜歡我啊？他都不怎麼跟我說話？」

「沒有，他對誰都那樣。」已經錄了三集的黃映雪再也不會認為季冕是溫和可親的人，恰恰相反，他對誰都保持著一種不遠不近的距離，不會讓你感到難堪，但也不會多好受，試圖與他培養親密無間的關係簡直是妄想。

黃映雪起初還以為憑藉自己的美貌和性別能獲得季冕的優待，誰知從第一集開始她就明白，優待什麼的簡直是癡人做夢，他沒把女人當男人使，把男人當牲口使就算不錯了。當然也有例外，可惜那個人只錄了半集就退出了，不然他們的日子會好過很多。

當黃映雪胡思亂想的時候，余柏秀戰戰兢兢開口：「隊長，我們只找到這點東西，不知道夠不夠吃……」他放下用外套做成的包裹，展示今天的戰利品：一顆椰子、幾個酸棗、一串綠油油的香蕉。

節目播出後他們才知道季冕懼高，所以主動攬下摘椰子的任務，無奈余柏秀根本不會爬樹，試了好幾次都沒攀上去，只好拿石頭砸，拿竹竿捅，忙活半天才弄下來一顆椰子，外殼還是黑的，不知道有沒有爛。

一顆椰子四個人分怎麼夠？大家一定會渴死的吧？

季冕也意識到了問題的嚴重性，嘆息道：「看來這火我們不生也得生，有了火，我們才能從海水中蒸餾出淡水。」

「是啊，我和映雪都不會爬樹，小魚手掌又破了，現在唯一的辦法就是蒸餾海水或者收集露水。」余柏秀抹了一把臉，從未感覺生存如此艱難。收集露水太麻煩，幾小時弄來的水還不夠一口喝的，完全不頂用。

「那就輪流鑽木吧。」季冕拍板道。

當紅隊隊員圍著木頭乾瞪眼時，藍隊卻沒這種煩惱。施廷衡會爬樹，要多少椰子都能摘到，食物也都是水果，可以生吃。他們也試過鑽木取火，同樣沒能成功，很快就放棄了。

別以為鑽木取火很容易，一位資深探險家曾做過直播，光生火就用了十二天，簡直是荒野求生的最大挑戰。事後他告誡大家不要對火太執著，有就有，沒有就湊合，除非你打算在野外生活好幾年。

忙了大半天之後，黃映雪脫掉手套狠狠擲在地上，崩潰道：「老娘不幹了！你們加油，今天誰要是把火生起來，我就跪下喊他爸爸！」

「妳要是能把火生起來，我跪下喊妳媽也行啊！」余柏秀已經完全不顧忌形象了。

「我再來試試吧。」于玉宇小聲道。

季冕眉頭皺得很緊，真想把這截木頭遠遠扔進海裡去。攝影師對準他的臉，把他煩躁異常的表情拍攝下來。

就在這時，海平面上駛來一艘遊艇，一個人站在船舷拚命揮手。季冕先是愣了愣，然後扔掉木頭飛快朝海邊跑去，手搭涼棚極目眺望。遊艇越來越近，船上的人抓著欄杆努力往前傾，大聲喊道：「季哥，我來了！」

季冕緊繃了一天一夜的臉終於舒緩下來，嘴唇微微一翹，愉悅地笑了。

他擺擺手，緊張道：「別趴在欄杆上，小心掉下去！」

「哦！」快馬加鞭趕來的肖嘉樹連忙後退，站在甲板上一下一下地蹦躂，脖子也伸得老長，彷彿這樣就能把季哥看得更清楚。若是可以，他恨不得立刻跳下海，朝季哥游去。

「季哥，你過得好嗎？」肖嘉樹高高地跳一下，「季哥，你想我嗎？」他又跳一下，「季哥，看我……」他跳著跳著竟然唱起歌來，像一隻興奮到極點的兔子。

季冕扶著額頭朗聲大笑，這一天一夜的糟心生活，都被此時此刻的驚喜抵消了。

黃映雪和余柏秀等人早就笑得直不起腰來，差點摔進海裡。第一集的時候他們就知道，肖嘉樹絕對是紅隊的搞笑擔當，有了他，大家的日子肯定會好過起來。

肖嘉樹的突然出現帶給大家很多驚喜，更何況隨他而來的還有一艘遊艇，大家可以乘坐遊艇出海捕撈海鮮。啃了一天的果子，所有人餓得眼睛都綠了。

遊艇在靠近淺海的位置拋錨，船員放下一艘橡皮艇，讓肖嘉樹自己划過去，但他從來沒划過船，掌控不了方向，划了老半天只是在原地轉圈，差點沒把待在岸上的嘉賓笑死。

季冕一邊笑一邊搖頭，表情寵溺，眼見小樹快炸毛了，這才喊道：「別下水，我游過去接你，聽見了沒有？」

「聽見了！」肖嘉樹放下船槳，「季哥，你小心點啊！」

他緊張萬分地看著季哥，生怕水裡忽然游來一條鯊魚或一群水母什麼的，所幸任何意外都沒發生，季冕安全地登上橡皮艇，把思念許久的戀人抱進懷裡拍了拍。

肖嘉樹順勢摟住他的腰，飛快在他耳邊說一句：「季哥，我想你了！」

兩人對視一眼，笑容燦爛。

有了季冕的加入，橡皮艇很快抵達岸邊。

娛樂圈裡關係最鐵的明星是誰？這個問題讓不同的人來說自然會有不同的答案，但自從《荒野冒險家》第一集播出之後，季冕和肖嘉樹這對兄弟CP早已深入人心。若把他們的關係形容為「塑膠花兄弟情」，莫說兩人不答應，就連兩人的粉絲也會抗議。

於是，在默認了兩人關係最好的前提下，肖嘉樹自然而然被分到紅隊。

「季哥，你們在鑽木取火啊？」看見被擦黑的木頭，肖嘉樹滿臉新奇。

「是啊，小樹，你知不知道鑽木取火有多難，我們四個人輪流鑽了一天一夜都沒把火搞定！」黃映雪抱怨道：「我都快原地爆炸了！」

肖嘉樹擼起袖子，「我來試試！」

季冕立刻脫掉自己的手套幫他戴上，仔細教他怎麼搓木頭。兩人頭挨著頭研究半天，臉上均帶著微笑。季冕緊皺了一天一夜的眉頭徹底舒展了，前幾集建立起來的威嚴大魔王形象瞬間崩塌。

面對肖嘉樹的時候，他不知道有多耐心，又有多溫柔，見肖嘉樹總是搓著搓著就把木頭搓飛，還會朗聲大笑。不僅攝影師注意到了他的變化，頻頻給他溫柔的表情拍特寫，就連黃映雪和余柏秀也感慨萬千。

兩人互相擠擠眼睛，交換了一個心照不宣的表情。

果然，只要肖嘉樹來了，大家的日子就好過了。

之前鑽木的時候越鑽越煩躁，營地上空彷彿都籠罩著一層厚厚的陰雲。現在再瞅瞅，這兩人竟然鑽著鑽著還會靠倒在一起笑，什麼愁雲慘霧、又飢又渴，全都成了浮雲，極限生存模式瞬間就被他們玩成了極限度假模式，心情萬分愉悅。

于玉宇盯著兩人看了半天，笑容越來越勉強。

有了肖嘉樹，在人設和定位上略帶重複的他就顯得比較多餘了，而且季冕還不怎麼待見他，情況只會更糟糕。正當他暗暗詛咒這火永遠生不起來的時候，肖嘉樹竟然擦出了一顆火星，連忙用手攏著遞到季冕嘴邊，讓他吹吹。

季冕徐徐吹氣，並不擔心火星會再次滅掉。

只要小樹來了，他的心就定了，火滅了再生，水和食物沒了去找，有什麼大不了？

都說男女搭配幹活不累，這話應該改一改，叫夫夫搭配幹活不累。

哪怕經歷一萬次失敗，季冕也有信心從頭再來。

良好的心態奠定了良好的生活狀態，肖嘉樹一來，心情大好的季冕很快就把火星吹燃，送進早就搭好的枯枝裡。當篝火熊熊燃燒起來時，紅隊的隊員跑到沙灘上跳起了森巴舞，令藍隊的人羨慕不已。

唯獨季冕和肖嘉樹還坐在火邊，笑嘻嘻地看著彼此。

季冕把戀人的腦袋壓下來，用自己衣服的下襬幫他擦拭額頭的汗水和臉上的黑灰，印刻在他胸口的英文字母若隱若現。

肖嘉樹盯著字母看了一眼，再抬頭時臉紅紅的，像是有點害羞。他拍拍季冕的胸口，掌心正按在那串代號上。季冕心領神會，伸出手去扶他的腰，指尖飛快滑進他褲頭，摸了摸刺在他皮膚上的愛的記號。

在鏡頭的監控下傳遞只有彼此才懂的愛意，這種感覺很刺激。

蒸餾海水需要用到大塊的塑膠布，但劇組無論如何都不願提供工具，渴得快死的幾人只好去山裡找水。期間，肖嘉樹以方便為名，將季哥拉到一塊大石頭後面，給他一個綿長而又甜蜜的深吻。

「幫你潤潤嘴唇和喉嚨，你嘴唇都起皮了。」吻完後，肖嘉樹像沒事人一樣走出去。

跟在他身後的季冕撫撫不再乾燥的唇瓣，滿足地笑了。果然，只要小樹待在他身邊，渴了餓了似乎都不成問題，一切都會好起來。

兩人找到一片竹林，選中一棵最為粗壯的竹子，在靠近根部的地方打了一個小孔，又插了一根竹枝做成的小管子，等待自然分泌的竹水。

「真的會有水流出來嗎？」肖嘉樹蹲在地上，眼睛直勾勾地瞪著小孔。

「會。」季冕用石頭磨了磨已經有些捲刃的匕首。

「可是我們沒有杯子，怎麼接水？」肖嘉樹忽然想到這個重要的問題。

「直接用嘴喝唄。」季冕存心逗他。

「孔開得這麼低，怎麼接啊？」肖嘉樹盡量壓低腦袋，叼住竹管，覺得這個姿勢太累又趴下，還是覺得累便直接躺下了，腦袋放置在竹管下方，張開嘴巴接水。等了半天竹水也沒出來，害得他腮幫子都疼了。

看著他的傻樣，季冕強忍笑意，擺手道：「這棵竹子迎風，可能不會出水，我們得找一棵背風的竹子，只有竹子靜止不動的時候才會產生竹水。」

「哦，好。」肖嘉樹爬起來，跟在季冕身後走了老長一段路才後知後覺地跳腳，「不對，季哥你剛才是耍我的吧？不出水，你讓我躺下用嘴巴接？你是不是想看我出糗？」

季冕這才朗聲大笑，任由戀人輕輕捶打自己的後背。

黃映雪等人也捂著嘴笑出來，感覺肖嘉樹真的很單純，很容易被騙。

一行人又走了一段路，肖嘉樹再次後知後覺地跳腳，「不對，沒有杯子我們可以削竹筒，根本不用張口去接嘛！季哥，你還是在耍我！」

太過信任季哥的下場就是，無論對方說什麼他都會信，壓根兒不過腦子。

不過，別看他表面上氣呼呼的，心裡其實很快樂，差點就繃不住笑了。

他喜歡季哥偶爾的小逗弄、小幽默，這樣生活才有滋味。他沒再用拳頭捶季哥，而是直接跳到他背上，雙手緊緊摟著他的脖子，雙腿緊緊夾著他的腰，無論如何都不肯下來，嘴裡嚷嚷著「看我壓死你」。

季冕連忙反手去托他的屁股，害怕他摔了，臉上的笑容更顯愉悅。兩人一路走一路打鬧，叫黃映雪等人看傻了眼。臥槽，這還是他們嚴肅冷酷的隊長嗎？還是那個說一不二、氣勢駭人的暴君嗎？畫風突變得太猛烈了吧！

心情愉快了，做什麼事都會更容易，一行人很快弄到足夠的竹水，不但自己喝飽，還用竹筒帶回去很多。水、火都解決了，他們就用竹竿和香蕉葉搭了一個簡易的窩棚，然後坐船出海去釣魚。

為了保證戀人不被餓著，季冕潛入海底挖了幾個巨大的硨磲，還抓了一隻龍蝦，而其他人什麼都沒釣著，只能空手而歸。

吃晚飯的時候，季冕想讓戀人多吃點，便捂著肚子說道：「我飽了，小樹你多吃點。」幾乎是同一時間，肖嘉樹也捂著肚子說道：「我飽了，季哥你多吃點。」

兩人互相看看，繼而燦笑。

對方那點心思他們能不知道？原本還餓著，在這一刻卻覺得無比饜足。

黃映雪以手擋臉，默默吐槽：狗男男，沒眼看！想罷自己也忍不住笑了。

夜裡果然下起了暴雨，窩棚的架子沒搭牢，很快就散了，把幾人壓得嗷嗷直叫。雨點打在身上那叫一個疼，驟然降低的溫度也叫人很不好受。黃映雪和余柏秀正等著隊長發飆，卻見肖嘉樹頂著一片巨大的芭蕉葉喊道：「季哥，快過來，我們一起避雨！」

兩人躲藏在芭蕉葉下，身體緊緊挨在一起，看著雨滴，聽著雨聲，竟然笑了，彷彿這是一件非常有趣的事，也是難得的體驗……

臥槽，這叫啥？這叫有情飲水飽，還是用愛發電？

一直秉承單身主義的黃映雪在這一刻非常想談戀愛，非常非常想。

三天三夜的拍攝結束了，對某些人來說這裡是地獄，每一天都在煎熬中度過，對某些人來說這裡卻是天堂，每一分每一秒都輕鬆而又自在。紅隊前期過得有多糟糕，後期就有多順利，肖嘉樹彷彿是他們的外掛，他來了火就生了，水也有了，下暴雨根本不算事兒。

離開海島時季冕還有些戀戀不捨，笑道：「下次我們再來度假。」

「好啊！」肖嘉樹熱烈響應。不管去哪兒，只要有季哥在，他都覺得很好。他始終相信只要兩個人的心是靠在一起的，就能生活得有滋有味，而這次的海島之旅更印證了這一點。日子是人過的，好與不好自己能控制，與金錢、地位、權力沒有太大關係。有錢的話，豪車、豪宅一樣過；沒錢的話，窩棚、窩頭一樣過，最重要的是人，是愛，是心態。

聽見肖嘉樹的心聲，季冕揉揉他的頭，笑容格外明朗。

季冕和肖嘉樹兩人與劇組分開後，飛去美國參加《蟲族大戰Ⅲ重返地球》的首映會。

首映會在好萊塢的劇院舉行，場上冠蓋雲集，星光熠熠。由於肖嘉樹是新增的角色，而且還是華人，受邀媒體對他的興趣不大。當別的演員不斷被提問時，他全程坐著觀看，看起來異常沉默。

季冕做為製片人和主角，受到的關注自然最多，總會有意無意地將話題引到戀人身上，卻見戀人悄悄擺手，拒絕了他的好意。

肖嘉樹始終認為一個演員最好的名片不是人氣，而是演技。媒體採不採訪、關不關注，真的不重要，只要自己的演技能得到觀眾的認可就夠了。

好的演員不是靠媒體捧上去的，也不是靠粉絲捧上去的，而是靠作品。優秀的作品是堅固的基石，可以讓演員始終屹立不倒。

為什麼現在的明星那麼容易過氣？為什麼有些紅得發紫的巨星只要人設一崩就再也不能冒頭？歸根結柢還是因為他們沒有作品，沒有實力，所以少了許多底氣。

有作品又有實力的演員，無論被壓制得多狠，只要給他一個出彩的角色，他立刻就能重新站起來了。

肖嘉樹喜歡依賴季哥，但在表演方面卻有自己的想法。他不需要季哥刻意去捧，紅不紅或火不火無所謂，他只需要演好每一個角色就行，無愧於己也無愧於觀眾。

季冕深深看他一眼，這才沒再把話題往戀人身上引。

訪談的過程中，肖嘉樹一直是坐冷板凳的狀態，但這場首映禮是全球首映禮，當北美開始上映時，華國也將同步上映。也就是說，全球的網友都可以通過相應的直播平臺看見現場畫面，這就很尷尬了。

肖嘉樹的粉絲都為偶像感到心疼，認為主辦方故意冷落他，是種族歧視，而同樣身為華人的季冕卻得到了最為特殊的對待，這種說法顯然是站不住腳的。

黑粉、噴子和某些人聘請的水軍開始冒頭，諷刺道：「又來一個去歐美打醬油卻硬說自己是國際咖的小丑。真以為歐美影視圈那麼好混？快回來吧，別去外面丟人現眼！」

「老子都替他臉紅，也不知道他是怎麼硬撐著坐在那裡的！我敢打賭，就算他一個人偷偷溜走，現場的記者也不會發現，他就是個透明人嘛！導演一直不願透露他在電影中扮演什麼角色，我嚴重懷疑他只有一兩個鏡頭，出現的時間不超過三秒！這種事對華國藝人來說太平常了，為了打入好萊塢，他們連臉都不要！」

「再過兩天姜冰潔的《機器戰警》也要舉行全球首映會，聽說她是主咖，待遇非常好，到時候就靠她來幫咱們華國掙回顏面！姜冰潔的戲分很重，與弗雷德有超多對手戲，非常精彩！弗雷德還曾公開表示很喜歡姜冰潔，想與她深入交往！看看姜冰潔多有魅力，多給咱們長臉，再看看肖嘉樹，唉，不說了，說多了都是淚！」

毫無疑問，這人必定是姜冰潔雇傭的水軍。

他的評論剛刷出來，大量水軍便湧入網路為《機器戰警》和姜冰潔造勢，手段很老套，這邊踩了那邊捧，效果卻非常好。姜冰潔似乎跟肖嘉樹槓上了，見著他就要踩兩腳，不過這也不奇怪，肖嘉樹和她是唯二在好萊塢接到重要角色的華國藝人，而且兩部電影幾乎是前後腳公映，免不了要比個高下。

當然，姜冰潔是不敢和季冕較勁的，人家早已經不屬於藝人這個範疇，而直接上升為可以主宰藝人生死的娛樂業巨頭，和他比完全沒有意義，更討不了好。

尷尬的首映會終於結束了，場上的燈光暗下來，電影開始播放。

退出直播間後，很多人去買了電影票，季冕和肖嘉樹的粉絲是最積極的那一批，但更多人採取了觀望的態度。

如果電影票房大熱，這必定是所有主創人員的功勞；如果電影票房撲街，媒體自然而然會讓肖嘉樹來背這個鍋，誰讓他是最軟的柿子，可以隨便捏呢？

肖嘉樹的粉絲坐在黑暗中，眼睛直勾勾地盯著螢幕，手心為偶像捏了一把汗。這部電影對他來說太重要了，一定一定要成功啊！他演技那麼棒，為人那麼好，還如此努力認真，憑什麼總被人誤會非議？這世道真是越來越叫人看不懂了！

恢弘激昂的片頭曲結束，劇情慢慢展開，季冕和一眾主角的表現依然很棒，還是熟悉的配方熟悉的味道，如果只是他們參演，按照這個節奏，票房應該出不了太大問題，唯一的變數竟成了新插入的，由肖嘉樹扮演的那個角色。

如果他的角色比較討喜，劇情也不突兀，那該多好？最怕的是他扮演的角色既不討喜，也毀了劇情，那就糟糕透了。當肖嘉樹的粉絲緊張得快爆掉時，探險小隊進入遺跡深處，發現了保存在罐子裡的CT001。雖然觀眾只能看見他的背影，而且時間只有兩秒，但那短短一瞥卻帶給太多人驚豔的感覺。

他背部的肌肉一塊一塊繃得很緊，起伏的線條十分流暢漂亮，藍色的液體包裹著他，令他本就白皙細膩的皮膚像瓷器一般散發出微光。這個背影把力量、美麗和優雅結合在一起，牢牢攝住了觀眾的心神。

肖嘉樹的粉絲瞬間就安心了，聽見四周傳來小小的驚呼和抽氣聲，忍不住笑起來。他們多想驕傲地宣布：看看，看看，這就是我的偶像，他多棒啊！

同樣的情況在歐美也上演著。歐美人對華國男性大多抱有偏見，並將他們置於婚戀市場的最低端。他們認為華國男性矮小懦弱，不值得交往，但肖嘉樹僅憑一個背影就打破了這個固有的印象。

他的身體很修長，寬肩窄腰長腿，完美的比例和完美的皮膚令他看起來像一個假人，然而他扮演的就是一個假人，這沒毛病。

鏡頭移到正面，只拍攝他的臉，很想欣賞他下半身的女性觀眾暗暗在心裡嘆了聲可惜，甚至連很多男性都覺得導演有點缺德，幹嘛把最關鍵的鏡頭剪掉，不過很快他們就被他俊美逼人的面容吸引了，他深邃的五官彷彿被上帝親吻過，沒有一處不符合人類的審美，也沒有一處存在瑕疵。

CT001這個角色越發顯得虛幻起來。

當探險隊員為了是否喚醒他而展開爭論時，當他們打鬥中撞到水罐，不少觀眾把心都提了起來。微小的氣泡順著CT001濃密的睫毛脫落、上浮，這個畫面緊緊拽住了觀眾的神經，讓他們連氣都不敢喘。

智者終於啟動了喚醒程式，CT001破罐而出，大殺四方。他沉睡時已如此令人忌憚，清醒後的強大更令人感到恐懼。他帶領探險小隊在狹窄的地道中疾奔，表情始終那樣平靜，眸光始終那樣冷酷，他在斷裂的隧道中騰挪跳躍，徒手撕裂迎面撲上來的蟲獸，鮮紅的血點在他四周綻放，而落地後的他卻依然纖塵不染。

他修長的體型和優雅的體態讓他的打鬥動作格外飄逸。他像一道殘影也像一隻幽靈，大肆收割著蟲獸的生命。他似乎是無情的，可以隨意把一支軍隊引入死亡陷阱，卻又在最後一刻選擇犧牲自己。

前兩部《蟲族大戰》從來不宣揚個人英雄主義，但在這一部，CT001的出現卻把個人英雄主義渲染到極致，這顯然很合歐美觀眾的胃口。他們喜歡看他大殺四方，更喜歡他在血霧中穿行的英姿。當他胸口炸裂的時候，看著他眼角流出的兩行眼淚，很多觀眾都紅了眼眶。

《蟲族大戰》三部曲的成功歸結於精彩的劇情、宏大的場面、逼真的特效、優秀的演員及激烈的動作編排和對人性的探討。它不僅僅是膚淺的商業電影，還具有深刻的現實意義。

在最沒有人性的CT001身上，觀眾發現了最美好的人性。太空船緩緩升空，季冕扮演的智者站在窗邊久久凝視母星，彷彿想透過雲層看見CT001的身影。他發出深沉的嘆息，與此同時，很多觀眾都忍不住慨然長嘆。

被劇情吸引的肖嘉樹的粉絲這才回過神來，繼而湧上無盡的驕傲。他們一直知道自己的偶像演技很棒，卻從來不知道他能做到這種程度。機器人非常好演，只要板著一張臉就行，說這話的人一定是個白癡。

機器人是死物，眼裡只有冰冷和無情，如果內心稍有波動，就會透過眼神傳遞出來，導致觀眾出戲。肖嘉樹既要演繹出CT001的冷，又要演繹出他產生人性後的暖，這一冷一暖的交替和無時無刻的自我壓抑讓這個人物充滿了閃光點。

哪怕一個眼神沒控制好，這些閃光點都會瞬間熄滅，讓CT001淪為一個乏味又毫無說服力的角色，其難度之大是外行人難以想像的，但肖嘉樹做到了極致，他優秀的表現使CT001這個角色成為《蟲族大戰Ⅲ重返地球》最大的亮點，他的演技遠遠超出大家對他的期待。

為了讓同胞活下去，一大批志願者注射了從小女孩身上提取的病毒，前往被蟲族占領的星球赴死。在巨大的血霧中，在接連不斷的爆炸聲中，蟲族最終走向滅亡，而倖存者只能靜立在太空中為逝去的英靈哀悼。

人類用慘痛無比的代價換來了和平，他們乘坐飛船返航，目的地是地球。

悲愴的片尾曲緩緩響起，密密麻麻的字幕爬上大螢屏，觀眾這才吐出一口氣，心裡充滿感動和震撼。都說系列電影總會陷入一個怪圈，那就是越拍越乏味，越拍越退步，很難延續

第一部的輝煌，可這個定律放在《蟲族大戰》三部曲上顯然是不成立的。

當第二部開拍的時候就有影評人放言：第一部的成功太過耀眼，第二部將很難超越。實際上，第二部的票房和口碑都超過第一部太多，被當時的媒體譽為最成功的續作之一。

當季冕決定投拍第三部時，很多人都勸他不要自毀長城，尤其第三部還要打破原有的演員陣容，新插入一個角色，若是這個角色找歐美大腕來演就算了，他偏偏找一個東方新人，這種舉動無疑是非常冒險的。

有人猜測季冕早晚會後悔，或者在萬不得已的情況下大量刪減該新人的戲分，以此來挽救這部電影。從CROWN環球影業投放的宣傳片來看，這個新人出現的時間很短，只有三秒鐘。沒錯，真的只有三秒鐘，而且還是一個安靜無比的，與季冕對視的片段。

觀眾幾乎猜不出他扮演的是什麼角色，瞬間就會把他忘到腦後，結果看完電影，他們才明白這個片段究竟代表著什麼意義。CT001為了救出探險小隊，不惜犧牲了數萬軍人，在這種慘烈的情況下，智者與他有了一段對話。也是在這一刻，他才終於意識到人類是多麼強大的一個種族，而自己一直缺少的又是什麼東西。

由此，他的自我意識中產生了人性，一面對它感到疑惑進而壓抑，一面又放任了它在他的腦子裡生根發芽，他的覺醒和犧牲奠定了人類和所有智慧種族的勝利。

如此再回過頭來看宣傳片，不難發現在短短的三秒鐘裡，CT001的眼神經歷了怎樣驚心動魄的掙扎和變化，冷酷被複雜的情感撕裂，最終又盡數歸於平靜。他彷彿還是那個冰冷的機器人，又彷彿煥然一新。

這一刻對整部電影來說都是極其關鍵的一刻，不得不把它剪輯在宣傳片裡。沒看過電影的人永遠說不出它好在哪裡，看完電影的觀眾卻會被深深震撼。

一名歐美觀眾用激動的心情寫下這樣一段影評：「剛開始看宣傳片的時候，我根本沒記住肖這個人，看完電影之後我把宣傳片反覆看了幾十次，我的目光完全被肖的眼神變化吸引。究竟需要怎樣精湛的演技才能在短短三秒鐘的時間裡讓一部機器擁有生命和靈魂？這樣的演技可以和魔法媲美吧？但是肖做到了，肖扮演的CT001毫無疑問是《蟲族大戰Ⅲ重返地球》最出彩的一個角色！」

還有人表示：「看完電影，我的腦子裡反覆浮現的不是身材火辣的曼莉，而是肖赤裸的背影！上帝啊，我一定是被肖掰彎了！」

觀眾對電影的評價很高，對肖嘉樹的表現更是滿意，都認為他的存在並未毀掉《蟲族大戰Ⅲ重返地球》，反而讓它大放異彩。甚至有人認為，如果第三部沒有設置CT001這個角色，或者換一位演員來演，都無法獲得同樣的成功。

西方演員習慣大開大合的表演方式，表情、動作、臺詞會比較誇張一點，但東方演員演繹角色的方式更為細膩內斂，於無聲處顯真情，而CT001本身就是個非常安靜內斂的角色，要想充分表達他的內心世界，只能依靠眼神或一些非常微小的動作。

在這一方面，沒人能比肖嘉樹做得更成功。

當燈光重新點亮的時候，所有人都站起來熱烈鼓掌。

毫無疑問，這部電影成功了，它將延續前兩部的輝煌。

肖嘉樹緩緩站起來，目光複雜地看著大銀幕。這不是他第一次在電影院裡觀看自己參演的作品，但激動的心情絲毫沒有減少。不同於上一次，他會一邊看一邊反省自己哪裡做得不夠好，哪裡可以改進，這次他只是專注沉浸在劇情裡，就像一個再普通不過的觀眾。

表演已經結束，再來評價自己真的很沒有必要，也無法挽回些什麼，他能做的只有一件事，就是演好下一個角色。他看向季哥，發現他豎起了大拇指，這才露出燦爛的笑容。

季冕越過導演和其他人，走到肖嘉樹面前擁抱他，「小樹，我為你感到驕傲。」

肖嘉樹沒說話，只是摟著季哥的手臂悄悄收緊了一下。

「走吧，我們回飯店。」季冕拉著戀人的手慢慢穿行在人群中，幾名保鏢圍上來隔絕了瘋狂的記者和影迷。

「這麼早就回去？放映結束後不還要接受記者採訪和參加慶功宴嗎？」問歸問，肖嘉樹依然乖乖地跟在季哥身邊。

「不參加了，讓他們自己玩去吧。今天沒有任何記者主動向你提問，說實話我心裡很不痛快。」季冕難得有些孩子氣地說道：「現在他們想來採訪你？晚了！我會為你安排最熱門的訪談秀，不稀罕這些人的報導！」

肖嘉樹忍笑道：「好，咱們不跟他們玩。」

季哥不爽的樣子好可愛，嘻……

季晃腳步微微一頓，臭了好幾個小時的臉瞬間舒展開來。

周圍不斷有記者舉起麥克風呼喚肖嘉樹的名字，嗓門一個比一個大。他們無論如何都沒想到，這個名不見經傳的東方小男生竟然表現得如此優異。在觀影過程中，只要CT001出現在螢幕上，周圍的女人，甚至有些男人，一定會捂住嘴小小抽氣，眼裡滿是癡迷。CT001的人設簡直太完美了，而扮演他的人足夠承擔得起這份完美。

放映結束後有記者隨機採訪了十名觀眾，問他們印象最深刻的角色是誰，有九個回答的都是CT001，還有一個回答的是肖。哦，CT001就是肖，肖就是CT001，這有什麼區別嗎？又問他們最喜歡的角色是哪一位，答案也都非常統一。

這些記者幾乎已經能夠預見，《蟲族大戰》三部曲完結後，最受觀眾喜愛的角色排行榜中一定會有CT001的一席之地，而與其他幾位主要演員比起來，他竟然只是一個參演了半部電影的配角，此等魅力實在驚人。

首映會上對肖嘉樹採取無視態度的記者這會兒悔得腸子都青了。最出彩的一個角色他們偏偏沒能拿到一點實料，回去怎麼向老闆交差，怎麼寫報導？所幸放映結束後還有一場記者會，可以讓他們亡羊補牢一下。

可是，現在是什麼情況？肖呢？他為什麼走了？華國演員不是都以打入好萊塢為榮嗎？這麼好的宣傳機會，他為什麼不抓住？他難道不知道憑藉這部電影和CT001的角色，他已經可以在眾星雲集的好萊塢擁有一個席位了嗎？

「肖，請你停一下好嗎？我想採訪你！肖……」記者們喊得脖子都粗了，留給他們的卻只是一個越走越遠的背影。

當肖嘉樹扮演的ＣＴ００１在北美掀起風潮時，華國觀眾同樣不能平靜。

事前踩踏肖嘉樹的噴子和黑粉完全不敢說話了，他們的預言沒有一個是準確的，肖嘉樹只是一個打醬油的小丑？不，他的戲分是整部電影的重中之重，幾乎所有精彩的打鬥場面都是由他來完成的，而他更將上半部分的劇情推向了高潮。

他的演技不行，給華國丟臉？這更是一個天大的笑話。不知多少人被他扮演的ＣＴ００１弄得心跳加速，又有多少人在他死亡之後偷偷掉了眼淚。首映會結束後，歐美網站上的影評像雨後春筍一般冒出來，幾乎都在誇讚肖嘉樹精彩至極的表現。如果這都叫丟臉，那真正去好萊塢打醬油的華國明星豈不是不用活了？

放映會結束後，肖嘉樹被記者追著喊的視頻不知被誰傳回國內，而他和季冕卻連頭都沒回，徑直走遠，背影別提有多冷酷了。

很多網友點開視頻後都忍不住笑起來，調侃道：「哈哈哈，這大概就是『今天你對我愛答不理，明天我讓你高攀不起』的真實寫照吧！才短短兩個半小時，在發布會上坐了冷板凳的肖嘉樹就成了大家爭相報導的最熱新人，這反轉也來得太快了！」

「爽啊！粉了這麼一個爭氣的偶像是什麼感覺，今天我終於知道了，所以說長得漂亮真的沒卵用，重要的還是有實力！當然，如果你能像我的偶像小樹苗那樣又漂亮又有實力，那你早晚能上天！」

肖嘉樹的粉絲一個個頭抬得老高，恨不得用鼻孔看人。撕逼的時候腰不疼了腿不疼了，氣場足有二米八。偶像給力，粉絲也跟著長臉，這就是現實。

姜冰潔的粉絲猶不死心，酸溜溜地嘲諷道：「我們女神的電影後天也要全球公映，誰輸誰贏還沒個定數呢！」但說歸說，他們自己其實也知道，從以往的戰績來看，除了季冕，肖嘉樹的表現是最得到歐美觀眾認可的，也是最出彩的，要想超越他，除非姜冰潔能直接去演一部好萊塢電影的主角。

純粉在撕逼，黑粉在拉踩，水軍在造勢，CP粉在幹什麼？不用問，肯定是在整合資源，瘋狂發糖。對他們來說，《蟲族大戰Ⅲ重返地球》的放映是一場視覺的盛宴，肖嘉樹和季冕的對手戲要多甜有多甜，要多感人有多感人。

是智者喚醒了沉睡中的CT001，也是智者讓他擁有了感情。當智者躺倒在血水和雨水中等待死亡時，CT001忽然出現並拯救了他。這一幕才是CP粉眼中永恆的經典，為此他們專門把智者和CT001的對手戲剪輯在一起製作成MV，發送到網路平臺上，點擊量瞬間過萬。

粉了這對CP真是吃糖要吃到蛀牙，聽說肖嘉樹的下一部電影依然會和季冕合作，對手戲比《蟲族大戰Ⅲ重返地球》還多，CP粉簡直是幸福得快要爆炸。他們還給這對CP取了一個暱稱叫做「樹冠」，凡是在網路上搜索這兩個字，出來最多的就是肖嘉樹和季晃的新聞，可見在不知不覺中，這對CP的國民認同度正在不斷提高。

與此同時，姜冰潔也在關注肖嘉樹的消息。她看過《蟲族大戰Ⅲ重返地球》的預告片，故而才會授意水軍去踩肖嘉樹，只因料定他演的不是什麼重要角色，但眼下是什麼情況？一個在預告片中出現不到三秒鐘的角色，在電影中卻是串起整個故事的關鍵，是最大的亮點，這讓之前那些通稿和奚落瞬間變成了笑話。

由於水軍把話說得太滿，什麼「為華國人掙臉全靠姜冰潔」、「姜冰潔演技超群獲得好萊塢巨星弗雷德的高度認可」等等，觀眾在看過《蟲族大戰Ⅲ重返地球》之後，對姜冰潔的期望值不免更高了。

可惜，只有她自己才知道，她扮演的角色雖然有不少戲分，卻絕對比不了肖嘉樹。她原本想踩著他往上爬，這回怕是沒踩穩，得掉下來。

「票房成績出來了嗎？」她詢問陪同自己一塊來美國為《機器戰警》做宣傳的丁震。

丁震閉眼假寐，實則滿腦袋都是肖嘉樹那個漂亮到極點的裸背。連直男在看過電影之後都表示差點被肖嘉樹掰彎，更何況本來就喜歡男人的他？無奈電影還在熱映中，這個片段目前網路上還沒有，否則他一定要下載到手機裡。

「《蟲族大戰Ⅲ重返地球》的票房成績出來了沒有？」姜冰潔不耐煩地推了丁震一下。

丁震拿出手機，漫不經心地道：「我找人問問。妳不用跟肖嘉樹較勁，論長相、論演技、論資源，妳哪點比得上他？妳發的那些拉踩的通稿我看了都想笑，更別提線民。」

「我可是你旗下的藝人，你到底幫誰？」姜冰潔氣得臉都紅了。要是早知道肖嘉樹接到的角色這麼出彩，她能搬起石頭砸自己的腳嗎？

丁震打完電話後表情十分複雜，「統計出來了，北美地區首日票房十三億美元，國內票房破四億，創下了歷史紀錄，妳快歇了那點心思吧。」

姜冰潔扶著額頭，頗有些搖搖欲墜。

《蟲族大戰Ⅲ重返地球》的表現強勁，接連在北美和華國創下了單日票房的最高成績，而《機器戰警》好死不死與它撞了檔期，票房肯定會被瓜分一大半。

丁震諷刺道：「妳可別再想著拉踩肖嘉樹了，妳現在的手就算抬得再高，能夠打得著他的膝蓋嗎？他都懶得彎腰看妳了。」

姜冰潔憤恨不平地瞪他，卻也知道這話正是她和肖嘉樹在好萊塢真實地位的寫照。如今人人都知道ＣＴ００１，也知道肖，但有誰知道姜冰潔是誰？

她深吸一口氣，澀聲道：「我的禮服準備好了嗎？」

「我讓造型師送到飯店來給妳，現在應該在路上了。」丁震眉頭皺了皺，沉聲道：「妳收到邀請函了嗎？」

姜冰潔微微一愣，「沒有。」

「按理來說，現在應該送來了，我找人去問。」丁震給製片人打電話，對方卻沒接，只好作罷，「算了，等會兒再問。」

結果，這一等就等了一天一夜，姜冰潔的禮服和首飾都準備好了，片方卻連一點消息都沒有。眼看首映會的時間快到了，兩人只能直奔劇院。

姜冰潔的粉絲最近一段時間盼星星盼月亮，總算是盼到了《機器戰警》的公映。由於肖嘉樹一直被姜冰潔當成墊腳石踩，在各種場合下控訴他的騷擾和自己在好萊塢打拚的不易，粉絲對肖嘉樹的成功就變得十分介懷，於是對偶像的期望值自然而然就提高了。

他們希望姜冰潔可以憑藉《機器戰警》打敗肖嘉樹，用更為精湛的演技輾壓對方。看見冰粉不斷發表支持偶像的言論，肖嘉樹的粉絲只是笑笑，不說話。是是是，姜冰潔演技最棒；好好好，姜冰潔最努力最拚命；對對對，姜冰潔最有魅力，連好萊塢巨星都為她著迷……反正你們說什麼就是什麼，我們只等著看她如何被打臉。

眾多網友湧入直播間，等待著激動人心的時刻，還有人早早買好票，去電影院候著了。

十分鐘後，《機器戰警》的製片人、導演、主演，一個接著一個從豪車上下來，緩緩走過紅地毯。每當自己的偶像路過，前來應援的粉絲就會舉起燈牌大聲呼喚他們的名字，記者也舉起相機喀喀喀地拍照，鎂光燈閃成一片。

這樣的排場一點也不比《蟲族大戰Ⅲ重返地球》遜色，可見片方對這部電影的期待值有多高。在眾多國外記者中還混雜著十幾位華國記者，他們是受了姜冰潔的邀請專門趕來為她捧場的。為此，姜冰潔還自掏腰包幫他們買了機票，訂了飯店，可謂耗資不菲。她雖然沒什麼演技，但炒作的手段卻是一絕。

粉絲中也混著一群華國年輕人，舉著CRISTAL JIANG的燈牌，他們是自費來美國為偶像捧場的，還有一些是當地的留學生，並未受到資金上的贊助。為了讓偶像能在異國的土地上把腰桿挺直，他們付出了很多。

一輛接一輛豪車陸續駛過，卻始終沒看見姜冰潔的身影，現場的粉絲不免有些焦躁，網路那頭的觀眾都搞不清狀況。終於最後一輛車緩緩駛來，卻不是主辦方使用的勞斯萊斯，而是一輛賓士，檔次瞬間降了好幾級，姜冰潔和丁震笑容僵硬地跨下了車，對紅毯兩旁的粉絲和記者招手。

「這是誰？」外國記者面面相覷，華國記者立刻舉起相機一陣猛拍，總算緩解了姜冰潔的尷尬。她的粉絲搖晃著燈牌大聲呼喊她的名字，但在一片寂靜中顯得格外突兀。

這個情景引起了保全的注意，他們走過去向姜冰潔討要邀請函，姜冰潔拿不出來，丁震氣急敗壞地與他們理論幾句，然後打電話給製片方。過了大約十幾分鐘才有一名白人男子跑出來，嘰哩呱啦說了一通話，這才讓姜冰潔去簽名牆那邊拍照。

她拎著裙襬面對記者，笑容僵硬，她的粉絲喊著喊著聲音就沒了，臉上全是疑惑。

觀看直播的華國網民連忙發彈幕問道：「現場收錄的聲音太小了，誰能告訴我這是什麼情況？為什麼姜冰潔乘坐的車和別人不是一個檔次？為什麼保全人員攔著不讓她走紅毯？現場只有華國記者在拍她，欺負人也不能這樣吧？這他媽是赤裸裸的種族歧視啊！」

姜冰潔的遭遇讓華國人大感氣憤，直到她進入會場還在討論這件事，瞬間把她送上了熱搜榜第一的寶座。她成了所有人同情的對象，而製片方被大加譴責，彷彿十惡不赦。

與肖嘉樹的情況相同，姜冰潔也坐了冷板凳，全程沒有一個記者理睬她，導演更是提都不提她一句。她的粉絲原本還期望她能夠像肖嘉樹那樣，用精湛的演技吊打這群高傲的外國人，但在看完電影之後整個人都懵了。

姜冰潔呢？她在哪兒？為什麼從第一秒等到最後一秒，她連面都沒有露一個？自己難道走錯放映廳了？

與此同時，姜冰潔正隱沒在黑暗中，眼睛通紅地盯著巨大的銀幕。

為什麼她的鏡頭都被剪掉了？難怪製片方不發邀請函給她，原來她已經沒資格出席首映會了，她卻全程被蒙在鼓裡，不但自己租車來，還死皮賴臉地坐在臺上等待記者採訪……

姜冰潔用顫抖的手摸摸臉，感覺自己的臉皮似乎被人硬生生扒了下來，痛不可遏。今天發生的一切，對她來說都是巨大的恥辱，恐怕一輩子都洗不掉。不，不行，一定要想辦法挽回顏面！對了，就說自己遭到種族歧視，把矛頭對準製片方！啊，還有季冕和肖嘉樹，這件事肯定跟他們有關，否則導演不會在收了她的公關費後還把她的鏡頭剪掉……

姜冰潔在最短的時間內想好了應對方法，而且都十分有效。

一招苦肉計再加一招禍水東引，足夠她將自己洗白，而且很有可能讓她再火一把，畢竟國人的民族自尊心越來越強，見不得同胞被欺負，他們一定會站在她這邊。

姜冰潔沒有多少演技，卻能爬到一線花旦的位置，與她嫻熟的炒作手法脫不開關係。她在黑暗中給自己的公關團隊發送了一份公關計畫，讓他們立刻行動起來。於是電影播放完畢後，有一名華國記者立刻用咄咄逼人的口吻責問片方為何要剪掉唯一的華人女演員的戲分，是不是種族歧視，迫使片方不得不站出來解釋。

「是這樣，由於姜擔任的角色是一位非常強大的女戰警，打戲占據了她所有戲分的百分之九十，我們原本對她抱有很高的期望，但在拍攝過程中她無法完成這些動作，絕大部分打戲都是由替身完成，以致於很多鏡頭她都不能以正臉出現，無法達到我想要的效果。」導演調出幾段視頻，繼續道：「你們可以看一看，同樣是女戰警，娜塔莎就能獨自完成所有動作，但姜就……」

導演搖搖頭沒說話，臉上的表情很遺憾。

只見大螢幕上正在播放幕後花絮，電影女主角娜塔莎的表現果敢勇猛，無可挑剔。她從飛馳的汽車上跳下來，在防護墊上翻滾了很多圈，被工作人員扶起來後腿都是瘸的，臉頰還擦破了一點皮；她拴著一根繩索從幾百米高的摩天大樓一躍而下，又尖叫著被工作人員拽上去，嚇得臉都白了。她一次又一次被扮演反派的男演員扛起來摔打，嘴角滲著血跡……

她的敬業精神令所有人驚嘆。

娜塔莎的視頻播放完畢後，姜冰潔的花絮才被放出來，她腰間綁著一根安全帶，又哭又喊地說道：「不不不，這個我做不了，我真的做不了！替身在哪兒，我必須用替身！」

畫面一轉，她跨坐在一輛巨大的哈雷摩托車上，臉色蒼白地道：「我撐不住了，它真的很重！我感覺我駕馭不了它，讓替身演員來拍吧！」

同樣的要求出現了很多次，她總是會哭著喊著要替身演員代替她上場，自己則躲在一旁抹眼淚，彷彿遭受了巨大的傷害。

如果沒有娜塔莎做對比，這些視頻單獨放出來，沒準兒大家都會同情她，畢竟她只是一個女人，害怕是正常的，你不能指望她真正成為一位女戰警，去上天入地，出生入死，可惜有娜塔莎的優異表現在前，而人家還是這部電影的主角，咖位比她大，身價比她高，卻沒有她半分金貴。

她哭鬧的視頻播放完後，導演又把替身為她完成的視頻放出來，果然都沒有露正臉，而且身材明顯不匹配，這樣拍出來還有什麼效果可言？

姜冰潔全身都僵硬了，恨不得立刻消失在原地。她完全沒想到導演會這麼狠，不但讓她出盡洋相，還切斷了她的退路。

然而這還沒完，關掉視頻後，導演幽幽嘆道：「我們花了很高的片酬邀請姜，因為聽說她是華國非常優秀的一位演員，可是她的表現太讓我們為難了。所有的演員都很敬業，拍攝出來的鏡頭也很精彩，這是有目共睹的，所以我不能讓不完美的鏡頭出現在其中，毀了這部電影。在這裡我必須向姜說一句抱歉，向所有華國觀眾說一句抱歉，也請你們體諒我們。你們要知道，我們所做的一切都是為了藝術，也是為了呈現一部更好的作品給觀眾。」

導演站起來鞠躬，表情愧疚，場中卻響起一片肯定的掌聲。好演員才能拍出好電影，這一點無可非議。

原本已經把袖子擼起來，準備開撕外國媒體和《機器戰警》製片方的華國線民陷入了沉默，過了很久才有一條紅色的彈幕緩緩劃過直播間：我現在……感覺……好丟臉！

《機器戰警》首映會的直播間裡一片寂靜，第一個人發完彈幕後，大家才反應過來。

「我也覺得好丟臉！幸虧剛才沒開撕，若是撕起來只會更尷尬！」

「當初冰粉是怎麼說的來著？為國爭光全靠姜冰潔？這叫為國爭光嗎？這叫把臉丟到國外去了！我看視頻的時候全程捂著臉，感覺難堪得要死！」

「不不不，導演你說錯了，姜冰潔並不是華國非常優秀的演員，論演技，她連三流都算不上，你一定是對『優秀演員』四個字產生了什麼誤解。遠的咱們不提，就請你看看季冕和肖嘉樹，他們才是華國優秀演員的代表。」有人解釋道。

「為什麼我一點都不意外姜冰潔在國外的表現？她平時不就是那樣嗎？屢屢有耍大牌的負面新聞出現，一個人配十幾個助理，拎包的，拎鞋的，拿衣服的，推行李的……每個人都有不同的分工，硬生生把她養成了一個巨嬰。打電話時助理給她當移動支架，熱了助理給她當人肉風扇，就連穿鞋脫鞋都有專人跪著服務，這是什麼樣的待遇？豌豆公主恐怕都比不上她嬌貴。就憑她這種表現，她能拚死拚活去拍打戲？做夢吧！」

「噗，我又想起了一個老掉牙的段子。某位小鮮肉手指割破一個小傷口，火急火燎跑去急診科看醫生，淚眼汪汪地快哭了，結果醫生大呼道：你怎麼現在才來？再晚一點傷口都癒合了。段子雖好笑，卻也揭露了某些明星的行事做派。論起炒作一個比一個厲害，論起演戲卻一個比一個敷衍。細數當紅的小花旦、小鮮肉，真正算得上演技精湛的人能有幾個？真正能接那些老藝術家的班的人又有幾個？回顧經典老電影，我們可以說上一天一夜；提起演技超群的老藝術家，我們腦海中瞬間就蹦出好幾個永生難忘的名字，然而放眼如今的娛樂圈，能算得上戲骨的年輕演員又有幾個？難怪很多人都說我們華國的演員是一代不如一代，究竟是人變了，還是風氣變了？」

這位網友的評論引起了很多人的共鳴，有人繼續附和道：「沒錯，你讓我說一說時下當紅演員的名字，我隨便張口就是一大串，但你讓我說一說他們都扮演了哪些經典角色，我還真想不起來。然而，老一輩的藝術家卻不同，談起張國榮我會想起程蝶衣、阿飛……談起陳道明，我會想起劉邦、方鴻漸、末代皇帝溥儀……所以時代真的不同了，以前的演員都是靠真本事吃飯，認真敬業是基本的職業道德，誰都不會拿這個來標榜自己。現在的演員呢？唉，不說了，說多了會很失望。」

誰也沒想到，姜冰潔的戲分被刪的事會引發一場關於演員該不該敬業的議論。當然，這其實沒什麼好討論的，正如學生應該好好學習、老師應該好好教書、警察應該好好執法，每個處於工作崗位上的人首先要做的是好好完成分內的工作，不敷衍搪塞，這叫天經地義。

沒有人想去為姜冰潔撕外國媒體或片方。這麼好的機會妳因為濫用替身而錯過了，能怪得了誰？妳以為妳是宇宙的中心？大家都得慣著妳的臭毛病？

姜冰潔的粉絲卻不肯甘休，想為偶像洗白。每一次姜冰潔被抹黑演技差的時候，他們就會回懟道：「你知不知道我們小潔有多努力！」

好吧，所有演技不好卻又數十年如一日得不到關注的明星都可以套用這句話，一直沒進步所以才要一直努力，沒毛病。

這次這句話卻不管用了，看姜冰潔在片場的表現，「努力」兩個字壓根兒與她沾不上邊。妳好歹也學一學人家娜塔莎，一邊叫得慘兮兮一邊從摩天大樓上跳下來，明明怕得要死還強迫自己去做，這才是真正的拚命三郎！妳一邊讓替身為妳完成表演一邊躲在角落裡哭，這算什麼？妳還委屈了是吧？

最常用的洗白方法不管用了，冰粉又腦洞大開，說我們的女神被陷害了，一定是肖嘉樹騷擾不成想整她，授意片方剪掉了她的戲分。肖嘉樹背景那麼大，手伸到國外不奇怪，只怪我們女神魅力太大，不小心吸引了這種渣男。得不到你就毀掉你，簡直變態！

他們號召所有華國人抵制《機器戰警》這部電影，然後跑去肖嘉樹的微博大肆攻訐。肖嘉樹的粉絲還來不及反擊，路人卻先炸了。

臥槽，姜冰潔丟了所有華國演員的臉，在國際上壞了華國演員的口碑，是誰為我們把臉掙回來的？是肖嘉樹啊！姜冰潔戲分被剪是她自己作死造成的，你們憑什麼把髒水全潑到肖嘉樹頭上？

是可忍孰不可忍，走過路過的網友聯合小種子們在肖嘉樹的微博下展開了混戰，隨後又有一大批戰鬥力極強的CP粉加入，事態不斷升級。

按理來說，姜冰潔的粉絲有四千萬，是肖嘉樹的三倍，足夠把他的微博撕成碎片，結果倒是冰粉節節敗退，全線崩盤，讓吃瓜群眾大呼看不懂。

有人道出了真相：「姜冰潔的粉絲欺負人也不看看對象，人家肖嘉樹是一個人在戰鬥嗎？除了小種子義無反顧地支持他，還有季冕的粉絲、薛淼的粉絲、肖定邦的粉絲，外加三觀較正的路人粉。我來算一算啊，季冕的粉絲足有九千多萬，拿過金氏世界紀錄的；薛淼的粉絲有五千多萬；肖定邦的粉絲兩千多萬，路人粉算不過來，直接省略，加在一起就是十六億粉絲，姜冰潔怎麼跟人家鬥？之前那些黑料肖嘉樹一直沒回應不是怕了姜冰潔，是根本懶得搭理她，她還蹬鼻子上臉了？」

冰粉看見這個評論才知道那麼多回懟他們的人是從哪裡冒出來的。如果這是一場戰鬥，兩方人馬的差距簡直是天淵之別，更何況肖嘉樹還有錢有人脈，想整姜冰潔太容易了。

一部分理智粉想要息事寧人，腦殘粉卻更為瘋狂，隨便捏造一些黑料就往網路上發，說肖嘉樹的打戲都是請替身完成的，他跟季冕的關係不普通，所以不用擔心戲分被剪掉。

這些黑料才放出去沒多久，黃美軒就把肖嘉樹和姜冰潔完整的聊天記錄發到微博上，配文道：「這就是事實真相，大家看看吧。」

她沒圈小樹苗，也沒要求他轉發，因為知道他對這些事不感興趣。

看完完整的截圖，吃瓜群眾紛紛表示自己長見識了。

聊天記錄很長，幾乎每天都會聊好幾頁，但話題沒有一句涉及私事，全與《雙龍傳奇》的拍攝進度有關。每一天，肖嘉樹都會例行詢問姜冰潔什麼時候能回國拍戲，他覺得那些對手戲還是要和正主演才能達到效果，和替身對戲只是敷衍了事，欺騙觀眾。

姜冰潔起初還會應付幾句，說什麼快了快了，過幾天就回來，但一段時間過後就開始賣慘，說自己在美國拍戲很不容易，什麼危險的動作都得親自上場，一分鐘也走不開。這個機會對她來說太寶貴了，請肖嘉樹一定要體諒她，成全她的夢想。

她還會具體講述自己的遭遇，以增加可信度，譬如綁著安全繩從幾百米高的大樓上跳下來，嚇得心臟都快爆了；騎摩托車在公路上飛馳，差點被特技演員駕駛的越野車撞飛；與動作指導對打，被摔出內傷，還吐了血……

她用極其煽情的手法編寫了這些訊息，把自己塑造成一個為了事業可以犧牲，也可以拚盡一切的女強人。肖嘉樹看見這些訊息竟然信以為真，不斷鼓勵她、安慰她，到最後也只能無奈地妥協：「那好吧，姜姊妳在美國安心拍戲，這邊的工作等妳回來再說，加油喔！」

「噗！最後那句『加油喔』好蠢，但是也好暖，姜冰潔說的那些鬼話，肖嘉樹竟然真的相信了！」吃瓜群眾哭笑不得地在微博下面評論。

如果不是看過《機器戰警》製片方放出來的幕後花絮，哪怕當初肖嘉樹把這些完整的聊天記錄發在微博上自證清白，大家也不會對姜冰潔產生惡感。因為她活得太認真也太努力，她在國外打拚，流淚流汗又流血，誰還忍心苛責她？她的夢想是大銀幕，為此稍微延後一些比較不重要的工作也是可以理解的。再說她也表示自己回來後會把所有的戲分補拍完，這就更沒有什麼可指摘的了。

她在聊天記錄裡挖了一個又一個陷阱讓肖嘉樹去踩，也埋了一條又一條伏筆，無論肖嘉樹曝不曝光完整的聊天記錄，她都是最大的贏家。她說肖嘉樹騷擾她，其實轉念一想，很多人也會相信的，雖然他們談論的都是公事，但也有那麼一些比較悶騷的男人會故意找些由頭去接近某個女人，這完全說得通。

總之，她想把輿論往哪個方向引，大眾就會很容易被誤導，她的行事手段只能用四個字來形容，那就是滴水不漏。

可惜的是，姜冰潔混跡娛樂圈那麼多年，絕對想不到自己會栽那麼大一個跟頭，偏偏腳下的坑還是她自己挖的，找人背鍋的可能性都沒有。她在聊天記錄裡描述的那些拍攝場景全是娜塔莎的經歷，她只需要把名字換成自己的就行。這原本出不了紕漏，誰知片方竟然曝光了相應的視頻，把她的老底掀了個一乾二淨。

「看見姜冰潔的描述，我怎麼覺得那麼眼熟呢？」某位吃瓜群眾故作疑惑。

「無恥的人多了，像姜冰潔這樣無恥的我還是第一次見，大開眼界啊！」

「在國內拍戲濫用替身還有妳的粉絲可以為妳買單，去了國外妳咋整，誰來慣著妳？片方花那麼多錢請妳不是去當祖宗的。我忽然想起了肖嘉樹秒刪的那條微博爆料，看來他說的都是真的，《雙龍劇組》真的很亂。」

「心疼我家小樹苗，先是被騙，後來被黑，他的善良和包容被某些人當成了笑話！」

這條評論一出來，大家開始為肖嘉樹抱不平，本就對他大為改觀的路人都表示自己入了小樹苗的坑，沒想到他外表是個妖豔賤貨，內心卻如此清純不做作。

姜冰潔的粉絲開始出現了嚴重的兩極化，三觀尚存的理智粉表示自己可能要離開了，他們實在接受不了偶像的真面目。腦殘粉卻始終糾纏不清，還言之鑿鑿地說這些聊天記錄都是捏造的，他們要上法院控告肖嘉樹。無奈他們鬧得越凶，路人對姜冰潔的觀感只會越差。一粉頂十黑，姜冰潔的迅速沒落與這些腦殘粉的過激行為脫不開關係。

眼看自己發起的公關戰全面潰敗，姜冰潔這才慌了，哭哭啼啼地問丁震該怎麼辦。如果早知道片方會把那些幕後花絮放出來，她打死也不會發那些賣慘的消息。她原本計畫得很周全，在汙衊肖嘉樹騷擾自己的時候，還曾期待他能在一氣之下把完整的聊天記錄放出來，為自己再炒作一波。

她把方方面面都考慮到了，卻沒料《機器戰警》的製片方僅一招就斬斷她所有的後路。

「妳原本還有一條路可走，那就是拿出敬業的態度，把《雙龍傳奇》這部大火的連續劇給我拍完，可妳看看現在，《雙龍傳奇》已經定檔，明天就要播出了，妳認為觀眾還會買妳的帳嗎？」丁震狠狠吸了一口雪茄，惱恨道：「他媽的，早知道老子就不陪妳來這一趟，害得老子也跟著丟臉！妳以為爬上弗雷德的床就萬無一失了？跟季冕比起來，他算個屁！」

丁震也是來了美國才知道季冕的公司做得有多大，他的下一部電影已經在籌拍當中，依然是科幻巨作，而《機器戰警》的製片方便是他的合作人之一，你說他的話管不管用？

若說戲分被剪這件事與他無關，丁震打死也不相信，可就算知道又有什麼辦法？姜冰潔作死得太厲害，他想為她洗白都找不到切入點。但凡她稍微努力一把，在片場有比較像樣的表現，公關部都不至於被逼到辯無可辯的地步。

丁震找關係要到了姜冰潔的所有樣片，試圖截取幾個出彩的視頻發到網路上，力證她的實力和清白，然後把這件事定義為「種族歧視」，藉此博取華國民眾的同情。無可奈何的是，無論是文戲還是武戲，姜冰潔的演技都被一眾專業演員秒成了渣，她的臺詞功底更是一塌糊塗，口音怪異不說，還頻頻忘詞，笑場的次數多的令人抓狂。

拿到樣片的剪輯師當場就提出了辭呈，並轉頭把這件事發到微博上，大肆嘲笑姜冰潔無可救藥的演技。

當然，目前兩人還不知道剪輯師已經反水了，正為即將播出的《雙龍傳奇》發愁。

如果片方沒爆料，《雙龍傳奇》摳圖摳得再厲害，公關部也有藉口為姜冰潔洗白。現在不行了，這部劇似乎成了壓死駱駝的最後一根稻草，一旦播出，觀眾只會對她的印象更差。她靠炒作建立起來的良好口碑會被她自己的所作所為砸個稀巴爛，拼都拼不起來。

「我也沒惹到季冕啊，我哪裡知道他與肖嘉樹的關係真有那麼好。」姜冰潔急得快哭出來了，出道至今，這是她第一次被逼到這個分上，「你說現在該怎麼辦？不如讓《雙龍傳奇》延後播出，把我的戲分重拍？」

丁震氣笑了，恨不得把燃燒的雪茄杵到姜冰潔臉上，「老子投了十五億進去，妳說不播就不播了？網路上那些人說的還真對，妳真把自己當成了宇宙中心！老子告訴妳，無論這次公司因為妳損失了多少錢，妳以後都得一分不少地給老子賺回來！」

姜冰潔嚇得臉白如紙，瑟瑟發抖，深恨自己為什麼要去招惹肖嘉樹。若是當初不想著踩肖嘉樹幾腳，她現在依然是風光無限的流量一姊。

恰在這時，丁震的手機響了，不知那頭說了什麼，他的臉色變得極其可怕，掛斷電話後狠狠把燃燒的雪茄擲在姜冰潔臉上，嚇得她尖叫連連。

「媽的，老子當初真是瞎了眼才會捧妳！《雙龍傳奇》被四家電視臺同時退檔，現在只能在網路上播出！老子虧了多少錢，妳知道嗎？」丁震氣急敗壞地咆哮，完了還不解氣，走過去用力扇了姜冰潔一巴掌。

自此之後，創維娛樂捧人的標準徹底變了，從看臉看身材改為看實力看態度，實力強、態度好的藝人，丁震就會大力栽培，光有臉蛋沒點真本事的草包，他就把人家當花瓶擺著，賺一筆快錢。

不得不說，這也是一種進步。

# 第四章

# 邁向國際的樹冠ＣＰ，官方賣腐最銷魂

網路上的風風雨雨都與肖嘉樹無關。

《蟲族大戰Ⅲ重返地球》熱映數天後，他在好萊塢的知名度達到高峰，看勢頭，這部電影的票房絕對能超越前兩部，目前已榮居北美票房之首。國內狀況更是喜人，連續幾天都是票房過億，目測也將創造一個新的歷史紀錄。

有人細數肖嘉樹出道以來的成績，這才驚覺他雖然只拍了兩部電影，累積起來的票房卻註定超過三十億，甚至達到驚人的四十億、五十億，這可真是不鳴則已，一鳴驚人。

他之所以如此成功，靠的僅僅是家世背景嗎？不，縱觀他在兩部電影中的表現，他絕對算得上年輕演員中的佼佼者，他的演技哪怕放在季冕面前也不會遜色。他容貌俊美，才華出眾，卻又為人低調，工作認真，這才是他獲得成功的祕訣。

以上這些讚美出自美國著名主持人布萊克之口，他簡單介紹了一下肖嘉樹的履歷後高聲宣布：「現在有請我們今日的嘉賓，深受大家喜愛的ＣＴ００１的扮演者肖嘉樹出場！還有我們的老朋友季和斯蒂森．貝克，歡迎！」

三人魚貫出場，布萊克確認道：「肖嘉樹，你的名字是這麼念的嗎？」

「沒錯。」肖嘉樹點點頭，與主持人擁抱，又抱了抱季冕和導演斯蒂森。

看見他的燦笑，斯蒂森大感驚訝，鼓著眼睛瞪了他好一會兒才在布萊克地邀請下落座。

布萊克舉起手讓熱烈鼓掌的觀眾安靜下來，追問道：「斯蒂森，我的老朋友，我發現你在看見肖的那一刻表情有些不對，怎麼，太久不見，你不認識他了嗎？」

「真有些不認識了。」斯蒂森點頭承認，隨後又解釋道：「但那絕對不是因為我不愛肖，轉頭就把他忘了，事實上，他讓我印象深刻，他是我最為鍾情的那類演員。」

「那是為什麼？」布萊克滿臉好奇。

「因為肖今天笑得很燦爛，表情也非常生動，實在是嚇了我一跳。在我的印象中，他不是這樣的，他簡直像換了一個人。」斯蒂森比劃道。

季冕沉聲低笑，「相信我，這才是他真實的模樣，你認識的那個他是虛假的。」

肖嘉樹似乎想到什麼，臉頰微微一紅。

布萊克更感好奇，繼續追問：「那麼你們認識的肖是什麼模樣？能不能讓我看看？」

「當然可以。」季冕和斯蒂森同時翻手機，肖嘉樹則捂住自己的臉，發出痛苦的呻吟。

導播很快就把他們挑選的照片做成投影片。只見肖嘉樹被《蟲族大戰Ⅲ重返地球》的主創人員包圍在中間拍了一張合照，大家都笑得非常燦爛，唯獨他板著一張臉，彷彿別人欠了他幾百萬一樣；又有一張合照放出來，他被仰頭大笑的斯蒂森箍著脖子，表情冷沉……連續放了十幾張照片，每張照片裡的他都是面無表情，眸光淡漠，與大家格格不入。

「你看，他在片場一直是這樣，從來都不笑，話也不多，但是拍攝每一個鏡頭的時候都會全力以赴，所以我們都很喜歡他。我以為他本來就是這種性格，有點自閉，不愛交際，所以有聚會很少叫他。」斯蒂森解釋道。

布萊克繼續點擊遙控器，開始播放季冕挑選出來的照片。只見肖嘉樹趴伏在季冕背上，兩隻手揪著他的耳朵，笑容燦爛；又有一張他站在過膝的海水裡，對鏡頭比劃了一個V的手勢，八顆牙齒在陽光的照射下閃閃發光；還有一張他捧著一顆椰子坐在沙坑裡，笑得眼睛都瞇起來了，像一隻偷了油的老鼠……

完全不同於之前的刻板無趣，這些照片裡的他天真又稚氣，也像小太陽一般耀眼。

「這完全是兩個人嘛！」布萊克驚呼道：「莫非肖有精神分裂？」

季冕深深看了戀人一眼，嘆息道：「只能說差一點就精神分裂了，這一切還是因為《蟲族大戰Ⅲ重返地球》這部電影。」

布萊克和現場觀眾一聽這話立刻就豎起耳朵。

翻牆過來看直播的華國粉絲連忙排排坐，等著吃糖果，哦，不，聽故事。

這些照片好有愛！嗚嗚嗚，好想勸季神發到微博裡讓大家舔屏！

做為電影史上最成功的科幻電影系列片之一，《蟲族大戰》的主配角號召力自然強大。通過耳麥得知訪談秀的收視率正在節節攀升，布萊克引導道：「看來這是個很長的故事？」

季冕頷首，「沒錯，故事的確很長。」

「那我們就從頭開始說起好嗎？我想大家一定會對你們的故事感興趣。」布萊克對觀眾抬抬手，大家立刻鼓掌，態度果然很熱情。

翻牆過來的華國粉絲默默捧臉：這一定是個非常感人的勵（愛）志（情）故事。

「從頭說起嗎？」季冕摩挲下頷，輕聲笑道：「讓我想一想……其實在華國甄選角色的時候，我曾收到過很多自薦信，也有藝人大膽找上門來展示自己的優勢，小樹，哦，這是我對他的暱稱，就是其中之一。」

「小樹？」布萊克對這個暱稱很感興趣，用蹩腳的中文重複了一遍。

「對，就是little tree的意思。」說這話的時候，季冕笑看戀人一眼，表情十分寵溺。小樹就是生長在他心裡的little tree，早已經生根發芽拔不掉了，只是單純地念他的名字也彷彿在告白一般。

肖嘉樹用手掌蓋住臉，免得自己情動的表情被觀眾看出來。他喜歡季哥用溫柔至極的嗓音喚他小樹，就彷彿他真是一棵小樹，被季哥認真栽培呵護著。

「季神在喚『小樹』兩個字的時候，聲音是不是忽然變了？感覺比之前的聲音更低沉更溫柔，好像把這兩個字含在舌尖打轉一樣。」某個感覺比較敏銳的華國觀眾在視頻下方的評論區裡留言。

「我還以為只有我一個人腐眼看人基，原來大家都有同感啊，笑哭！」吃瓜群眾頓時興奮了。在這個全民賣腐的年代，哪怕明知道這對CP不是真的，他們也寧願沉浸在自己編造的美好想像裡。

旁觀者清，當局者迷，布萊克並未覺得季冕的態度有什麼問題，感嘆道：「哇，這個暱稱真是可愛啊！」

「我也這樣覺得。」季冕欣然點頭，緊接著又控制不住自己地看了小樹一眼。

方坤站在臺下頻頻瞪他，用口形無聲警告：「克制！你他媽的給我克制一點，別以為到了國外就能浪，你知道國內的觀眾有多神通廣大嗎？你還嫌你倆的CP粉不夠多是嗎？」

季冕卻連一個眼角餘光也不給他，氣得他差點抓狂。

為了防止這對狗男男翻船，方坤簡直操碎了心，但再操心又有什麼用？人家正主根本就不配合，時不時就在公眾眼皮底下秀一秀恩愛，生怕別人眼瞎看不出來一樣。不過也多虧了他們這種不刻意遮掩的態度，絕大多數人反而不相信他們之間會有什麼。

與之相對的，CP粉的數量越來越多，至少據方坤所知，由純粉叛變成CP粉的季冕全國後援會的分會長就多達十幾個，每一個名下都建有好幾個超級大群，這些人的戰鬥力到底如何方坤連想都不敢想，反正姜冰潔已經吃夠苦頭，不得不關閉了討論區。

他嚴重懷疑要是這對狗男男哪一天分手了，一定會有狂熱的CP粉舉起火把將他們燒死。既然現實中不能在一起，那就讓你們化成灰在一起好了。

方坤被自己的腦補嚇得發抖，可他卻也知道，這兩人是絕對不可能分手的，肖嘉樹早就栽在季冕身上，而季冕看似理智，卻比人家栽得更徹底。

「那肖是如何向你展示自己的呢？」布萊克把話題轉了回來。

「他來到我的辦公室，極力向我展示他的優點。」季冕忍笑道：「你們可能不知道，其實當時完整的劇本還沒出來，他只知道自己想要爭取的角色是一個機器人，別的都不清楚。他告訴我說，嘿，季哥，你好好看看我，你能在華國找到比我更英俊的年輕人嗎？我的容貌和身材都如此完美，絕對配得上地表最強機器人的稱號，然後撩起衣襬讓我看他完美的腹肌，結果我只看見一層游泳圈。」

臺下的觀眾撫掌大笑，布萊克也忍俊不禁，頻頻拿眼睛去瞟肖嘉樹的腹部。

肖嘉樹連忙捂住肚皮，狠狠瞪了季哥一眼，隨即自己也笑了。他絲毫不介意季哥與別人分享自己的糗事，因為他知道季哥是帶著驕傲和寵溺的心態在說這些話。

季冕忍了又忍，還是沒忍住，伸出手輕輕揉了揉小樹的頭髮。

唔……吃瓜群眾集體捧心，感覺這對簡直太有愛了。

季冕等大家笑完才解釋道：「其實那層游泳圈不大，就這麼一點點，皮帶鬆開就沒了。」他用食指和拇指比劃了一下。

布萊克這次變得很敏銳，他似乎已經抓到了這對嘉賓的萌點，「為什麼你知道把皮帶鬆開一點就沒了？」

「因為小樹自己也發現了這層游泳圈，然後飛快把皮帶鬆開了。」季冕話音剛落，肖嘉樹立刻補充：「其實我當時還暗暗吸氣，直到離開季哥的辦公室才敢放鬆，但是很可惜，傳說中的腹肌依然沒被我憋出來。」

現場觀眾再次被兩人逗得東倒西歪。

華國粉絲一邊哈哈大笑，一邊在評論區留言：「肖二少果然是一個無時無刻不在認真搞笑的男人，季神平時忍笑一定忍得很辛苦吧？心疼季神！」

「其實季神一點也不辛苦，跟這樣可愛的人在一起工作，應該是很愉快的體驗吧？」評論區裡說什麼的人都有，但大家對肖嘉樹的喜愛都是一樣的。看過他和姜冰潔的聊天記錄他們才知道肖二少的性格到底有多單純，他完全不會把別人往壞處想，還特別容易被感動，簡直是個大暖男。這樣的人若不是因為背景比較強硬，恐怕一輩子都別想在娛樂圈混出頭。不過也正因為他被保護得太好，才會養成如今這個模樣。

「我的上帝，要不是你親口告訴我，我簡直都不敢相信你就是這樣挑選CT001扮演者的。」斯蒂森瞪著季冕。

季冕做了一個抱歉的手勢，語氣頗為感慨，「所以，你看，在那麼多的面試者中，我對小樹是最不看好的。CT001是一個非常複雜卻又非常安靜的角色，而小樹的性格與他是兩個極端，他太鮮活了。」

布萊克和觀眾已經知道季冕的選擇沒錯，卻很好奇是什麼原因促使他改變了心意。

「那你後來為何會選中他？這應該是一個極其冒險的決定吧？」

「沒錯，的確是非常冒險的決定，」季冕轉頭看向戀人，「但是當天晚上，我就收到了小樹發來的幾組照片。照片裡的他穿上筆挺的軍裝，面無表情地看著鏡頭，氣質非常冷硬。我當時就想，好吧，總算有那麼一點樣子了。」

「你有帶照片過來嗎？能不能讓我們看看？」布萊克立即詢問。

「有。」季冕掏出手機。

「哇，非常酷！」看見這組照片，現場一片驚呼。

華國觀眾驕傲道：「咱家小樹苗搞笑歸搞笑，正經起來還是很能上得了檯面的。」

「氣質非常接近CT001了。」布萊克肯定道。

「只能說接近，但是還無法達到我的要求。」季冕再次揉了揉臉頰通紅的戀人的腦袋，寵溺道：「不過，沒辦法，我當時已經被小樹洗腦了，心想，好吧，CT001的確是最完美的機器人，看在你外形那麼符合的分上，我就給你一個機會。」

「我可以理解為你被肖的美貌打動了嗎？」布萊克開了一個玩笑。

「完全可以。」季冕朗笑起來。

現場觀眾莫名有點臉紅，總覺得季似乎不是在跟布萊克開玩笑，他是很認真地在說自己被肖誘惑到了。

華國粉絲捂臉呻吟：臥槽，血槽要空了！這個勵（愛）志（情）故事太精彩了吧！有人憤憤地留言：「肖二少皮帶都解了，季神竟然捨得放他走？我對季神太失望了！」

「當時的小樹只具備了CT001的外表，內在和神韻完全不過關，我讓萊納修改劇情，然後帶上劇本好好跟他談一談，可他對這個角色的認知卻比我更深刻，當時就把我震撼住了。他主動找到我說，季哥，我知道該怎麼去演這個角色了，我要把自己變成真正的、完全靠程式和指令才能行動的機器人。我會每天為自己設定指令和程式，嚴格按照這些去做……」

當季冕訴說的時候，導播已經把肖嘉樹制定的一張張程式表發送到後面的大螢幕上，每一張表格上方都有日期，從籌拍階段到殺青，足有四五個月，表格下方密密麻麻標註著時間和這個時間段需要完成的任務，小到刷牙洗臉，大到工作安排，無一遺漏。

由於這個環節事先編排過，所以每張表格都翻譯好了，令歐美觀眾看得目瞪口呆。他們完全想像不到，為了演好一個角色，竟然有人會這樣做。

布萊克還沒意識到這些表格的可怕之處，斯蒂森卻已深深皺眉，「人類只需二十一天就能養成一個習慣，可見我們很容易把自己禁錮在一個框框裡。連續四五個月都這樣生活的話，恐怕會患上強迫症吧？」

難怪他認識的肖是那個模樣！

季冕頷首道：「沒錯，所以我親眼看著他由最開始的鮮活變得越來越刻板，越來越機械。他真的把自己變成了一個只能靠程式和指令運轉的機器，這是一種刻意抹殺人性的行為。你們不知道當時的我有多焦慮，我非常擔心小樹會因此毀掉，甚至產生過把CT001這個角色刪除的念頭，不能讓他再演了。」

肖嘉樹猛然轉頭，表情驚訝。

臺下的觀眾笑不出來了，驚呼和哀嚎此起彼伏，甚至有人明知這事沒發生，卻還連連擺手道：「不不不，求你別這樣做！」

季冕揉揉戀人的後腦杓，安撫道：「但是，看見他為這個角色付出那麼多，我終究還是打消了這個念頭。我知道這不是在幫他，而是在抹殺他的努力和夢想，那太殘忍了。我唯一能做的就是在旁邊守護著他，以防他跌下深淵。」

肖嘉樹這才吐出一口氣。他萬萬沒想到在拍攝《蟲族大戰Ⅲ重返地球》的過程中，季哥竟然差點因為關心自己就把CT001這個角色刪掉。好氣哦，但是氣完之後又感覺好暖。

季冕仔細看了戀人一眼，晦暗的眼神中總算染上一點笑意。

布萊克沉吟道：「肖的經歷讓我想起了一個人。」

「希斯萊傑。」斯蒂森表情哀傷，「永遠的希斯萊傑。」

季冕頷首道：「是的，他就沒能走出來。某些人總以為演戲很容易，事實並不是那樣。譬如希斯萊傑扮演的小丑，他的瘋狂和無畏是刻入骨子裡的，不是大喊大叫、歇斯底里就能演繹。如果演員走不進這個角色的內心，他的表演就會毫無說服力，而這恰恰是最危險的。我很慶幸小樹恢復過來了，我至今想起那段經歷還會深深為他感到憂慮，所以我不止一次對他說你得改變自己的表演方式。」

「孩子，你改了嗎？」布萊克看向肖嘉樹。

「正在摸索。」肖嘉樹認真回答：「但是如果還有類似的角色，我想我依然會用心去感受對方的內心世界。在我看來，我拿到的每個角色都不是虛幻的，我必須讓他活過來，活在螢幕上，進而活進觀眾的心裡。每一位留名影史的偉大演員都擁有不止一個的經典角色，這些角色被人銘記，而我也想像他們那樣。看見我這張臉，或許不會有人記得我叫什麼，但如果他們能立刻喊出我扮演的角色的名字，這對我來說已經是最好的讚譽。」

「肖，你說的太棒了！沒錯，只有自己扮演的角色永遠被觀眾銘記於心的演員，才是真正偉大的！」布萊克用力鼓掌。他完全沒想到這位東方男孩對表演藝術和自己的職業生涯竟然會有如此深刻的體悟。

季冕拍拍斯蒂森肩膀，認真道：「所以，你明白我為什麼會挑選小樹了吧？」

「明白！肖，我太愛你了！」斯蒂森越過季冕去擁抱肖嘉樹，肯定道：「你是個好演員，將來也一定能成為偉大的演員。」

現場觀眾熱烈鼓掌，華國粉絲已經說不出話來了，過了好一會兒才驕傲地感慨：「太震撼了，在這一刻，肖嘉樹顛覆了我對他的認知。」

還有人諷刺道：「前些日子抹黑他不敬業，亂改劇本的那群噴子呢？真該把視頻發到國內的網站上讓他們看看！今天晚上《雙龍傳奇》就要播出了，我倒要看看那群演技比肖嘉樹好的，態度比肖嘉樹敬業的大明星會把它演成什麼樣，一定很精彩吧，呵呵……」

「真的看哭了。如果季神不說，我完全想像不到為了塑造好ＣＴ００１這個角色，肖嘉樹背地裡究竟付出了多少，這才是一個演員應有的態度吧！」

當天下午，完整的節目視頻就被深受感動的華國網友發到國內網站上，還配了字幕，再一次引發了大家對肖嘉樹的關注。他的粉絲數每一分鐘都在飆升，很快就突破兩千萬大關，且漲勢不減。

原本林樂洋憑藉《逐愛者》中的優異表現已成為年輕藝人中少有的實力派，在業界奠定了良好的口碑，但這個節目一經播出，肖嘉樹的人氣和口碑一躍成為同期出道的年輕藝人中的領頭羊。

他演技精湛只是其次，對待工作的態度才是大眾對他如此肯定的主要原因。許多華國導演看過視頻後都表示很想與肖嘉樹這樣的演員合作，因為省心，而且拍攝出來的效果一定差不了。好的演員足以讓一部爛片達到及格線，而肖嘉樹已經具備這樣的能力。

國內發生的事，肖嘉樹目前還不知道，他與斯蒂森擁抱後便逮著機會抱了抱季哥，飛快在他耳邊說道：「謝謝你，季哥，謝謝你在背後為我所做的一切。」

哪怕你曾想要刪掉我的角色，我依然會為你感動。

季冕用力拍拍他脊背，啞聲道：「永遠不要跟我說謝謝兩個字。」

我為你做什麼都是應該的。由於戴著耳麥，他沒辦法把最後這句話說完，但他知道小樹一定能理解自己的心情。

肖嘉樹果然輕笑起來，眼裡滿是幸福的光彩。

兩人坐定後，布萊克感嘆道：「季，看得出來，你和肖的感情很好。」

「是的，我太愛小樹了。」季冕毫不遮掩自己對戀人的眷戀。

方坤在臺下扶額。

但對奔放的外國人來說，「ＬＯＶＥ」是個再普通不過的字眼，對父母、妻兒、兄弟、朋友，甚至陌生人，他們都能輕易說愛，因此沒有人覺得季冕的回答有什麼問題。

國內粉絲雖然也能搭上美國人的腦回路，卻還是會暗暗地意淫。於是乎，節目播放完畢後，本來就已經足夠龐大的CP粉群體迎來了又一次暴漲。沒辦法，這對CP太愛官方發糖，萌上他們就能擁有源源不斷的資源，感覺賺大發了。

肖嘉樹捂嘴偷笑，露在外面的皮膚變成了粉紅色，配上亮晶晶的眼睛顯得特別可愛。

布萊克看看他，感嘆道：「現在肖已經恢復正常了吧？」

「沒錯，是季哥幫我恢復正常的。你們知道的，他是我的許可權擁有者。」肖嘉樹話一出口，臺下的女性觀眾就發出一陣激動的尖叫。千萬別小看了國外的腐女，她們的數量和戰鬥力同樣驚人，而且還漸漸發現了兩人的萌點。

「我準備回國那天，飛機誤點了，我很焦躁，是季哥冒著風雪趕過來，讓我恢復平靜。他把我帶回他母親家，叫我安心住下，好好體驗家庭生活。說到這裡，我必須慎重感謝季媽媽，她教會了我織毛衣。織毛衣真的是治癒強迫症的良藥，因為它很有規律，漏掉一針，所有花樣都會亂掉，所以需要集中注意力。這對當時的我來說，是減輕焦慮最好的方法。」肖嘉樹站起來對鏡頭鞠躬，隔空感謝季母。

布萊克驚訝極了，「你會織毛衣？我的上帝啊，有成品嗎？讓我們看看。」

「事實上，我今天就帶了一件禮物給你，是我親手織的圍巾，希望你能喜歡。」肖嘉樹這才把放在身旁的禮盒遞過去。

布萊克打開盒子一看，果然是一條圍巾。灰底黑格，針腳細密，不比商店裡買來的差。他立刻就圍在脖子上，不斷詢問這真的是肖嘉樹親手織的嗎？太神奇了。

肖嘉樹無法，只好從手機裡調出一段自己織毛衣的視頻讓他看，他當即就起了壞心，竟然轉給導播，讓導播切到大螢幕上讓所有觀眾欣賞。演播廳裡頓時響起一陣哄笑。

華國粉絲捧心道：「天啊，我快被肖嘉樹萌死了！他握著兩根棒針左戳戳右戳戳的樣子好可愛，哈哈哈！」

有人調侃：「我一直以為肖嘉樹是極品誘受，後來發現他是二貨受，現在才知道他其實是人妻受。這麼多的極品屬性集於一身也是沒誰了，季神，你還不趕快收了他？」

「大家看重點啊看重點！他手裡正在織的那件毛衣你們不覺得眼熟嗎？季神前一陣子在微博裡曬過，而且現在就穿在身上！」

看見這條評論，大家連忙去打量季冕的穿著，正仔細分辨兩件毛衣的相似之處，季冕居然直接挑明，表情還很滿足，「我身上這件毛衣也是小樹為我織的，很暖和，襪子也是。」

邊說邊撩起褲管，生怕別人發現不了。

肖嘉樹臉紅地笑起來，斯蒂森卻大喊不公平，讓肖下了節目也送自己一份小禮物。

方坤已經對季冕絕望了，直接去了休息室，懶得看這對狗男男在億萬觀眾面前秀恩愛。

他打開微博，發現一位季冕後援會的分會長正在評論區裡呼籲大家別再亂傳偶像和肖嘉樹的緋聞，這樣對兩個人都不好，心裡終於感到一絲安慰。

對的對的，別再傳了，不然季晃就真要出櫃了，到時候妳們連哭都沒地方哭！

無奈的是，他很快就收到了線人傳來的消息，這位分會長前腳呼籲完，後腳就加入了樹冠CP群，還當起了群主。

這也太會演戲了吧？妳們以為自己是地下組織嗎？

然而，他不知道的是，歐美的腐女正成群結隊地翻牆到國內，準備與這些群主分享一下資源，樹冠CP這是要跨出國門，邁向國際了。

聊完電影選角的趣事，布萊克忽然正色道：「肖，在《機器戰警》中，你知道華國女演員戲分被刪的事吧？你有什麼看法？」

肖嘉樹斟酌片刻後說道：「首先，我要解釋一點，我們華國也有非常優秀的演員，譬如坐在我身邊的這位，」他笑看季晃一眼，「所以請大家千萬不要對華國演員產生什麼誤解。雖然我們的電影行業起步晚，發展也比較慢，但我們一直在努力，也出現了很多優秀作品和優秀演員，如果大家有時間可以去了解一下。其次，那位演員畢竟是女人，很多打鬥動作無法完成是可以理解的，這並不是性別歧視，而是男人和女人在力量和膽量上的確存在天然的差距，這是無法強求的。」

他停頓片刻，繼續道：「當然也有比男人還厲害的女人，譬如娜塔莎。在我心裡她是女超人，一般人很難與她相比。」

他話音未落，臺下的觀眾就開始熱烈鼓掌，可見裡面有不少人是娜塔莎的影迷。她畢竟是好萊塢身價最高的動作片演員之一，號召力自然十分強大。

「所以，我們不能用最高的標準去限定所有人，那不公平。」肖嘉樹話音一轉，「不過，身為一個演員，演好自己的戲分是基本的職業道德和素養，不能因為害怕就把絕大部分的工作推給替身去完成，這是肯定的。」

布萊克覺得他的話中規中矩，沒有爆點，便引導道：「換成是你的話，你會怎麼做？」

肖嘉樹想了想，認真道：「如果換成是我，我會仔細衡量這個角色和我本身的能力。要是我擁有足夠的能力演好，我會接；要是我覺得自己做不到，那麼片酬再高，劇本再好，我都不會心動。我不會勉強自己去演繹一個我根本駕馭不了的角色，那是對作品的不尊重，也是對觀眾的不尊重。」

布萊克深有感觸，點頭道：「對，我買票去看電影是為了得到心理的滿足和視覺的享受，而某些電影明星卻用蹩腳的演技來折磨我的神經，這簡直是一場遭難！」

肖嘉樹點點頭，「讓觀眾感到失望是我最不願意看見的事，我希望他們每次跨出電影院，心情都是愉悅的。當然這很難做到，但我會盡量避免。與其擔心自己的戲分被剪掉，不如努力去演好角色，融入劇情，成為這部電影不可或缺的一部分。如果剪掉你的角色這部電影就失去光彩，甚至不完整，那才是一個演員最大的成功之處。無論在哪裡，實力都是第一位，其次是努力，我始終相信這一點。」

布萊克頻頻點頭，斯蒂森則深有感觸地說道：「沒錯，肖始終是這樣做的。他幾乎用盡了全力在演繹CT001這個角色，為我帶來了一個又一個精彩的鏡頭。每次拍攝他的戲分，我最常對季說的話就是，嘿，你一定要把這個鏡頭保留下來，它太完美了。你們可以看看，這是讓我印象最深刻的一次拍攝。」他轉過身去看大螢幕。

導播立刻切換畫面。

斯蒂森介紹道：「其實這個鏡頭的主要拍攝對象不是肖，他只是一個背景板，但正是因為他優異的表現，大家才能保持最好的狀態，一口氣完成了這個長達三分鐘的鏡頭。」

畫面上，打了馬賽克的肖嘉樹靜靜飄在玻璃罐裡，季冕和唐納德爭執片刻就打了起來，然後不慎撞到玻璃罐，導致裡面的水不停震盪。黏附在肖嘉樹睫毛上的氣泡紛紛滑落，彷彿他下一秒就會睜開眼睛。看見這一幕的曼莉倒吸一口冷氣，接著驚恐萬分地退後。

觀眾早在電影院裡就看過這個片段，但那是經過剪輯的，未加工的長鏡頭還是第一次欣賞，臉上均帶著新奇的表情。看完之後他們紛紛鼓掌，並未意識到真正的關鍵所在。

布萊克吸了一口氣，不敢置信道：「當他們打鬥的時候，罐子裡的CT001是肖本人吧？不是你們製作的模型？」

「不是。」斯蒂森搖搖頭。

「哇！」臺下的觀眾這才驚呼起來。

天啊，整整三分多鐘都浸泡在水裡，還能維持如此平靜的表情，肖究竟是怎麼做到的？他剛才還說娜塔莎是女超人，但他似乎一點也不遜色。

守在電視機前或網路上的觀眾不約而同地試著憋氣，卻連一分鐘都堅持不了，這才知道那樣做究竟有多難。

布萊克擺手道：「如果你不說，我真的沒法想像這個鏡頭竟然是真人拍攝出來的。我當時只顧盯著打鬥中的季和唐納德，根本沒意識到肖一直泡在水裡，我想很多跑去電影院看電影的觀眾也會忽略這一點。」他看向肖嘉樹，感嘆道：「肖，你太了不起了，你一定得告訴我你是怎麼做到的。如果讓我閉氣三分鐘，到最後我的表情一定是這樣。」

他舉起雙手掐住自己的脖子，做了個扭曲猙獰的表情。

臺下的觀眾頓時爆發出笑聲。

「在開拍之前我每天都有練習，你們仔細看我的程式表就能發現。」肖嘉樹表情靦腆。導播將程式表切換到大螢幕上，果然發現每晚洗澡的時候，他都會標註四個字：練習閉氣。時間長度由最初的一分鐘漸漸延長至五分鐘，一直持續到這場戲開拍的那天。

布萊克忍不住鼓起掌來。

季冕補充一句：「當時他把程式表給我看的時候，我還以為他只是貪玩而已，但直到這個長鏡頭拍完，我才猛然意識到，他竟然只是為了這一幕在做準備。他把劇本研究透了，該怎麼去表演心裡都有數，而且私下裡練習了很多遍，所以他在片場很少吃ＮＧ，大多數的時候都能一遍就完成。」

臺下的觀眾再次鼓掌，臉上均帶著嘆服的表情。

斯蒂森附和道：「我絕對不允許季剪掉肖的戲分就是這個原因。他拍攝的每一個鏡頭都很完美，把我心目中的CT001演繹得淋漓盡致。好的演員無論走到哪裡都不會被埋沒，所以當某些人控訴別人對你不公的時候，不如回過頭來看一看自己是否足夠優秀。實力才是走向成功的通行證，這話放在哪裡都是一樣的。」

布萊克和臺下的觀眾頻頻點頭，深感認同。

華國觀眾留言道：「看了這期節目，我忽然感到很驕傲。我們國家也有非常優秀的演員，他們絲毫不比所謂的『國際巨星』差。」

「為國爭光了，真的為國爭光了！實力加努力，這才是成功的不二要訣，某些人真該好好看看這期節目！」

斯蒂森繼續道：「肖的表演方式是極其細膩的，細膩到什麼程度呢？剛才那段憋氣的鏡頭根本不算什麼，我要說的這件事，百分之九十九觀眾恐怕都發現不了。」

「哦，是什麼？」布萊克身體前傾，滿臉好奇，「百分之九十九這聽起來有點誇張，觀眾的眼睛可都是雪亮的。」

斯蒂森轉身看大螢幕，導播已經把視頻放出來了，都是肖嘉樹的鏡頭混剪，且大多是特寫。他俊美的臉龐哪怕放大幾百倍，看起來也毫無瑕疵。觀眾自然而然就被他無與倫比的風采吸引，根本沒心思注意別的。

「你們看出什麼了嗎？」斯蒂森似笑非笑地詢問。

「肖真的很帥？」布萊克試探道。

臺下發出一片哄笑。

斯蒂森搖搖頭，「你們仔細看他的眼睛就會發現，他眨眼的次數非常少。正常情況下，人一分鐘要眨十五次眼睛，但肖只眨兩次。為了把CT001這個角色演好，他幾乎絞盡了腦汁，一個微乎其微的細節他也會反覆去推敲，看看能不能運用到自己的表演中去。如果有助於表演，無論多難他都會做到，所以我常常對季說，如果有可能，我還想與肖合作，他是我見過的最優秀的演員之一。」

布萊克再次觀看視頻，表情由疑惑逐漸變成驚嘆，臺下的觀眾則熱烈鼓掌。

華國觀眾懵了半天才紛紛留言：「為肖嘉樹瘋狂點讚，做到這個分上真是沒誰了！」

「我記得他離開《雙龍傳奇》劇組的時候曾有一個小配角爆料，說他之所以毀約一是因為想改劇本，導演沒同意；二是因為拍落水戲的時候導演卡了他太多次，他受不了。我當時信了，還譴責了肖嘉樹幾句，現在再看，只想一口姨媽血吐到這個小配角臉上。一個為了演戲可以不呼吸、不眨眼的狂人，能因為落幾次水就罷演？我現在打死也不信！這裡面肯定有貓膩，但問題絕不會出在肖嘉樹身上！」

「我現在對《雙龍傳奇》的期待值越來越小了是怎麼回事？肖嘉樹就是品質的保障，但他被逼走了，結果可想而知……」

「活久見！爆料肖嘉樹拍不了落水戲的那個小配角剛才刪微博啦，估計她也在看這個訪談節目，感覺自己早晚會被揭穿，所以毀滅證據！我說妳現在刪有個屁用，該看見的人早就看見了好嗎？」

「坐等《雙龍傳奇》上映，我想看看比肖嘉樹更優秀的演員能做到什麼程度！」

由於這期節目的爆紅，前陣子差點把肖嘉樹黑出屎的《雙龍傳奇》劇組如今備受關注，只是不知道他們辛辛苦苦拍出來的「精品大作」能不能承受得住這份關注。裘渡等一線明星沒親自下場撕肖嘉樹，只是購買水軍製造輿論，抓不住什麼把柄，可某些小配角為了炒作都站出來爆料肖嘉樹的種種「惡行」，說得有鼻子有眼，像真的一樣。

肖嘉樹從來沒為自己澄清過，可他在電影中的表現實打實地扇了這群人的臉。這期訪談節目從國外火到國內，他們終於按捺不住，急急忙忙跑去刪微博，恨不得讓大家都失憶。

被經紀人強按在辦公室裡觀看這期節目的裘渡氣急敗壞地罵道：「你說肖嘉樹是不是有病啊？他好好的富二代不當，跑來娛樂圈拚死拚活是為什麼？他知不知道對於一個明星來說，我們的臉和身體有多重要，傷了哪怕一點點也會造成幾百萬甚至上千萬的損失？這個錢誰來賠，製片方承擔得起嗎？所以我們請替身有什麼錯？」

經紀人安撫道：「沒錯，我們請替身是為了保護演員，外行人哪知拍戲是有風險的。」

裘渡還是覺得不太爽快，打開手機看了看，發現姜冰潔的微博還沒開放評論，頓時又罵起來：「姜冰潔這個蠢貨，這次我真是被她害慘了！要不是因為她把臉丟到國外去了，《雙龍傳奇》也不會被電視臺退檔！我的片酬還有一部分尾款沒結清，你趕緊去催片方，我怕他們到時候賴帳！」

姜冰潔的名聲臭了，連帶也敗壞了《雙龍傳奇》的口碑。裘渡再怎麼自負也隱隱意識到了，被他和紫色月季改得面目全非的劇情絕對討不了觀眾的好，甚至有可能招致不少罵聲，屆時再想拿到片酬就難了。

經紀人立刻打電話給製片方，裘渡隨手翻了翻微博，發現有關於肖嘉樹的黑料如今都被清空，取而代之的是一片讚譽。似乎在一夕之間，他就成了國內最炙手可熱的明星，粉絲數短時間內暴漲了幾百萬，如今已是準一線小生，人氣不輸任何一位一線大咖。

裘渡越看越不是滋味，嫉妒像毒蟲一般在他心裡亂竄。

拍攝中遇見的趣事是觀眾最愛聽的，斯蒂森帶來很多珍貴的視頻，令觀眾大飽眼福。

「這個鏡頭很有意思，肖看起來很纖細，沒想到一下子就能把季抱起來！」看見其中一個鏡頭時，布萊克打趣道。

「這個其實不難，拍攝時我只要在心裡默念你是001，你是001，你是無敵的，然後走上去就能把季哥抱起來，但不拍戲的時候，你讓我去抱他，我連他的一隻腳都提不起來。」肖嘉樹坦誠道。

「真的嗎？你還會給自己催眠？能不能現場抱一個讓大家看看？」布萊克唯恐天下不亂地提出要求道。

臺下的觀眾，尤其是女性，頓時發出興奮的尖叫聲。華國粉絲則默默捂住胸口，準備承受一次甜蜜暴擊。

布萊克，好樣的，你主持得太棒了！

「好吧，我來試一試。電影已經拍完很久了，我不知道自己還能不能成功催眠自己。」

肖嘉樹靦腆地笑了笑。

季冕站起來，好整以暇地看著他。

「我是001，我是001，我是無敵的！」肖嘉樹似模似樣地念叨幾句，然後一把將季冕抱起來，還做了兩個深蹲，惹得大家不斷尖叫，可抱第二次的時候，他沒再念咒語，一隻手環著季冕的腰，一隻手去抬他雙腿，卻死活抬不起來，臉紅脖子粗的模樣非常滑稽。

季冕實在是不忍心，反手便把他抱起來，往上拋了拋，姿態很輕鬆。

觀眾哄堂大笑，這兩個人簡直太有意思了！

布萊克拊掌道：「肖，你果然是個神奇的男孩！不念那句話，你真的抱不起季嗎？」

「真的，」季冕不等戀人回答就點頭道：「他只在兩種情況下能抱起我，一是拍戲需要的時候；二是遇見危險他想把我帶走的時候。拍完剛才那個鏡頭，我曾問過他一句話……」

「哦，你問了什麼？」布萊克豎起耳朵。

「我說我重嗎？」

「那肖是怎麼回答的？」

肖嘉樹接過話頭：「我只說了兩個字，超重。」

季冕放聲大笑。回憶往事，他這才發現自己和小樹還未開始交往，就已經擁有了那麼多美好而又有趣的共同經歷。

布萊克和觀眾也都笑了，只是他們可不是那麼好打發的，硬要季冕說一說他究竟遇見了什麼危險，居然叫肖嘉樹一把將他抱起來準備逃走。

「是在拍攝另一部電影的時候發生的事，這部電影年底將在華國上映，名字叫做《一路狂奔》，是動作喜劇片。有華國觀眾在收看節目嗎？有的話，我就為電影做一做宣傳。」

「肯定有，我們的節目全世界都能看見，不過你得另外支付我們一筆宣傳費。」布萊克配合地打趣道。

季冕含笑點頭，「沒問題，這是支票。」

他做了個掏支票的動作，布萊克裝模作樣地接過一團空氣，滿意地彈了彈。

斯蒂森讚許道：「你這個無實物表演很不錯。」

布萊克扶額，觀眾又笑成一片。

季冕把話題扯回來，語氣十分溫柔：「小樹懼高，在《一路狂奔》中他要拍攝一個從大橋上跳下來的鏡頭，下面有一塊安全氣墊，從十幾米的高空看下去會顯得很小，所以他始終提不起勇氣。我就對他說，不如這樣，我先跳下去，確定安全了你再跳。他嚇得臉都白了，當下把我抱起來跑走，一個勁兒說，不不不，你別跳，還是我跳吧……」

肖嘉樹捂住通紅的臉蛋，狀似逃避，濕漉漉的眼睛卻直勾勾地看著季哥。

想起那些事，他依然會覺得感動。

季冕轉頭看他，眸光閃亮，「後來我倆一塊跳下去了，覺得並沒有什麼可怕的，於是這場原本有可能耗時一整天也無法拍完的戲，只拍了四五次就通過了。」

布萊克哈哈大笑，「你們竟然一起跳下去了？這太好玩了！」

「沒錯，我想給小樹一點勇氣。」季冕溫柔地笑起來。

肖嘉樹撓頭髮，認真道：「兩個人的勇氣給我一個人用，沒什麼困難是克服不了的。」

臺下的觀眾一邊鼓掌一邊為兩人的友情叫好，而華國粉絲已經被甜化了，哼唧道：「這群老外一定不知道事情的真相。別看季神說得那麼輕鬆，其實他也有懼高症，所以這是兩個懼高症患者為了鼓勵彼此一起跳橋的感人至深的愛情故事。」

「天啊，光是聽季神描述細節，我就對《一路狂奔》這部電影充滿了期待，更何況他們一起拍攝的劇照還那麼『蘇』！肖嘉樹到底扮演什麼角色竟然要穿女裝？好想看，具體什麼時候能上映，季神你倒是說啊！」

「官方賣腐最為致命！你們還記得季神今天到底發了幾次糖嗎？我感覺把他和肖嘉樹的對話剪輯下來又可以做成一部MV，名字我都想好了，叫《加州愛情故事》。」

「季神看肖嘉樹的眼神好寵，滿滿都是愛！這對CP要是不成，我直播屎！」

「我直播吃鍵盤！」

「我直播吃拖鞋！」

網上說吃什麼的都有，然而季冕和肖嘉樹只要一開口，而且話題涉及到彼此，他們就立刻排排坐準備吃糖，這一對簡直太甜了。

訪談結束後，方坤立即把兩人帶上車，駛離了電視臺，路兩旁站著很多粉絲，正大聲喊他們的名字，其中有很多是華人面孔。

「喏，這是粉絲送你們的禮物，指明要你們一起拆。」方坤原本不想把盒子拿出來，但又不好隱瞞不報。

「回去讓保鏢檢查了再拆。」季冕握住戀人已經伸出去的手。

「好。」肖嘉樹乖乖點頭，拿出手機翻看微博。

他習慣先刷季哥的微博再刷自己的，結果發現他的微博下面非常熱鬧，很多粉絲控場道：「各位，別在季老師的微博裡提及肖嘉樹好嗎？他和季神只是好朋友，並沒有特殊關係，你們不負責任的言行會對他們造成很大的困擾。」

「請撤銷這些評論好嗎？還季神一個清靜的空間。愛他就請保護他，大家一起努力。」

類似的議論還有很多，令肖嘉樹越看越不是滋味。他把手機遞給季哥，嘆息道：「你的粉絲很抵觸我，如果今後我們出櫃了，他們一定會很傷心。」

「別想這些，都交給我。」季冕將他抱進懷裡，「我們是為自己而活，不是為別人。」

「對，不出櫃的話，我們固然可以過得平靜，但比起平靜，我更希望我們能活得坦蕩。我不會讓你躲在黑暗裡陪我過遮遮掩掩的日子，我們要在陽光下一起散步，一起牽手，別人的看法真的不重要。」肖嘉樹一不小心把隱藏在心底的實話說了出來。

季冕親吻他額頭，啞聲道：「好，你想過什麼樣的日子，我就陪你過什麼樣的日子。」

坐在後排的方坤滿心都是震撼。

別看肖嘉樹說什麼季冕就應什麼，好像對未來一點規劃都沒有，但同樣的話，他很早以前就曾說過。他那時剛出道，還沒走紅，甫一簽約就給方坤投下一枚炸彈。

他說：「我是一個同性戀，而且早晚有一天要出櫃，請你做好這方面的準備……紅了也會出櫃，不改變主意……為什麼？因為我想活得坦蕩。」

如今再看，方坤才明白季冕兜兜轉轉為何會與肖嘉樹走到一起。因為他們太契合了，就像缺失的兩個半圓終於拼湊成了一個整體，但動容歸動容，方坤不會告訴他們，這些控場的粉絲才是最堅實的CP黨，她們擔心某些沒大腦的CP粉胡亂說話導致季冕和肖嘉樹為了避嫌不得不分開，這才每天蹲守在微博裡。

這還是CP黨嗎？這是地下黨才對吧？方坤搖搖頭，不知怎地竟低笑起來。

季冕回過頭看他，眼裡也暗藏了一點笑意。

季冕回到飯店後便把粉絲送的那個禮盒交給保鏢檢查。

不能怪他太過小心，他剛走紅的時候就曾被黑粉寄過刀片，還有很多明星都有類似的遭遇，被投毒、跟蹤、威脅等等，手段簡直層出不窮。

現在他已經不是一個人了，在安全方面自然更為看重。有了牽掛，再如何灑脫不羈的人都會變得小心翼翼起來，因為他們不能出任何意外，這不是為了自己，而是為了不讓最愛的人孤孤單單地留在世上。

「檢查結果出來了嗎？」肖嘉樹懶洋洋地躺在季冕腿上，季冕則坐在沙發上修改劇本。

「應該快了。以後再收到粉絲寄來的包裹，一定要交給保鏢檢查再打開。」季冕揉了揉戀人順滑的髮絲。

「知道了，我現在可死不起。」肖嘉樹輕輕搖了搖腦袋。

「為什麼死不起？名氣太大了？」季冕低沉一笑。

「我死了你怎麼辦？」肖嘉樹皺著眉頭，彷彿在思考世界上最苦逼的事。

他希望自己能比季哥晚死一天，那樣他就可以親手把他送走，再把自己給埋了。他要購買一塊雙人墓地，把墓碑先立好，就算去了另一個世界，也要繼續跟季哥在一起。他才二十歲，按理來說不應該過早設想死亡之後的事，但他不得不那樣做，他和季哥註定只有彼此，他們會從青春走向衰老，再步入死亡，似乎一眨眼，一輩子就過去了。

幸福的時光消逝得太快，他相信它只會消逝在墳墓中，而不是自己和季哥的心裡。

當他想得入神時，季冕已放下手邊的工作，五指插入他髮間，一下又一下撫弄著他的頭髮，表情越來越溫柔，也越來越沉溺。到最後，他垂下頭吻了吻戀人粉嫩的唇瓣，喉間溢出滿足的嘆息。

保鏢把檢查過的禮盒送進來，搖頭道：「不是什麼危險物品，一頂針織帽而已。」

「謝謝，辛苦了。」季冕把盒子交給一骨碌爬起來的戀人，寵溺道：「好了，現在可以拆你的禮物了。」

肖嘉樹慢慢拆開絲帶，心想這頂帽子若是昂貴的奢侈品，他就送回去給粉絲，若是他們親手織的，他就收下。結果盒子打開後，裡面的帽子果然是粉絲親手織的，並沒有吊牌或商標，造型還很奇怪，帽邊是褐色的，帽頂縫了很多用毛線織成的小葉片，顏色綠油油的，看起來有點醜，但戴上去又有點萌。

「季哥，你看。」肖嘉樹戴上帽子左右晃晃，嬉笑道：「粉絲竟然送我一頂綠帽子。」

季冕當即幫他拍了一張照片，然後把他摟進懷裡親了親。

戴上這種造型比較卡通的帽子，小樹看起來更可愛了。

「用我的手機拍一張照片，我來發微博。」肖嘉樹把自己的手機遞過去，搖頭晃腦的時候小葉片會跟著晃，果然像一棵小樹。

季冕笑著看了他好一會兒，這才從不同的角度拍了幾張照片。

肖嘉樹將照片做成九宮格發了出去，並配文道：「今天收到一份禮物，一頂小樹造型的帽子，感謝我親愛的小種子！要想生活過得去，頭上總得戴點綠，沒毛病！」

小種子們看見微博全都笑噴了。

天啊！小樹造型的帽子戴在肖嘉樹的頭上真的太萌太可愛了！

季冕給博文點讚，忍笑道：「我看你是三天不打上房揭瓦，戴什麼不好戴綠帽子？」

「那你打我啊！」肖嘉樹跳到沙發上，從背後摟住季哥，用臉頰蹭他的臉頰，小模樣有點得瑟，「用那個打我。」

「哪個？」季冕轉頭看他，眼裡一片漆黑。

「就是那個……」肖嘉樹有點慫，又有點小興奮，湊到季哥耳邊吐出三個字，聲音小得幾乎聽不見，氣息卻無比灼熱。

季冕緩緩扯開領帶，啞聲道：「我看你不是欠揍，是欠操。」話落一把將戀人扛起來，走進臥室。這一晚過得激狂而又放蕩，他們嘗試了好幾種不同的姿勢，不斷開發彼此的身體，第二天差點因為貪睡而錯過班機。

兩人抵達京市時已經是晚上十二點多鐘了，剛走出通道就發現薛淼正站在不遠處看著他們，表情冷凝。躲在她身後的修長郁抬抬下頷，劃拉脖子，暗示他們情況很糟糕。

「媽，您怎麼來了？」肖嘉樹懵了好一會兒才走上前打招呼，語氣略顯慌亂。他還沒想好該怎麼坦白呢，母親似乎就發現了他和季哥的關係，這下該怎麼辦？

「把行李交給小周，去車上等我，我等一下就來。」薛淼絲毫不給兒子開口的機會，對季冕頷首道：「我們單獨談一談。」

「好的，薛姨。」季冕投給戀人一個安撫的眼神，這才跟隨薛淼離開。

修長郁拽住想跟上前的肖嘉樹，低聲道：「別去，你媽正在氣頭上。季冕會有辦法的，你乖乖等著就是了。走走走，修叔幫你搬行李。」邊說邊把人拉走。

「不是啊，我媽是怎麼發現的？誰告密的？」肖嘉樹氣得眼睛都紅了。

「你們兩個在節目裡眉來眼去的，你媽能看不見？她不了解季冕，還能不了解你？你腦袋上有幾根毛她都數得清楚。別問了，現在問這個沒用，還是好好想想以後該怎麼辦吧。」

修長郁搖頭嘆息，滿心感慨。

季冕這小子真行啊，不聲不響就把小樹搞定了，真是悍不畏死！也不知道淼淼會怎麼料理他，完了，還有肖定邦和肖啟傑，真是前途多舛！

走到一處僻靜的角落，薛淼掏出一根香菸叼在嘴上，正準備去摸包裡的打火機，季冕已經把自己的打火機點燃舉到她面前，態度十分恭敬。

「你也來一根？」薛淼晃了晃手裡的菸盒。

「不了，我已經戒了。」季冕似想起什麼，眼裡滿是溫柔。

薛淼也沒大吼大叫或氣急敗壞，只是用極冷的口氣徐徐道：「難怪最近改叫我薛姨了，原來是擔心和小樹差了輩分。季冕，你愛跟誰在一起是你的自由，但你不能害了小樹……」

季冕立刻打斷她：「薛姨，您要罵我或是打我，我都受著，但您若是想讓我離開小樹，我絕對不會答應。」

「你還挺橫的！」薛淼火氣漸漸上來了。

「我不是橫，我是堅持。薛姨，小樹不是您的附屬品，他有權利選擇想要的生活……」

「你怎麼確定現在的生活就是他想要的？他才剛出社會，能懂什麼？要不是你帶壞他，他能走上這條路嗎？我告訴你，以後不許再接近小樹，不然我會讓你後悔回到華國！」薛淼撇下這句狠話，氣沖沖地走了。

季冕只能盯著她的背影苦笑搖頭。他能有如今的地位，靠的是修長郁的幫助，也靠的是自己的能力，自然不懼薛淼的威脅。只是，如果可以，他萬萬不想和小樹的家人鬧翻，那樣的話，最難過的人不是他，而是夾在中間的小樹。

想到這裡，他立刻發了一條訊息給戀人：「寶寶，不要跟你媽吵，她說什麼你就聽什麼，我自有安排，相信我。」

肖嘉樹的手機已經被周亮亮收繳了，聽見特殊提示音，連忙撲上去與他爭搶。

周亮亮不敢忤逆少爺，更不敢觸怒女魔頭，只能死死把手機護在懷裡，慘叫道：「修總，您快救救我啊，二少爺瘋了！哎呀，他咬我肩膀！」

修長郁滿頭都是黑線，勸解道：「你就讓他看一眼嘛，看一眼能有多大的事？」

「這是我的手機，你們憑什麼沒收？快還回來！周亮亮，我告訴你，你被開除了，現在馬上給我滾蛋！」肖嘉樹氣喘吁吁地道。

「二少爺，我現在的薪資是薛姊開的，您沒有權力開除我。」周亮亮嚎歸嚎，卻還是把手機還回去了。沒辦法，再不還，他本來就不多的頭髮都快被二少爺揪完了。

肖嘉樹如獲至寶地打開聊天頁面，迅速用力地戳了幾個字：「季哥，我肯定相信你，我一定不會屈服的！」

修長郁見他還想發幾條訊息，不免急了，催促道：「快把手機給我，你媽來了！」

他原本還以為那兩人要談很久呢，沒想到幾分鐘就完事了，看來情況不大妙。

「開車！」薛淼上車後對司機下令，末了冷笑道：「把手機給我！」

修長郁乖乖把手機遞過去，薛淼二話不說關了機，冷聲道：「回去再收拾你！」

一行人很快抵達目的地，眼看薛淼要走，修長郁連忙探出頭喊道：「淼淼，我給妳的那個劇本妳好好看看，真的很精彩！要是可以的話，讓小樹也挑一個角色，這是我們公司今年最看重的一個專案，投資過億，機會難得！」

薛淼頭也不回地擺手，沒說看也沒說不看。

把兒子拎回家後，她強硬地道：「立刻跟季冕斷了！」

「憑什麼？」肖嘉樹梗著脖子。

「憑我是你媽！」

「您是我媽，就能干涉我的生活了嗎？我是您的兒子，又不是從您身上掉下來的零件，一輩子都要被您操控！我已經成年了，可以選擇自己想要的生活！」

聽見兒子說出與季冕如出一轍的話，薛淼肝火更旺，氣急敗壞道：「你才二十歲，你懂個屁！你知道什麼是同性戀嗎？你知道走上這條路將面臨什麼嗎？我記得上幼稚園的時候你還對我說喜歡隔壁桌的小女孩，可見你是喜歡女人的，你現在只是受了季冕的蠱惑！你談過幾次戀愛，有多少經驗？你能玩得過他嗎？聽媽媽的話，和他斷了，再過一陣子你會發現，你所謂的愛情不過是一種衝動和錯覺，你根本不清楚自己在幹什麼！」

「不，媽，您說錯了。」肖嘉樹極其認真地回道：「以前的我才不清楚自己在幹什麼，認識季哥之後，我從來沒活得如此明白過。從我出生開始，您就強勢地操控著我的一切，我不喜歡彈鋼琴，我不喜歡騎馬，這些您知道嗎？您知道，可您想讓我學，我就必須得學會。十歲那年我哭著喊著求您別把我送走，您也不答應，因為您覺得美國有最好的心理醫生，可以治癒我，但您不知道，那時的我其實更需要的是家人的陪伴和家庭的溫暖。為了讓您高興，我拚命讀書考上名校，又轉了科系改學金融，我的上半輩子都是為了您而活，為了得到爸爸的認可而活，從來沒想過自己真正想要的是什麼。」

說到這裡，肖嘉樹已經淚流滿面，「後來我回國了，不能進爸爸的公司，也是您一手安排我去拍戲。在認識季哥之前，你們讓我做什麼我就做什麼，那時候的我對未來一點想法都沒有，活得非常迷茫，可是，認識季哥之後，我忽然就明白了，我喜歡拍戲，我要成為像他那樣優秀的演員。我不再迷茫，也不再得過且過，我有了為之奮鬥一生的事業和愛情，這才是我真正想要的生活。」

薛淼看著兒子的眼淚，心裡疼極了，卻始終不肯妥協，「你懂什麼？如果想要繼續演戲，你和季冕就必須分開。大部分的人不認同同性戀的存在，你們會受到所有人的排斥，會被看成異類甚至病毒，走到哪裡都會接受旁人的指指點點，還會有人在網路上對你們進行惡毒至極的攻擊。我說這些不是故意嚇唬你，你看看在華國有哪個公眾人物敢出櫃？我這一關還不算什麼，要是讓你爺爺知道了，他能扒掉你一層皮。」

薛淼深吸一口氣，「我是無論如何都不會同意的，你趁早和季冕斷了。我管你是為你好，你現在說得堅決，真到了面對世人的那一刻，你能承受那樣巨大的壓力和非議嗎？你曾經崩潰過，心理素質本來就不穩定，我能不擔心嗎？人家都在走陽關大道上，只有你和季冕非要去踩鋼絲，你們以為自己很勇敢，殊不知一個失足，下面就是萬丈深淵。」

「媽，您說得太誇張了，大不了我和季哥都退出娛樂圈，這有什麼？」肖嘉樹早已下定決心，無論誰勸都不會動搖。

「你剛才不是說喜歡拍戲，怎麼又要退出？你這也叫清楚自己在幹什麼？」薛淼冷笑。

「拍戲和季哥比起來，自然是季哥更重要。」

「你這個死孩子！」薛淼舉起手想扇兒子巴掌，到底沒忍心，拔掉網路線後把門反鎖，沉聲道：「這些天你乖乖待在家裡，哪裡也不准去！」

「媽，您太獨裁了，您就是個暴君！」肖嘉樹抱著被子在床上打滾，氣得眼淚直流。

薛淼害怕自己心軟，打開電視機把音量調到最大，然後捧著劇本心不在焉地看起來。

兒女都是債，不知怎地，她忽然想到這句話。向來乖巧聽話的兒子忽然叛逆，竟叫她不知該如何應對。無論如何，她是不會讓他和季冕在一起的。兩個男人既不能結婚，又不能生孩子，感情能長久嗎？

修長郁把周亮亮送回家後直接去了季晁的新家，四處打量道：「喲，布置得這麼溫馨，看來是真打算好好過日子啊！」

他沒想到季晁會挑選這麼小的公寓與肖嘉樹同居，客廳和餐廳連在一起，對面就是臥室和書房，沒有太多的隔斷，視野相當開闊。用色也多是溫馨的米色調，四處點綴一些綠色植物，看起來非常有家的味道。

若不是季晁正坐在地毯上喝酒，修長郁絕對想像不到這是他的房子。

「空間這麼小，小樹能住得慣？」修長郁調侃道：「你也太吝嗇了吧？」

季晁溫柔地笑起來，「這是小樹挑的房子。他說他喜歡幸福的小家庭，兩個人待在家裡，無論在哪兒都能輕易感受到彼此的存在，這樣最好。修叔，你知道嗎？他理想中的家，與我的夢想完全重合了。他想要的正是我想要的，他給我的也是我想給他的，我們再也找不到比彼此更好的伴侶。」

修長郁動容道：「小晁，你和小樹是認真的？」

「我們都結婚了，你說認不認真？」季晁指指桌上的結婚證書。

修長郁目瞪口呆地看著他，過了很久才吐出一口氣，「你這小子真行啊，居然先斬後奏！幸好淼淼不在這兒，否則她一定會被你氣瘋！」

「修叔，你等了大半輩子，等來什麼了？」季冕苦笑道：「有些人是無論如何都不能錯過的。我這樣做雖然對不起薛姨，但我不後悔。修叔，你也不想看我重蹈你的覆轍吧？」

修長郁喝了一杯酒，咬牙道：「小冕，我可是冒著生命危險在幫你，你千萬別坑我！」

「放心吧，修叔，我坑誰也不會坑你。」季冕一邊說話一邊拿起手機撥打小樹的號碼。明知道薛淼一定不會讓他和小樹聯絡上，他還是不捨得放棄這點希望。

分開一個小時不到，他就想小樹了。這個家沒有小樹的存在，簡直冷清得不像話。若非小樹堅持要住小公寓，此刻的季冕只會覺得更空曠更孤寂。

他是無論如何都不能失去小樹的。

「這次我幫了你們，以後你們可得幫我啊！」修長郁苦悶道：「誰年輕的時候沒輕狂過，遇見淼淼我不是立刻改了嗎？為什麼那些媒體還要亂寫我的緋聞？媽的，把我害苦了！要不是淼淼以為我很花心，她能看上肖啟傑那個表裡不一的偽君子？我等了她二十多年，但我從來沒後悔過，我還可以繼續等，等一輩子也無所謂！」修長郁一杯接一杯地喝酒，眼睛裡閃爍著晶瑩的淚光。

「修叔，你少喝一點。」季冕勸解道。

「沒事，一瓶紅酒醉不了。」修長郁摸摸手機，忽然想起一件事，「對了，淼淼讓我辦的事我還沒辦呢。」

「什麼事？」季冕倒了半杯酒給他。

「搞垮《雙龍傳奇》和裘渡。」修長郁點開手機，嗤笑道：「我倒要看看沒了小樹，王安和裘渡能拍出什麼玩意兒。」

事涉小樹，季冕自然非常重視，立刻打開筆記型電腦，查看《雙龍傳奇》前兩集的播出情況。第一集剛好播到精彩的地方，李元昊無意中得知了女主角的父親就是殺死自己母親的兇手，陷入黑化，而女主角猶然不知，正站在不遠處的拱橋上對他燦笑。

李元昊在原著中是個亦正亦邪的角色，又是皇室宗親，地位尊貴，很有一些名士風流的味道，但取代肖嘉樹的這位演員長相太過陰柔，好看是好看，黑化後瞇著眼睛咬著牙齒的樣子卻像極了受委屈的小姑娘，根本沒有邪魅的感覺。

原著作者青雲直上的粉絲大多是男性，而且還是鋼鐵直男，看見這一幕自然有些接受無能，紛紛在評論區怒噴：「臥槽，這就是青雲大大筆下遇神殺神遇佛殺佛的魔尊李元昊？這就是前半部把李歸一和女主壓著打，後半部完虐異族王者的魔界第一高手？恕我眼拙，實在看不出來啊！」

「別再瞪著女主角了，你又不是兔子！隱忍仇恨有很多種演法，你只知道瞪眼嗎？」

「一聽說李元昊的演員由肖嘉樹換成了方志晨，我就猜到會發生這種情況。其實在那之前，我對肖嘉樹也不是很看好，覺得他可能演不出李元昊的狂放和邪肆，但看過他演的CT001後我才知道，他狂起來可以一個人幹掉一顆星球。他的演技足夠吊打方志晨，為什麼不讓他來演呢？」

「都說是因為他要改劇本，導演不同意。」

「那還是算了，如果不尊重原著，演技再好我也不能接受。」這個話題剛被某些人壓下去，又有觀眾疑惑道：「各位朋友麻煩幫我看看，女主角的脖子是不是太長了，還有些前傾，和腦袋接不上？頭髮周圍的那一圈毛刺是什麼鬼？摳圖沒摳乾淨？」

「摳圖了，絕對是摳圖了！自從女主角一出來我就發現了，她的腦袋一直是飄的，背景也很模糊，這要是一部鬼片，效果杠杠的！她與李元昊對視的時候，兩人的目光根本沒在一個焦點上，你說你的我說我的，讓我瞬間出戲！我光顧著盯她的腦袋，根本沒法看劇！」

「真的很出戲，觀劇感受太差！」

罵完女主角和李元昊，裘渡扮演的李歸一出場了，他正在深山老林裡與一頭靈獸搏鬥，由於資金不夠，特效做得非常爛，幾十年前拍的老版《西遊記》看起來都比這一幕逼真，偏偏那頭閃瞎人眼的靈獸還在螢幕上蹦來蹦去，全方位展示著它的粗製濫造。

「沒眼看了，這他媽都是些什麼鬼玩意兒，完全毀了我心目中的《雙龍傳奇》！」觀眾一邊罵一邊耐著性子把前兩集看完，評價都很低，可是秉持著對原著的熱愛，還是打算看一看後續的發展。

季冕關掉網頁，淡淡道：「修叔，你先別動，等劇集播出一段時間再說。」話落他翻看一下影評網站，發現該劇的豆瓣得分不高，不知道後面會跌成什麼樣子。

等到晚上十一點半，季冕覺得差不多了，便準備出門。

修長郁嘆息道：「你給我小心點，別讓淼淼發現，否則我倆都會死。」

「這麼晚，薛姨應該已經睡了吧？」季冕彎腰穿鞋。

「她通常都是十點半睡，但今天情況特殊，說不定現在還在生氣，我發一條簡訊給她試試看。」修長郁拿出手機。

兩人開車前往薛淼的公寓，一路上她始終沒回訊息，要麼是不想搭理修長郁，要麼是已經睡了。向來很少得到回應的修長郁，今天特別傷感，盯著手機看了很久。

等待是世界上最難熬的一件事，你不知道什麼時候才能等來自己想要的結果，甚至不知道這個結果在有生之年會不會來。從某種意義上來說，等待是另一種絕望。

季冕看他一眼，安慰道：「修叔，精誠所至，金石為開，總有一天你會如願的。」

修長郁苦笑搖頭，「有些事靠的是緣分，而不是堅持。如果堅持就能成功，還輪得到肖啟傑？話說回來，你準備怎麼勸淼淼？你投資讓她去拍戲就能把她感動到？如果你打的是這個主意，我勸你還是另想辦法吧，行不通的。淼淼的心是石頭做的，一旦認定什麼事，十頭牛都拉不回來。你跟她來軟的，她就跟你來硬的，你跟她來硬的，她就跟你來橫的，反正她總會比你牛，你知道年輕的時候我管叫她什麼嗎？」

「女霸王，您以前跟我說過。」季冕輕打方向盤。

「對，她就是個不折不扣的女霸王，總喜歡指揮別人。我那時候就對她說：淼淼，以後妳結婚了，妳的丈夫和兒子一定會過得很辛苦。然而，她可以為肖啟傑收斂所有的脾氣，做二十多年的賢妻良母，卻不能為了旁人稍微改變一點點，哪怕是自己的兒子。她這輩子唯一愛過的，甚至依然愛著的人，大概只有肖啟傑。」修長郁越想越覺得難受，不免從西裝內袋裡摸出一小瓶烈酒灌了幾口。

他年輕的時候什麼都沾，唯獨不好酒，老了什麼都改了，卻染上了酒癮。

人這一輩子總得對某個人或某件事執著，否則活著真的沒意思。

「她愛小樹，只是沒用對方法而已。」季晁徐徐道：「我不會試圖感動她，更不會讓小樹為了我們的將來去與她抗爭，她自己能想明白。」

修長郁嗤笑道：「淼淼自己能想明白？你是做白日夢呢！」

「如果她愛小樹，她就能想明白，你看著好了。」季晁減緩車速，催促道：「別喝了，快把你的社區通行證拿出來。」

要不是為了這張證，他能陪修長郁喝那麼久的酒？早就去小樹樓下守著了。

修長郁掏出通行證給保全人員看，那人經常見他出入，很快就把門打開了。

眼下已是半夜，社區裡非常安靜，只有幾盞路燈點綴在匝道兩旁，顯得非常空寂。

修長郁不停幫季晁指路，末了指著正前方的一棟住宅說道：「喏，靠西面的公寓就是淼淼家，最外面的那個陽臺看見沒？那是小樹的臥室，這會兒還亮著燈，應該沒睡。」

要不是自己還有這點利用價值，修長郁相信季晁早就把他給扔了。他也是命苦，這輩子攤上的都是些什麼人，一個比一個還精。

季冕認真觀察了一會兒，確定好方位就操控無人機飛上去。

「快點，在社區裡玩無人機很危險，路過的保全看見是會沒收的。」修長郁催促。

季冕沒有搭理他，操控無人機飛上陽臺，接著打開訊號燈。

被軟禁的肖嘉樹這會兒正躺在床上生悶氣，發現窗外隱隱約約亮著幾盞小燈，連忙爬起來查看。他下意識地想道：這肯定是季哥弄的，季哥絕對不會丟下自己不管。

他打開落地窗往下看，果然發現季哥正站在樓下對自己揮手。雖然隔得很遠，光線也不是很充足，卻能想像得到他溫柔的笑容。

見季哥做了一個後退的手勢，肖嘉樹連忙把落地窗全打開，讓小小的無人機飛進來，上面搭載著一個盒子，打開後是一個新手機和一包巧克力豆。

肖嘉樹如獲至寶，趕緊拿出手機，給唯一儲存的聯絡人發送了視頻邀請。

「小樹，你還好嗎？」季冕溫柔的嗓音隨之響起。

「不好！」肖嘉樹委屈巴巴地開口，眼睛一眨竟掉了兩滴眼淚。他似乎覺得很丟臉，連忙別開頭用袖子擦了擦眼角，模樣十分可憐。

季冕靠在車門邊，嘆息道：「別哭，你哭了我也難受。」

肖嘉樹擦乾眼淚又吸了吸鼻子，這才把頭轉回來，看向鏡頭，「我不哭。季哥，我們該怎麼辦？我媽太固執了，誰都勸不動她。我試圖跟她講道理她不聽，現在還把我關起來！」

「你別擔心這些事，一切有我。你該吃吃，該睡睡，別和你媽吵。過幾天她有可能要去大通影城拍戲，你也跟她一塊去，選李憲之這個角色，記住了嗎？」

「記住了。」肖嘉樹連連點頭。

季冕透過手機螢幕看見他乖巧可愛的樣子，不禁溫柔地笑起來，「怎麼不問問我為什麼這個時候還叫你跑去外地拍戲？」

「不用問，我相信你。」肖嘉樹對樓下的人揮了揮手機，語氣不再那麼委屈，「能隨時聯絡到你我就安心了，季哥，你是不是也會過來拍戲？我們能在劇組見面吧？」

「能，我肯定會陪你。」季冕一會兒抬頭看看樓上，一會兒垂眸看看手機，表情絲毫不見慌亂。這樣的情況他早就預想過，自然會有應對方法。

見季哥始終那麼沉穩，肖嘉樹終於放心了，這才露出一點笑意。

「快回屋裡去，外面很冷。」季冕朝他擺擺手。

肖嘉樹退回屋內，雙手始終捧著手機不敢放開，「季哥，沒有你，我睡不著。」

「我陪你聊天。」戀人的身影消失在陽臺，季冕依舊站在車外看著那個方向。

「季哥，你也回車上吧，外面冷。」肖嘉樹壓低音量說道：「我不用你陪我聊天，我怕我聊著聊著就睡著了，忘記藏手機。我媽有我房間的鑰匙，她隨時會打開門突擊檢查。」對肖嘉樹來說，這個手機就是他和季哥之間唯一的聯繫，是生命線，絕對不能斷掉。

「那你想睡的時候我再掛。」季冕操控無人機飛回來。

「好。」肖嘉樹把手機靠放在枕頭上，不斷調整角度，確定自己的臉看起來帥氣逼人，這才安心躺下。他側過身子，眼巴巴地看著鏡頭，「季哥，你開車帶我兜兜風唄。」

「你想去哪兒？」季冕果然發動了引擎，還不忘交代修長郁：「修叔，你幫我舉著手機，拍我的時候別忘了拍窗外的風景。」

修長郁滿頭黑線地舉著手機，感覺自己真是被季冕利用得很徹底。

「咦，修叔也在啊？」肖嘉樹臉紅了紅，立刻道：「修叔，您好！」

「小樹，你和季冕想說啥就說啥，當我不存在啊！」修長郁呵呵笑起來。

肖嘉樹滿肚子的情話都不敢說了，只能可憐兮兮地喊了一聲季哥。

「沒有通行證我進不來，進來了也不知道你住哪裡。」季冕簡單解釋一句，末了又低沉一笑，「我這就把他送回去。」

「過河拆橋，卸磨殺驢，你們這是……」修長郁憤憤不平地抱怨，卻也跟著笑開了。

他看得出來，這兩個人是真心相愛，而且愛得很深很深，已經到了離不開彼此的地步。

如果他是小樹的父親，他一定會祝福他們。只要不傷害到別人，任何人都有權利選擇自己想要過的生活。

送走修長郁，季冕把手機放在擋風玻璃前的支架上，帶著小樹在城裡四處轉悠。小樹會時不時提醒他別盯著手機螢幕，要看路。兩人一邊欣賞夜景一邊漫無邊際地閒聊。即便在如此困頓的時刻，也未曾感覺到絲毫壓抑或悲觀。

一個多小時後，肖嘉樹小聲道：「季哥，如果我愛上的人不是你，現在一定很難熬。」

不會有人像季哥這樣，在事情剛發生的時候就迅速為他們的將來做好準備。季哥就像一片天空，可以為他擋風遮雨，也可以為他播灑陽光和雨露，而他真的一點也不用操心，似乎只要跟緊季哥的步伐就一定能走到幸福的彼岸。

季晃知道小樹想表達些什麼，笑容越發溫柔，「這句話也是我想對你說的。」

肖嘉樹抱著枕頭笑嘻嘻地滾了兩圈，然後噘起嘴巴吻了吻鏡頭，「季哥，我現在一點也不擔心了，我相信你一定會有辦法的。」

一般人遇見這種情況，要麼會激烈抗爭，要麼會擔心戀人退縮，進而開始疑神疑鬼，患得患失。他們自己的心先亂了，意志也就被家人的逼迫和勸說一步一步瓦解。很少有人能堅持到最後，他們要麼陷入抑鬱，要麼向世俗妥協，隨便找一個女人結婚。

到最後，他們的家人開心了，但他們自己呢？與他們結婚的女人呢？

季晃始終不明白這種固執己見的家人想要的究竟是什麼。說是為了孩子好，但孩子真的好嗎？其結果只是他們自己得到安心，卻害了孩子也害了一個無辜的女人，甚至於下一代。這種傷害是終其一生的，也是延續的，從一個人身上擴散到一群人身上，圖的不過是「隨俗浮沉」四字而已，何其悲哀？

季晃忽然感到很幸運，因為他的小樹從來未曾懷疑過他，也未曾產生過絲毫動搖。他那麼理所當然地接受了他的安排，甚至除了思念的話，連多餘的疑問都沒有。如果換成另一個人，現在的情況大概可以相比世界末日吧？

想到這裡，季晁不禁莞爾，保證道：「是的，我會有辦法，你只要安心拍戲就好。小樹，我以前說過一些很混帳的話，我現在想把它收回來。我喜歡你的沒心沒肺，我希望在我的保護下，你一輩子都可以過得沒心沒肺，什麼都不用擔心。」

肖嘉樹眼眶又紅了，揉著眼角很久沒說話。

「好了，快睡吧，當心薛姨闖進來檢查。」季晁大概能猜到小樹的心思，他這會兒正感動著，害怕自己一張口就會哭出來，怕會丟臉。

「好，季哥晚安。」肖嘉樹的聲音果然有點澀澀的。

兩人互相看著彼此，誰都不忍心先掛斷。若非客廳傳來響動，似乎是自家老媽起床了，肖嘉樹一定會把剩下的兩格電量全都用完。

這一晚本該是最難熬的，但被迫分開的兩人居然都沒有失眠，因為他們知道，他們的心依然緊緊嵌合在一起，誰也動搖不了。

## 第五章

# 戀情露餡兒，季影帝智鬥丈母娘

修長郁早上七點半就提著早餐上門了，前來開門的薛淼頂著兩個黑眼圈，模樣很憔悴。

「昨晚沒睡好？小樹呢？」

「發生這種事，哪個當媽的能睡好？小樹還在房裡，我叫他很多聲他都不應，在跟我賭氣呢！」薛淼拿出鑰匙打開兒子的房門，卻見他飛快掀起被子蓋住自己，像在藏什麼東西。

「你在幹嘛？」薛淼的脾氣立刻爆發了，用力扯開被子吼道：「你怎麼那麼……」

未出口的責罵全都被兒子淚流滿面的臉堵住了，他緊緊抱著自己無聲哭泣，眼睛和鼻子一片紅腫，看起來無助極了。

這樣的表情薛淼只在兒子臉上看見過三次，一次是他被綁架後重新歸家的那一刻，一次是在何毅的葬禮上，還有一次就是現在。

薛淼有那麼一瞬間甚至在想，自己為什麼要讓兒子如此難過？這樣逼迫他真的好嗎？但她很快就心硬起來，不斷告誡自己：妳只是想讓小樹走上正途，當他成家立業，擁有了圓滿的婚姻和生活，進而生下自己的孩子，他終究會感謝妳的！

「你一個大男人哭什麼哭，沒有季晁你會死嗎？我怎麼生了你這麼個沒出息的兒子？快點起來，別讓你修叔叔看笑話！」薛淼對著兒子的屁股啪啪拍了幾下，卻見他一拱一拱地鑽進被子裡去，把腦袋蒙得緊緊的，只露出一雙腳，看起來非常可憐，卻又叫人哭笑不得。

「你修叔叔帶了早餐給你，快起來吃！」薛淼清了清喉嚨，這才故作凶狠地催促。

「我不吃！」肖嘉樹悶聲道。

「好啊，你想跟我來絕食這招是吧？」薛淼豎起眉毛，「你不吃我就讓你餓著，餓得沒力氣了就把你送到醫院裡去，直接插上胃管給你打流食，既不讓你餓死也不讓你有力氣反抗，我看你半死不活的能跟我耗多久！」

肖嘉樹徹底沒聲音了，薛淼也不管他，砰一聲關上房門，徑直去吃早餐。

修長郁站在旁邊看得嘖嘖稱奇。

二十多年過去了，淼淼的脾氣還是那麼冷硬，一點餘地也不給別人留，連自己的兒子都一樣。小樹要是敢絕食，她就敢給他插一根管子當豬一樣養起來；小樹要是敢自殺，她當下就能把他送進精神病院裡去，二十四小時綁著關在小白屋中。

戰鬥力強悍到這種程度，修長郁很難相信季冕能說服她，但無論如何，這個忙他是一定要幫的，他並不認為季冕和小樹有什麼錯，更不認為拆散他們所有人都能得到解脫，那只是悲劇的開始而已。

「孩子總這樣也不是辦法，」修長郁試探道：「不然妳把他帶去拍戲吧，他忙起來就沒功夫想別的了。我給妳的那個劇本妳看完了嗎？覺得怎麼樣？」

「小樹都這樣了，我沒有心思拍戲。」薛淼搖搖頭。

「妳總是關著他，小心把他關出心理疾病，妳忘了他以前那副隨時會崩潰的樣子嗎？妳可不能走極端，再把孩子給害了。妳帶他出去走一走，離季冕遠遠的，兩三個月過去也就好了。再說人一旦忙碌起來就沒空想別的，也不失為一個療癒的辦法。」

薛淼這次被說動了，斟酌良久才道：「我把小樹帶走，季冕就不會追過來？」

「追過來又怎樣？劇組的人全都在一個飯店裡住著，周圍還滿是狗仔，他敢招惹小樹？人多眼雜總比把孩子孤零零關在家裡強。」

薛淼拿起劇本翻了翻，最終點頭道：「那就接了吧，我多帶幾個助理看著小樹。」

「好，我馬上打電話給導演。」修長郁正準備掏手機，薛淼又開口道：「等等，季冕不會也來這個劇組拍戲吧？」

「他來就來，妳還怕他在大庭廣眾之下把小樹搶走？」修長郁故意刺激薛淼。

薛淼果然中了激將法，冷笑一聲沒有說話。

修長郁盛了一碗粥給她，小心道：「妳先吃著，我去看看小樹，他現在很需要跟一位男性長輩聊一聊。」

薛淼點點頭，目中滿是憂慮。她再怎麼狠心，終究也是為了小樹好。

修長郁反鎖房門後走到床邊，扯開被子一看發現小樹已經睡著了，臉蛋悶得紅撲撲的，嘴角還掛著一絲微意，哪裡可憐？薛淼都比他憔悴一百倍。

「小樹快起來，我帶劇本來給你了。你好好看看，後天咱們就進組拍戲。」修長郁話音剛落，沉睡中的肖嘉樹就睜開了眼睛，迷糊道：「拍戲？拍什麼戲？哦，對了，季哥昨天讓我什麼都不要想，好好拍戲來著，快把劇本給我看看。」邊說邊從床縫裡摳出一隻手機，發送訊息給季冕：「季哥，我起床了，早安。」

「寶寶早安，我讓修叔帶了海鮮粥和蟹黃包給你，一定要多吃點。」季冕秒回。如果住在一起，這個時候他們已經同時睜開眼睛，但分開也沒問題，他們可以感受彼此的存在。

「好，我會照顧好自己，你也一樣。你早餐吃什麼，發一張照片過來給我。」肖嘉樹專注地盯著手機螢幕。

季冕很快發了一張照片過來，幾秒鐘後又發了一段自己吃早餐的視頻。肖嘉樹反覆點開視頻，好像總也看不夠，過了四五分鐘才給自己拍了一個伸懶腰的視頻，點擊發送。

這一次，季冕那邊也隔了四五分鐘才回覆：「盯著你的腰看了很久，想親一親，你頭髮亂糟糟的樣子很可愛。」

兩人一來一往聊得飛起，肖嘉樹一會兒拍一張照片，一會兒拍一段視頻，然後拿著手機傻乎乎地笑。修長郁起初還耐心地等著，到後來乾脆跑到陽臺外面喝酒去了。

分開了又如何，這兩個人照樣有辦法打得火熱！

「小樹，你倆有完沒完？你媽待會兒要敲門了。」過了十五分鐘，修長郁不得不開口。

「不聊了。」肖嘉樹這才把調了靜音的手機塞到床墊下，好奇道：「是什麼劇本？」

「《女皇》，我去幫你拿。」修長郁推門出去，拿著劇本回來。薛淼只當他勸了很久才把兒子勸通，並不覺得奇怪。

「咦，這個劇本我在季哥那裡見過，他最近一直在修改。」肖嘉樹立刻翻看故事梗概。這個劇本描述的是華國歷史上唯一一位女皇的人生歷程。她工於心計，強勢霸道，從一個小小的宮女最終站上了皇權頂端。她鬥敗了宮妃，鬥敗了朝臣，也鬥敗了皇帝，為了那個至高無上的位置可以犧牲一切，甚至包括自己的親生兒女。

說老實話，看見這個劇本，肖嘉樹腦海中浮現的女皇形象竟然是自己的母親。她們同樣強勢也同樣霸道，為了心中所想便可一往無前。

「我感覺這個劇本好像是為我媽量身打造的。」肖嘉樹小聲說道。

「沒錯，再沒有人能比淼淼更適合演女皇這個角色。」修長郁嘆息道。

肖嘉樹翻開人物列表，查看李憲之的設定。

李憲之是女皇唯一存活的兒子，他被父親和母親保護得太好，性子十分純善，在爾虞我詐的宮廷中簡直是個異類。原本他已經得到父親的准許，可以搬出宮去做個逍遙王，卻被母親的野心挾裹，不得不捲入你死我活的權力之爭。最後他被母親推上那個至高無上的寶座，卻也因此鬱鬱而終。

他一生都是母親的傀儡，從未得到過片刻的自由。

「歷史上的李憲之好像不是這樣死的，結局還要更慘一些。」肖嘉樹表情有些沉鬱，因為這個角色和他的境遇非常相似。

「劇本還會再改，先讓你媽同意接戲了再說。」修長郁拍拍小樹的腦袋，安慰道：「別擔心，季冕會有辦法的。我自從認識他的那天起，就沒見過他有失算的時候。」

《女皇》的劇本早就送到季哥手上，而且他修改了很久，可見品質很有保障。肖嘉樹根本沒看具體內容，指著人物清單中的李憲之，篤定道：「修叔，這個角色我接了。」

「那行，我出去跟你媽說一聲。」修長郁正想離開，卻被肖嘉樹拉住，腆著臉說道：「別啊，修叔，再坐一會兒唄。」

「你這小子想幹啥？」修長郁撐不住笑了。

「我想幹嘛您還不知道啊？您就成全一下我和季哥吧。」肖嘉樹從床墊下面摸出手機發送視頻邀請給季哥。

修長郁吐槽道：「你和季冕是牛郎、織女，我就是促使你倆見面的鵲橋是吧？當心被你媽發現，把我這個鵲橋給拆了。」

「我不會讓我媽發現的，修叔，您說我媽怎麼就那麼凶呢？」視頻很快接通，上一秒還皺著一張臉的肖嘉樹，下一秒已眉開眼笑地對鏡頭揮手。

季冕溫柔的嗓音傳出來：「寶寶，我準備去跑步，也帶你跑一圈，咱們去上次路過的那個人工湖餵鴨子好不好？」

「好，季哥，你多買一點小米，把鴨子都引過來。」

「那你記得戴耳機，一群鴨子的聲音有點吵，當心被薛姨聽見。」季冕打開鞋櫃，輕聲笑道：「寶寶幫我挑一雙運動鞋。」

「穿那雙寶藍色的，好看！」肖嘉樹毫不猶豫地選擇了季哥的最愛。

「不，我想穿這雙，這是你幫我買的第一雙鞋。」季冕卻挑了一雙黑色的運動鞋，坐在門檻邊換上，並細心交代：「薛姨那邊你千萬別跟她吵，不然你也傷心她也傷心，對大家都不好。你也別拿絕食啊什麼的威脅她，我之前就說過，你該吃吃，該睡睡，把一切事情都交給我。我就是怕你跟薛姨置氣，傷了身體，才讓修叔送早餐過去給你。都這會兒功夫了還沒見你洗臉刷牙，應該是沒吃，你讓修叔幫你熱一熱端進來，好不好？」

「好。」肖嘉樹乖乖點頭，然後眼巴巴地看著修長郁。

修長郁原本想擰開瓶蓋喝兩口酒，聽見他們的談話已經完全沒心思了。這兩個人也太好玩了點，季冕一口一個寶寶地叫著，明明是交代的話，末尾總要加一句「好不好」，似乎在徵詢肖嘉樹的意見，語氣聽起來像在哄孩子。

若非親耳所聞，修長郁絕對想像不到季冕對一個人會那樣寵，既像對待自己的小情人，也像對待自己的孩子，似乎把所有的愛都給了對方一般。

肖嘉樹居然一點也沒覺得不適，還格外聽話，那黏人的勁頭與他酷帥的外表真是一點也不搭。所謂什麼鍋配什麼蓋，像季冕這種控制欲特別強的人，就該與肖嘉樹這種沒心沒肺又黏糊的小狼狗在一塊，這兩人簡直是天生一對啊！

修長郁嘖嘖稱奇，卻也抵擋不住小狼狗可憐兮兮的眼神，只好擺手道：「好好好，我去幫你端早餐。你把手機藏好，免得被你媽發現。」

「寶寶，我就坐在這裡，等修叔把早餐端進來了我再出門。」季冕帶著點笑意道。

肖嘉樹這才放心了，小心翼翼地把手機塞進床縫，然後用力揉了揉眼睛和鼻子，直到它們均紅腫起來才擺手道：「修叔，您去吧，我準備好了。」說著說著聲音裡已經摻雜了哭腔，彷彿受了天大的委屈。

修長郁對他的演技簡直嘆為觀止，合著剛才淼淼掀被單的時候，你根本沒哭啊？你就是這樣騙你媽的？

修長郁噎了半天才嘆息道：「小樹，你紅得那麼快不是沒有原因的，就憑你早上起床時的那場哭戲，奧斯卡欠你一個小金人。」

「謝謝修叔。」肖嘉樹哽咽道。

修長郁徹底服氣了，哭笑不得地打開房門，卻又在轉身的一瞬間換上擔憂至極的表情。做為娛樂公司的老闆，誰還不會演戲來著？

「小樹怎麼樣了？」薛淼已經吃完早餐，正捧著劇本心不在焉地看。

「他同意去拍戲，但他只想演李憲之這個角色。」

「李憲之？」想起李憲之的人設和結局，薛淼心裡不舒服，冷笑道：「他想影射什麼？罵我是女霸王，想把他逼死？我倒要看看沒了季冕他到底會不會死。」

「淼淼，妳可不能再逼他了，讓他自己緩緩。我把粥和包子熱一熱端進去給他，好歹勸他吃一點。」修長郁把早餐放進微波爐裡加熱，然後用托盤逐一裝好。

看著他忙碌的背影，薛淼冷硬的表情逐漸被恍惚和感慨取代，所謂物是人非不過如此。她原以為肖啟傑是自己一直追尋的那個人，卻從未在他身上發現她曾幻想過的閃光點，到頭來才明白，她愛上的不過是一個美好的臆想。但終於有一天，她在另一個男人身上看見了家的影子，這個人卻是從不把感情當一回事的修長郁。

果然這又是一種錯覺吧？

薛淼很快就回過神來，交代道：「再弄一碟醋，小樹喜歡喝光湯汁把薄皮蘸在醋裡。」

「好。」修長郁立刻從櫃子裡拿出一個小碟子，倒了點陳醋。

見他準備妥當，薛淼便替他拉開房門，卻見兒子正坐在床上發呆，眼睛和鼻子依然紅彤彤的，應該是剛才哭過，發現自己看過來，就臉扭到一邊，僵直的背影充滿抗拒。

薛淼心裡長嘆，面色卻更加冷肅，徐徐道：「別以為你耍點小脾氣我就會心疼，你要是不愛惜自己的身體，我可以把你送進療養院請專人照顧。到時候你不吃也得吃，不睡也得睡，一天二十四小時關著，我看你能跟我倔多久。」

「好了好了，妳別說了。小樹還小，難免犯錯，妳好好教他就是了。」修長郁連忙充當和事佬打圓場。

「我沒錯，不用你們教！」肖嘉樹梗著脖子喊道。

「隨便你怎麼想，等我把你糾正過來了，你早晚有一天會感謝我。」薛淼冷笑一聲離開了，看見兒子傷心的模樣，她也難受。

修長郁連忙把托盤放下，反鎖房門，回頭一看，發現肖嘉樹撅著屁股把手機翻出來了，雖然眼睛和鼻子還很紅，表情卻笑嘻嘻的，這演技……想起淼淼明明傷心難過，卻還是故作冷臉的樣子，他搖頭道：「兒女都是債啊，你媽為你操碎了心，你卻一點也不在乎。」

肖嘉樹臉上的笑容消失了，正色道：「修叔，兒女是獨立的個體，不是債，更不是父母的附屬品。為了讓我媽高興，我就跟季哥分手，然後找一個女人結婚，我們三個人會痛苦一輩子，那我活著的意義是什麼？是做為一個娛樂設備專門逗我媽開心的？我很愛我媽，我也會一輩子孝順她，可我不能為她犧牲自己的幸福。」

修長郁不說話了，他其實也明白這母子倆誰都沒錯，只是世界觀和價值觀不同而已。

季冕平靜的聲音從手機裡傳來：「修叔，讓薛姨傷心我很抱歉，但我無法苟同她的做法。她有她的世界觀和價值觀，卻不能把這些強加在另一個人身上，哪怕這個人是她的兒子。小樹是一個獨立的個體，不是供奉父母的祭品。」

「好了好了，你們別說了，道理我都懂，我就是覺得淼淼也很不容易。」修長郁指指托盤說道：「快吃吧，不然等一下就涼了。」

「謝謝修叔。」肖嘉樹端起粥喝了兩口，愁眉苦臉道：「季哥，我媽那麼固執，她能理解我們嗎？我擔心她會把我送去哪個地方關起來，就像以前把我送去美國那樣。」

薛淼是什麼脾氣，季冕事先也了解過，所以他知道小樹的擔心不僅僅是擔心，還很有可能變成現實。

「她會的理解的，因為她很愛你。」季冕篤定道：「別胡思亂想了，乖乖吃飯，我出去跑一圈給你看。」

「好，我要看群鴨亂飛。」肖嘉樹很快就振作起來了，只要季哥始終在他身邊，他就什麼都不會害怕。

季冕輕笑道：「好，我把路邊小攤的飼料全包了，讓那群鴨子吃個飽。」

他拿著手機一路跑一路拍，哪裡的花開了，哪裡的樹葉紅了，都逐一指出來讓戀人看。跑到湖邊的時候，果然買了很多小米，大把大把撒向鴨群，讓牠們撲扇著翅膀急不可耐地飛奔過來，爭相搶食。

小樹特別喜歡看這種情景，鴨子嘎嘎大叫的時候他也會跟著笑，神采飛揚。如果有路人看見這番景象，肯定會給他蓋一個大傻子的戳，可季冕知道他只是單純覺得這樣比較好玩而已，他喜歡一切生機勃勃的事物，正如他自己那般。

看見小樹在電話那頭捂嘴笑，季冕也跟著笑了，眼裡滿是柔情。

修長郁也是服了這兩個人，分開了照樣能玩在一起，還玩得那麼高興，也是少見。女霸王的鍘刀還懸在頭上呢，你倆能不能有點危機感？

下午，季冕在公園裡餵鴨子的新聞就上了熱搜，也不知是哪個無良狗仔為了醜化他的形象，竟然把他站在岸上撒小米，一群鴨子在湖邊的泥潭裡撲騰的畫面拍了下來，配的標題是《季大影帝退居幕後竟然是為了承包荷塘養鴨》，接著在文中詳細描述了季冕如何把湖邊攤販的小米包圓，如何分發給周圍的小朋友，讓他們幫忙一起餵，又是如何站在岸邊撒米，嘴裡發出咯哩哩的聲音。又說與某些老牌影帝比起來，季大影帝還是逼格不夠高，人家無聊了就一個包機飛去巴黎餵鴿子，他竟然跑到湖邊餵鴨子，人跟人的差距怎麼那麼大？

熱搜一出來，季冕的高冷形象受到影響，粉絲卻一點也沒覺得偶像丟臉，反而認為他越來越接地氣，感覺就像自己的鄰居，特別親切。很多路人還轉了粉，說他餵鴨子的架勢非常專業，尤其是呼喚鴨群的聲音，咯哩哩的，實在太好玩了。

看見這些偷拍的照片和視頻，方坤都快崩潰了，本想找關係把新聞壓下去，不料群眾的反應竟然相當熱烈，季冕很久沒漲過的人氣也略有攀升，這才作罷。

「為了哄小樹開心，你也是很拚啊！」深知內幕的修長郁默默發送了這條訊息。

♥ ♥ ♥

說實話，肖嘉樹一點都不覺得被軟禁的日子難過。他出不去，季哥會開著視頻帶他去任何地方，比在一起的時候有趣。距離的阻隔不僅沒讓他們疏遠，反而使他們的心靈更貼近。

三天後，《女皇》開拍，薛淼這回請了八個助理盯著兒子，不讓他使用手機或平板電腦等電子產品，也不讓他單獨待在房間，去哪兒都得有人跟著，全天候監控。

這回肖嘉樹可耐不住了，只能在上廁所時偷偷把手機拿出來，與季哥打一個無聲的視頻電話，或用文字聊一聊。

「二少爺，您還在裡面嗎？」這才過了五分鐘，助理就開始催了。

肖嘉樹連忙把手機藏進夾克衫的內袋裡，翻了個巨大的白眼，「在呢，我便祕！」

「需要我幫忙嗎？」助理繼續追問。

「我便祕你能幫什麼忙？幫我拉呀？」

「我可以幫您摳出來，把肥皂切成三公分長五毫米寬的長條條，送入肛門潤滑五分鐘，就可以摳出來了，無副作用。二少爺您需要的話，我這就去買肥皂和塑膠手套。」助理一本正經地說道。

肖嘉樹簡直服了這人，砰一聲打開門，仔細觀察對方。

沒想到這傢伙濃眉大眼，長相憨厚，竟然是如此難對付的角色，周亮亮他們全都被他支走了，這人卻還站在門口守著，簡直是太敬業了。

「你叫什麼名字？以前幹嘛的？」滿心的火氣不知怎地就熄滅了，肖嘉樹一邊往外走，一邊與這人聊天。

「我叫張全，剛退伍。」

「你是軍人？難怪……」肖嘉樹徹底沒脾氣了，「你們退伍的時候有發放安置卡吧，你怎麼不去正規機構上班啊？」

「我老家是農村的，發了安置卡也得回農村安置，想留在城裡就得有單位接收。我沒有關係，路子走不通。二少爺您放心，我進過特種部隊，保護您完全沒問題。」張全到現在為止還以為自己是來給肖二少當助理兼保鏢來的。

肖嘉樹訕訕一笑，末了好奇詢問：「我要是便祕了，你真的能幫我摳出來？」

「能，我以前有一個戰友就是習慣性便祕，拉不出來難受，連訓練都堅持不了，我們大家輪流幫他摳……」張全還是那副正經八百的樣子，肖嘉樹卻已經聽不下去了，連忙擺手喊停。他現在總算明白為什麼自己趕走周亮亮他們，母親卻一點表示也沒有了，只張全一個就足夠把他看得死死的，甩開這個人比登天還難。

「二少爺，您坐，我去拿飲料來給您，您想喝什麼？」走到片場後，張全立刻搬來一把躺椅，又用紙巾擦乾淨。

「你別忙活，我餓了渴了自己會動手，椅子也不用你搬，你就坐在這裡玩你自個兒的就行。」肖嘉樹擺擺手。

「我的任務是照顧您，工作時間不能玩。」張全一臉嚴肅。

肖嘉樹撓了撓後腦杓，感覺有點好笑，卻又有點敬佩，「你有手機嗎？拿出來我們一塊玩唄？」他眼珠一轉，計上心來，「我媽不讓我拿手機，那你捧著手機讓我看看電影好了，這樣不違反規定吧？」

張全並不知道薛淼為何不准肖二少往外打電話，卻也不會去探究。

他想了想，頷首道：「那行，我給您捧著手機，您就只能看看。」

「好好好，你坐下吧，你站得太高了，我脖子抬得累！」肖嘉樹指著矮凳說道。

張全這回沒再拒絕，坐下後打開播放平臺，「二少爺，您想看什麼電影？」

「我想看綜藝節目，《荒野冒險家》你知道吧？」

「我知道，這個節目最近很紅。」張全點開最新一期的節目。

「咦，已經播到第三集了？」肖嘉樹嘆道：「我只看過第一集，從第二集看起吧。」

「好。」張全點開第二集，廣告和片頭過去後，網友的彈幕幾乎覆蓋了整個螢幕，最多也最顯眼的詞條均是這樣：「我是來看樹冠CP的，樹冠CP賽高！」

然而，當主持人告訴各位嘉賓肖嘉樹由於工作原因不能出席這一期的節目時，網路上出現一片抱怨：「我是衝樹冠CP甜蜜日常來的，沒有他們，我還看個屁啊！」

在這一瞬間，節目的收視率驟然下降，評分也比第一集低，由此可見樹冠CP的號召力。跟拍的攝影師給季冕拍了一個特寫，他嘴角雖然掛著笑，眼中卻暗藏憂鬱，任誰都能察覺到他的心情低落。

看見他的表現，原本打算離開的觀眾又留下了，惡趣味地表示：「沒有小樹苗的季老師會怎樣呢？我很好奇，哈哈哈……」

然後季冕用事實告訴他們，沒有小樹苗的季老師是一個大魔王，每一個任務都會要求隊員在規定的時間內完成，只談勝負，不講情面。在一次尋寶比賽中，黃映雪實在走不動了，往地上一躺，哀嚎道：「隊長，我不行了，我腳底全是水泡！」

「把鞋子脫了，」季冕指著余柏秀，「讓他幫妳看看。」

網友被他的大喘氣逗得哈哈直笑，「我還以為季神會說『把鞋子脫了，我幫妳看看』，沒想到最後還是叫了余柏秀。季神，你就那麼嫌棄黃映雪嗎？」

「不是嫌棄，是為了小樹苗守身如玉！小樹苗不在，我們竟然也能吃到糖，好幸福！」

「快別腦補了，人家季冕只是避嫌而已！別硬是把季冕和肖嘉樹綁定在一起炒作，說不定季冕已經煩死了！」某些純粉開始發飆。

CP粉不跟他們爭論，默默退散。他們圈地自萌，不妨礙任何人，免得把這對CP拆散。

看到這裡，肖嘉樹捂著嘴巴偷偷笑了兩聲，心中滿是感動和得意。季哥那時候還沒跟他在一起呢，但他的心裡已經有他了，所以才會越發注意自己的言行。

黃映雪倒是沒想太多，脫掉鞋子後看了看，發現腳底板一個水泡都沒有，頓時尷尬，「可是我的腳真的很痛，一步都走不了。」她乾脆往地上一躺，耍起無賴。

季冕嚴肅開口：「快起來，我們只有十分鐘了。」

「我不起來！」黃映雪蹬了蹬腿。

「幫她穿好鞋子，扶她起來。」季冕勒令余柏秀，余柏秀一聲都不敢吭，撿起鞋子想幫黃映雪穿上，又怕唐突她，只好面紅耳赤地勸告，模樣說不出的可憐。

黃映雪心軟了，只好自己把鞋子穿上，憤憤不平地質問：「隊長，要是今天走不動路的人是肖嘉樹，你會不會讓他休息？」

季冕猶豫了幾秒鐘才道：「不會。」

雖然得到了自己想要的答案，黃映雪卻一點也高興不起來，指控道：「隊長，你停頓了五秒鐘，你一定是在騙我！」

「沒騙好，我不會讓他休息。」季冕轉身朝前走，語氣落寞，背影孤單。

看見這一幕，網友都快笑死了，紛紛發彈幕道：「噗，季神猶豫了那麼久才給出答案，一看就是為了安慰黃映雪！」

「來來來，我幫季神翻譯一下，他想說的話其實是：沒騙妳，我不會讓他休息，因為我會背著他走！」

「哈哈哈，妹紙妳很懂季神嘛，完全說出了他的心聲！」

在這一刻，彈幕簡直多的驚人，純粉和唯愛粉想控場都控不住，只能氣呼呼地看著，但也是在這一刻，收視率一下子就上去了，可見孤單而又落寞的季神才是這一期節目最大的亮點。節目結束後，網友強烈要求製片方下一期一定要把肖嘉樹請回來，不然紅隊的人簡直是沒法活下去了。

「看來你很受歡迎。」視頻播放完畢後張全感慨道。

「沒有，只是沾了季哥的光而已，快看下一集。喂，我說，你這個廣告怎麼那麼長啊，足足有六十秒。」

「我不是ＶＩＰ，不能跳過廣告。」

「得，我幫你儲值升級，就當員工福利了。」肖嘉樹大方地揮揮手。

拍完戲的薛淼走過來看了看手機螢幕，臉色立刻變得無比陰沉，但在大庭廣眾之下，她又不能強逼兒子不准看手機，那樣會顯得很不正常，只能狠狠瞪了張全一眼。

張全一臉無辜，肖嘉樹卻得意地搖頭晃腦：您不是不准我私底下碰手機嗎？那好，我就在公共場合碰，看您拿什麼藉口控制我的人身自由！

《女皇》是一部大女主電影，身為女一號，薛淼的戲分很重，而且年齡跨度也非常大，從十八歲一直演到八十歲，既要表現出少女的天真浪漫，也要表現出帝王的雄韜偉略，若是沒有一定的人生閱歷和豐富的表演經驗，根本無法駕馭這個角色。

所幸薛淼二者兼具，從未老去的容顏稍作修飾，依然可以擁有十八歲少女一般的鮮嫩。導演對她的表現很滿意，更為她能擁有肖嘉樹這樣孝順的兒子感到羨慕。

肖嘉樹扮演的李憲之戲分並不重，大概半個月就能拍完，雖然現在還沒有到他進組的時間，但他每天都會來片場等待薛淼，沒事的時候就坐在一旁看看劇本，背背臺詞，非常的勤勉。這不，看完兩集綜藝節目後，他又開始拿出劇本研究，哪裡有問題便會記在本子裡，等導演有空的時候再去請教。

「肖嘉樹，你不用研究劇本了，我大幅修改了劇情，你過來看看。」編劇站在導演身邊對他招手，接著又對薛淼說道：「薛姊，您的戲分也有增改。」

「怎麼忽然修改劇本？」薛淼狐疑道：「之前那個版本不是挺好的嗎？」

「您知道《秦禍》那部劇剛開播就被下架了吧？聽說編劇嚴重扭曲了歷史人物的形象，被觀眾投訴了。《女皇》講述的是華國歷史上最富傳奇色彩的一位皇帝，我們的劇本肯定不能偏離歷史，必須給觀眾呈現出女皇最真實的一面。」編劇耐心解釋。

這個理由非常強大，薛淼沒法反駁。她看了看增改過後的劇情，臉色瞬間變得陰鬱。

「這個改動太大了吧？為什麼要把李憲之和魏無咎的戲分改成這樣，難道你們不怕被觀眾投訴？」薛淼指著一處情節說道。

「可是歷史上的李憲之和魏無咎就是這種關係，他二人的結局也與修改後的劇本一致，史書上都有詳細記載，觀眾沒理由投訴我啊！」編劇感到很委屈，這年頭歪曲歷史有錯，尊重歷史也有錯，還讓不讓他們這些文化人混了？

史書上的記載的確與劇本中的描寫一致，但薛淼盯著這段情節，心裡非常不舒服。不過她終究沒再說什麼，點點頭表示自己知道了。她是一名極其敬業的演員，不會把私人情緒帶入到工作當中。

肖嘉樹拿到新改編的劇本後認真看了看，沒發表任何意見。他其實知道，新舊兩版劇本都出自季哥之手，但他不會告訴任何人。

薛淼盯著人物列表繼續追問：「演魏無咎的是誰？」

「是聶佳軒，他今天下午進組。」導演答道。

薛淼陰沉的臉色這才稍稍緩解。

下午的時候，果然有一批演員前來劇組報導，其中有扮演魏無咎的聶佳軒，也有扮演五皇子李憲辰的劉奕来，還有幾個女演員，歲數都不大，只在二十歲到二十五歲之間，為劇組增添了幾絲活力。

薛淼卻有些受不了年輕人的吵鬧，對兒子抱怨道：「現在世道真的變了，我年輕那會兒在劇組拍戲，誰要是敢在片場大聲喧譁，一定會被導演罵死。拍戲需要專注，也需要收音，周圍一吵就會影響演員的狀態，收音的效果也不好。」

「世道一直都在變，您應該學會適應。」肖嘉樹專注地看著劇本，連頭都沒抬。

「世道哪怕再變，也不會允許男人和男人在一起！」薛淼冷笑一聲走了，鬧得肖嘉樹滿臉莫名。他只不過隨便敷衍一句而已，怎麼又惹到母上大人了？

在導演那裡報到完後，新來的幾名演員分別去了自己的休息室。

劉奕来讓助理把門給關緊，落了鎖，這才露出疲憊的表情。他是今年大紅的年輕演員之一，演技不錯，長相更是儒雅俊逸，很有一股濁世佳公子的味道。也因此，他接拍的大多是古裝劇，這樣才能突顯出他的優點。

「休息室怎麼這麼小？」助理語氣略顯不滿，「聽說肖嘉樹的休息室是一個套房，附帶浴室和小廚房，設備比我們這兒齊整。按理來說，你是前輩，咖位又比他大，你的休息室應該更好才對。」

「薛淼是他媽，我們能比嗎？」劉奕耒眼裡飛快劃過一抹暗影。

「也是，這年頭拚的就是爹媽。」助理打開背包，把各種日用品逐一拿出來擺放。

劉奕耒靠倒在沙發上，用手機看劇。

他最近追的一部劇是《雙龍傳奇》，由於看過原著，對它自然抱有極大的期待。得知肖嘉樹被劇組趕走後，他原本以為這部劇能拍得更好，事實卻完全相反。

前幾集的劇情一直踩在原著線上，雖然演員的表現差強人意，倒也勉強能看，最近幾集卻漸漸放飛自我，先是李元昊的女屬下忽然叛變愛上了李歸一，把主子給賣了，害得李元昊差點死在正道的絞殺之下，後是一名男配角忽然愛上女主角，為她要死要活，足足折騰了好幾集。但在原著中，這兩段劇情不存在，這兩個人物的性格也完全與電視劇中的演繹相反。

那名女屬下在原著中是李元昊的忠犬，為了救他自爆而亡，差點把李歸一給弄死，是一位非常剛烈勇武的角色，但經過紫色月季的改編，她身上的閃光點完全消失，最終變成了一個為愛癡狂的大傻子。那名男配角修的是無情道，一生無情無愛，手段殘忍，與李元昊並稱魔道雙雄，也是一位極具魅力的人物，卻被編劇寫成了弱智戀愛腦。

雖然這樣改下來，兩人的戲分大大增加，吸引人的特質卻沒了，觀眾哪裡肯買帳，立刻就跑到評論區指責謾罵，言辭激烈，尤其是原著粉，可以說是氣憤到了極點，直斥新改編的劇情是臭狗屎，卻硬塞給他們吃，簡直噁心。

原著作者青雲直上稍後便在微博上發了一張律師函，把編劇和導演給告了，讓原著粉大感痛快。截至目前為止，《雙龍傳奇》在豆瓣上的得分已經跌破新低，創造了歷史記錄，這與改得荒唐走板的劇情有關，也與演員拙劣的演技有關。姜冰潔摳圖摳得觀眾快吐了，口碑已經完全跌碎，兩位男一號的演技也是一言難盡。

劉奕耒已經完全沒心思再追下去了，嘆息道：「如果青雲直上要求下架，《雙龍傳奇》這部劇就徹底涼了，那麼多的投資呢，極光和創維這回得賠死。」

「他們自己不好好拍，能怪誰？」助理認真擦拭化妝臺。

劉奕耒繼續翻閱相關微博，發現一個行銷號竟然放出一個視頻，標題是《看看什麼叫做真正的演技》，配圖是肖嘉樹那張俊美逼人的臉。他目光微微一暗，指尖不受控制地點開。

視頻開始播放，肖嘉樹額間點綴著一朵黑紅色的火焰，雙眉斜飛入鬢，雙眼狹長鋒銳，氣場懾人。他手中握著一柄寶劍直刺出去，卻又猛然收回，還在往前衝的身體狠狠撞在女主角的劍尖上，嘴角流出一行鮮血。他先是微微垂眸，盯著銀白劍身上映照出來的自己，後又慢慢抬頭，不敢置信地看向女主角，他冷酷的雙眼頃刻間就水氣氤氳，所有瘋狂和仇恨均被濃到哀傷的愛意取代。

「素白。」他張開口想喚女主，卻因喉嚨太過乾澀，竟只做出口形，然後看似凶狠地拍出一掌，臨到頭收了大部分真氣，藉著掌風的反噬倒飛出去，目光始終不離女主角左右。

他把李元旲的無奈與深情演繹得淋漓盡致，也將一個滿手鮮血的魔尊塑造得宛若真實，無論誰看了這一幕都會為他動容。視頻的製作者還非常貼心地把替身女演員的臉摳掉，換成原版劇集中姜冰潔的臉，兩兩對比之下，越發顯出姜冰潔的演技是何等拙劣。

最受傷的還不是姜冰潔，而是取代肖嘉樹的方志晨。屠殺女主角家族這段劇情在網路平臺上播出，觀眾本來就對他的表演方式感到不滿，看見肖嘉樹的版本簡直快氣瘋了。

「沒有對比就沒有傷害，如果沒看過肖嘉樹的版本，我就算再怎麼不喜歡方志晨也沒辦法，因為我們只是觀眾，不是製片方，我們只有觀看的權利，沒有選擇演員的權利，但這兩個版本到底是什麼鬼？有眼睛的人都能看得出來，肖嘉樹演繹的李元昊才是青雲大大筆下的李元昊，他心性冷酷、手段殘忍，時而正義時而邪惡，卻又對女主一往情深，他是一個多麼富有魅力的人物？而肖嘉樹把他的魅力發揮到了極致，帶給我們的是身臨其境的絕佳享受！看見他的表演，我們就彷彿活在天元大陸上，見證了一眾修士的崛起與隕落，也見證了修真界的傳奇與熱血。反觀方志晨的表演，好吧，我姑且把它叫做表演，我差點一口老血噴了出來！刺女主角的時候你幾次舉劍又幾次放下是在幹什麼？打地鼠嗎？你猶豫了那麼多次都沒離開，反而直直往女主角劍上撞，你他媽的究竟是想報仇還是自殺？被女主角一劍穿胸你哭得比女主還像個娘們兒，然後伸出顫巍巍的小手去摸女主的臉，你這是在幹什麼？我只想說你那不是深情，而是得了帕金森氏綜合症，你給我滾出去！」

「我就弄不明白了，優劣對比如此明顯的兩位演員，導演為什麼會選擇方志晨而棄肖嘉樹？你說他改動劇本，不尊重原著，結果呢？你們把劇本改得連青雲大大這個親爹都不認識了，這種說法還站得住腳嗎？」

看過這段視頻的網友均表示肖嘉樹的演技比方志晨優秀千百倍，他演繹的李元昊幾乎與原著沒有任何差別，外在俊美邪肆，內在深情如許，僅僅一個哀傷的眼神就能立刻把觀眾帶入戲。他沒能把這部劇演完不是他的損失，而是片方的損失，是觀眾的損失。

有水軍為片方洗白，說肖嘉樹離開劇組是因為吃不了苦，拍不了落水戲，該行銷號立刻把肖嘉樹拍攝落水戲的視頻放出來，只見他一次又一次吊上半空，一次又一次掉進水裡，爬上岸後來不及擦臉，立刻便跑到導演身邊詢問效果如何，不滿意他還可以再來一遍。導演好幾次都說行了行了，可以了，他自己看過重播卻始終感到哪裡不對，於是又拍了幾遍，中途還停下來與裘渡的替身討論了幾分鐘。

這場戲原本是他和裘渡的對手戲，但裘渡全程沒露過臉，一直是肖嘉樹和替身在那兒對戲，任勞任怨沒有絲毫懈怠，鬧到最後連導演都不耐煩了，舉著喇叭大聲喊道：「肖嘉樹，你別再折騰，效果差不多就行了！」

「導演，話不能這麼說啊，電影藝術講求的是真實和意境，是一種影像意念的傳遞，我們自己都不認真拍，觀眾怎麼能接收到我們想要表達的東西？『差不多』這三個字是很不負責任的，我們再拍一次吧，我想到一種更好的表演方式……」他追在導演身後喋喋不休，導演則露出不耐煩的表情。

視頻到這裡就結束了，說肖嘉樹不敬業的水軍頓時銷聲匿跡，留給觀眾的卻是長久的動容。相信黑子和水軍，並跑去肖嘉樹微博裡謾罵的觀眾此時此刻已愧疚萬分，無地自容，而始終相信肖嘉樹的那些人卻沉默了。

他們為自己的偶像感到驕傲，卻更為他心疼。他那麼努力的工作，竟得不到導演的支持和理解，因為大家都抱著「差不多」的心態在拍戲，只有他一個勁兒較真，一個勁兒講求完美，如何不被排擠傾軋？

有一部電影叫做《死於獨特》，而肖嘉樹正是因為這份獨特，才會被抹黑得那樣慘。

「這個社會真的病了……」千言萬語也無法訴說心中的憤然，到最後，觀眾只能留下這樣一句失望至極的話。

兩個視頻先後放出來，黃美軒馬上進行轉發，並且配文道：「真相或許會遲到，但永遠不會缺席。」

肖嘉樹的粉絲就把他之前爆料《雙龍傳奇》劇組亂象的那條秒刪微博的截圖放出來，逐字逐句地進行對比：第一條姜冰潔未來劇組報到，演戲全靠摳圖，中了；第二條裘渡濫用替身，中了；第三條某些演員大幅改戲，背離原著，中了；第四條……

一條一條數下來，全都符合了，由此可見他從未說謊，卻被姜冰潔等人的粉絲聯起手來攻訐，還汙衊他造謠生事，差點將他逼出娛樂圈。

「看不懂了，好演員竟然淪落到這個地步，這個社會我真是看不懂了。試想一下，如果肖嘉樹沒有強硬的背景和後臺，他還有可能重新站起來嗎？」有人這樣問。

「回頭再看，我只覺得好感動！季神第一時間站出來支持肖嘉樹，他的眼光沒錯！」

話題很快延伸到季冕和肖嘉樹的關係上，熱度始終不減。

劉奕耒打開熱搜榜，發現排在第一的話題是《季冕承包荷塘養鴨》，排在第二的是《肖嘉樹憑藉雙龍傳奇翻身，贏得漂亮》，排在第三的是《肖嘉樹在雙龍傳奇中的超神演技》，前三名占了兩名，由此可見他人氣之高。

就連熱搜第一的話題也能與他扯上關係，因為季冕與他實在是太鐵了，最近一段時間幾乎到了「孟不離焦，焦不離孟」的程度，他們之中的任何一個人出現在娛樂新聞上，就會有粉絲在評論區詢問另一個人在哪裡，彷彿他們生來就應該在一起。

「肖嘉樹的咖位快趕超我了。」劉奕耒沒再翻熱搜，改去查看肖嘉樹的微博，發現他的粉絲數又在飛漲，竄紅的速度比坐火箭還快。

「怎麼又在漲？」助理表情有些驚愕，「你發現沒有，每次他被全網黑，事後都能觸底反彈，黑得越狠他反彈的幅度越大，幾下就從十八線躍居二線了。不過他長得好，手裡又有那麼多頂級資源，不紅才怪。」

「不僅是長得好，他的演技也不差，你來看看。」劉奕耒把手機遞給助理。

「嘖嘖，這演技簡直秒殺方志晨。演技比不過也就算了，你看看定妝照對比圖，方志晨站在肖嘉樹身邊就像個小姑娘，一點氣勢都沒有。你說方志晨怎麼那麼想不開，為了李元昊這個角色把肖嘉樹往死裡黑，現在反被肖嘉樹的團隊踩成渣，以後很長一段時間可能都接不到戲了。」助理感嘆道。

劉奕耒對方志晨的遭遇不感興趣，擰眉道：「我和肖嘉樹的演技比起來，誰比較好？」

「當然是你。」助理毫不猶豫地回答。

劉奕耒眉頭略微舒展，還是沉吟道：「誰好誰壞，演起來才知道。」

兩人正說著話，劇務把新改的劇本送進來，並通知他們下午三點要去攝影棚拍定妝照。

劉奕耒翻開劇本看了看，臉色頓時陰沉下來。五皇子李憲辰的戲分雖然沒有改動，但六皇子李憲之和鎮國將軍魏無咎的戲分卻大大增加，這是在捧誰還用問嗎？

他搖搖頭，臉上雖帶著清淺的笑容，眸光卻變暗了。

下午三點，化好妝的幾位演員準時來到攝影棚。肖嘉樹穿著一件淡綠色綴金絲的長袍，鑲滿碎玉和珠寶的腰帶隨意在他腰間纏繞了兩圈，越發襯得他腰細如柳，體態風流。

化妝師為他稍微打了些粉底和高光，令他本就白皙的皮膚更顯通透，薄唇則染成淡淡的粉白色，看起來有點病態的孱弱感，這與歷史上的李憲之十分吻合，又用一根玉簪將他的長髮綰到腦後，留了一些披散在肩頭，行走時隨風浮動，意態婉轉，竟把一個古代美男子活生生帶入了現實。

當他走進來的時候，大家全都朝他看去，目露驚豔。

劉奕耒微微一愣，然後伸出手做自我介紹：「肖嘉樹你好，我是李憲辰的扮演者劉奕耒，很高興認識你。」

「啊，我認識你，你扮演的周郎簡直是歷史人物再現，很高興能與你合作。」肖嘉樹挺高興的，因為在場的演員口碑都很好，既有演技又有顏值，合作起來應該會很愉快。

「謝謝，你扮演的CT001也非常傳神。」劉奕耒的語氣聽起來很是真誠。

肖嘉樹靦腆地笑了笑，嘴上聊天，實則暗暗觀察劉奕耒。在所有年輕一代的演員中，他對劉奕耒的印象是最深刻的，甚至超過了林樂洋，因為大家都說他跟季哥長得非常像，演技也十分精湛，將來很有可能接季哥的班，成為下一個大滿貫影帝。

不過，見到真人後他卻覺得，這兩個人完全是不同的類型。劉奕耒也是走的儒雅路線，似乎與季哥重疊了，但是當季哥撩起頭髮邪惡一笑時，氣場瞬間就能變得無比強大。季哥能駕馭任何角色，劉奕耒還差了些火候，他只接拍古裝戲，這大幅限制了他的發展。

但想歸這樣想，肖嘉樹卻不會直白地對他說：嘿，我覺得你應該多接拍不同類型的戲，別把自己限定死。那樣不是交朋友，而是拉仇恨，自從被《雙龍傳奇》劇組抹黑過後，他對所有同行都保持著一種戒心。

劉奕耒也是一個距離感很強的人，稍微寒暄幾句就走開了。

攝影師調整好燈光和場景，拍手道：「大家都到齊了嗎？到齊了我們就開工，女士優先，男士稍等。」

「聶佳軒還沒來呢，要不要等等他？」一名男演員舉起手。

攝影師看向場務，場務翻了翻名單，笑容有些神祕，「聶佳軒由於檔期問題解約了，待會兒會有一位演員來代替他。」

「誰？」肖嘉樹不自覺屏住呼吸。如果非要有個人來演魏無咎，他希望那個人是季哥。

「他來了你們就知道了。時間差不多了，孫驍驍妳先拍。」場務對化妝師招手，「她的唇妝有些花，快幫她補一補。」

化妝師正準備把口紅拿出來，孫驍驍卻捂著嘴尖叫起來。

眾人回頭一看，卻見季冕緩緩走進來，嘴角微揚，目光專注。被他深深凝望的肖嘉樹先是愣了愣，然後飛快地跑過去抱住他，手臂十分用力。雖然網戀也很有趣，但他真的想死季哥了，想把他按在門上強吻，然後扒光他衣服……

季冕垂眸看著戀人，笑容愉悅。

抱住心心念念的人後，肖嘉樹低不可聞地道：「季哥，我就知道你會來！」

季哥一定是捨不得離開他太久，正如他一分一秒也不願與季哥分開那般。

「我家小樹越來越聰明了。」季冕低沉一笑，本想揉揉他腦袋，見他戴著頭套，別著髮簪，只得作罷。

「季老師，您怎麼來了？」孫驍驍興奮地跑上前打招呼，其他幾位演員也走過來行禮，態度很恭敬。他們與季冕不是很熟，想搭訕也找不著話題。

「我是魏無咎的扮演者。」季冕語氣溫和，本該放開小樹的手掌依然按在他背上。

肖嘉樹也知道他們應該分開了，老朋友相見固然歡喜，但沒有哪個男人會在大庭廣眾之下與另一個男人擁抱那麼久。然而他真的很捨不得，只是十天沒見，卻彷彿過了好幾輩子一般。他想，要是自己真是一棵樹就好了，那樣就可以把密密麻麻的根系扎進季哥身體裡，屆時誰也不能把他們分開。

可惜他終究不是一棵樹，於是只能抱住季哥輕輕搖晃兩下，這才退到一邊。

季冕溫和的假面差點維持不住，指尖微顫，似乎想把小樹拉回來讓他抱個夠，可還是忍住了。他曾設想過再次與小樹見面是何種情景，他會不會高興得又跳又叫，用燦爛至極的笑容迎接自己，但所有的歡喜雀躍，都及不上他心底溢出的一縷縷思念來得珍貴。

他用這些思念包裹著他，讓他明白哪怕他們分開再久，他們的心依然是在一起的，於是所有的難耐與浮躁都沉澱下來，變為靜謐的喜悅。

與這些年輕演員交談時，季冕忍不住一眼又一眼地朝小樹看去，注意力幾乎被他勾走一大半。不過，他表面上偽裝得很好，並未讓旁人察覺出來。

「季老師，您這麼大的腕兒，竟然還來《女皇》劇組做配角啊？」孫驍驍是個耿直的女生，說話很少過腦子。

「《女皇》是一部很優秀的作品，能參演是我的榮幸。」季冕回答得很謙遜。

事實上，他的出現並不顯得突兀，同樣在這部電影裡做配角的還有何繼明、艾德勝等老牌影帝，論起咖位絲毫不遜於他。這是一部大女主電影，也是一個女人如何在男權社會中爬到頂峰的傳奇故事，幾乎所有的男人都是為了襯托女皇而存在的。

孫驍驍也想到了另外幾位影帝，頓時露出激動的神色。天啊，能加入《女皇》劇組並同時與一位影后和四位影帝一起飆戲，這經歷足夠她吹噓一輩子！

幾人又寒暄了一陣子，肖嘉樹便有些不耐煩了，故意提高音量道：「季哥，你等會兒是不是要拍定妝照？走，我帶你去化妝！」

「對，我是來拍定妝照的。」季冕對眾人溫和一笑，「抱歉，我先失陪了。」

「季老師，您快去忙吧，我們也得開工了。」孫驍驍等人這才依依不捨地散開。

「季哥快跟我走。」肖嘉樹握住季哥的手腕，半拖半拽地將他帶進化妝間。季冕亦步亦趨地跟在他身後，臉上淨是淺淡而又明朗的笑意。

進入化妝間後，肖嘉樹迅速反鎖房門，抱住季哥的頭亂啃一通，含含糊糊道：「季哥，這些天我想死你了，快讓我好好親幾下！」季哥進組報到這麼大的一件事，老媽哪能收不到消息？想必過不了幾分鐘她就該殺過來了，此時不親更待何時？

季冕一邊回吻戀人，一邊發出短促的笑聲，「我也想你。」

「別說話，」肖嘉樹把舌頭伸進季哥嘴裡，凶巴巴地勒令：「也不准笑，好好感受一下我的法式熱吻！」

季冕差點噴笑出來，卻還是忍住了，十分專心地去勾纏戀人調皮而又毫無章法的舌尖。練了好幾個月，戀人依然搞不明白狗啃和法式熱吻的區別，不過沒關係，什麼樣的吻對季冕來說都是甜的，純的，醉人心神的。

兩人抱在一起纏纏綿綿地吻了好幾分鐘，吻著吻著身體就開始發燙。肖嘉樹用小小樹蹭了蹭季哥下腹，輕哼道：「季哥，它也想你了。」

季冕低啞地笑了，兩隻手緊緊按在小樹挺翹的臀部上，恨不得將他揉進身體裡。

又過了幾分鐘，薛淼怒氣沖沖地來到化妝間，剛拍了一下房門，門便開了，原來裡面居然沒有上鎖。她立刻走進去，發現一名化妝師正在幫季冕化妝，兒子則坐在沙發上看平板電腦，一切似乎都很正常。

「薛姨，您來了。」季冕馬上站起來，恭敬有禮道：「我倒杯茶給您。」

「不用了，你化妝吧。」薛淼已經不想說什麼了，因為說了也沒用，人家既然能追到劇組，自然也能追到海角天涯，除非她真的能狠下心把小樹關進療養院裡去。

「小樹，你不是要拍定妝照嗎？還不快去？」她勉強壓下怒火。

「導演讓我和季哥一起拍定妝照，我們的角色關聯性很大，一起拍效果更好。」肖嘉樹捧著平板電腦認真玩遊戲，最近他也是快憋瘋了。

薛淼知道兒子不會拿這種事來搪塞自己，既是導演要求的，身為演員就得做到，沒別的理由可講，但明白歸明白，她到底還是意難平，惡聲惡氣地道：「你的臺詞背好了嗎？明天就要開拍了。」

「背好了，我待會兒就跟季哥對對戲。」肖嘉樹抬起頭來，眼睛亮晶晶的。是啊，季哥和他的對手戲超多，以後就可以拿排戲當藉口與季哥光明正大地相處了，季哥真聰明！

然而，道高一尺魔高一丈，薛淼當即便道：「明天我和你也有一場對手戲，你跟我回去對對臺詞。」

肖嘉樹把平板電腦往旁邊一扔，身體往後一躺，兩隻腳互相蹭了蹭便把鞋子給脫了，堅定道：「我不去。」

見兒子改坐為躺，大有打滾耍賴的架勢，薛淼竟躊躇起來。她的確很想把兒子帶走，但他如果硬是不配合的話，她也不能找幾個保鏢過來將他抬走，那樣會顯得很奇怪。她必須保護兒子的名譽，不能讓別人用異樣的眼光看他，所以哪怕她深恨季冕，也不會在大庭廣眾之下做些什麼事。她想打老鼠，卻害怕碰傷玉瓶，於是只能妥協。

「好吧，那我先走了，別太打擾季冕知道嗎？」

「知道了。」肖嘉樹直挺挺地躺在沙發上。

薛淼看見兒子這副死豬不怕開水燙的樣子，心裡那叫一個恨，真想脫鞋子把他抽一頓，又捨不得，只好走人，看見守在門外的張全，不免冷聲道：「我讓你二十四小時跟著小樹，你就是這樣跟的？」

張全疑惑地看著她。

「你進去守著，別站在外面。」

「好的。」張全乖乖進去。

季冕卻走到門口目送薛淼，態度始終謙和有禮。看見他這副畢恭畢敬的模樣，薛淼就是有天大的脾氣也不好發作，只能憋著一腔怒火離開。她前腳剛走，季冕後腳就反鎖了房門，笑著拍打戀人肉呼呼的屁股，「好了，別耍賴了，你媽已經走了。」

「二少爺，你媽是不是發現你和季老師的關係啦？她的樣子好凶喔！」化妝師這才回過頭來，露出一張妖嬈的臉，正是在美國幫季冕設計紋身圖案的小蓮。由於他業務出眾，如今已正式簽約，成了季冕的御用化妝師。

「是啊，她恨不得用籠子把我關起來。」說到這事，肖嘉樹就感到很沮喪。

「一切都會好起來的，相信我，嗯？」季冕揉著戀人的腳丫，「你是繼續躺在沙發上玩遊戲還是過去陪我化妝？玩遊戲我就去車裡幫你拿毛毯，免得凍著。」

「當然是陪你化妝，玩遊戲那不是演給我媽看的嗎？」肖嘉樹瞬間就眉開眼笑起來。要不是為了應付老媽，他早就像狗皮膏藥一般黏到季哥身上去了，哪裡會坐在離他老遠的地方看平板電腦？

季冕捏捏他微紅的臉頰，眼裡滿是寵溺，然後撿起鞋子幫他穿上。唐朝的靴子不好穿，他套了半天也沒套進去，卻一點不耐煩的情緒也沒有，乾脆半跪下來，把戀人的腳放在自己的膝蓋上，慢慢往靴筒裡塞，還一點一點把他的襪子理順。

肖嘉樹為了干擾他，時不時會翹一翹腳趾頭，轉一轉腳踝，他只是低笑，並不生氣。

小蓮雙手托腮坐在旁邊，滿臉豔羨地看著兩人。他在美國其實混得很好，接觸到的技術都是時尚界最前沿的，發展空間絕對比華國好得多，但他還是回來了，一是因為孤獨，二是因為待在這兩個人附近，他也會覺得幸福。

張全直到此時才恍然大悟，原來這就是薛女士一定要他二十四小時守著肖二少的原因。不過就算他守著又怎樣？這兩個人絲毫不避嫌，該怎麼親熱還怎麼親熱，難道他還能跑上前把他們撕開不成？

張全完全淡定了，默默轉過頭看著牆壁。

季冕終於幫戀人穿好靴子，看見他熱切中透著一點小狡黠的黑眼珠，當即便吻了上去。肖嘉樹勾住季哥的脖子，認真感受他的溫柔與呵護。

「再吻下去，今天的定妝照就不用拍了。」戀戀不捨地放開戀人的唇瓣，季冕無奈地嘆息。他曾經引以為傲的自制力，在小樹面前簡直不堪一擊。

「對哦，我們待會兒還要拍定妝照。」肖嘉樹拍打腦門，顯然忘了這件事。

季冕扶著額頭笑起來，眼中濃情脈脈。兩人並排坐在一起，一個化妝，一個托著腮幫子興致勃勃地看，氣氛融洽至極。小蓮慢條斯理地幫季冕戴頭套，實則豎起耳朵聽兩人聊天。他們的交談內容漫無邊際，卻是很有趣，常常能逗得小蓮噴笑出來。

「季哥，餵鴨子的時候為什麼要咯哩哩地叫啊？」

「我也不知道，我曾經演過農民，下鄉體驗生活時，那些養鴨子的人就是這樣叫的。」

「難怪我總覺得你餵鴨子的架勢很專業，原來是練過的。他們都說你逼格不高，趣味低俗，是我連累你了。」

「我要是逼格不夠高，能看上你嗎？」

「那倒也是，哈哈哈……我看了《荒野冒險家》的第二集和第三集，你看過沒有？」

「沒有，你不在，還有什麼好看的？我現在一點也不願意回想那幾天我究竟是怎麼過來的，太難受了。」

「不難受，不難受，啾啾！」肖嘉樹湊過去親了季哥兩下，理所當然地對小蓮說道：「這兩塊的粉底被我親沒了，你別忘了幫季哥補一補。」

小蓮忍笑道：「等會兒再補吧，萬一你還要親呢？」

「那倒也是，一次一次補太麻煩了。」深知自己尿性的肖嘉樹妥協了。久別重逢後的季哥在他眼裡就是個巨大的冰淇淋甜筒，必須一口一口舔乾淨，一次兩次的根本解不了饞。

季冕忍俊不禁，把戀人拉進懷裡好好揉搓了一通，嗓音飽含笑意，「寶寶，你怎麼這麼可愛？」在他眼裡，小樹也是一個巨大的、色彩豔麗的棒棒糖，還沒吃進嘴裡就已經能夠想像得到他的甜蜜。

兩人抱在一起嬉鬧了一會兒，害得小蓮又得重新鋪妝，但他一點也不介意，反倒激動。又吃到闊別已久的狗糧，爽啊！

張全耳根子全紅了，站在原地頗有些手足無措。

他知道男人和男人也能在一起，在他的連隊裡也有幾對，沒什麼稀奇，但是感情好到這種程度真的很少見。他完全沒想到季影帝在肖二少面前竟是這樣。有一句話怎麼說的來著？哦，對了，寵得沒邊，季影帝真是把肖二少寵得沒邊了。

季冕對準戀人粉嫩的嘴唇親了兩下，這才把他抱到旁邊的椅子上，繼續讓小蓮化妝。

肖嘉樹枕著手臂趴在化妝臺上，眼睛亮晶晶地看著他，「季哥，第二集做尋寶遊戲的時候黃映雪走不動路想讓你停下來休息，你為什麼不讓？觀眾都發彈幕說你沒有紳士風度。」

「黃映雪是花式溜冰運動員出身的，她走得動。」

「那如果是我要求休息，你會同意嗎？」

「不會，」季冕輕笑道：「我會背著你把剩下的路走完。」

肖嘉樹把臉埋進手臂裡，偷偷笑起來，季冕寵溺不已地揉了揉他的後腦杓。

小蓮朝天翻了個白眼，心道還真讓那些ＣＰ粉猜對了，季冕就是個寵妻狂魔啊！

# 第六章 同臺飆戲飆出最熾熱的情愫

季冕和肖嘉樹終於從化妝間裡出來的時候，拍完定妝照的演員已經先後離開了，攝影棚裡只剩下劉奕耒和另一名男演員。

「季老師來了，讓季老師先拍吧。」正準備擺姿勢的劉奕耒立刻說道。

「不用了，你們先拍，我可以等。」季冕溫和地笑了笑，看見小樹去搬椅子，連忙搶先他幾步把椅子搬過來，又掏出手帕擦乾淨，絲毫沒有超一線影帝的自覺。

這兩個人果然關係不尋常！劉奕耒面上不顯，心裡暗暗嘀咕了一句。

肖嘉樹之所以能竄紅得那麼快，與季冕的大力扶持不無關係。若非季冕，他能三天兩頭上熱搜？有人捧總歸是不一樣的，不像他們，得靠自己一步一步往上爬。

這樣想著，劉奕耒便微微斂眉做了一個心思深沉的表情，而他扮演的五皇子李憲辰也是一個心機很重的角色，與他此刻的氣質相當吻合。

「很好，就是這個表情，保持住！」攝影師高聲稱讚，連拍幾張後讓他換一個姿勢。

肖嘉樹和季冕坐在旁邊等待，時而頭碰頭地聊天，時而勾肩搭背笑看彼此，一點也不避嫌，但正是因為他們太光明正大了，旁人反倒不會多想。

薛淼終究放不下心，拍完一個鏡頭很快就趕過來監視兒子。

攝影師剛好拍完劉奕耒的定妝照，對季冕和肖嘉樹招手，「季老師、肖嘉樹，你們可以過來拍照了，我幫你們設計的情境是君臣相宜，你們看看哪裡需要改動。」

道具師很快就把先前的背景板拆掉，換成富麗堂皇的宮殿，一塊雕刻著金色團龍的大紅屏風擺放在中間，前方鋪著一塊正方形的榻榻米，另有矮桌一張，筆墨紙硯一套，外加很多做工考究的裝飾品。

唐朝雖然引入了胡椅，但時人還是跪坐居多，肖嘉樹走上去之後便跪下，認真查看四周的道具。季冕身穿鎧甲，腰佩寶劍，作將軍打扮，自然而然地走到他身後站定。

歷史中的李憲之是一位非常懦弱無能的皇帝，但他的藝術細胞卻非常發達，既能寫詩作畫，也能編曲排舞，堪稱才華橫溢。他幼時被母親掌控，繼位後又被朝臣挾裹，一生都陷在權力傾軋中不可自拔。唯一愛他護他的，只有兒時玩伴魏無咎一個。

李憲之登基後，魏無咎便棄筆從戎投身軍隊，用鮮血和生命為他捍衛疆土，重振皇威，是最堅實的保皇黨。他經天緯地，武功蓋世，只花了短短五年就從參將做到了鎮國將軍，可謂權傾朝野，但他始終對李憲之忠心不二，若能一直活著，必定可保對方一世安穩無憂，但女皇日益增長的野心不能容許他的存在，便設計將他鴆殺。不久之後，李憲之也死於非命。

肖嘉樹坐上那個象徵著皇權的寶座，往場外一看就發現了面容冰冷的母親，忽然就愁緒翻湧，心氣難平。他臉上的淺笑頃刻間消退了，拿起桌上的玉璽看了看，神色不明。

季冕把腰間的匕首解下來，輕輕放在桌上。

在劇本裡，這把匕首是魏無咎出征之前送給李憲之的，為了迎合李憲之的審美，還刻意鑲嵌了很多寶石，外觀非常華麗。李憲之一眼就愛上了它，日日藏在袖子裡摩挲，以便睹物思人，卻由於宮女的出賣，竟被女皇收繳了去，又無論如何都要不回來，便大病一場。

女皇因此看出兩人的關係，這才引發了後來的重重悲劇。

這把匕首是一件非常重要的道具，肖嘉樹立刻就明白了季哥的意思，將它拿起來緊緊握在掌心。他側了側身子，將手肘搭放在矮桌上，坐姿由筆挺變得慵懶，右手托著玉璽，左手握著匕首，似乎在掂量二者的分量。

最終，他右手緩緩放了下去，左手卻慢慢抬起來，嘴角微彎，極為清淺地笑了。他低垂的眼眸似乎在看匕首，眼角餘光卻柔柔地掃向身後的將軍，而這位將軍也正低下頭，專注地看著他，眼裡有熾熱的愛意，也有堅定的守護。

他們是君臣，不能越雷池一步，但他們的靈魂卻像綁縛著匕首的流蘇那般，緊緊地，密不可分地纏繞在一起。

攝影師極為敏銳地捕捉到了兩人之間流淌的溫情，從不同角度拍攝了很多照片，說話的語氣非常興奮：「對對對，這就是我想要的感覺，這就是歷史上的李憲之和魏無咎！他們表面有多壓抑，內心就有多熱烈！」

薛淼能感覺到兒子和季冕之間的張力，正因為如此，她想分開他們的決心才會更堅定。兒子的性格與李憲之有很多相似之處，都多愁善感，重情重義。如果真正愛上一個人，李憲之連皇權都能放棄，那兒子會怎樣？會與季冕跑到天涯海角嗎？會不認自己這個母親嗎？

薛淼藏在寬袖中的手緊緊握拳，冷硬道：「行了，既然效果很好，拍一組照片也就得了。季冕，我記得你待會兒還要回公司開會？」

兒子不是想跟她玩光明正大嗎？好，她就陪他們玩！

季晁自然不能駁了岳母的面子，微笑頷首道：「多謝薛姨提醒，我差點就忘了。吳老師，這組照片拍得怎麼樣？要是效果很好的話就用它們吧，不行我下回再補拍。」

攝影師不疑有他，認真查看照片後點頭道：「這組照片是我今天拍到的最棒的照片，稍微修一下就能拿去做海報，不用補拍了。」

「那就好。」季晁拍了拍垂頭喪氣的戀人，輕笑道：「小樹，走了，我們去卸妝。」

對哦，卸妝的時候還可以跟季哥多待一會兒，拆頭套一定很麻煩吧？讓小蓮拆慢點，我們一點也不趕時間！

這樣一想，肖嘉樹高興了，在季哥的拉拽下站起來，對臉色難看的薛淼燦爛一笑。

第二天，肖嘉樹和季晁的戲分正式開拍，由於他們本來就是情侶，表演時情感自然很充沛，很多對手戲都是一遍過，令導演相當省心。

每到季晁上場時，攝影機後面就會站滿年輕演員，有的是來看熱鬧，有的是來觀摩學習演技，還有的不服輸，想暗中比較自己和影帝之間的差距。

然而，很快他們就發現，莫說與季晁攀比，就連肖嘉樹的演技也超出他們太多。

「好了，這條過了！」一場戲拍完後，導演對肖嘉樹和季晁招手，「下面這場戲說的是李憲之初封太子，舉行典禮。他慢慢登上臺階，前往太和殿接受冊封，臺階兩旁跪滿了朝臣，而他抬起頭，仰望巍峨的宮殿，心裡沒有豪情壯志，唯有惶然無措。他雖然性格懦弱，但腦袋聰穎，知道自己反抗不了母親的強權和朝臣的脅迫，而他的父親已重病纏身，護不了他多久，所以他非常害怕。只是，他現在是太子，代表的是泱泱大唐的臉面，自然不能露怯。肖嘉樹，這裡你一定要注意，在登臺階的時候既要強作鎮定，又要表現出內心的恐懼，風度翩翩的同時還要小心翼翼，明白嗎？」

什麼既鎮定又恐懼，既風度翩翩又小心翼翼，這麼多意思完全相反的詞堆砌在同一個角色、同一幕場景中，叫人怎麼去表演啊？

周圍的年輕演員都聽愣了，唯有肖嘉樹點頭，篤定道：「明白，我知道該怎麼做。」

導演仔細看他一眼，發現他是真明白了，這才繼續說戲：「當李憲之走到一半的時候，終於在朝臣中發現了好友魏無咎，他的心立刻就安定了，遙遙看了對方一眼，見對方也微微抬頭看了自己一眼，這才繼續往上走。從這時候開始，他的步伐變得堅定了，也輕鬆了，這種心情的轉變也必須通過肢體動作表現出來，明白嗎？」

「明白。」肖嘉樹繼續點頭。

「很好，」導演看向季冕，「你的戲沒什麼好說的，跟群眾演員一塊跪著去吧，當肖嘉樹走到你所處的臺階時就看他一眼，眼神要隱忍克制。」

「好的，導演。」季冕溫和一笑。

「那好，大家各就各位，我們準備開拍了！」導演一聲令下，群演連忙跑到自己的位置站定，只等肖嘉樹走過的時候陸續下跪。

薛淼捧著保溫杯站在一旁，表情有些疲憊，又有些冷硬。

季晁和兒子一連拍了七八天的戲，這足以讓她發現他們的感情是何等深厚，又是何等默契，但看得越多，她想分開他們的決心只會越強烈，因為再讓他們發展下去，兒子恐怕就再也不能恢復正常了。

與此同時，她也為兒子越來越精湛的演技感到驕傲。

她可以毫不猶豫地說，兒子絕對是同輩演員中最出色的，如果他能走上「正途」，將來的成就絕對不會低於季晁，所以她更不能讓季晁毀了他。

另一邊，肖嘉樹已經在拍攝區域站定，當場記打好板子，他就邁開步伐往臺階上爬。他一步一步走得很慢，華麗而又厚重的袍服被風吹動，翩然若飛，可是他的腳跟在顫抖，彷彿身上壓了千斤重擔，隨時都會垮掉。走完一段臺階後，他抬頭往上看，巍峨的宮殿在陽光的照射下散發出萬丈光芒，越發襯托出他臉色的蒼白。

他額角冒了些汗，汗珠很細，不湊近了根本發現不了，但他依然覺得自己失態了，本就布滿惶惑的眸子越發閃爍不定。他身子微微晃了晃，這才繼續往前走，一步、兩步，速度漸緩。走到中段的臺階時，他終於在人群中發現了魏無咎，他們隔空相望，視線一觸即離，但只在這一瞬間，已快流失殆盡的力氣再次充盈了身體。

肖嘉樹蒼白的臉頰很快染上一層紅暈，他想微笑，卻又忍住了，滿是惶惑的眼眸此時已如碧空般沉靜。他繼續往上爬，這次腳後跟不再虛浮顫抖，而是用力壓在地面上，支撐起整個身體的重量。他行走的速度依然很慢，脊背卻挺得很直，寬大的袍服被風撩動，隱隱帶出了一些君王氣度。

從今天開始，他就是這泱泱大國的繼任者。

「卡！」不等肖嘉樹走完剩下的臺階，導演已經滿意地舉起手，「這條過了，下面補拍幾個腳部和臉部的特寫鏡頭。肖嘉樹，你演得非常好，就是這種節奏，就是這種速度。」

肖嘉樹靦腆地笑了笑，並未露出絲毫得色。

圍在監視螢幕周圍的年輕演員很多，大家都是同齡人，又在一個圈子裡混，自然免不了攀比。起初還有人覺得不服氣，認為肖嘉樹之所以能拿到李憲之這麼重要的角色，憑藉的是他和薛淼的母子關係，但現在他們不那麼認為了。

肖嘉樹的演技實在是太過精湛，心理素質也比他們任何人都強，哪怕與季冕、何繼明那樣的大牌影帝飆戲，也未曾露過怯，甚至還能展現出更精彩的演技。

他是那種遇強則強的演員，這種天賦不是誰都具備的。剛才那場戲，他簡直把每一個細節都考慮到了，通過不同的攝影機去觀察，只會被他無處不在的演技震撼。他的肢體動作裡有戲，眼裡有戲，甚至連衣服和鞋子都有戲。場記打板的一瞬間，他已經不是肖嘉樹，而是惶惶不安的李憲之。

這場戲果然又是一條過，下場戲說的是李憲之參加完冊封典禮後迫不及待地召見了魏無咎，告訴他自己在登上太和殿的過程中如何害怕，但在看見對方後又如何安下心來。沒想到聽完這些話的魏無咎竟送給他一把匕首，毅然從軍去了，也不知何年何月才能回來。李憲之捧著匕首哭得眼眶通紅，像一個被人遺棄的孩子。

哭戲不是最難拍的，難的是要哭出花樣，哭出導演想要的感覺，但肖嘉樹還是做到了，而且做得很好。他俊美逼人的臉龐在哭泣的時候顯得那樣的稚氣可憐，任誰看了都會忍不住陪他一塊落淚。

扮演貼身太監的小男生被他帶入了戲，跪在他腳邊抽抽噎噎地勸著：「殿下，您別哭了，當心皇后娘娘來了看見。殿下，魏大人一定會回來的。」

一直盯著螢幕的導演渾身都舒暢了，好，這個情境簡直演得太好了！

哀傷的少年孤零零站在華麗的宮殿中落淚，彷彿除了掌心的匕首，再也無法擁有更多東西。風吹動他的袍角，讓寬大的袍服貼在他修長的身軀上，讓他顯得如此單薄消瘦。跪在他腳邊的小太監同樣孱弱可憐，哭得鼻頭通紅。

陰暗的人物與華麗的宮殿形成了巨大的反差，也讓濃濃的哀傷渲染了整個畫面。

「卡！」導演笑嘻嘻地說道：「肖嘉樹、小廖，你倆別哭了，這條過了！」

扮演小太監的男生立刻抹掉眼淚，露出高興的表情，肖嘉樹卻還是緩不過來，握著匕首呆站半天，淚珠一串一串的。

薛淼厲聲道：「演完了你還不下來？」片場人多眼雜，她擔心別人發現兒子的性向。

「小樹入戲太深，薛姨，您讓他緩緩。」季冕溫聲解釋。

圍觀的年輕演員聽了這話，不禁露出複雜的表情。

入戲太深走不出來，這樣的感受對他們來說是極其遙遠的，如果不能把自己完全融入角色，誰能達到這種程度？最近媒體總是對肖嘉樹大誇特誇，說他敬業，演技好，他們總認為那是肖嘉樹花錢請人寫的通稿，直到與他同劇組拍戲才明白他對待演員這個職業有多認真。

有的人能紅靠的是後臺，後臺倒了便沒戲了；有的人能紅是靠長相，青春不在也就人走茶涼；但那些靠實力走紅的人，哪怕人到中年，戲路依然寬廣，粉絲依然忠誠。他們睡覺都比別人踏實，不用擔心第二天醒來自己就過氣了。

「嘖嘖嘖，人跟人真是不能比！」一名男演員搖著頭走開了。

劉奕手始終盯著螢幕，表情莫測。他看向薛淼，發現對方的表情相當冰冷，居然不像是在擔心肖嘉樹，而是隱忍憤怒，不免有點詫異。

當他準備再看兩眼時，薛淼被導演叫走了，於是他看向場中，發現肖嘉樹還站在原地掉淚，季冕哭笑不得地掏出紙巾幫他擦眼睛、擤鼻涕，神態很自然。兩人開始討論起剛才那場戲，認真剖析李憲之和魏無咎的心態，儼然兩個工作狂。

劉奕手聽了一會兒便覺得沒趣，默默走開了。

「季哥，魏無咎為什麼要走？李憲之剛被冊封為太子，正是最需要他的時候。」肖嘉樹為李憲之感到委屈。

「如果李憲之沒在冊封典禮後召見他，並告訴他當自己看見他站在朝臣中的時候心裡如何安定平穩，他大概不會那麼早離開。」季冕徐徐說道：「只有得到更大的權力，他才能站在離君主更近的地方。他比李憲之看得深遠，也明白自己該做些什麼。他終其一生只為了兩個字而活，那就是『守護』。更早的離開是為了更好的守護，這是他無言的溫柔。」

肖嘉樹剛擦乾的眼角又開始濕潤了，他為早已逝去的兩人感到難過，也為自己和季哥能生活在如今這個年代感到慶幸。母親的千般阻撓似乎變得微不足道了，哪怕他和季哥遠隔天涯海角，一趟飛機就能相見，也沒有人有權利把他們任何一方囚禁起來。

感謝老天爺讓我們投生在這個好時代，感謝老天爺讓我們在茫茫人海中相遇。肖嘉樹在心裡拜了拜各方神佛，上一秒還哭喪的臉，下一秒就笑開了。

季冕被戀人逗樂了，忍不住揉了揉他的腦袋。

論起多愁善感，誰也比不上小樹；論起樂觀開朗，他也是個中翹楚。他既能夠很快被感動，繼而傷心落淚，也能夠把壞的事情盡量往好的方面去想。他的內心世界是如此的豐富多彩，妙趣橫生。

與他在一起的每一分每一秒，對季冕來說都是一種享受。

「小樹，我也會好好守護你的。」他沉沉一笑後低語。

肖嘉樹剛扯開的笑容隨即被深深的感動取代，他抬頭看向季哥，眼眶裡的淚珠開始滴溜溜地打轉，彷彿隨時會掉下來。

早有準備的季冕把攤開的兩張紙巾蓋在他臉上，朗笑著走了。

肖嘉樹用力擤了擤鼻涕，屁顛屁顛地追上去，表情別提多燦爛。正與導演說戲的薛淼回頭看見他這沒出息的模樣，心裡那叫一個氣。

下場戲說的是女皇收繳了李憲之的匕首，使其病重，女皇前來探望，責問他是不是與魏無咎有私情，得到肯定的答案後氣急之下狠狠甩了他幾巴掌，試圖將他打醒，又命太醫和宮女撬開他的嘴，把藥硬灌下去。在女皇的威逼下，李憲之連死的權利都沒有，大把大把的珍貴藥材每天灌入喉嚨，竟讓他漸漸痊癒了。

薛淼本來就憋了一肚子的火，拍攝這場戲的時候正好發洩出來，幾巴掌就把兒子的臉打紅了。看著被太監宮女死死按在床上無力掙扎的兒子，她用冷酷的語氣說道：「沒有那個男人你就活不成是嗎？那本宮乾脆殺了他，屆時本宮倒要看看你會不會死！所謂情愛，恰是這世上最無用的東西，誰沒了誰不能活？」

她眼瞼微斂，眸光明滅，似乎想到很多事，又似乎什麼都沒想，廣袖一甩，大步走了。

這場戲母子倆都是本色出演，自然也是一條過，導演對他們的表現很滿意，舉起大喇叭說道：「一個老戲骨，一個小戲骨，演技真是不得了！今天的戲都是重頭戲，我還以為拍一天一夜都拍不完，沒想到這才中午，六場重頭戲就拍完三場！大家努力，爭取提前收工！」

工作人員紛紛鼓掌叫好，唯獨肖嘉樹捂著微紅的臉蛋，表情委屈。

「打疼沒有？我當時情緒上來了，沒有忍住。」抽完兒子之後，薛淼就後悔了。

「疼！媽，您真的有那麼恨我嗎？」肖嘉樹再怎麼沒心沒肺也有些傷心了。他不明白自己到底犯了什麼十惡不赦的大錯，能讓母親如此不依不饒。

「你要是改了，媽還會像以前那樣愛你。」薛淼硬下心腸說道。

肖嘉樹認真看她一眼，沒說話，只是捂著臉走開了。他對母親的強勢越來越厭倦，也越來越失望，如果真的無法讓她軟化，不如乾脆離開。

季冕早已準備好清涼消腫的藥膏，見小樹與薛淼說完話就把人拉過來，小心翼翼地幫他塗抹。他也對薛淼漸漸失去了耐心，更有些後悔不該讓她來拍這部電影。完美地解決問題固然好，如果小樹因此而受到委屈甚至責打，那他不如一開始就把小樹帶走。

如今這是什麼年代？真以為做父母的還能像古時候的大家長一樣，任意操控兒女的自由與婚姻？無論薛淼把小樹藏到哪兒，他都有信心在最短的時間內把人找出來並帶回身邊。

他之所以如此容忍薛淼，不是因為拿她毫無辦法，只是不想破壞她與小樹之間的母子感情而已。可是，如果她自己不懂珍惜，他可以不用顧及她的感受。

「還疼嗎？」抹完藥後，季冕輕輕捏了捏戀人的鼻頭。

「不疼了。季哥，再這樣下去，我都想跟你私奔了。」肖嘉樹小聲說道。

季冕低沉地笑起來，「如果拍完下面兩場戲，你媽還是這個態度，我們就私奔。」

肖嘉樹咧開嘴，原本哭喪的臉此刻已是一片憧憬與無憂無慮，「那我們找一個熱帶海島定居，島上只有我們兩個人，可以脫光衣服在海灘上曬太陽游泳，多自由自在啊！」

興致來了，他還可以跟季哥就地來一發，肯定很爽快！

當然，這種不太和諧的念頭他是不會說出口的，那顯得他多不浪漫，多不純潔？

想到這裡，他揉揉發燙的耳垂，竟對那樣的生活十分期待。

季冕眸光暗沉了一瞬，啞聲道：「正好，我在巴哈馬購買了一座私人海島，我們可以去那裡。拍完這部電影我們馬上就走怎麼樣？」至於薛淼同不同意，這個問題他不考慮了。

「好，我還有八場戲要拍，」肖嘉樹掰著指頭數了數，表情非常興奮，「如果狀態好，我一個星期之內就能殺青。季哥，你的戲分也快拍完了吧？」

「差不多了，可能比你先拍完。」

「那我們現在就可以訂機票了。」肖嘉樹讓張全把自己的背包拿過來，從內側夾層中摸出季哥給他的新手機，光明正大地查閱班機的資訊。

薛淼時時刻刻關注著兒子，看見這一幕差點沒氣瘋。好啊，這小子竟然私底下準備了一支手機，也就是說，前陣子他和季冕根本就沒有斷了聯繫？這可真是上有政策下有對策！

薛淼真想走過去把手機搶走，狠狠摔在地上，卻又礙於周圍都是人，不敢表露出異狀。她直到現在才想明白，自己是被修長郁那個該死的老東西給坑了。

在大庭廣眾之下，季冕的確不能對兒子太過親密，但他倆關係本來就好，湊在一塊說說話別人也不會覺得奇怪。同樣的，她也不能貿然把他們分開，不然就太惹眼了。

張全盯著手機看了兩眼，到底沒敢說些什麼。他覺得薛女士每個月花那麼多錢請自己監視二少爺真是白請了，二少爺根本不在乎身邊的人怎麼看待他和季冕的關係。這不，他開始反抗了，藏得好好的手機如今也敢大大方方地拿出來，這是存心氣薛女士啊！

「你不怕你媽把這支手機也收繳了？」季晁忍俊不禁。

「不怕，她都不愛我了，我也可以破罐子破摔。」肖嘉樹鼓了鼓腮幫子。

季晁伸出手指頭把他的腮幫子戳下去，「放心，她會永遠愛你，她畢竟是你的母親。」

肖嘉樹沒說話，訂機票的速度更快了。

休息了大約十多分鐘，導演把面和心不和的母子倆叫到身邊說戲：「下面這兩場戲是重頭戲中的重頭戲，你們一定要好好演，演不好我會一直喊卡，你們別叫累。」

肖嘉樹和薛淼各自答應，表情都很認真。

「第一場戲說的是魏無咎被鴆殺後遺體送入京城，李憲之聞聽消息夜奔魏府為他送葬。李憲之在魏無咎的棺槨中發現一卷勒令其自殺謝罪的諭旨，這才意識到對方不是戰敗自戕，而是死於一場陰謀，也同時想明白了幕後策劃者是誰。他當時悲慟至極，好像心臟被人硬生生挖走一樣，當場就崩潰了。為什麼崩潰？因為魏無咎到死都以為李憲之才是凶手，以為自己功高蓋主，危及皇權，被李憲之厭棄了。事實上，李憲之一直都很信任他，甚至於暗中愛慕著他。互相暗戀的兩個人到頭來卻因為某些誤會一死一傷，你說這個結局慘不慘？」導演目光灼灼地看向肖嘉樹。

肖嘉樹還沒開始演就紅了眼眶，點頭道：「慘！」

「如果是你遇見這種事，你絕不絕望？」導演繼續問。

「絕望！」肖嘉樹揉了揉眼角。

「好，你的情緒上來了，這很好。記住這種絕望的感覺，待會兒上場的時候一定要把它表現出來，用盡你全部的演技去渲染、爆發、吶喊。最心愛的人死於非命，你想隨他而去，一定要讓觀眾看明白這一點，並為你們的遭遇掉下眼淚，能做到嗎？」導演拍了拍肖嘉樹的肩膀，「你是一位很優秀的演員，我相信你一定可以做到。」

「我試試看。」肖嘉樹不太敢回想劇情，因為這裡面的故事太可怕了。

「好，我再給你五分鐘時間，你先醞釀一下情緒。」導演看向薛淼，繼續道：「妳帶領一眾禁衛軍闖進魏府，卻發現這裡燒起來了，妳唯一的兒子還在裡面，妳原本要救，臨到頭卻想起了那個至高無上的位置，於是妳猶豫了。妳把自己死死釘在原地，眼睜睜看著一切燒成灰燼。妳的眼裡充斥著痛苦，也充斥著野心，妳的心撕裂成了兩半，一半痛不欲生，一半冷靜至極。妳好好想想這是一種什麼樣的感覺，能不能把它表現出來。」

薛淼看劇本的時候總會下意識避開這段劇情，但此時此刻，她不得不努力回想每一個細節，心臟開始鈍痛。

接下來這兩場戲對整部電影而言都極其重要，第一場是李憲之之死，第二場是女皇捨棄了唯一的兒子，也捨棄了心底最後一絲溫情，邁開步伐走向了那個至高無上的王座。

導演對這兩場戲非常看重，所以才會把之前的四個情節集中在同一天拍攝，因為它們的感情基調是連貫的，如果把前面四場戲拍好了，演員自然而然會積攢到足夠的情緒去投入下面兩場戲的拍攝。

「肖嘉樹，你準備好了嗎？」導演看了看手錶，高聲詢問。

「我準備好了。」肖嘉樹抹了把臉。

「那就開拍。季冕，你躺進棺材裡去。」

臉龐塗得很蒼白的季冕給了戀人一個鼓勵的眼神，這才躺進巨大的石棺中。薛淼心裡有些不安，面上卻並未表露出來。其他演員都圍在導演身後，目光灼灼地盯著監控器。

「ACTION！」導演一聲令下，肖嘉樹快步走入靈堂，看見擺放在中間的石棺，眼眶瞬間就紅了。他猝然停下，表情恍惚，彷彿不敢相信自己看見的一切都是真的。

跟隨在他身後的一名魏府老僕諷刺道：「陛下，您何必惺惺作態，將軍能有今日，不正是拜您所賜？」

肖嘉樹腦海裡一片空白，木愣愣地轉過臉去看老僕，彷彿不明白他在說些什麼。

老僕走上前，把魏無咎捧在手裡的一卷錦帛拿出來，厲聲詰問：「若非陛下不許崇州守將增援，將軍怎會戰敗？可憐將軍用血肉為您守護疆土，您卻用一杯鴆酒待他！將軍真的是瞎了眼，老天真的是瞎了眼！沒了將軍，只看這龍椅，陛下您還能坐到幾時吧！」

老僕一臉猙獰地將錦帛擲在肖嘉樹臉上。

肖嘉樹似乎被打醒了，撿起錦帛慢慢展開，仔細辨認上面的文字。那的的確確是他的字跡，可他從未下過這樣的命令。聽聞魏無咎戰敗，他從未想過責罰於他，首先擔心的只是他有沒有受傷，何時才能歸京。他想，他打了那麼多次勝仗，這次敗了又有何妨，正好回來休整一段時間，也好讓他多多看他幾眼，卻沒料轉天竟收到他飲下鴆酒畏罪自殺的消息。

他有什麼罪？他為大唐開疆拓土，他為君上征戰沙場，他流那麼多血，受那麼多傷，他有什麼罪？卻原來這一切都是假的，都是別人設下的詭計！

肖嘉樹瞬間就想明白了一切，他拿著這卷聖旨就像拿著一根燒紅的烙鐵，燙得他掌心生疼。他眼眶完全紅了，眼珠爬滿血絲，握著聖旨的手骨節發白，青筋畢露，還不斷顫抖，可他不能放開，因為他得懲罰自己。

他這才一步一步，極其緩慢地走到棺槨邊，垂眸凝視容顏安詳的魏無咎。他簡直無法想像他是抱著何種心情飲下那杯鴆酒，會不會怨恨，會不會後悔？

這是他最心愛的人啊！

他怎麼捨得殺他？

「他……」肖嘉樹只吐出一個字，聲音就完全沙啞了，嘴唇開合半晌才顫聲問完後面的話：「可曾留下遺言？」他雙手撐在石棺上，肩膀已完全垮塌，身體微不可見地搖擺著，彷彿隨時會栽進去。

他正處於崩潰的邊緣，周圍的燭火照亮他的臉，卻照不亮他漆黑的眼睛。有什麼東西正一絲一縷地從他身體裡跑出來，讓他迅速乾癟下去。他站在搖曳的燈影中，彷彿自己也變成了一縷隨時會消失的影子。

老僕咬咬牙，很想掉頭就走，可看見將軍蒼白的面容，終是不甘不願地道：「他只留下一句話，此生縱死無悔，盼來世再與陛下相見。」

縱死無悔，縱死無悔……這句話成了壓垮駱駝的最後一根稻草，讓肖嘉樹瞬間崩潰了。他苦苦壓抑，苦苦等待，原以為一輩子都得不到回應的愛情，卻原來早已經屬於他了。

只是他發現得太晚，一切都來不及了。

為何會這樣？老天爺為何要對我們如此殘忍？肖嘉樹垂下頭，滾燙的淚珠一顆一顆往下掉，不斷滴落在魏無咎蒼白的額頭、臉頰、嘴唇……

可他再也不會睜眼，再也不會微笑而又克制地與他道一聲：「陛下，等臣回來。」

肖嘉樹一個踉蹌便跪了下去，雙手死死抓著那卷聖旨，想仰天長嘯，張開嘴卻只發出破碎的氣音。他想爆發，想吶喊，卻不知道，當一個人悲慟到極點的時候已經完全沒有一絲力氣，只有絕望團團籠罩著他，讓他心若死灰。

他仰頭粗喘，像一隻瀕臨死亡的困獸，過了好一會兒才低下頭，再次看向手裡的聖旨，竟瘋狂大笑，邊笑邊落淚，邊笑邊搖頭，然後蓄積起最有一絲力量，將聖旨狠狠撕碎。

導演盯著螢幕，整顆心都揪起來了。他原本以為如此需要爆發力的一場戲，肖嘉樹至少得NG個十幾次才能過，卻沒料在走入靈堂的一瞬間，他就入戲了。

他就是為愛癡狂的李憲之，終於在死亡面前徹底崩潰。

他一邊大笑落淚，一邊狠狠撕碎錦帛的畫面那樣具有衝擊力和感染力，讓旁觀的人無不為之動容。為他配戲的老僕紅了眼眶，守在靈堂外的將士紅了眼眶，就連身在戲外的導演和攝影師也都眉頭緊皺，心情壓抑。

感受最強烈的除了躺在棺中的季冕，還有站在人群外的薛淼。

她太了解兒子了，所以她早就知道，兒子的性格與李憲之如此相似。由於太天真純粹，所以他們的感情會像一團烈火，灼燒別人的同時也灼燒自己。如果沒人阻礙，這火焰只會深埋在他們狀似溫柔可愛的表象下，慢慢烘烤淬煉，卻永遠不會熄滅。

如果把他們逼急了，這團火會像熔岩一般噴發出來，毀滅一切。他們有時候很堅強，有時候又很脆弱，愛上他們必須小心翼翼地呵護著，否則會造成一輩子的傷害。

因此，薛淼才會那樣擔心他愛錯一個人，才會想盡辦法讓他和季冕分開，但是現在，親眼看見兒子化為一團火焰把自己焚燒的樣子，她忽然就害怕了……

「卡！」導演一聲大吼將她震醒，「肖嘉樹，你真是好樣的，這場戲就該這麼演！雖然你沒爆發，你沒喊出聲來，但你的無力與絕望比吶喊還要打動人心！你看看我的眼睛都紅了，這是我第一次在片場被我的演員感動！」

肖嘉樹卻沒看他，只是扔掉餘下的聖旨碎片，趴在石棺上凝望著季哥。這場戲幾乎耗盡了他全部的力量，如果同樣的悲劇發生在他和季哥身上，他也一定會發瘋。

「季哥，你還活著嗎？」他哽咽道。

季冕睜開眼睛看他，嗓音十分沙啞：「小樹，這都是演戲，我當然還活著，我們還有一輩子要過呢！」

「真的嗎？」肖嘉樹眼睛一眨就有一顆淚珠掉下來，模樣非常可憐。

季冕心如刀絞，卻不能把他抱進懷裡親吻，只得低聲安慰：「真的，我們不是李憲之和魏無咎，我們是肖嘉樹和季冕。」

肖嘉樹點點頭，心裡的悲慟卻絲毫沒有減少，但季冕知道，他現在的狀態才是最好的，所以只能按捺住想要安慰他的衝動。

薛淼站在原地看著兒子，心中很不好受。她想了又想終是上前幾步，想好好抱抱他，卻被導演叫住：「薛淼，妳別去打擾他，他得保持這種狀態。」

薛淼不得不停住，心臟隱隱作痛。

她也擔心自己太過逼迫兒子會讓他情緒崩潰，卻又懷著僥倖的心理忖道：小樹連綁架那樣的陰影都能擺脫，失戀這種小事肯定也能很快恢復，可現在她不敢確定了。

她不得不承認，自己被兒子絕望的模樣嚇住了。

「大家準備好了嗎？準備好了我們就拍下一條。」導演不敢給太多休息時間，因為擔心肖嘉樹飽滿的情緒會流失。

工作人員紛紛舉起手表示自己沒問題，薛淼也恍恍惚惚地應了一聲。站在周圍觀望的演員越來越多，每個人都帶著複雜至極的表情。所謂「身歷其境」，大概就是這種感覺吧？肖嘉樹真的很厲害，不是吹的，也不是捧的，而是實實在在憑藉自己的演技做到這種程度。

「ＡＣＴＩＯＮ！」導演一聲令下，季冕迅速閉上眼睛，肖嘉樹也恢復了癲狂的狀態。他踉踉蹌蹌走到門口，抽出將士腰間的寶劍，把靈堂內的蠟燭全都砍斷，哽咽道：「你要來生是嗎？奈何橋上不需你等，我這便去來生見你！」

老僕圍在他身邊不停勸解，他就是不聽，瘋狂揮舞著寶劍將對方趕了出去。

火苗慢慢爬上白幡，將一切焚毀。就在這時，女皇帶領禁衛軍匆匆趕來，卻發現靈堂已經燒起來了，兩扇大門被火焰吞噬，搖搖欲墜，而她唯一的兒子正站在熊熊烈火之中，把身上的衣服和頭冠逐一解下，投入火中燒掉，然後穿著一襲白色褻衣，爬進巨大的石棺。在躺下之前，他最後看了女皇一眼，漆黑的瞳仁中再無畏懼與孺慕，只剩釋然。

他終於解脫了……

薛淼被兒子心如死灰的眼神鎮住，站在原地久久不動。跟隨她一起前來魏府的禁衛軍自然都是她的心腹，也早就做好了扶持她上位的準備，竟也不曾施救。

薛淼表情木然，眼中卻滑下兩行熱淚。她的靈魂分裂成兩半，一半是悲痛欲絕的母親，一半是冷酷無情的帝王，當兩扇大門轟然坍塌的一瞬間，她終於邁開步伐往前疾奔，淒厲大喊：「琪兒，你給我出來琪兒！不……」

禁軍頭領一把將她攔住，冷靜道：「節哀吧，陛下。」

這一聲低不可聞的「陛下」終於喚回了薛淼的神智，她佝僂的脊背慢慢挺直了，崩潰絕望的表情一點一滴被冷硬取代。她沒用的兒子終於死了，而且並非死在她的手裡，還有什麼結局能比這更好？

是的，她如願了，風吹在她臉上，卻只帶給她徹骨的寒冷……

啪啪啪……導演站起身鼓掌，表情既興奮又嘆服。

絕了，這母子倆同臺飆戲的感覺簡直絕了！

圍觀的演員這才從恍惚中回過神來，跟著導演鼓掌。

都說藝術細胞是有遺傳的，這話果然沒錯，過了二十年，薛淼的演技依然出神入化，肖嘉樹的演技卻也毫不遜色，母子倆的這場對手戲絕對會成為這部電影最經典的場面。

薛淼像是從夢中醒來一般，急促大喊：「快去滅火，快啊！」

「薛姊，您別擔心，我們用了很多防火材料，而且燒起來的只有這兩扇門而已，裡面的人肯定沒事。」道具師連忙安慰，工作人員已經拿著滅火器衝上去了。

肖嘉樹和季冕躺在巨大的鋪滿防火材料的石棺裡，手拉著手。

大家都忙著滅火，沒人注意他倆。

「季哥，我好難受。這種生離死別的戲，我很長時間都不想再演了。」肖嘉樹側過了身體，淚眼汪汪地說道。

季冕輕輕拍撫他的肩膀，「好，不演了，拍完這部電影，我們就去旅行換換心情。我們去巴哈馬曬日光浴，去芬蘭探訪聖誕老人。」

肖嘉樹窒悶的心臟這才舒緩了一點，悶聲道：「好，你說去哪兒就去哪兒，反正我都很喜歡。季哥，外面是不是我媽在喊，她好像很著急？」

「出去看看。」季冕這才爬出石棺，又把戀人小心翼翼地抱出來。

薛淼跨過燒焦的門檻跑進靈堂，發現兒子完好無缺，頓時鬆了一口氣，腦袋也一陣陣暈眩。幸好這只是拍戲，幸好一切都沒發生，不然她真的會崩潰。

「哎呀，肖嘉樹，你的袍子都燒焦了，你自己沒發現嗎？」一名工作人員走過來查看兩人的情況，卻發現肖嘉樹的衣袖被燭火燒穿幾個洞。所幸這場戲的戲服都是防火材料做的，濺落在布料上的火苗很快會自行熄滅，否則就出大事了。

季冕盯著這幾個焦黑的洞，心裡充斥著恐懼和不安，沉聲道：「你們一定要做好防護的措施，不管什麼時候，演員的安全始終要擺在第一位。」

「好的好的，我們明白。」工作人員連連點頭，卻被薛淼擠到一邊，「袖子都燒焦了你自己沒感覺嗎？讓我好好看看！」她把兒子拽過來上上下下檢查了一遍，發現沒出任何問題，這才大鬆一口氣。

她臉上的淚痕還沒乾，額角也布滿許多冷汗，形容十分狼狽。

看見她這樣，肖嘉樹一下子就心軟了，摟住她的肩膀輕輕晃了晃，安慰道：「媽，我真的沒事，您別緊張。」

薛淼怎麼能不緊張？親眼看著兒子自焚，哪個母親受得了？雖然明知道那是演戲，可她卻也明白，如果自己像女皇那樣逼迫兒子，他早晚也會如李憲之那般陷入絕望。他們的性格太像了，說不定會走上同一條路，屆時還活著的人該怎麼辦？背負著悔恨自責過一輩子？那樣的結局薛淼想都不敢去想，把兒子摟進懷裡用力拍撫了兩下，眼眶又濕了。

季冕站在旁邊看著他們，並不打攪。

過了好一會兒，薛淼才放開兒子，勒令道：「出去洗洗臉，換件厚一點的衣服，我跟季冕有話要說。」

「媽……」肖嘉樹露出擔憂的神色。

季冕對他微微一笑，安撫道：「沒事，你先去加件衣服，免得凍壞了，我們的談話會很友好，對嗎？薛姨？」

薛淼不得不點頭。

肖嘉樹這才一步三回頭地走出去。

季冕把薛淼帶到僻靜的角落，徐徐道：「薛姨，肖家應該沒有皇位要小樹去繼承吧？」一來就用如此辛辣的話諷刺你男朋友的母親，這樣不太好吧？

薛淼心裡很氣，面頰卻紅了。都說關心則亂，她太關心小樹，所以才會產生那樣激烈的反應。幸好這部電影的劇情與現實重合了，也讓她恍然醒悟到：如果自己再一意孤行下去，換來的只會是最慘烈的結局。

季冕深深看她一眼，繼續道：「薛姨，您覺得小樹的幸福和您的意願比起來，哪一個更重要？如果您覺得自己的意願更重要，您大可以強迫他與我分開，但他真的能活成您想要的樣子嗎？他的倔強一點不比您少，也不比李憲之少。」

「你別說了！」薛淼厲聲喝止，「我不會再逼你們分開，但是你必須向我保證，你這輩子一定會好好愛護小樹！如果你做不到，我會讓你付出代價！」

她現在一點也不想聽見「李憲之」三個字。

「我現在無論說什麼薛姨您也不會心安，不如您好好看著我們吧。」季冕轉過頭，看見小樹躲在牆角正探頭探腦地望著這邊，頓時溫柔地笑了。

薛淼也轉過頭看向兒子，無奈地揮揮手。

一臉糾結的肖嘉樹這才縮回去，賊頭賊腦的模樣頗滑稽，也很可愛。

季冕又是低沉一笑，邁開步伐朝戀人走去，狀似不經意地丟下一顆炸彈：「薛姨，還有一件事我忘了告訴您，我和小樹已經在加州結婚了。」

「你說什麼？」薛淼的聲音陡然變得尖銳，發現周圍不斷有人看過來，不得不壓下滿心怒火，但轉念一想，她又釋懷了，她最擔心的不正是季冕不負責任傷害小樹嗎？如果他們已經結婚，倒比現在不清不楚的情況好得多，至少小樹會更有安全感。

自己的兒子是什麼德性，薛淼比任何人都了解，別看他平時大咧咧的，沒心沒肺的，但對待感情卻又特別細膩敏感。他要是喜歡上一個人，就恨不得時時刻刻黏著對方，一戀愛必定瞄著結婚去，腦子不帶轉彎。

如果換一個人，誰願意剛確定關係就與你領證？不怕日後惹出麻煩？但季冕卻可以什麼都不考慮，首先就滿足兒子的願望。

這兩個人是真的分不開了……想到這裡，薛淼只能搖頭苦笑。

修長郁知道今天要拍最關鍵的兩場戲，完成手頭的工作就跑過來探班，卻發現劇組已經準備收工了，效率高得驚人。導演和一位名叫劉奕耒的演員正坐在螢幕前看重播；肖嘉樹蹲在屋簷下，滿臉擔憂；季冕和薛淼則站在不遠處的角落裡談話，表情都不怎麼好看。

「他們談判啊？」修長郁小聲問道。

「嗯。」肖嘉樹無精打采地點點頭。

「你媽最近脾氣有點暴躁，每天傳訊息罵我。」修長郁感覺自己冤枉極了。他一片好心好意，到頭來反倒替這兩個人背了鍋。

「她還打我呢！」肖嘉樹摸摸自己的臉頰，表情更糾結。

「完了，你倆沒戲了。」修長郁篤定道。

他從來沒見過誰能把淼淼勸服，肖啟傑也一樣，然而他話音剛落，季冕就走過來，對伸長脖子的兩人比劃了一個沒問題的手勢。薛淼扯著喉嚨喊了一聲，似乎很生氣，很快便平靜下來。她扶著額頭苦笑，像無奈又像釋然。

修長郁看得目瞪口呆，驚詫道：「季冕，你到底是怎麼說服淼淼的？」

「你去導演那裡看重播就知道了。我說過，但凡薛姨愛小樹，她就能想明白。」

修長郁立刻走到導演身邊看重播，表情由疑惑變成了然，最終又定格為嘆服。難怪季冕花了那麼久的時間修改這個劇本，對這段劇情更是刪刪減減很多次，直到完全滿意為止。拿到大改後的劇本，原著作者都看哭了，還頻頻對他說季老師不去當編劇真的可惜。

這段劇情幾乎就是在影射三人之間的關係，淼淼是女皇，季冕是魏無咎，小樹則是李憲之，如果淼淼始終不願讓步，結局只會是這樣。季冕完全不用說任何一個字，只讓淼淼親身經歷一次這極度痛苦的過程就行了。

季冕，你這個王八蛋，對淼淼可真夠狠的！

修長郁暗暗罵了一句，接著又搖頭笑了。

看見淼淼吃癟，他怎麼會覺得有點痛快呢？

劇組收工了，薛淼難得心平氣和地叫住季冕，請他一起吃晚餐，席間她看向兒子，問道：「小樹，如果我要二婚，你怎麼看？」

修長郁倒酒的手微微一頓。

「如果您很愛對方，對方也愛您，我當然會同意。」肖嘉樹點點頭。

「要是那個人是你修叔叔呢？」

修長郁砰一聲摔了酒瓶，又手忙腳亂地撿起來，眼巴巴地盯著肖嘉樹。

「如果修叔對您像季哥對我這樣好，我也不會反對。媽，您的幸福才是最重要的。」肖嘉樹握住母親的手。

薛淼徹底釋懷了，揉揉兒子的腦袋，嘆息道：「以後和季冕好好過日子吧。就像你說的那樣，你的幸福才是最重要的。」

聽了母親的話，肖嘉樹非但沒有高興地笑起來，反而掉出兩行眼淚。他知道母親現在是怎樣的心情，她把他養育成人，花費那麼多的心思愛他護他，事事為他著想，自然會很害怕放開手讓他去飛。

全天下的母親其實都是一樣的，孩子還小的時候會擔心他們走不穩摔跤，孩子大了又擔心他們走錯路回不了頭。為了孩子，她們可以奉獻自己的一生。

「媽，謝謝您，」肖嘉樹抱住薛淼，哽咽道：「我愛您。」

「我也愛你。」薛淼輕輕拍打他脊背，「你和季冕一定要好好的。」

「媽，您放心，我們好著呢！季哥對我可好了，真的！」肖嘉樹連連保證：「我們一定會好好過日子的！」

薛淼點點頭沒說話，心情說不上好，也算不上糟糕，只是有點失落，有點茫然而已。她早知道兒子長大總會離開，卻沒料到他竟會跟一個男人走，這是最讓她意外的一點。不過，若是這個人能始終待他一心一意，倒也無所謂了。

她可以扮演女皇，可她畢竟不是真正的女皇，兒子永遠是她割捨不掉的心頭肉，她怎麼忍心把他逼到絕境？

薛淼依依不捨地放開兒子，朝季冕頷首，「今天你陪我們喝幾輪再走。」

「當然。」季冕舉起酒杯，「媽，這杯酒是我和小樹敬您的，謝謝您的理解和祝福。」

修長郁一口酒差點噴出來，再看季晃時目光有說不出的崇拜。看不出來啊，季晃平時一副溫文爾雅的樣子，沒想到臉皮竟然這麼厚，不用徵得淼淼同意就直接改口了，厲害厲害，佩服佩服！

薛淼表情扭曲了一瞬，很快又笑了起來，「不用謝，你好好待小樹就是了。我只有這麼一個兒子，從小當寶貝一樣疼，可能把他寵壞了，你多讓著他一點。」

季晃正要點頭，肖嘉樹就急不可耐地道：「媽，季哥很讓著我的。再說，兩個人一起過日子，肯定是要互相包容互相理解才能一直走下去，怎麼能總是一個人讓著另一個人？」

薛淼把酒杯狠狠拍在桌上，沒好氣道：「好，你什麼都懂，你是婚姻專家。我對季晃說這麼多，不也是擔心你嗎？我真懷疑生你的時候醫生是不是把你的性別報錯了，你一個大男人怎麼比女生還外向？養大你我還不如養大一塊叉燒！」

肖嘉樹縮著脖子不敢吭聲，表情有些委屈。

季晃將他拉進懷裡拍了拍，又揉亂他烏黑的頭髮，忍笑道：「媽，您別生氣，我代小樹敬您一杯。日子都是人過出來的，個中滋味只有我們自己知道。小樹理解我，我很高興，同樣的，我也會好好愛護他，不讓他受委屈。」

薛淼這才舉起酒杯一飲而盡，又掃修長郁一眼。修長郁立刻回神，給季晃滿上一杯酒。看樣子，今天淼淼是準備讓季晃豎著進來橫著出去。也對，他一聲不響就把人家的兒子拐跑了，還寫了那麼一個操蛋的劇本讓淼淼來演，她不生氣才怪。

季冕自然知道岳母的打算，卻也不點破，一杯接一杯地敬酒。

「季哥，你別喝了，明天一大早還要拍戲呢！」肖嘉樹搶走他的杯子，心疼道：「我來替你喝吧！」

季冕輕輕握住他的手腕，把杯子拉過來湊到唇邊，柔聲道：「我酒量大，醉不了。你明天的戲分比我還多，需要好好休息。」兩人握著同一個酒杯，緩緩喝酒，姿態說不出的親密。

薛淼還是有些不習慣兩個大男人親熱的場面，只能尷尬地別開頭，去看修長郁。

修長郁悚然一驚，連忙端起酒杯打斷兩人。

要命啊，當著淼淼的面也敢秀恩愛，不怕再一次被棒打鴛鴦？

不過，季冕這回給淼淼的藥下得太猛了，可能會成為她一輩子的陰影，怕是很久都擺脫不掉失去兒子的恐懼，又怎麼敢阻撓？

遇上這麼一個兒婿，也不知是淼淼的幸或不幸。

想到這裡，修長郁不禁搖搖頭。

修長郁也是個千杯不醉的主兒，再加上酒量頗大的薛淼，季冕這頓飯吃得有點艱難，卻甘之如飴。如果能順利把小樹帶回家，別說讓他喝醉，就算讓他喝到胃出血也絕無二話。

晚上九點半，這頓飯局終於結束，看著雙眼緊閉，眉頭微皺的季哥，肖嘉樹支支吾吾，囁嚅道：「那個，媽，今天晚上我就不回飯店了，我送季哥去他入住的飯店。」

由於季冕進組的時間有點晚，片方統一安排的飯店已經住滿，只能在附近找了另外一家飯店給他住。

「他沒有私人助理嗎？」薛淼原本還算不錯的臉色立刻陰沉下來。

肖嘉樹縮了縮肩膀，「已經這麼晚了，私人助理早就下班了，還是我來吧。」

明星的私人助理通常都是二十四小時待命的，這一點薛淼哪能不知道？可看見兒子露出膽怯的表情，她又心軟了，「去吧去吧，兒大不由娘。」

「謝謝媽。」肖嘉樹這才咧嘴笑了，在修叔的幫助下把季哥扶上車，急急忙忙開走了。

薛淼盯著遠去的車尾燈，表情複雜。

修長郁遲疑良久才小心翼翼地問道：「淼淼，妳剛才說想跟我二婚？」

「嗤，我那只是打個比方而已。」薛淼撩撩微捲的長髮，漫不經心地道：「我這輩子絕不會再踏進婚姻的墳墓。不過，你也該定下來了，都四十多歲的人了，難道還沒玩夠？」

修長郁好不容易鼓起的勇氣瞬間乾癟下去，聲音充滿頹廢和自嘲：「我什麼時候玩了？淼淼，我身邊到底有沒有女人別人不知道，難道妳還不清楚？自從妳結婚之後，我一直在等，二十年都等過來了，不差這麼些日子。淼淼，妳再給我一次機會好不好？我一定能做一個好丈夫，好父親。妳看，小樹剛才不是已經同意我們的事了嗎？」

薛淼只是看著車窗外，並不說話。

修長郁心下一沉，試探道：「淼淼，妳是不是還愛著肖啟傑？」

薛淼猛然轉頭，開口的語氣很是狼狽：「別提他，我們已經離婚了！」

反應這麼大，答案已不言而喻。

修長郁忽然感到很絕望，不明白自己這麼多年的等待到底是為了什麼，可是如果不等，他竟不知道接下來的日子該怎麼活。「薛淼」這兩個字已經化為一枚烙印，永永遠遠刻在他心上，若想把烙印抹除，等同於挖走他的心，他做不到，再如何絕望，也做不到不去愛她。

「淼淼，試著往前看吧，你們已經離婚了。」到最後，他只能嘆息著說出這句無奈到極點，也無用到極點的話。

❤　❤　❤

代駕把車停好就走了，肖嘉樹正想把沉睡的季哥背到身上，對方卻先行睜開眼睛，嘴角帶著清淺而又溫柔的笑意，「我沒醉。」

「咦，季哥，你是裝的？」肖嘉樹愣了愣。

「我要是不裝醉，你怎麼找得到藉口跟我回來？寶寶，分開這麼多天，我很想你。」季冕躺在後座上，姿態慵懶。他剛張開雙臂，朝思暮想的戀人就傻笑著撲進他懷裡，調皮地在他身上來回壓了幾下，「季哥，我也想死你了！拍戲的時候雖然可以天天看見你，卻不能抱你親你，我都憋壞了，快補償補償我！」

季冕一邊低笑一邊柔柔地親吻戀人。他撬開他的唇，把滿是酒香的舌頭伸進去，緩慢撩撥他的舌尖，沉醉的表情像是在品嘗世上最甘美的漿液。

肖嘉樹蜷縮在他懷裡，一邊回吻一邊發出細碎的呻吟，模樣十分可愛。他的腦袋裡什麼都沒想，只綻放出許多芬芳的花朵，轉眼花朵謝了，變成一蓬蓬燦爛的煙火。他對愛的反應那麼直白熱烈，與他接吻就像是在窺探一個萬花筒，又彷彿在奇幻夢境裡遨遊，不僅身體得到滿足，連心靈也徹底迷醉。

季冕的雙手緩緩移到他後腦杓，一邊摩挲他順滑的髮絲，一邊輕輕把他的嘴唇壓向了自己，加深這個吻。

過了大約幾分鐘，兩人終於滿足了，略微分開一點距離，眼神迷濛地看著彼此，然後悠長而又滿足地嘆了一口氣。灼熱的氣息同時噴灑在彼此的臉上，逗得他們低笑起來。

季冕捧著肖嘉樹的臉，肖嘉樹也捧著他的臉，兩人凝視著彼此，又在車裡耗了幾分鐘。最終還是肖嘉樹撐不住了，飛快親吻季哥的額頭，傻笑道：「我們回家吧？」

「好，回家。」聽見這句話，季冕空曠許久的心瞬間就被填滿了，雖然他們身在外地，不得不住飯店，但是有了小樹，那也能算一個家了。他正準備爬起來，卻被小樹拽住兩隻手臂，硬往背上拉，不禁低笑，「我又沒醉，你背我幹什麼？」

肖嘉樹回頭道：「萬一你以後喝醉了怎麼辦呢？我今天先練習一下。」

愛玩就愛玩，找這麼冠冕堂皇的理由做什麼？

深知戀人尿性的季冕笑得無奈，柔聲道：「好吧，你試試，要是背不動了我就下來。」

「好。」肖嘉樹把季哥背在背上，一步一步朝地下停車場的電梯走去。他雖然抱不動季哥，但背還是沒問題的。燈光照射在他們身上，投下一條長長的融合在一起的剪影，他就踩著這條影子往前走，感覺一點也不累。對他來說，季哥不是負擔，而是前行的動力。

季冕側過頭看他，目光說不出得溫柔。

走了好一會兒，季冕啞聲道：「行了，輪到我來背你了。」

「好。」肖嘉樹也不矯情，放下人後喜孜孜跳到他背上，一路走一路搖晃著兩條腿。

季冕輕輕拍了拍他挺翹的屁股，這才低聲笑起來。他們就像兩個沒長大的孩子，不厭其煩地玩著「你背我，我背你」的遊戲，卻一點也不覺得自己這樣做很傻。與最愛的人在一起，做什麼事都會很有趣。

短短一百米的路，他們足足走了十幾分鐘，回到房間後便抱住彼此熱烈纏綿。他們甚至連一秒鐘都等不了，直接便壓在門板上做了幾次，第二天起床才發現門把手上竟然掛著一條內褲，被風吹得搖搖晃晃。

當天夜裡，劉奕耒也有些睡不著，用手機來回查看一段視頻。

「咦，這不是今天下午拍攝的那兩場戲嗎？你從哪裡搞來的？」助理驚訝道。

「趁導演沒注意，我用手機偷拍的。」劉奕耒指著躺在棺材裡的兩個人，擰眉道：「你看看，他們的手是不是牽在一起的？」

正是因為發現了這個，他才會冒著被導演發現的危險把視頻偷拍下來。

這段視頻不是直接拷貝的，而是通過螢幕偷拍的，畫面並不清晰，但放大了還是可以辨認，已經完成戲分的肖嘉樹和季冕正躺在棺材裡說話，姿態相當親密，當肖嘉樹側過身子去看季冕時，對方溫柔地笑了笑，還伸出手去拍打肖嘉樹的肩膀，似乎在安慰他。

兩個大男人這樣做的確有點奇怪，可如果關係夠好，也說得過去。

助理盯著手機看了半天，不太確定道：「袖子太寬大了，我實在是看不出來。」

劉奕耒不再糾結這一點，繼續追問：「你覺不覺得他們的相處模式有點曖昧？」

助理悚然一驚，「劉哥，你該不會懷疑他們是同性戀吧？」

那可是大滿貫影帝季冕和當紅炸子雞肖嘉樹啊！

如果這事是真的，娛樂圈肯定會炸。

劉奕耒擺手道：「我只是懷疑，還沒有證據，再看看吧。」

今天肖嘉樹的演技讓他感受到了很大的威脅，他的存在就像一根刺，狠狠扎在他心頭，而且一扎就是二十年。他想，早晚有一天，自己會親手把這根刺拔出來。

「劉哥，你該不會是想防爆吧？」助理跟了他很多年，一下就猜中了他的心事。

所謂「防爆」就是某個明星或明星的粉絲用輿論把隱約有冒頭跡象的新人打壓下去，以防他們忽然爆紅搶了風頭或資源。

肖嘉樹雖然才出道一年，大紅的程度卻也算不上新人，而且他後臺很硬，劉哥這樣做真的不會惹禍上身？

助理連忙勸阻：「你還是別管他們了，這兩個都是硬點子，咱們一個都惹不起。」

「我惹不起，總有人惹得起。」劉奕耒不以為意地搖搖頭，「這件事不用你操心，我自己來做。對了，今天是星期幾來著？」

「今天是星期六。劉哥，你到底想幹什麼？」助理的語氣略顯不安。

「你別問了，回房睡覺去吧。」劉奕耒打開電腦，笑道：「正巧，今天是《荒野冒險家》第四集播出的日子。前兩集肖嘉樹都沒來，聽說觀眾強烈呼籲製片方一定要把他請來？」

「是啊，觀眾還說要是節目組出不起片酬，他們就集資去請肖嘉樹。他只去了一期，怎麼人氣那麼高呢？觀眾緣這種東西真的說不準，有些人拚死拚活好幾年還在十八線徘徊，有些人一出道就爆紅，想打壓都打壓不下去，難道這就是命？」助理羨慕地呢喃。

「的確是命，有一個好的出身比什麼都強。」劉奕耒表情陰鬱地盯著電腦螢幕。

片頭曲放映完畢後，季冕等人的身影出現在海島上，這次是極限生存模式，導演只給各位嘉賓準備了三樣工具，其中兩樣還是可有可無的，其餘的東西都要他們自己去找，撐過三天就能獲勝，撐不過三天就淘汰一位嘉賓，生存機制很殘忍。

觀眾紛紛發彈幕為自家偶像打氣，而最多的彈幕卻是在詢問這一期肖嘉樹能不能來，可見他的人氣之高。

「都離開兩集了，觀眾還對他念念不忘，這魅力也太大了吧？」助理本想回房睡覺，卻不知不覺坐了下來。他其實挺喜歡看《荒野冒險家》，只是不敢跟劉奕耒說而已。

「因為季旻總是對肖嘉樹念念不忘，而季旻是這檔真人秀的靈魂人物，所以觀眾也會對肖嘉樹念念不忘。他能混到今天，除了好家世、好背景，還不乏季旻的強力支持，我從來沒見過季旻這麼追捧一個人。」劉奕耒冷靜地分析道。

「季旻被外媒評為華國娛樂圈最具影響力的人物，他想捧誰，誰就能紅。你看看他旗下的幾名藝人，如今哪一個不是大紅大紫，就連林樂洋那種一點特色都沒有的人，現在也是二線明星了。」助理不無羨慕地說道。

劉奕耒只是笑了笑，沒說話。

真人秀還在繼續，季旻今天表現得格外焦躁，竟與一根木頭較上勁了，蹲在那裡鑽了大半天，鑽得一腦門都是青筋。後製在他頭頂添了一把火，還在他額頭加了個青筋凸起的符號，效果挺搞笑，卻也貼切。

無良觀眾完全不心疼，還發彈幕吐槽：「肖嘉樹還是沒來，季神依然走大魔王路線。」

當季旻快被這根木頭弄崩潰時，肖嘉樹來了，他站在遊艇上又笑又跳，像一縷陽光，忽然降臨在黑暗之中。季旻的眼睛瞬間就被點亮了，什麼心浮氣躁、焦慮不堪全被驚喜取代。他甚至跳下海，主動朝肖嘉樹游去，臉上滿是迫不及待的熱切。

觀眾的彈幕瞬間覆蓋了整個螢幕，全都是激動的「啊啊啊」聲。

肖嘉樹一來，季旻的風格就恢復了正常，將他折磨到幾近崩潰的木頭都變得可愛起來，機械式的鑽木工作也成為了一種樂趣。

他與肖嘉樹頭碰頭地研究該怎麼取火，眼角眉梢掛滿濃濃的笑意。兩人你鑽一會兒我鑽一會兒，哪怕火星燃了又滅，像是故意在與他們作對，他們也能保持輕鬆愉快的心態。

「肖嘉樹一來，季神就完全恢復狀態了。」

「終於知道滿血復活是什麼樣子了，就是季神這樣，哈哈哈……」

「他們輕輕鬆鬆像玩似的，火竟然生起來了，肖嘉樹是季神的幸運星啊！」

劉奕耒一會兒看看彈幕，一會兒觀察季冕和肖嘉樹相處時的狀態，臉上的笑容越來越詭異。這兩個人待在一起的樣子真的讓人看起來很舒服，彷彿多大的難事都無法打擊到他們。季冕如此成熟穩重的一個人，竟也會戲弄肖嘉樹，還背著他滿樹林地晃蕩，不僅不覺得累，笑容還那樣燦爛。

觀眾說的很對，只要與肖嘉樹待在一塊，季冕的畫風就完全變了。肖嘉樹不在的時候，他是疏離的；肖嘉樹一來，他馬上就能融入周圍的人群和環境。看向旁人時，他的目光溫和卻也淡漠，看向肖嘉樹則又馬上變得溫暖。

晚上暴雨傾盆，他和肖嘉樹能頂著一片芭蕉葉，饒有興致地聆聽雨聲，觀賞雨景，這是一種什麼樣的狀態？若非最愛的人就在身邊，誰能忍受這種又冷又餓還無處安睡的日子？

他們應該在熱戀吧？

剛想到這裡，劉奕耒就發現一名觀眾發了這樣一條彈幕：「我感覺這期節目應該叫做

《我們戀愛吧》，而不是《荒野冒險家》。肖嘉樹一來，季神就不停發糖，也不怕我們膩著！」

季冕的粉絲很快出來控場，說兩人只是兄弟情，請大家不要亂想，但劉奕耒卻低聲笑起來。兄弟情，這怎麼可能？他拿出手機打了一通電話，絲毫不在意助理猛然瞪大的眼睛。

翌日，肖嘉樹和季冕一起來片場報到，還不忘買早餐給大家。薛淼盯著兒子看了半天，冷聲道：「下次別留下印子，片場人多眼雜，指不定會被亂傳。」

肖嘉樹連忙捂住領口，臉紅紅地答應了。

薛淼又看向季冕，勒令道：「你們既然在一起了，我也就不說什麼了，免得惹你們厭煩，但有件事你們必須答應我，五年之內不准公開這段關係。小樹剛入圈，又是正當紅的時候，如果你們出櫃，他將承受最大的壓力。」

肖嘉樹正要開口，被季冕打斷：「我明白，我不會讓任何人傷害小樹，包括我自己。」

薛淼放心了，狠狠瞪兒子一眼，這才埋頭吃早餐。

沒想到她這輩子也能體會到嫁女兒的心情，真是造孽啊！

由於前一天拍的都是重頭戲，演員的情緒消耗過大，導演決定變相給大家放個假，拍幾場比較簡單的戲分。他把肖嘉樹和劉奕耒叫到身邊說道：「待會兒劉奕耒你先抱著貓站在屋簷下，貓很不老實，總是掙扎，你有些心煩，但這是暹羅人進貢給皇帝的珍貴品種，而皇帝由於寵愛才會賜給你，所以哪怕你再厭煩也得忍著。你的臉上要露出一點強自按捺的表情來，卻又要笑得溫柔和煦，因為你是工於心計的五王爺，你必須維持住自己溫文爾雅，以及不爭名利的假象。」

劉奕耒點頭，又問道：「導演，怎麼才能讓貓掙扎？萬一牠很喜歡讓我抱怎麼辦？」

導演不以為意地擺手，「貓很難伺候，如果你跟牠不熟，牠是不會讓你抱的。萬一牠硬是覺得你很親近，你就悄悄掐牠一下，讓牠掙扎，但是你可千萬不能太用力，這是小張借給劇組的貓，是她的心肝寶貝。」

小張是劇組聘請的造型師，相當熱情。導演原本說要租她的貓，結果她一分錢也沒要。

「這個我當然知道，我很喜歡小動物。」劉奕耒溫和地笑了笑。還別說，他笑起來的樣子與季冕真有幾分相似。

肖嘉樹多看了他一眼，感覺有些怪怪的，他總覺得對方是在模仿季哥。

「肖嘉樹，當貓掙脫劉奕耒的懷抱跳下地時，你就從那頭走過來，臉上雖然帶著笑，眼裡卻有很多愁緒，因為你初封太子，壓力很大。看見向你跑來的貓，你眼裡的愁緒一下就消散了，變成驚喜。要知道，李憲之是一個心腸非常柔軟的人，很喜歡小動物，但女皇為了防止他玩物喪志，從來不允許他豢養。他的內心是非常渴望的，你得把這種渴望表現出來，你蹲下身去逗貓，貓立刻就與你親近起來。」

「明白了，我得想辦法討好一下這位貓主子，讓牠一眼就愛上我是嗎？」肖嘉樹覺得這場戲很有趣，這是他第一次和小動物對戲。

「對，如果貓實在是對你親近不起來，我們其實也可以用特效做一隻，不費事……」

導演話沒說完就被肖嘉樹打斷：「不用，我可以想辦法。用特效做一隻貓效果逼不逼真還得另說，浪費錢卻是肯定的。」

當了兩次製片人的他，對預算這種東西特別敏感，總認為該省的錢還是要省。

導演對他的表態大為滿意，用力拍了他一下，「好小子，我就喜歡你這股爽快勁兒！等會兒你去小張那裡看看貓，抓緊時間和牠熟悉起來！」

「好的。」肖嘉樹乖乖點頭。

導演看向劉奕未，繼續道：「看見一直很抗拒自己的貓轉眼就和李憲之親密起來，你妒火中燒，面上卻笑得非常溫和。注意了，我在這裡會給你的眼睛拍一個特寫，你眼裡的情緒要非常隱晦也非常冰冷，看那隻貓就像看死物一樣。你假裝要把貓送給李憲之，等李憲之拒絕並離開後，你就命人把貓勒死。在這裡，我們還要給你的眼睛拍一個特寫，你注意醞釀一下情緒，要非常陰毒的那種。」

「我明白。」劉奕未微微一笑。

「那好，等一下就這樣拍，你們好好表現。」導演對兩人的演技還是非常放心的。

劉奕未坐在休息棚裡背臺詞，肖嘉樹則一直圍著那隻暹羅貓打轉，表情非常垂涎。當季冕朝他走過去的時候，劉奕未默念臺詞的嘴唇忽然不動了，目光若有若無地掃向兩人。

他的助理假裝遞保溫杯給他，實則附在他耳邊說道：「劉哥，他倆真是那種關係啊？」

沒發現的時候只覺得平常，一旦發現了，這兩個人簡直渾身上下都流淌著溫情和曖昧。肖嘉樹捏著一枝羽毛筆逗貓，季冕就蹲在旁邊凝視他，眼裡滿是笑意和寵溺。不知道想到什麼，他忽然摸了摸肖嘉樹的腦袋，張口說了一句話。

助理聽不見他說些什麼，卻能看見他格外溫柔的表情。

「不然我們也養一隻貓？」劉奕耒曾經當過很長一段時間的配音演員，低聲將季冕的話還原出來。

助理驚訝道：「這是已經同居了？」

要不然一起養貓幹嘛？

劉奕耒搖搖頭，眼波流轉。

十分鐘後，導演問肖嘉樹和劉奕耒準備好了沒有，見他們點頭才開始拍攝。兩人都是實力派，一上場就進入狀態。劉奕耒原本還打算暗中掐一掐那隻貓，讓牠掙扎起來，卻沒料剛上手，貓就發怒了，喉頭呼哧呼哧地吐著氣，連毛都炸了。

劉奕耒心下一驚，馬上就丟開手，卻見貓徑直朝肖嘉樹跑去，繞著他轉了兩圈，呼哧的吐氣聲變成了討好的喵喵叫。肖嘉樹蹲下身撫摸牠，牠便把腦袋湊進肖嘉樹掌心，主動磨蹭兩下，還伸出舌頭舔對方的手指，模樣相當溫順。

劉奕耒丟開貓只是下意識的反應，並沒有多餘的想法，但看見這一幕，他終於體會到了李憲辰的感覺。同樣是演員，一個是前輩，一個只是新人，自己需要努力往上爬才有今日，肖嘉樹卻能輕而易舉得到很多頂級資源，甚至連貓都會區別對待他們。

這個世界到底怎麼了？為何如此不公平？

由於是在拍戲，劉奕耒可以不用壓抑自己的感情，把對肖嘉樹的嫉恨完全展露在面上。他溫和的眼神此時已變得晦暗不明，令人寒毛直豎的恨意在漆黑的瞳仁中凝聚。

導演盯著螢幕頻頻點頭。沒錯，他要的就是這個眼神，劉奕耒今天的表演很有爆發力。

季冕不知何時站在了導演身後，目光微冷。

場中的兩人還在繼續演對手戲，劉奕耒主動提出把貓送給肖嘉樹，肖嘉樹想到嚴厲的母親，不得不忍痛拒絕。當他離開後，劉奕耒指著那隻貓對貼身太監說道：「勒死牠。」語氣那般稀鬆平常，彷彿在與旁人聊天一般。

貼身太監猶豫了一瞬，這才去抓貓。鏡頭從他和貓的身上移開，轉去拍攝劉奕耒的臉部特寫。為了尋求逼真的效果，場外有人把事先錄好的貓的慘叫聲播放出來。

劉奕耒垂眸，直勾勾地盯著自己左下方的位置，好像太監果真跪在那裡殺貓，眼神由嫉恨慢慢變成陰毒。這個時候，他扮演的李憲辰其實已經對李憲之起了殺心……

「卡！」導演舉起大喇叭喊道：「這條演得不錯，你倆過來看看重播！」

肖嘉樹和劉奕耒立刻跑過去，一個笑得傻乎乎的，一個不斷揉著眉心，似乎在努力擺脫掉角色對自己的影響。有一位旁觀的演員低聲說道：「沒想到劉奕耒的演技也這麼好，他剛才那個陰毒的眼神太嚇人了，從螢幕裡看，我的汗毛都豎起來了。」

季冕轉頭看了那名演員一眼，表情莫測。

真的只是演戲嗎？他不這樣認為。

他雖然只能讀取討厭或親近的人的想法，但關鍵時刻卻也可以自由支配這種能力。如果他迫切地想要看透一個不遠不近的人，他只需要做一件事，努力讓自己喜歡他，或者努力讓自己討厭他。

喜歡一個人很難，討厭一個人卻很容易，尤其這個人剛才還對小樹露出了那種陰毒的眼神，如何能叫季冕不在意？他閉上眼睛反覆回想剛才那場戲，再睜眼時表情變得冰冷。

他走到小樹身邊，輕輕拍了拍他的肩膀，眸光柔軟了一瞬。他說過一定會好好保護這個人，所以哪怕動用那堪比魔鬼的力量，也不會產生任何心理負擔。

這場戲演得很好，導演對小貓的表現尤其滿意，調侃道：「你看看，你倆的演技加起來還比不上一隻貓。人家說炸毛就炸毛，說順毛就順毛，像按了開關一樣。」

造型師小張笑嘻嘻地解釋：「導演，你這就不知道了吧？肖嘉樹拍戲之前把我帶來的貓糧壓碎一粒塗在掌心，我家胖胖一聞見味兒就衝他去了。」

導演恍然大悟，拍掌道：「難怪呢……對，好演員就該像肖嘉樹這樣，既要有演技，還要懂得動腦子。你們這些人都給我好好學學，別總是拿著劇本傻背，把臺詞背得再熟，對你們的演技能提高嗎？你們得多看多練多想！」

圍在周圍的年輕演員紛紛點頭，一副受教的模樣。

其實真要說起來，他們和肖嘉樹的出道時間都差不多，有些人甚至比肖嘉樹出道早，算得上是他的前輩。在開拍之前，他們大多對肖嘉樹有些不以為然，認為他只是一個靠家世背景才混出頭的富二代，但觀摩過昨天那幾場重頭戲後，他們已經心服口服了。

肖嘉樹和薛淼的演技只能用兩個字來形容，那就是炸裂。

所有的愛恨情仇在他們的演繹之下都炸開了，把悲涼、哀傷、絕望等不堪負重的情緒盡數甩給周圍的人。導演一直強調演員的演技要具有渲染力，他們一直不明白這個抽象的詞到底是什麼意思，那時忽然弄懂了，把自己的感情通過精湛的演技傳遞給別人，這就叫做渲染力。說起來似乎很容易，但真要做到卻太難太難。

如今導演拿肖嘉樹來教育他們，他們不僅沒覺得不對，還十分贊同地點了點頭。

劉奕耒拍拍肖嘉樹的肩膀，笑道：「還是你有辦法。我剛才還擔心小貓不配合，咱們今天要吃很多ＮＧ呢。」

肖嘉樹擺擺手，表情有些靦腆。

不就是逗一逗貓嗎？這真的沒什麼大不了。

兩人說話時，季冕全程繃著臉，不知在想些什麼，臨到午休居然把小樹支走，將劉奕耒叫到僻靜的角落聊天。

「季老師，您找我有什麼事？」劉奕耒從褲兜裡摸出一包香菸，語氣溫和有禮，「季老師，您抽根菸。」為了模仿得更加到位，他曾認真研究過季冕，自然知道對方菸癮很大。

「我已經戒菸了。」季冕擺手道：「劉奕耒，你似乎很討厭小樹，你倆有什麼過節嗎？」

有了讀心能力，他可以通過一句誘導式的問話把劉奕耒的所有隱祕挖出來，而不再需要他的回答。嘴巴能騙人，思想卻不會。

一瞬間，劉奕耒想到很多往事，卻張口道：「怎麼會？我很欣賞肖嘉樹，與他合作得也非常愉快。季老師，您為什麼會這樣問？」

「是嗎？」季冕點點頭，又問：「你這輩子曾做過什麼特別虧心的事嗎？」

劉奕耒不自覺地想到很多事，溫和的表情差點維持不住，好在他非常善於偽裝自己，懵懂道：「季老師，我不明白您在說什麼。」

季冕得到想要的答案，語氣漫不經心道：「不明白就算了，我只是隨便問問。」

等他走遠，劉奕耒才冷下臉，低不可聞地道：「媽的，沒想到季冕竟然是個神經病！」

第七章

# 不是一家人，不進一家門

季冕回到休息室後，修長郁已經帶著豐盛的午餐前來探班了。鬍子沒刮，頭髮沒梳，再加上一夜宿醉，看起來相當憔悴。肖嘉樹擰了條濕毛巾讓他擦臉，還當他昨天喝酒喝多了，並未多想，季冕卻明白他在痛苦些什麼。

二十多年的時光裡，一次又一次被深愛的人拒絕，一次又一次被她狠狠推開，那種感覺很不好受。如果換成季冕來追逐這份感情，他都沒有把握能堅持到現在。

「修叔，你跟我出來一下，我有事和你談。」他沉聲道。

修長郁把飯菜端到桌上，又遞筷子給薛淼和肖嘉樹，這才走出去，「什麼事啊？」

「修叔，你找人查一查劉奕耒的家庭背景，動作一定要快。這對你，對薛姨，甚至對小樹，都很重要。」

聽說事關薛淼和小樹，修長郁緊張起來，拿出手機撥打了好幾通電話。

他這邊剛結束通話，助理就火急火燎地打過來，張口便道：「修總，不好了，薛姊離婚的消息被人惡意炒作，還有一大批水軍在背後引導輿論，我們公關部之前一點消息都沒收到，現在想壓都壓不下去了。」

「公關部立刻召開會議商議對策，我等一下就回去。」修長郁眉頭緊鎖，表情駭人。他原本想找個合適的機會放出淼淼已經離婚的消息，為她塑造一個自強自立的正面形象，而肖定邦那邊也同意了，一直把消息壓得死死的，怎麼會一夜之間被人爆出來？

「是劉奕耒？」修長郁試探道。

季冕絕不是無的放矢的人，他忽然之間讓自己去查劉奕耒，這人肯定有問題。

「沒錯，我也是剛剛才知道的。」

「先別告訴淼淼，我來想辦法。」修長郁發了幾條簡訊給底下的人，讓他們盡快去查劉奕耒的家庭背景。

季冕也在發簡訊，表情有些陰沉。

過了幾分鐘，兩人各自做好安排，這才走回休息室，卻見薛淼面沉如水地盯著手機，肖嘉樹氣得臉都紅了，正用力戳著鍵盤，似乎想發表博文。

「寶寶，現在什麼都不用說，這件事我和修叔會解決。」季冕及時握住他的手腕。

肖嘉樹滿腔衝動瞬間消失了，放下手機，眼眶紅紅地點頭。他總是相信季哥的，季哥讓他怎麼做他就怎麼做，錯不了。

「網路上那些言論太過分了，我媽不是第三者，真的。我媽認識我爸的時候，我哥的媽媽已經過世半年多了。」他委屈巴巴地開口。

「媽是什麼樣的人我當然知道。」季冕揉揉他腦袋低語：「別擔心，我和修叔心裡有數，你只管好好拍戲，別的不用想。」

「好。」肖嘉樹轉頭去看母親，發現修叔已經把她帶到隔壁去了，似乎有話要談，只能快快不樂地扎進季哥懷裡求安慰。

季冕緊緊抱著他，輕輕吻他的額頭，眼眸深不見底。只有在這個時候，他才會慶幸自己擁有如此獨特的能力。

網路上的言論已經爆炸了。薛淼嫁入豪門的消息本來就是上年度的大新聞，女星與富豪如果聯繫在一起，帶給旁人的觀感總是不太好的，她們會被打上許多標籤，譬如拜金、虛榮或出賣身體等等。

若是他們能一直幸福地生活下去，旁人頂多酸幾句，不會造成多大的負面影響，而他們一旦離婚，並且與「第三者插足」扯上一星半點的關係，輿論簡直是一面倒地對女星口誅筆伐，甚至惡意嘲笑她們如今的遭遇。

薛淼的風評一直很好，這也導致了她名聲被汙後，大眾的反應會比任何時候都激烈。為她抗爭的粉絲很多，絕大部分人卻採取落井下石的態度，一個勁兒深挖她所謂的「黑料」。

某個影響力非常大的媒體忽然爆出她已經離婚的消息，緊接著又說她當年是第三者，不但破壞了肖啟傑原本的幸福家庭，還害得原配鬱鬱而終，說得有鼻子有眼，並且貼了好幾張老舊的照片，照片裡肖啟傑與一個女人親密地摟在一起，時間是在二十多年前肖定邦的母親還未過世的時候。

這個消息剛爆出來，又有一家媒體說薛淼和肖啟傑之所以離婚是因為她在外面偷人。她離婚後什麼財產都沒分到就是最好的證據，肖嘉樹也被她帶出肖家單過，這是不是證明肖嘉樹與肖啟傑其實並不是父子關係？他是薛淼和別人在外面生的野種？

這些猜測非常噁心，無奈大眾愛聽，於是傳來傳去竟成了真的一樣。薛淼和肖嘉樹的微博幾乎瞬間就被心懷惡意的網友攻陷了，他們嘲笑薛淼汲汲營營半輩子卻什麼都沒撈著，又嘲笑肖嘉樹是個父不詳的野種，還有臉打著肖家的旗號在外面混。

輿論越演越烈，完全失控了。

民眾對醜聞的興趣總是最高的，他們樂於挖掘別人的不幸，並把它當成談資大肆散播。薛淼都快氣瘋了，無奈之下只能聯絡肖啟傑幫自己澄清。她是不是第三者，是不是偷人才淨身出戶，小樹是誰的親生兒子，這些別人不知道，難道肖啟傑也不知道嗎？就算不為了自己，只為小樹著想，他也不該袖手旁觀。

薛淼電話還沒打通，修長郁就拿著一份文件走進來，表情很凝重，「淼淼，在看這些東西之前，我希望妳能保持冷靜。」

「這是什麼？」薛淼的聲音有些乾澀。

「我也說不清楚，妳看了就知道。」修長郁輕輕把文件推到她面前，再次重申，「妳一定要冷靜，小樹還在外面，別讓他擔心好嗎？」

「好，我不會讓他擔心的。」薛淼想起兒子就增添了無限勇氣，把這個預示著不祥的文件打開，認真翻看……起初她看得很慢，表情也很平靜，越到後面臉孔就越扭曲，厚厚的文件被她翻得嘩啦作響，幾張照片甩出來，掉落在地上，又被她僵硬地撿回去。

她拿著照片看了很久，久到彷彿時間都凝固了才長長吐出一口氣，「原來是這樣。」她低笑起來，眼裡卻噙著淚水，「原來我從頭到尾就是個笑話，我的感情果然和那份婚前財產協議書一樣，一文不值！」

「淼淼，妳別哭。」修長郁走到她身邊坐下，小心翼翼地攬住她的肩膀，「妳千萬別看低自己。對我來說，妳就是世界上最珍貴的，我願意拿我的一切去交換。妳的生活當中除了肖啟傑還有很多人，他們都很愛妳，也很在乎妳，對他們而言，妳一定是最重要的。」

「長郁，謝謝你的安慰，但我知道，我並沒有你說得那樣好，我完全沒想到我竟然會活成現在這個模樣，太失敗了，真的太失敗了！」薛淼靠在修長郁肩頭，紅著眼眶說道。她始終沒哭出來，因為肖啟傑已經不配得到她的一滴眼淚。她不會被打垮的，永遠都不會。

「我打個電話給肖啟傑，讓他配合我們先把輿論壓下去。」薛淼迅速振作起來，繼續撥打電話，卻聽小樹在外面驚呼：「爸、大哥，你們怎麼來了？」這可真是說曹操曹操就到。

肖啟傑的臉對大多數人來說都是陌生的，肖定邦的知名度卻絲毫不比一線男星差，他身材高大，長相俊美，氣質卓絕，又長年出現在各種財經雜誌的封面上，自然走到哪兒都是眾人矚目的焦點。

當他和肖啟傑踏入片場時，導演愣了好一會兒才不敢置信地迎上去，拘謹道：「肖先生，您是來看薛淼和肖嘉樹吧？他們的休息室在那邊，我帶您過去。」

不遠處有幾位演員正探頭探腦地往這邊看，又不時打開手機翻閱，然後交頭接耳。很明顯，他們已經發現了網路上瘋傳的薛淼的醜聞，還以為肖啟傑和肖定邦是為了這事來的。兩人的表情都很凝重，周身還縈繞著一股陰鬱的氣息，一看就是在隱忍怒火，可見那些傳聞十有八九是真的。

這下薛淼可慘了，復出之路還未翻紅就已經糊了，以後的日子難過啊！還有肖嘉樹，往後再想拿到頂級資源怕是不能了，肖啟傑和肖定邦心再大也容不下一個父不詳的野種。

肖家父子的到來讓眾人腦補了很多，有人想看熱鬧，有人想聽八卦，還有人暗自幸災樂禍。若非兩人氣場太過強大，臉色又十分難看，恐怕早就被圍觀了。

導演戰戰兢兢地朝薛淼的休息室走去，心裡不停打鼓。如果網路上的消息都是真的，他這部電影沒準兒也拍不成了。啟用一個負面新聞纏身的藝人就要做好電影被觀眾抵制的心理準備，但製片方又不是傻子，誰願意白白承擔這個風險？

重頭戲都快拍完才換角，這叫什麼事兒？導演越想越覺得頭疼，正想壯著膽子探一探肖家父子的口風，卻見劉奕耒大步走過來，笑容爽朗，「肖叔叔、肖大哥，你們怎麼來了？」

他一臉的驚喜和懵懂，彷彿真的不知道兩人為何前來。

肖定邦對他略一點頭，態度冷淡，肖啟傑卻硬生生擠出笑容，關懷道：「小耒，在劇組裡待得還習慣嗎？等會兒有時間一起去吃個飯。」

劉奕耒怎麼會認識肖家父子？看起來關係還很親密？導演看向劉奕耒的目光完全變了。

劉奕耒恍若未覺，微笑道：「好的，我很久沒見到肖叔叔了，怪想您的。你們是來看薛姨和肖嘉樹的吧？」

肖啟傑溫和的表情很快就冷硬下來，忍了又忍才按捺住火氣，點頭道：「沒錯，我們還有事，先走了，等一下再跟你聯絡。」

「好的，肖叔叔慢走，肖大哥慢走。」劉奕耒目送他們離開，表情變得詭譎起來。

肖嘉樹完全沒想到新聞剛爆出來，父親和大哥就到了，頓時嚇得手足無措。他臉色慘白地迎到門口，剛打了一聲招呼，還沒來得及說話，肖啟傑就狠狠一巴掌扇過去，卻被季冕及時握住手腕。

兩人互相打量彼此，氣氛非常僵硬。

肖定邦沉聲道：「有話進去說吧，別讓外人看了笑話。」

導演脊背一涼，連忙縮著脖子溜走了，心裡卻更加篤信那個傳言。如果肖嘉樹真是肖啟傑的親兒子，對方能一來就動手打人？當了二十年的烏龜王八，本身又是那樣一個有頭有臉的人物，誰受得了這窩囊氣啊！

見導演從休息室裡出來了，有人馬上圍上去打聽八卦，導演既不否認也不承認，只擺擺手把人攆走，但沉默的態度說明一切。

糊了糊了，薛淼和肖嘉樹這對母子看來真要糊了！

「肖先生，有話好好說，別一來就動手。」季冕不卑不亢地說道。

「我沒話跟你說！」肖啟傑收回手，怒視兒子，「這戲別拍了，你收拾東西跟我回家！我早就跟你媽說過，娛樂圈的人沒幾個好東西，你才在圈裡混了多久，竟然就與男人搞上了，我的臉都快被你丟光了……」

發現父親不是為那些醜聞來的，而是為自己的性向，肖嘉樹更緊張了，本想躲到季哥身後，看見他們恨不得吃了季哥的表情，又連忙擋在他身前，鼓起勇氣齜牙，像一隻捍衛自己領地的小獅子。

今天誰也甭想把他帶走，更不能欺負季哥！

誰要是敢碰季哥一根汗毛，他就跟他們拚了！

表情略顯凝重的季冕忽然咳了咳，差點笑出聲來。

他從背後摟住小樹，眸光溫柔得不可思議。

肖啟傑和肖定邦的臉色更加難看，正想把兩人分開，卻見薛淼拿著一份文件從隔壁走出來，嘴角掛著冰冷的笑意，「你們來了？坐吧。」她頷首示意，自顧落座後豎起兩根手指。

修長郁隨即拿出一根香菸，點燃後放在她指間。薛淼也不說話，垂眸吸了兩口菸，表情非常平靜。沒有一顆強大的心臟真的很難在娛樂圈混下去，她紅了那麼多年，什麼牛鬼蛇神沒見過，真要為了肖啟傑哭天喊地，一蹶不振，連她自己都會看不起自己。

她撣掉菸灰道：「你們是為什麼事來的？網路上的醜聞，還是小樹和季冕的關係？」

「網路上什麼醜聞？」肖定邦沉聲道。

「看來是為了小樹。」薛淼輕聲笑了笑，豔豔紅唇叼著明黃菸嘴，慵懶而又漫不經心的姿態十分迷人。肖啟傑近乎貪婪地看了她一眼，這才拿出手機翻閱新聞，本就難看的臉色竟越來越蒼白。

「我和你剛開始相戀的時候，總有人在背後指著我，罵我是小三，不得好死。你把我帶回家，你家裡人從不接納我，都認為是我破壞了你和洪穎的婚姻，也是我害得她早死，任由我怎麼解釋都不聽。我以為那是他們對娛樂圈的人誤解太深才會始終對我心存偏見，我好好表現，恪守本分也就是了。華國不是有一句老話叫『日久見人心』嗎？我薛淼是什麼樣的人，現在他們不了解，日子長了自然就知道了。但我努力了二十年，除了定邦，誰也沒對我改觀哪怕一點點，我一直以為是因為你們肖家人心太硬，卻原來不是。」

薛淼拿出手機，點開一家爆料媒體的網頁，指著那幾張舊照片問道：「你能告訴我，這張照片裡的女人是誰嗎？」照片是在某個摩天大樓前拍攝的，該大樓在華國非常有名，卻在多年前因為大火被燒毀，而那一年正是洪穎，也就是肖定邦的母親過世前的一年。

肖啟傑許久沒說話，肖定邦猛然轉過頭看他，沉聲道：「這個女人不是薛姨？」從身形和穿著上看，他一直以為那是薛姨。

肖嘉樹左右看看，一臉懵逼。

這都什麼跟什麼啊？這張照片不是媒體捏造的嗎？為什麼母親會逼問父親？

季冕揉揉戀人的腦袋，低聲道：「不然我們先出去，讓你爸和你媽單獨談談？」

「對，小樹，你先出去，定邦、長郁，你們都出去。」肖啟傑的聲音像冰封之後剛解凍一般，透著一股僵硬的感覺。

「我不出去，我有權利知道這些事。」肖嘉樹緩緩搖頭。他有預感，這件事恐怕會對，不，或許已經對母親造成了巨大的傷害，所以他一定要留下來支持母親。

薛淼看了兒子一眼，心臟鈍痛。她後悔曾經的選擇，可因為兒子的存在，卻又覺得所有傷害都沒什麼大不了了。

連肖嘉樹都不願出去，更何況肖定邦？他盯著照片看了好一會兒，繼續追問：「爸，這個女人到底是誰？」這個問題他今天一定要搞清楚。

肖啟傑抿唇不語，看向薛淼的眼裡帶著乞求。

薛淼冷笑道：「小樹和季冕談戀愛的消息是誰告訴你們的？是陳田？」她看向肖定邦，語氣微嘲，「定邦，你恐怕不知道吧，照片裡的女人就是陳曼妮，你爸當年的出軌對象。」而陳田正是陳曼妮的親弟弟，肖啟傑重用了多年的特別助理。

陳曼妮是華國有名的鋼琴家，也是肖啟傑的好友劉廣的妻子。由於投資失敗，劉廣無法承擔巨額債務，跳樓自殺了，留下一個遺腹子就是劉奕耒。肖啟傑多年來一直悉心照顧母子倆，這是大家都知道的事，也並不會往別處想，畢竟兩人的來往都是光明正大的，公眾場合從不見曖昧。

就連肖定邦都被肖啟傑時時叮囑，一定要好好照顧劉奕耒，他們孤兒寡母的不容易。劉奕耒能混到如今這個地位，還能還清劉廣欠下的巨額債務，少不了肖定邦的照拂。他一直以為這人是世叔的兒子，卻原來……

肖定邦直勾勾地盯著父親，沉聲道：「爸，薛姨說的都是真的嗎？」

肖啟傑搖搖頭，正準備否認，薛淼已經把文件拋出來，照片散了一地，全是肖啟傑和陳曼妮的親密合照。有在海外度假的，也有在飯店過夜的，張張清晰可辨。兩人當時還年輕，長相也登對，不知情的人見了，還以為他們是多麼恩愛的一對夫妻。

可那時肖定邦的母親還在重病之中煎熬，也曾一次又一次乞求丈夫能回心轉意。只要給她一點點希望，她就能活下去，可她等不來丈夫，到底還是放棄了。

肖啟傑渾身僵硬地盯著這些照片，腦袋裡一片空白。死死捂了那麼多年的祕密終於被發現，他現在的感覺和遭受凌遲的死刑犯沒有任何區別。他抬起頭，眼眶通紅地看著薛淼，有千言萬語想說，卻都堵在喉頭說不出來。

肖嘉樹撿起一張照片仔細查看，滿臉都是不敢置信。

季冕把他摟進懷裡輕輕拍撫，唇間溢出一聲嘆息。

薛淼的心徹底死了，甚至還有閒心抽兩口菸。

她再次撣了撣菸灰，淡然道：「定邦，和你爸出軌的女人一直是陳曼妮，不是我。我真他媽的傻，以為大家都誤會我了，只要我好好當你們肖家的媳婦，好好做你的母親，早晚有一天能得到大家的理解。肖啟傑出軌的事你們全家都清楚吧？但他瞞得很好，你們一直不知道那個人是誰，後來他腦子一熱，和我結婚了，我就理所當然地為陳曼妮背了黑鍋。當年我不斷向你們解釋我不是第三者，你們大概都在心裡鄙視我吧？認為我是當了婊子還給自己立牌坊？我他媽要真是婊子，我能有今天？我的兒子被人綁架的時候，肖啟傑在聽陳曼妮的演奏會，手機調了靜音，好幾個小時聯絡不到人！我的兒子在國外高燒不退的時候，肖啟傑在陪劉奕耒過生日，一家三口笑得多開心！」

她把燃燒的菸蒂杵在其中一張照片上，照片裡的肖啟傑摟著劉奕耒和陳曼妮母子倆，笑得溫柔和藹。他們面前的桌上擺放著一個精美的生日蛋糕，蛋糕上插著十四歲字樣的蠟燭，而劉奕耒的生日是在九月二十一日。那一天，才十歲的肖嘉樹剛到美國適應不了環境，接連發了三天高燒，薛淼坐十幾個小時的飛機趕去美國探望兒子，臨行前問肖啟傑去不去，他說公司有重要的事離不開。

她在兒子的病床前哭了很久很久，記憶深刻到這輩子都忘不了。她以為是自己做得不夠好，丈夫才會那樣冷漠，繼子才會那樣無情，可到頭來她只是在為別人背負罪孽而已，她唯一做錯的只有兩件事，一是看走了眼，二是嫁錯了人。

菸蒂把照片燒得滋滋作響，就彷彿直接在肖啟傑的心頭按下一塊烙鐵。他艱難地調整著呼吸，解釋道：「淼淼，我真的不知道小樹病得那樣重。我問過陳田，他說沒什麼大事，就有點咳嗽而已。我……」

看見兒子受傷的目光，他忽然什麼話都說不出來了。

是啊，陳田是陳曼妮的親弟弟，他怎麼可能會好好照顧小樹？

「淼淼，我當年對妳一見鍾情，立刻就和陳曼妮分手了！有了妳，我的私生活一直很乾淨，妳要相信我！」肖啟傑看見鋪了滿桌的照片，有二十年前的，也有近期的，漸漸就失聲了。這話說出來連他自己都有些不敢相信，更何況旁人？

可是，他真的愛薛淼，愛得不顧一切。

要不是擔心陳曼妮把他們之間的事告訴薛淼，叫她反感甚至遠離他，他不會一直照顧陳曼妮母子倆這麼多年，他也是為了守護自己的家庭才會那樣做。

然而，現在看見心如死灰的前妻和震驚失望的兩個兒子，他才恍然明白自己到底犯了怎樣的大錯。得知兒子和一個男人搞上了，他先是勃然大怒，繼而又想自己是不是可以抓住這個機會與淼淼和好如初。只要他把兒子的事處理好，淼淼一定會原諒他，也一定會為了兒子的教育問題安心留在家裡，不再涉足娛樂圈。

只是，他萬萬沒想到，媒體的爆料竟然能把他費心遮掩了二十多年的祕密牽扯出來，讓他陷入如此難堪而又絕望的境地。他只是太愛薛淼，所以才會受制於陳曼妮。

他不是傻瓜，很快就能想明白這些所謂的黑料到底是誰發給媒體的。

「淼淼，對不起！」除了這句話，肖啟傑不知道自己還能說些什麼。

「你最對不起的人不是我和小樹，是洪穎和定邦。」薛淼看向肖定邦，終於溫和地笑了起來，「定邦，在誤會我害死了你媽的前提下，你還能與我冰釋前嫌，還能悉心照顧小樹，阿姨應該感謝你，你一直是個稱職的好大哥。」

肖定邦擺擺手，目光暗沉。

他還在消化這些事，心裡五味雜陳，難以言表。

要不是小樹因為他被綁架，他現在恐怕還深恨薛姨，卻原來薛姨一直是無辜的，小樹更是遭遇了那麼多年的冷暴力。在肖家，沒人能理解他們母子倆，而他的外家洪家更是提起他們就殺氣騰騰。若非他一直攔著，洪家早就對他們出手了。

反觀陳曼妮和劉奕耒，得到了最好的照顧，甚至利用肖家和洪家的人脈一舉還清幾億的欠款，還分別在藝術界和娛樂圈混得風生水起……

想到這裡，肖定邦真想拽住肖啟傑的衣領，好好問問他到底還有沒有心。

薛淼一點也不介意了，輕笑道：「幸好我有先見之明，和你離了婚，不然現在還被蒙在鼓裡。肖啟傑，遇上你算我倒楣，反正我倆婚也離了，以後各走各的路吧。小樹和季冕的事是徵得我同意的，你沒資格管。你要管就去管陳曼妮和劉奕耒，這次的事如果是他們做的，我會讓他們身敗名裂，你趕緊回去找人幫他們公關，不然就來不及了。」

肖啟傑哪裡還顧得上劉奕耒母子倆，恨不得給薛淼跪下了。他寧願薛淼恨他，也不願她做出一副什麼都不在乎的模樣。他正準備去拉薛淼的手，卻被修長郁拽住領帶拖到隔壁，狠狠揍了一頓。

肖嘉樹捏著父親和陳曼妮母子倆的照片流眼淚，心裡難過極了。對父親來說，自己和母親才是外人吧？那個家，他再也不想回去了。

季冕不斷地替他擦淚，柔聲道：「別難過，你要是難過了，媽只會更難過，她現在很需要你的安慰。」

想到母親，肖嘉樹立刻堅強起來，胡亂抹掉眼淚，把薛淼抱進懷裡拍撫，「媽，沒事的，您還有我呢，我以後會好好照顧您的。我讓季哥買一棟大別墅，我們一家搬到一起住，養一群貓一群狗，白天您忙著拍戲，晚上就回家擼狗吸貓，日子過得不知道多充實。您一點也不顯老，以後還可以找一個帥大叔結婚。您不是問我同不同意您二婚嗎？我同意，只要那個人像我一樣愛您，我舉雙手雙腳同意。」

薛淼被兒子的話弄得哭笑不得，揉著他腦袋說道：「為什麼不是你自己買大別墅給我住，要讓季冕買？你真當自己是小媳婦啦？」

肖嘉樹啞然。

這個問題他還真沒想過，季哥是他的戀人，他依賴他不是理所當然的嗎？

季冕低聲笑起來，若非場合不對，真想把小樹抱進懷裡吻個夠。

看見溫情脈脈的三人，肖定邦感覺自己是多餘的那個，無論怎樣都插不進去。可是，那是他的家人啊，哪怕嘴上不說，他也早就接納了薛姨和小樹。若不是小樹遭遇了綁架，而薛姨自始至終未曾責怪過他，他恐怕到現在還恨著他們吧？父親到底是怎麼想的？為什麼要讓他們背負這一切？

巨大的愧疚感堵在心頭，讓他呼吸困難。他原本是來帶小樹回家的，還準備勒令他和季冕分手，現在他似乎已經失去了管教小樹的資格。不，應該說整個肖家，包括父親，都已經沒有權利去過問薛姨和小樹的事了。

想到這裡，他走到隔壁，淡淡地道：「修叔，別打了，我們還要趕三點鐘的飛機。」

若非礙於孝道，他也想為母親狠狠揍父親幾拳。

「老子從來沒見過你比更無恥的人，肖啟傑，以後不准你接近淼淼和小樹，不然我見你一次打你一次！」修長郁這才罷手。

肖啟傑整理好凌亂的西裝，啞聲道：「小樹是我兒子，你憑什麼不准我見他？」

「這麼多年來，你照顧過小樹嗎？你對劉奕耒的付出恐怕都比小樹多吧？你還讓陳曼妮的弟弟代替你去照顧小樹，你腦子到底是怎麼想的？小樹沒被他們害死都算萬幸了！對了，當年那起綁架案你仔細調查過沒有？該不會是陳田和陳曼妮裡應外合幹的吧？」修長郁只是隨口一說，肖啟傑卻渾身都僵硬了。

肖定邦眼底劃過一抹戾氣，到底沒說什麼，催促道：「父親，該走了。」

以往他都是叫爸，這次卻叫不出口了。

肖啟傑失魂落魄地走到外面，看見肖嘉樹和季冕，立刻道：「你們給我馬上分手！」

「父親，您現在還有資格管小樹嗎？」肖定邦嗓音略冷。

薛淼直接炸了，「肖啟傑，你他媽趕緊給我滾蛋，別來小樹面前擺你當爹的威風，你根本不配！再鬧下去，信不信我登報斷絕你和小樹的父子關係？」

肖啟傑知道薛淼不是那種光說不做的人，她要是狠起來可以心硬如鐵，所以他才那麼害怕她知道自己和陳曼妮的事，但終究還是紙包不住火，他原本以為輕鬆便能挽回的家庭，如今已永遠失去了。

他眼裡忽然湧出許多淚水，乞求地看了薛淼一眼，又看了看小樹，卻見他們一個冰冷回視，一個垂頭躲避，都不願再搭理他了。

「我走了。」肖啟傑一瞬間蒼老了很多，卑微道：「淼淼，小樹永遠是我的兒子，妳也永遠是我的妻子。我真的很愛你們，真的，我只是太害怕失去你們才會一錯再錯。」

「滾吧，別說廢話！」薛淼舉起兩根手指，修長郁趕緊遞上一根香菸。她垂眸點菸，神態極其淡漠。

面對冰冷的她，肖啟傑不知道該說些什麼才好了，想要伸手去撫摸兒子的頭，卻被他躲開，只能苦笑搖頭。

父子倆來也匆匆去也匆匆，只留下一地的照片。

薛淼踩住其中一張合照，冷聲道：「發微博澄清吧，這個鍋老娘不背了！」

肖嘉樹記得很小的時候，父親其實是非常愛他的，經常會帶他出去玩，也會把他抱在懷裡輕輕拍撫，讓他安睡，但所有美好的記憶在十歲那年戛然而止，再回到家時，父親竟一直未曾看過他一眼，又過了一陣子便把他送到國外去了。

從此以後，他的生活中就只有母親，沒有父親，一切瑣事都由助理解決，而那個助理很久才會聯絡他一次，對他的現狀也不關心，他只需知道他還活著就夠了。

後來哥哥也派來一名助理，肖嘉樹的生活才漸漸有了起色。他開始適應國外的一切，心想自己一定要好好讀書，考上頂級學府，風風光光地回國去，讓父親好好看看他其實也可以做一個讓他驕傲的兒子。

到頭來他得到了什麼？母親又得到了什麼？

肖嘉樹很少會怨憎一個人，現在他壓抑不住自己的負面情緒。他把肖定邦送到門外，看都不看肖啟傑一眼，「大哥，你是我一輩子的大哥。」他用力擁抱對方，眼眶濕潤了。

「嗯。」肖定邦溫柔地撫摸他的頭，嗓音低沉，「小樹，好好照顧自己，有空了回來看看大哥。不管遇見多大多難的事，只管來找我，什麼都不用怕。有我一日，就有你和薛姨一日，你們永遠都是我的親人。」

肖嘉樹連連點頭，然後把腦袋埋在大哥肩膀上，借他的西裝外套悄悄蹭掉眼淚。

肖定邦垂眸看他，終是輕快地笑起來，他的弟弟還是那麼可愛。誰也不知道，當他降生的時候，薛姨把白白小小的他放進他懷裡，他當時的心情有多複雜。幾乎一瞬間，他就喜歡上了這個嬌嫩得不可思議的孩子，卻又礙於死去的母親不敢靠近。他努力把他當作陌生人，可他總會邁開肥肥短短的小腿，跟在他屁股後面跑，用奶聲奶氣的嗓音甜甜地叫著哥哥。

他的心都快被他融化了，多想把他抱起來親一親，讓他露出無憂無慮的笑容，可是他不能，他忘不了母親死時慘白的臉，更忘不了她無論如何都合不上的眼睛，於是他差點就把他弄丟了，當他遍體鱗傷地被警察送回來，那一刻他才知道什麼叫做後悔，可後悔恰恰是世上最無用的東西，錯過就是錯過，永遠都找不回來。

如果時光能夠倒回，他一定會好好陪他長大，將小小的他抱起來，揉揉他滿頭的黑髮，吻一吻他通紅的臉蛋，告訴他：「哥哥在這裡，哥哥愛你。」

時光如梭，轉眼就是二十年，他的弟弟長大了，卻再也不需要他的保護。肖定邦有時候甚至在想，會不會是因為自己和父親的冷漠和缺席，才讓他輕易對一個男人動了心？他的生活中太需要一個既能扮演兄長，也能扮演父親的角色。他之所以走到這一步，最應該負責的不正是自己這個冷漠的哥哥和虛偽無情的父親嗎？

肖定邦又悔又痛，可他沒有資格再去干涉弟弟的生活。弟弟需要這麼一個人來填補曾經的遺憾和缺失，那就填補吧，只要他覺得開心就好。

「別難過，哥哥有空就來看你。零用錢還夠花嗎？不夠哥哥再轉帳給你。想拍什麼戲就來告訴我，我來投資，想要什麼角色也可以跟我說，我幫你找關係。哥哥雖然沒有投資娛樂事業，但朋友還是不少的。不然這樣吧，哥哥幫你開一家娛樂公司，你自己做老闆？」肖定邦絮絮叨叨地說著話，恨不得把缺失了二十年的關愛全補償給弟弟。

他緊緊地抱著他，輕輕揉他的頭髮，許久不願放開。所有人裡，小樹才是最無辜的那一個，卻遭受了最不公平的待遇，只要一想起這二十年來他是怎麼過的，肖定邦就很心疼。

肖嘉樹一邊搖頭一邊悶聲道：「零用錢夠花了，我跟季哥住在一起，一切開銷都是季哥出的，我沒地方花錢。你上次給我的錢我都沒用完，還剩四千萬呢。我拍的是小成本電影，花不了幾個錢，以後賺錢了還可以給大哥分紅。其實季哥在娛樂圈的人脈也不差，我想演什麼角色跟他說就好了，開娛樂公司太累，我懶得管。季哥也有幾家娛樂公司，經營得很不錯，我就不跟他搶生意了。大哥，你常常來看我才是真的，平時記得多打電話給我。在國外的時候你都是兩三個月才來看我一次，我總是特別想你。」

弟弟十句話裡有九句離不開季冕，讓肖定邦心塞不已，但他卻也能夠感覺到弟弟對季冕相當依戀，也非常信任。如果自己能夠對弟弟好一點，多關心他愛護他，不要總忙著公事，弟弟恐怕不會被季冕這樣的人吸引吧？

孩子的成長與生活的環境息息相關，這句話肖定邦總算是相信了，所以他沒有資格責怪弟弟，更沒有資格責怪季冕。

「好，大哥每天都打電話給你，有空就來看你。」肖定邦拍了拍弟弟的腦袋，又用指腹抹掉他眼角的淚珠，才依依不捨地放開他，把季冕叫到一邊說話：「既然你們的事薛姨已經同意了，我也沒有資格反對。小樹對你是認真的，你呢？」

「我自然也是認真的。」季冕語氣慎重。

「對小樹來說，感情是一輩子的事，你既然跟他在一起了就好好待他，不然我不會放過你的。」肖定邦直勾勾地盯著季冕。

「大哥，你放心，我和小樹已經結婚了。」季冕舉起手，展示自己的婚戒。

肖定邦盯著這個戒指，一時想把季冕的手剁下來，一時又略感放心。熬過一陣又一陣的酸意後，他總算緩緩點頭，「結婚了就好好過日子，你和小樹都是演員，經常有合作，平時多照顧他一下。」

「那是當然。」季冕看向小樹，溫柔地笑了，緩緩說道：「小樹是我生命中最重要的人，我不能失去他。」

肖定邦盯著他看了好一會兒，這才朝探頭探腦的弟弟走去，用力抱住他，隔了大約幾分鐘才把人放開，匆匆走了。肖啟傑一直站在不遠處看著三人，目露渴盼和愧疚，卻又不敢靠近。他知道，那裡已經沒有他站立的位置。

片場裡閒人很多，原本以為會見證一場豪門撕逼，不料肖啟傑和肖定邦氣勢洶洶進去，卻灰頭土臉出來。肖定邦還和肖嘉樹擁抱了很久，期間又是摸頭又是拍背，姿態比任何兄弟都要親密，怎麼看也不像是關係決裂的樣子。

「這是怎麼了？不撕逼啊？」一名年輕演員低聲問道。

沒人回答他，這些事在片場最好不要亂傳，不然被某些人聽去，他們就慘了。

劉奕耒隱沒在人後，仔細觀察站在一起談話的肖定邦和季冕，表情有些意外。他還以為他們就算不打起來也會劍拔弩張，肖嘉樹也一定會被帶走軟禁，日後再想混娛樂圈就難了，可現在什麼事都沒發生，肖定邦對季冕很友好，甚至眼裡還帶著一點乞求的意味。剛才在休息室裡一定發生了什麼，否則情況不會如此詭異。

想到這裡，劉奕耒就走了出去，準備試探肖家父子的口風，但肖啟傑一看見他，蒼白的臉色就變成鐵青，只冷冷一瞥便走了，根本不想與他多談。

「肖大哥，待會兒有空一起吃個飯嗎？」劉奕耒表情尷尬。

「沒空。」肖定邦連多看他一眼都覺得煩，再次擁抱弟弟，這才戀戀不捨地離開。

「肖叔叔和肖大哥這是怎麼了？」劉奕耒故作不解，隨即笑道：「肖嘉樹，一直忘了跟你說，我爸爸生前跟你爸爸是非常好的朋友，這些年有賴於肖叔叔和肖大哥的照顧，我和我媽才順利熬過來，真是太謝謝你們了。」

「是嗎？我十歲就出國了，不太了解這些事。」肖嘉樹皮笑肉不笑地戳破他，「不過，據我所知，你媽跟我爸的關係更好對不對？你要是那麼想當我爸的兒子，你直接去找他啊，抹黑我媽算什麼事？」話落，拽著季冕離開了。

劉奕耒過了好一會兒才反應過來，立刻打電話給母親道：「媽，我只是讓您把肖嘉樹是同性戀的消息透露給肖叔，沒讓您放那些黑料，您為什麼要做多餘的事？肖嘉樹和薛淼好像已經知道您和肖叔的關係了！」

陳曼妮漫不經心地笑了笑，「知道又怎樣？要不是感情徹底破裂了，啟傑能和薛淼離婚？我現在還不對付她要等到什麼時候？你放心，肖家不會管她的破事。」

要不是薛淼從中作梗，她當年早就和肖啟傑結婚了。

她恨了薛淼二十多年，有機會把她踩在腳底哪裡會輕易甘休。她原本還想把肖嘉樹和季冕的消息賣給媒體，後來仔細一想又放棄了。肖嘉樹和薛淼不一樣，他畢竟是肖家子孫，鬧出那種醜事肖老爺子會不會捨棄他還得兩說，但壓下消息並徹查爆料人卻是一定的。

肖家容不下醜聞，更容不下被外人攻訐。像他們那種還保留著深厚傳承的大家族，對上了族譜的子孫後代極為看重，肯定不會說不管就不管。況且劉奕未還跟肖嘉樹在同一個劇組裡工作，存在競爭關係，這事又是陳田透露的，老爺子那麼精明的一個人，事後一想還能不知道是誰在搞鬼？她還沒進肖家門，自然不敢動肖家的子孫，更不敢汙了肖家的名聲。

她畢竟和薛淼不一樣，她是國際知名的藝術家，有名望有地位，與肖啟傑正般配，嫁入肖家的希望很大，而薛淼只是一個下九流的戲子而已。

「可肖定邦不會去查當年的事嗎？他要是知道了，我們就完了！」劉奕未有些擔心。

「他那麼恨薛淼和肖嘉樹，會相信他們的話？薛淼可是害死他媽的罪魁禍首！」

「呵呵，自我催眠二十多年，您把自己也催眠傻了是不是？您還真以為薛淼是那個第三者呢！」劉奕未氣笑了。

陳曼妮這才慌了神，很快又鎮定下來，「兒子，你放心，我和你肖叔叔來往很隱密，只在國外相聚，沒人會發現。就算他們要查，難道能跑到國外去取證？沒事的，你別亂想。」

「我怎麼能不亂想？您都不知道肖定邦對肖嘉樹有多看重！」劉奕未懶得跟母親說話，直接關掉手機。他一直以為肖定邦對肖嘉樹是不在乎的，才會把他扔在國外十年，可就在剛才，看見他三番四次擁抱肖嘉樹並捨不得放開的情景，他忽然就推翻了之前的所有猜測。

肖定邦幾次發微博力挺肖嘉樹不是為了肖家的顏面，而是出於對弟弟的愛護，不然他不會露出那般不捨的表情，更不會向季晁妥協。若非愛到極致，一心只為肖嘉樹的幸福著想，他能違背長久以來接受的傳統教育，同意兩個男人在一起？

劉奕耒越想越心慌，總覺得這件事不會輕易就那樣了結。他打開手機，發現母親購買的水軍已經把節奏帶起來了，還有人持續爆料，說肖啟傑和肖定邦已連夜趕往大通影城面見薛淼和肖嘉樹，似乎是準備開撕。

豪門大戲誰不愛看？《女星偷人淨身出戶》、《姦生子成婚生子》這樣聳人聽聞的標題恰恰是觀眾最喜聞樂見的。他們恨不得深挖所有細節，以滿足自己的偷窺欲和仇富心理。

陳曼妮原本只想搞垮薛淼和肖嘉樹，現在局勢已經失控，幾乎全民都陷入這場倫理大戲中出不來了，每一個爆料都會引來巨大的點擊量。國內和國際上發生的重大新聞都掩蓋不了這些爆料的熱度，可說是一舉把薛淼和肖嘉樹推到了風口浪尖，而且很快便會被全國人民的口水淹死。

劉奕耒點開爆料帖，下面全是辱罵薛淼和肖嘉樹的評論，可他一點也不覺得快意，反倒隱隱有些恐懼。如果事情發生反轉，民眾的憤怒會有多強烈……

他搖搖頭，竟然不敢去想那樣的後果。

疾馳的汽車裡，肖定邦沉聲道：「我和外公會對陳曼妮出手，你自己看著辦吧。」

「我不會管他們。」肖啟傑語氣頹喪，「我這次選擇淼淼和小樹。」

他錯了，他應該一開始就選擇守護他們，而不是為了安撫住陳曼妮就任由她為所欲為，但淼淼愛上的是那個思念亡妻鬱鬱寡歡的專情男人，並不是真正的肖啟傑，他怎麼敢讓她發現自己的真面目？這些年來他一邊努力扮演著淼淼鍾情的男人，一邊在背後惶恐不安，生怕露出一絲破綻。他對定邦那般偏愛，何嘗沒有作戲的成分？每次看見陳曼妮，他的心頭就像扎了一根刺，可這根刺不能拔出來，因為對方手裡握有那麼多證據。如果徹底把她拔除，他不敢保證她會不會跑去淼淼面前說些什麼。

誰也不知道他活得有多累，這種疲累在小樹被綁架的那天達到了頂峰。他當時在參加陳曼妮的演奏會，手機轉靜音了，而淼淼始終不被肖家人接受，根本掌握不了半點話語權。當綁架犯向她勒索一億贖金時，她找不到丈夫，找不到繼子，只能跑去老宅求救。

可是，老爺子還沒發話，底下的幾個兄弟就鬧起來了，因為大房沒有那麼多存款，要贖人只能向其他幾房借，或抽調公司的流動資金。這個虧誰想吃？這一吵就吵了好幾個小時，得不到回應的綁匪拔了小樹的十個腳趾甲寄回老宅。

當他回到家的時候，正好看見淼淼昏倒在地上，手裡緊緊拽著那個打開的鮮血淋漓的盒子。他當時都快瘋了，可他什麼都挽回不了，妻子、兒子一夜之間都離他遠去了。

後來小樹被警察救了回來，看見他遍體鱗傷的樣子，他就會想起自己消失的幾個小時，想起淼淼傷心欲絕的臉，想起那個裝滿了腳趾甲的盒子……於是他害怕了，巨大的愧疚感讓他不敢再去看那個孩子的眼睛，因為看著他，他就會想起自己的不堪和失責。

他把他送走，希望他能好起來，卻不知道這樣只會把妻兒推得更遠，遠到無論如何都搆不到的地步。因為這次綁架，他又有一個把柄落在陳曼妮手上，於是他更不敢輕易離開她，所以小樹高燒不退的時候，他不得不去為陳曼妮的兒子慶祝生日……這又成了一個把柄，接下來還有無數把柄……

他只是踏錯了一步，卻一寸一寸朝深淵滑去。所謂一步錯步步錯，大抵就是如此吧？

想到這裡，肖啟傑慢慢靠倒在椅背上，眼角流出兩行苦澀的淚水。

肖定邦卻只是看了一眼痛苦不堪的父親，並未多管。

這世上誰沒犯過錯？可犯了錯卻不能承擔，那就叫人不齒了。

送走大哥和父親後，肖嘉樹便回到休息室繼續安慰母親，季冕本想好好陪陪他，卻收到幾封郵件。通過劉奕耒的想法讀取到他曾經做下的種種醜事後，季冕立刻讓下屬去查證。時間、地點、人物都一清二楚，只需順著藤蔓就能摸到瓜，這種事對專業人員來說太容易了。他們拿到的黑料不僅有視頻，還有照片、證言、錄音等等，一個比一個勁爆。

確定小樹和薛淼的情緒都很穩定，身邊還有修叔照顧，季冕這才去找劉奕耒談話。

「我知道網路上有關於薛姨的黑料都是你和陳曼妮爆出來的，這件事我不插手，因為薛姨自己能搞定，肖定邦和洪家也不會輕易放過你們，我來只想確定一件事……」季冕在劉奕耒對面坐下，徐徐道：「你不會狗急跳牆之下拿小樹擋刀。」

「季老師，您在說什麼，我怎麼聽不懂？」劉奕耒呼吸微滯，面上笑得溫和。

薛淼和肖定邦都知道了？連洪家也會出手？這件事怎會鬧得這麼大？

該死！誰能在如此短的時間內查到他和他媽媽頭上？正常人誰會去懷疑一個私下裡根本沒與肖啟傑往來過的藝術家？

「看了這個你就懂了。」季晃把手機放在桌上，點開視頻，「這是海陸盛宴，前年剛被取締，你應該不陌生。」

劉奕耒怎會陌生？出道之後他每年都會參加這場宴會。

視頻裡正在舉辦泳池宴會，許多穿著暴露的女人正在鏡頭前扭動著身體，而他就坐在最靠近鏡頭的地方，表情陶醉地吸食毒品。一個穿著比基尼的女人撲到他背上，他轉頭與那人接吻，雙手熟練地解開對方的衣帶……

許多人圍攏過來鼓掌尖叫，於是他在毒品的催化下發了狂，場面不堪入目。

劉奕耒終於維持不住溫和的假面，冷汗淋漓地問道：「季老師，您想要什麼？」

這些視頻早就被某些大人物抹除了，怎麼會落到季晃手上？

他完全沒功夫深思，只想趕緊了結這件事。

由於政策變動，高層對娛樂圈的監管越來越嚴格，並提出了「零容忍」的口號，而吸毒恰恰是其中之最，如果視頻爆出去他就完了。

「吸毒上癮很難戒除，如果我沒猜錯，你現在還在吸吧？這視頻一旦爆出去，你說警察會不會帶你去驗尿？」季冕語氣閒適，就像在與劉奕耒閒聊家常一般，「薛姨那邊很快就會做出應對，你和你媽這次怕是要身敗名裂。我和小樹的關係你猜出來了吧？如果被逼到絕境，你恐怕會放出我倆的消息轉移大眾的視線。實話跟你說，我和小樹沒有隱瞞一輩子的想法，早晚也是要出櫃的，但我們的關係只能由我們自己公布，不能被一個外人利用。如果不想陷入更糟糕的境地，你應該知道什麼話能說，什麼話不能說。」

重錘一個接一個，砸得劉奕耒頭昏眼花。

他舔舐唇瓣，澀聲道：「你說薛淼準備對付我和我媽，怎麼對付？」

「你媽和肖啟傑的那點事，真以為別人查不到？」季冕諷刺地笑了笑，「你的醜事不止這一樁，我手裡還有很多黑料，大家想了解多少我就能放多少，你自己掂量掂量。」話落收起手機轉身離開。

劉奕耒本想追上去問個清楚，剛出休息室就發現周圍的人很多，只能僵硬地站在原地。他心亂如麻，冷汗如瀑，一時間完全不知道該怎麼辦。

網路上的言論被他的母親炒熱到極致，局勢一旦逆轉，對母親造成的衝擊幾乎是毀滅性的，但他還有翻身的餘地，只要季冕手裡的黑料不爆出來……

只在一瞬間，劉奕耒就做出了捨棄母親的決定。

肖啟傑離開後，薛淼的情緒已經平復，只是回憶往事的時候依然會有些心痛，卻不是為了自己，而是為了小樹。他原本應該擁有一個美好的童年，幸福的家庭，卻都因為她和肖啟傑的自私給毀了。

如果當初她能多為小樹考慮，將他留在身邊照顧，那該多好啊？遲來的後悔令薛淼倍感煎熬，但也讓她更看重兒子的幸福。他愛上的是男人或者女人並不重要，只要那個人能像她一般愛著小樹，能照顧他一輩子，那就夠了。

「小冕，謝謝你一直以來對小樹的照顧。」看見季冕走進來，薛淼真摯道。

「不用謝，照顧小樹是應該的。」季冕揉了揉戀人的腦袋。

肖嘉樹陰鬱的心情立刻好轉，把臉埋進季哥頸窩裡蹭了蹭。無論遇見多糟糕的事，只要季哥陪伴在身邊，就會讓他感覺特別安穩。

讀懂戀人的內心，季冕也覺得安穩，用下頜摩挲小樹的髮頂，忍不住輕笑起來。

看著像交頸鴛鴦般偎依在一起的兩人，薛淼的心情複雜至極。她如何看不明白季冕對兒子的感情，他們那樣親密，那樣堅定，沒有任何困難能把他們打垮，更不能使他們分開。如果沒發生這些糟心的事，她不會知道他們的感情有多深厚，也就不會知道自己在嫁錯人之後差點又犯下一個更難以饒恕的錯誤。

當年執意把兒子送去美國，如今又一心想把他和季冕拆散，薛淼啊薛淼，妳為什麼總是那麼瞎呢？眼瞎心也瞎！妳總以為自己所做的一切都是為兒子好，但其實妳只會把他推得更遠。妳比肖啟傑那個混蛋又能好多少？當年收到那個鮮血淋漓的趾甲盒的時候，妳不是發過誓，只要兒子平安回家，日後什麼事都順著他嗎？為什麼只過去十年，妳就忘記初衷了？

薛淼越想越難受，終於捂住臉無聲啜泣起來。

在這世上只有一個人能徹底將她擊垮，那就是小樹，可是小樹從來不會去傷害她，他甚至比她更成熟，從十歲開始便處處護著她，想方設法讓她開心。

他是如何熬過創傷後遺症的，薛淼不知道。他是如何抵抗幽閉恐懼症的，薛淼還是不知道。當她終於正視兒子的時候，他就已經是現在這副翩翩少年的模樣了。

小樹，媽媽對不起你，媽媽錯了……

薛淼一遍又一遍在心裡道歉，深深的懊悔和自責像刀刃一般切割著她的心。

修長郁站在她身邊，既心疼又遲疑。

季冕指了指岳母，做了一個拍撫的動作，然後拉著小樹走出去。再多的道歉都無用，曾經那個躲在角落裡獨自舔舐傷口的孩子長大了，他有自己的人生，也有自己的家庭。當他最需要指引和幫助的時候，他的親人全都缺席，如今再來彌補，又能補回些什麼呢？

如今，季冕會帶著這個孩子繼續往前走，走到陽光遍地的地方去。

修長郁得到晚輩的支持與鼓勵，這才小心翼翼地在薛淼身邊坐下，脫掉西裝外套披在她肩頭，安慰道：「淼淼，別哭了，一切都過去了。」

帶著淡淡體溫的西裝外套將薛淼包裹起來，讓她不再那麼寒冷孤獨。她依然捂著臉，卻緩緩向這個陪伴了自己二十多年的好友靠去。他見證了她最狼狽的一面，也在她最需要幫助的時候站出來，在他面前，她完全不必偽裝堅強。

垂眸盯著薛淼漆黑的髮頂看了好一會兒，修長郁才伸出一隻手，慢慢地試探性地攬住她的肩膀，然後低不可聞地嘆息。如果早知道肖啟傑是那種人，當年他還會退讓嗎？眼下，被悔恨折磨的人又何止淼淼一個？

肖嘉樹和季冕出門之後並未走遠，而是肩並肩坐在外面的臺階上，欣賞矗立在秋日暖陽中的影城。這裡的建築物風格各異，有民國舊影、北歐風情，還有古色古韻的亭臺樓閣，坐在高處四下一望，彷彿穿越了時空。

肖嘉樹知道不遠處正有人對自己指指點點，應該在議論網路上那些黑料，可他的心情格外平靜，甚至還透著一點暖意和微醺。因為他終於能夠徹底擺脫過去的陰影，與季哥手牽手邁向下一個人生旅程。在這一刻，他的生命似乎被切割成了兩段，一段是孤獨的過往，一段是無憂無慮的現在和未來。

當他想到這裡的時候，季冕忽然轉過頭看他，眼裡滿是濃濃的驚訝，繼而又充滿愉悅。原來他們不僅對感情的態度始終相合，就連對生命的體悟也是一樣。他們註定會走在一起，就算不是現在，也會在某個將來相遇。

「真好啊……」肖嘉樹身體後仰，用雙手支撐自己，面向暖陽笑容燦爛。遇見如此糟心的事，他卻感覺特別好，猶如沉痾盡去的病人，十分舒坦。

「是挺好的。」季冕能理解他的感受，伸出左手壓在他的右手上，輕輕握了握。

肖嘉樹頓時笑瞇了眼，搖頭晃腦地哼起歌來：「說不上為什麼，我變得很主動，若愛上一個人什麼都會值得去做。我想大聲宣布，對你依依不捨，連隔壁鄰居都猜到我現在的感受。河邊的風，在吹著頭髮飄動，牽著你的手，一陣莫名感動……」

季冕從來理解不了時下的年輕人為何會喜歡這樣的歌曲，調子跳脫得很，有點古靈精怪的感覺，歌詞還直白得引人發笑，但在此時此刻，他居然覺得這首歌特別觸動他的心，不由自主跟著輕哼起來：「我想就這樣牽著你的手不放開，愛能不能夠永遠單純沒有悲哀……」

是的，他想牽著小樹的手一輩子都不放開，也想讓他永遠單純沒有悲哀，這就是最簡單也最直白的愛。

當兩人沉浸在心靈相通的雋永與美好中時，不少工作人員正有意無意地從不遠處走過，臉上帶著驚訝的表情。肖嘉樹看起來好像很高興，還有心情哼歌，這可不像豪門棄子的樣子啊？剛才到底發生事了？

很快華國第一狗仔團隊就公開了一大串猛料，把本就熱到極致的輿論引向新的高潮。這個團隊以神出鬼沒聞名，只有他們不想拍的明星，沒有他們弄不到的黑料，而且每次公布都會引起娛樂圈的大震盪。去年娛樂圈的十大醜聞有六件是他們揭開的，吃瓜群眾對他們的能力非常信任，幾乎不會產生任何懷疑。當然，被他們爆料的明星的粉絲除外。

「打死我都想不到照片裡的女人會是陳曼妮！」吃瓜群眾表示自己嚇得瓜都掉了。

就算他們再不相信，一張張清晰可辨的照片卻作不了假，時間線更是長達二十多年。照片裡的她和肖啟傑從年輕到中年一直攜手走來，笑容不變，舉止曖昧。其中幾張還會出現劉奕耒的身影，可見他們的關係並未瞞著孩子，但他們很少在國內見面，非要見面也會保持一定的距離，顯得生疏多禮，從不會讓旁人誤解。

照片的背景大多在國外，他們幾乎遊遍了全世界，留下很多美好的回憶。如果不知情的人見了，還以為他們是多麼恩愛的一對夫妻。

論身分，薛淼是明星，曝光度較高，大眾對她很了解，而陳曼妮是國際知名的藝術家，為人低調謙和，且長年居住國外，很有神祕感，名望也比薛淼高得多。藝術家和明星，二者總歸要差些層次的。

明星當小三的新聞數不勝數，而藝術家道德敗壞的新聞卻很少見諸媒體，這可激起了普羅大眾的熱情。有句話是這樣說的：大眾只相信他們想相信的事實，所以哪怕證據再明顯，不合他們意的結論他們始終是排斥的。他們有時很容易被誤導，有時又特別固執己見。

眼下，一個明星的醜聞和一個藝術家的醜聞比起來，哪一個更有吸引力？毫無疑問，自然是那個原本高不可攀的藝術家的醜聞更符合他們的獵奇心理。他們幾乎立刻就忘掉了薛淼這號人物，轉去攻占陳曼妮的微博，更有人質問陳曼妮是不是婚內出軌並懷上了肖啟傑的私生子劉奕耒，要不然肖啟傑能把肖嘉樹扔在國外十年不管，卻去照顧一個故人的孩子？

「心疼我樹，心疼女神！女神和陳曼妮長得好像，氣質也都一樣，是那種豔而不俗，高不可攀的大美人，由此可見肖啟傑就愛這一掛的，弄到手了一個，還想霸著另一個，簡直不是人！」粉絲的矛頭馬上對準了罪魁禍首肖啟傑。

不久，肖氏製藥的官方微博就曬出了一份DNA鑒定書，上面顯示劉奕耒和肖啟傑並沒有任何親子關係。

「喲，竟然不是肖啟傑的私生子？這份DNA能夠證明什麼？證明肖啟傑和陳曼妮是清白的？得了吧，照片裡都親上了，還一同出入賓館，一住就是兩三天，說他們是蓋著棉被純聊天，我他媽直播吃屎！」

吃瓜群眾打死也不相信官微的澄清，現在想想薛淼也是可憐，丈夫渣了原配又渣繼妻，還都是為了同一個女人，難道這就是真愛的力量？不，這大概是真愛被黑得最慘的一次。

肖氏製藥發了官方微博後，肖定邦很快也發表了個人微博，直言道：「父親和薛姨結識於我母親過世後半年，她從來不是你們口中所謂的小三。無論她和父親的婚姻是否存續，她永遠是我的親人，小樹也永遠是我的弟弟。」

他並未在微博中提及陳曼妮半個字，似乎不想涉入此事，但洪氏集團卻又緊隨其後發表了一篇博文，聲稱已取消與陳曼妮女士的所有合作。洪氏集團財力雄厚不下於肖氏製藥，且長年致力於華國文化的推廣，贊助了很多大型的藝術活動。

正是由於洪氏集團的扶持，陳曼妮才能登上國際大舞臺，繼而贏得聲望。為了盡快還清債務，她幾乎是拚了命的工作，每隔兩年便會舉行五到十場鋼琴演奏會，而洪氏集團正是她最大的贊助商。

得知扶持多年的女人才是害死女兒的罪魁禍首，洪老爺子氣得差點吐血，更是對矇騙自己和外孫的肖啟傑恨之入骨。取消對陳曼妮的贊助只是第一步，該算的帳他會逐一算清。

洪氏集團的反應等同於承認了陳曼妮才是與肖啟傑出軌並害死洪穎的凶手，她的粉絲再為她辯駁也無用，而吃瓜群眾則表示喜聞樂見。

這樁醜聞果然夠曲折夠離奇夠驚悚，搞了半天，肖啟傑前後兩任妻子都被他給渣了，兩個兒子都比不上劉奕耒這個外姓人，陳曼妮也是厲害。

繼聲望大跌後，陳曼妮的事業也遭受了毀滅性的打擊。她今年準備展開全國巡演，總共十五場鋼琴演奏會，門票賣出去大半，洪氏集團卻在此時撤資，讓她拿什麼去租賃場地，招聘人員，打造舞臺？如果她不能盡快找到新的贊助商，十五場演奏會必定會打水漂，那麼又由誰來承擔聽眾的損失？

陳曼妮眼下的狀態只能用焦頭爛額來形容，接連給曾經合作過的朋友打了幾十個電話，卻沒有一個人敢接手她的演奏會。廢話，血本無歸的生意誰肯幹？真以為陳曼妮還是以往那個光鮮亮麗的藝術家嗎？華國民眾現在都管她叫「地表最強小三」，接連幹死兩個正房，還讓肖啟傑對一個野種視若親子，你說她強不強？

陳曼妮快瘋了，在網友越來越惡毒的謾罵下不得不關閉微博，打電話向肖啟傑求助。她以為肖啟傑一定不會扔下自己不管，對他召之即來揮之即去二十多年後，她似乎已經忘了當初是如何用那些把柄來威脅對方留下的。

現在把柄算不上把柄，肖啟傑還會聽她的話嗎？顯然不可能。

趕去老宅向老爺子解釋清楚原委後，肖啟傑長吐了一口氣，感覺壓在身上的重擔一瞬間全都消失了。如果當年他能向淼淼坦白多好？哪怕她恨他離開他，也好過現在形同陌路。

他還失去了最疼愛的兒子，也不知何年何月才能得到他的諒解。是的，私心裡，他最愛的孩子一直是小樹，他對他愛得有多深，愧疚和自責就有多重，所以十年來不敢面對他。

現在不會了，他應該做一些正確的事，讓一切回歸本來面目，讓所有的人得到應有的結果，於是他打開註冊後從來沒用過的微博，編輯了這一段文字：「在此，我向我的前妻洪穎、長子肖定邦、繼妻薛淼、幼子肖嘉樹，致上最誠摯的歉意。二十多年來，我未曾盡到做丈夫的責任，也未曾盡到做父親的責任，讓他們遭受了不該承受的痛苦與折磨，我深感愧疚。日前我已與陳曼妮女士分手，今後各自為安，請大家不要再攻擊我的家人，還給他們應有的平靜，所有的責任將由我一力承擔。」

這條微博剛發出來，肖氏集團官微就張貼了肖啟傑的辭職信，聲稱他已辭去總裁職位，並把名下的股份均分為三份，分別轉給前妻薛淼、長子肖定邦和幼子肖嘉樹，可說是提前分割了財產，並徹底隱退。

這個消息引起了群眾的譁然。出軌的渣男很多，但敢於站出來坦誠錯誤的極少。他們要麼說這是男人的天性，控制不住；要麼把錯誤推到女人頭上，說她們故意勾引自己……

像肖啟傑這種第一時間站出來道歉並做出補償的男人只能用「鳳毛麟角」來形容。社會輿論總會對男人更為寬容，尤其是在婚姻方面。男人出軌可以原諒，女人出軌就該一棒子打死，這是無可迴避的現實。也因此，肖啟傑的致歉竟然獲得了很多人的諒解，誇他有擔當夠爺們的人比比皆是。

他及時承擔責任的做法使肖氏集團受到的負面影響減到最小。一段緋聞而已，況且當事者已經引咎辭職並放棄名下所有股份，吃瓜群眾還想怎樣？

吃瓜群眾只能退散，轉而去攻擊陳曼妮。

如果說洪氏集團的撤資給了她一次致命打擊，那麼肖啟傑的道歉聲明就是壓垮駱駝的最後一根稻草。他居然直接承認自己和陳曼妮保持了長達二十多年的不正當關係，這是在她本就臭不可聞的名聲上點了一把火，試圖將她燒死在恥辱柱上。

陳曼妮覺得自己比竇娥還冤。

沒錯，她的確拖了肖啟傑二十多年，可自從他愛上薛淼並毅然決然與她分手後，他們就再也沒有發生過肉體關係。在薛淼出現之前，他們的確上床了，可在薛淼出現之後，肖啟傑就真的只是把她當成故人遺孀對待，從未做出過親密的舉動。他總是來也匆匆去也匆匆，像防賊般防著她，從不吃她遞來的食物或飲料，頂多分坐在沙發的兩端，不鹹不淡聊幾句。

面對她，他總是沉默的，鬱鬱寡歡的。

這能算是出軌嗎？能嗎？

奈何眼下為了徹底洗白薛淼，他竟不惜往自己身上潑髒水，認下了這段子虛烏有的婚外情，叫陳曼妮怎麼受得了？她發瘋般打電話給肖啟傑，卻總是打不通，最後只能砸壞手機，痛哭失聲。若是早知道薛淼能通過幾張模糊的照片查到她頭上，她絕不會去招惹她，可她太嫉妒她了，嫉妒得發狂。

劇情的反轉令薛淼得到了最大的同情，可她不稀罕旁人的同情。收到肖啟傑的私人律師發來的股份轉讓書，她立刻推拒了。

當初她可以毫無所求地嫁給肖啟傑，現在也能瀟瀟灑灑地離開。

她把當年簽下的財產協議書發到網路上，附文道：「我以為我嫁給的是愛情……」看見這條博文，她的粉絲不禁潸然淚下，原來女神為了嫁給肖啟傑犧牲了這麼多。她失去了事業和夢想，也放棄了唾手可得的巨額財產，她一無所求，只是為了奔向愛情，奔向幸福，可她最後得到了什麼？狗屁偷人，狗屁淨身出戶，這明顯是有人想要毀了她！

「淼淼，妳應該得到更好的！妳一定會得到更好的，相信我們！」

她的粉絲在微博裡哭得稀裡嘩啦，轉過頭便繼續手撕陳曼妮，就連劉奕耒的人氣也受到了極大的影響。雖說這件事與他無關，但他畢竟是陳曼妮的兒子，而且還代替肖嘉樹得到了肖啟傑無微不至的照顧，這太不公平了。

薛淼發完博文就不再管網路上的輿論，她現在只想好好拍戲，實現當年未完成的夢想。

「你倆坐在這裡幹嘛呢？」她補好妝後走出休息室，居高臨下地看著坐在一起哼歌的兒子和兒婿。這兩個人並排坐在臺階上，你的左手蓋住我的右手，背影連在一起，顯得那樣單純美好，這才是真正的愛情吧？

想到這裡，薛淼不禁微笑起來，緊接著又冷下臉，故意挑刺：「結婚那麼大的事，你倆偷偷就在國外給辦了，一個親人都沒通知，我現在想想還氣得肝疼！等這部電影拍完了，我在國外幫你們補辦一場婚禮，把該請的人全都請來！」

她慢慢走下臺階，嘆息道：「我希望你們的婚姻能得到祝福。」

那樣，幸福的機率會不會更大一點？

肖嘉樹驚喜地跳起來，連連追問：「真的嗎？媽，您不是哄我的吧？」

「我哄你幹嘛？幫我把裙襬拎起來，免得拖髒了！」薛淼甩了甩廣袖，撩了撩鳳袍，像一個真正的女皇。哪怕經歷了那麼多糟糕的事，她依然可以挺起脊樑，重拾驕傲。

修長郁站在臺階上凝視她的背影，目光專注，「季冕，你真是個幸運的傢伙！現在你徹底如願了吧？」本該如此艱難的一條路，到底還是被季冕和小樹的堅持走成了坦途。

「我也覺得自己很幸運。」季冕點點頭，在心裡補充道：全世界最幸運！

薛淼今天有兩場戲要拍，一場是女皇登基，一場是遲暮之年的她在追憶中死去。兩場均是重頭戲，感情基調完全不同，一個是野心勃勃，豪情萬丈；一個是洗盡鉛華，看透世事。要在同一天內把這兩場戲演好，需要精湛的演技和對人物極致的掌控力。

如果換別的女藝人來演女皇，導演絕對不敢這麼做，至少也要給對方三天五天的時間準備，如今女一號是薛淼，他可以隨心所欲地安排拍攝流程，因為他知道，憑薛淼的演技，她可以做到任何他想要的效果。

眼下他又不敢確定了，因為他擔心薛淼的心理狀態不夠穩定，便把幾位副導演叫過來，商量著是不是要改一改劇情。

網路上的輿論還在發酵，好在風向已經變了，原本負面新聞纏身的薛淼，到頭來才是受害最深的那一個。現實生活果然比拍戲還精彩，誰能想到毀了她婚姻的人竟然是陳曼妮？對方可是被網友高票選舉出來的，華國最優雅的五十位女性之一，在國際上也聲名赫赫，真要論起社會地位，比薛淼高出不止一個頭。

這肖啟傑也是有意思，你都能為了陳曼妮放任原配鬱鬱而終，幹嘛不直接娶了她？又來禍害薛淼做什麼，是不是有病？

導演對薛淼的印象非常好，自然是向著她的，暗地裡罵了肖啟傑幾聲，又不得不佩服他即刻站出來承擔責任的做法。他是肖家的現任家主，也是長子，獲得的股份自然是最多的，兌換成現金少說也有幾十個億，如今均分成三份，也就是說，薛淼和肖嘉樹一夜之間就變成億萬富翁了。

嘖嘖嘖，人跟人真是不能比啊！

導演看看坐在一旁背臺詞的劉奕耒，不禁發出一聲感慨。這人要真是肖啟傑的私生子還好，至少有爭奪財產的權利，但他不是，以後的日子恐怕非常難過。聽說他能出道靠的是洪家的人脈，現在洪家恨陳曼妮入骨，還能再捧著他？

導演搖搖頭，正琢磨著是不是該換一個男配角，就見薛淼穿著華麗的龍鳳袍服走過來，表情非常平靜，「導演，什麼時候開拍？」

「妳準備好了嗎？」導演很驚訝，他還以為薛淼今天鐵定會請假。

「這有什麼需要準備的，不就是登基嗎？」薛淼輕笑，還未開始表演就已氣場大開。

導演眼睛亮了亮，立刻拍掌道：「大家注意，我們準備開拍『女皇登基』這場戲！請你們檢查好設備，各就各位！」

工作人員立刻回到自己的崗位上，片場頓時一片忙碌。

肖嘉樹和季冕站在導演身後，準備觀摩薛淼的表演。

這場戲和李憲之受封太子的那場戲很像，都是要從長長的臺階下方慢慢往上爬，不同的是，李憲之只需爬到一半，全程無臺詞，而薛淼則要登上巍峨的太和殿，並站在殿前發表一通有關於陰陽逆轉、乾坤顛倒的演說，為自己正名。

這段臺詞至少有上千個字，唱念之時更需抑揚頓挫，氣勢萬鈞，彷彿女皇正以一人之力對抗滿朝文武，甚至是天命。她是神州大陸開天闢地以來的第一位女皇，凌駕於這個男權社會，也凌駕於整個李唐皇族。若是沒有絕對的氣魄和手段，她如何能走到今天這個地步？

所以這場戲最需要的是氣勢，氣勢垮了，整場戲也就垮了。

毫無疑問，今天是薛淼人生中最糟糕的一天，她的婚姻和最美好的二十年光陰，賠給了一個不知所謂的男人，所以導演很懷疑她能否把這場戲演好。

「薛淼，妳真的能行嗎？不然這場戲我們明天再拍？」開拍之前，導演再次確認。

「我可以。」薛淼撫了撫衣襬，語氣平淡。

「那就先試試吧。」導演對她的倔強感到很無奈。也只有像薛淼這種要強的女人才會同意簽那種婚前財產協議書吧？因為她追求的是愛情，所以一切都可以不在乎。

「媽媽加油！我愛您！」肖嘉樹忽然大喊一聲，嚇得導演差點從高腳椅上摔下來。

薛淼轉頭看他，始終沒有表情的臉忽然綻開笑容。她今天畫了一種非常凌厲的妝容，本就濃密的眉毛拉得長長的，直入鬢角，漆黑而又深邃的雙眸像寒星一般閃耀，但眼下，當她看著兒子微笑起來的時候，卻像寒冬中破雲而出的暖陽，令人瞬間融化。

肖嘉樹舉起雙手跳了跳，笑容相當燦爛。

修長郁看薛淼看癡了，拿在手裡的酒瓶打開好半晌卻忘了往嘴裡送，當薛淼終於回過頭去看巍峨的太和殿時，才尷尬地咳嗽起來。

「修叔，『酒不醉人人自醉』的下一句是什麼來著？」季冕低聲問道。

「色不迷人人自迷。」修長郁下意識地接話，然後狠狠瞪了季冕一眼。

媽的，這小子最近有點得意忘形啊，竟敢調侃起他來了！

季冕語重心長地道：「修叔，以後少喝點酒，世上沒有哪個女人願意跟酒鬼過一輩子。再婚本來就該慎重，看走眼一次可不能看走眼二次，沒有絕對的好條件和信得過的人品，誰願意再冒一次險，您說是不是？」

修長郁愣住了，只考慮了幾秒鐘便把口袋裡的小酒瓶掏出來，扔進垃圾桶，「你說的對，這酒該戒了。不過你也該戒菸了，免得熏著小樹。」

「我早就戒掉了。」季冕低笑道：「若是真正愛上一個人，你會不自覺地為他改變，變成一個更好更值得他愛的人。」

修長郁點點頭，表情很是複雜。

說話間，薛淼已經開始表演。她跨上臺階，一步一步朝上攀登。與李憲之的怯弱惶恐、左右四顧完全不同，她始終抬著頭，直勾勾地盯著最上方的王座，目光灼灼，野心勃勃。跪伏在兩旁的朝臣對她來說只是擺設，她越過他們，大步前行，交織著金紅兩色的華麗袍服像流水般曳落在地上，龍鳳祥紋在陽光的照射下熠熠生輝。

薛淼就踩著這些光輝攀登到頂峰。她在太和殿前停步，廣袖一甩便轉過身來，用慷慨激昂的音調發表了一篇演說。她宣稱自己登基為皇乃天命之選，她訴說著自己的雄心壯志與宏圖大業，原本還有朝臣面露不滿，最終被她的氣勢所懾，既無奈又惶恐地低下頭去。

十幾臺攝影機從不同角度拍攝薛淼的一舉一動，從螢幕裡看，她已然是那個生於盛唐死於盛唐的女皇，是那個開創了嶄新歷史的偉大帝王。

莫說圍觀的演員看呆了，就連導演都不斷搖頭吸氣。這演技，這臺詞功底，簡直絕了。如果當年薛淼沒隱退結婚，今天會取得多大的成就？肖啟傑這混蛋真是會禍害人啊！

「卡！」當薛淼發表完演說，施施然在龍椅上坐定，導演激動地喊道：「卡卡卡！這條先拍到這兒，我來看看重播再說！」

薛淼站起來去看重播。她入戲快，出戲也快，跟多愁善感的兒子完全不一樣。

「媽，您太厲害了，您的演技超級棒！」肖嘉樹興奮不已地朝母親跑去，在她身邊左繞繞右繞繞，像一隻瘋狂搖尾巴的小狗。他對演技好的演員總會特別崇拜，更何況這位演員還是他的母親，心裡的驕傲就更別提了。

薛淼揉揉兒子的頭髮，眉宇間已是一片闊朗。女皇一次次地被打壓，又一次次地鳳凰涅槃最終登頂，她為什麼不可以？

季冕推了修長郁一把，「修叔，回魂了。」

從震撼中回過神來的修長郁趕緊拿著一瓶礦泉水走過去，討好道：「淼淼，妳剛才說了那麼一大段臺詞，口肯定乾了，來，喝水。」

「還真有點渴了。」薛淼接過礦泉水隔空往嘴裡倒。她不想弄花唇妝，因為待會兒很有可能要補拍。

果然，看過她精彩萬分的表演後，導演也吹毛求疵起來，很多原本可以過的鏡頭都被他否掉了，要求重拍一次。薛淼走向拍攝區域，這回修長郁學精了，把她長長的裙襬撿起來抱在懷裡，亦步亦趨地跟在後面。

肖嘉樹湊到季冕耳邊低語：「季哥，你看修叔像不像我媽的貼身太監？」

季冕彈了彈他額頭，又看了看「修公公」，自己也忍不住笑了。

劉奕耒不敢往人堆裡湊，只能站在不遠處的休息棚裡，遙遙看著薛淼的表演。從周圍人的讚嘆和抽氣聲中他知道，薛淼一定演得非常好，她一直是非常優秀的演員。如果當年她沒在最紅的時候退出娛樂圈，論起聲望和地位，定然不會比母親差。

想起母親，劉奕耒就一陣心煩，打開手機翻了翻微博，又臉色蒼白地關上。他的助理飛快跑過來，湊在他耳邊說道：「公司不肯幫你公關，說是上頭有人發話了，要封殺你。」

「上頭？哪個上頭？」劉奕耒呼吸微窒。

「洪家和肖家。還有一件事……」助理停頓片刻，表情為難。

「什麼事，說。」劉奕耒不自覺地握拳。

「你媽媽已經被警察帶走了，說是要她協助調查當年肖嘉樹被綁架的那起案件，她的助理剛剛打電話過來，讓你想辦法去保釋她，她還有十五場演奏會要開，如果這個時候被限制了人身自由，毀約金他們賠不起，也得你來賠。」

「我有什麼辦法？憑什麼他們毀約卻要我賠錢？」劉奕耒胸膛不斷起伏，像是快炸了。

「當年那起案子到底與你母親有沒有關係？如果真的有關係，對你的影響也是很大的，罪犯的兒子可不好聽啊！」助理愁得頭髮都白了。

「我怎麼知道？我當年也才十四歲！」如果陳曼妮在眼前，劉奕耒會撲上去掐死她。

「警察可能會來找你協助調查，畢竟十四歲也不小了，應該懂很多事了，你得做好心理準備。我當初怎麼說的來著，讓你別去招惹肖嘉樹和季冕，他們都是硬點子，咱們惹不起，你偏不聽，現在鬧成這樣，誰來幫咱們收場？」

劉奕耒臉色鐵青地道：「我怎麼知道事情會發展成這樣？我當初只是想把肖嘉樹趕出劇組而已。」一看見肖嘉樹他就渾身難受，嫉妒像毒蟲啃噬著他的心。他常常會想，如果當年肖啟傑和他母親結婚了，他會不會也像肖嘉樹這樣，隨手就能拿到最頂級的資源，隨口就能要來大筆的投資，無論做什麼都有一堆人幫襯，一出道就大紅大紫，比別人少奮鬥三十年。

幼時他曾滿懷希冀地問母親我是不是肖叔叔的兒子，母親說不是，他便會很難過，還曾央求母親驗一驗ＤＮＡ，可是就是，不是就不是，沒有那個命怎麼強求也求不來。後來肖叔叔把肖嘉樹送走了，卻常常被母親叫到家裡來陪他，他又想，做不成親兒子做繼子也行啊，那樣他就可以過上隨心所欲的生活……

憑藉肖叔叔和肖定邦的人脈，他一度在娛樂圈混得風生水起，曾經迫切想要的身分、地位和財富，如今都有了。可惜肖嘉樹回國了，出道了，並且一舉成名，大紅大紫。他辛苦打拚五六年才取得的成就，肖嘉樹只花了幾個月就超越他，他怎麼嚥得下這口氣？

事實證明，人跟人生來便是不同的，這口氣你嚥也得嚥，不嚥也得嚥。

「早知道事情會變成這樣，我就不應該讓我媽去辦這件事。」劉奕耒懊悔不已。如果陳曼妮只是跟肖啟傑和肖定邦通個氣，不做多餘的事，肖嘉樹這會兒早就被他們帶回肖家關起來，日後肯定沒法再進入娛樂圈，劉奕耒也就可以安安心心地拍戲，哪裡會身敗名裂？

如今說再多也沒用，他這會兒哪裡還有辦法力挽狂瀾？他倒是想把肖嘉樹和季冕的醜聞說出來轉移大眾的視線，可他不敢，季冕手裡那些黑料足夠置他於死地。

正當他焦頭爛額之際，製片人走過來了，笑咪咪地說道：「小耒，李憲辰這個角色不太適合你，你別演了，我另外給你找機會。這是違約金，你拿著。」

劉奕耒呆了呆，彷彿不明白他在說什麼。

製片湊近他低語：「你現在肯定很缺錢吧？如果你乖乖離開，違約金我們照付，你要是不願意，我們只好帶劇組去醫院做個體檢，驗個尿什麼的。你也知道現在上頭查得嚴，劣跡藝人一律不准錄用，鬧出醜聞還會封殺作品，為了防止虧損，我們也是沒辦法。」

進組先體檢驗尿的事情在圈內已經開始出現，這也是片方無奈之下的舉動。

劉奕耒自然是不敢驗尿的，斟酌半晌終是拿走支票，悄悄離開了劇組。

所謂的另外找機會，不過是製片人的敷衍之詞，他哪裡敢信？其實他自己也知道，鬧成現在這樣，他已經沒有機會了。

薛淼的表演還在繼續，拍完女皇登基，她換了老年妝，又來拍女皇賓天。

肖嘉樹搖頭道：「一會兒登基，一會兒賓天，導演真會折騰人。一天之內讓我媽演出女皇最為風光的一刻，又要演她最為落寞的一刻，他就不擔心我媽情緒不到位，拍不好嗎？」

季冕耐心解釋：「導演這樣安排當然是有理由的。未曾體會過極致的成功，又怎麼能理解瀕死的寂寥？所謂高處不勝寒，要先讓她站在高處，才能體會到即將殞落的淒寒。兩者之間的感情基調是延續的，拍好了第一幕，第二幕的感悟只會更深刻。」

「我明白了，導演在利用兩幕戲之間的反差激發演員的情緒。」肖嘉樹恍然大悟。

「沒錯，所以好的導演都一定要懂心理學。有一門學科叫『戲劇心理學』，有空你可以看看這方面的書，對你的表演很有幫助。」

肖嘉樹頻頻點頭，看向季冕的目光充滿熱切，「季哥，你真的好厲害啊！你既懂演戲，又懂導戲，還懂編劇，你簡直是十項全能！」他太崇拜季哥了，恨不得跳起來給他一個親親。

想像小樹跳起來給自己一個小雞啄米的吻的情景，季冕忍不住笑出聲來。

「你倆安靜點，要開拍了！」導演忽然回過頭怒瞪兩人。

兩人齊齊做了一個嘴巴拉拉鍊的動作，默契好得簡直像一個人。

導演無奈笑笑，對他們擺擺手。

場中的薛淼已經脫掉華麗的袍服，只穿著一件雪白單衣，倚窗而坐，臉上刻滿風霜的痕跡，曾經灼灼閃耀的雙眼如今渾濁不堪，任誰見了也不會懷疑她的年齡。

好的演員能把演技運用到身體的任何一部分，這話正是薛淼的寫照。

一名女官散開她雪白的長髮，輕輕梳理。

這又是一段獨白戲，女皇深知自己時日無多，忽有一日陽光正好，便開始追憶往事。她從自己出生講到入宮，又從入宮講到登基做皇帝，用漫不經心地語調談論著生命中的過客。對她來說，所有人都是可以捨棄的，譬如她的母親、兄弟、姊妹、丈夫等等。

談到丈夫與妹妹在宮中私會被她拿住時，她甚至輕笑了兩聲，顯得那般不以為然。她從來沒把他們放在眼裡，更別提心上，從那時候起，她所思所想就只有權勢。

女官躊躇半晌，小心翼翼地問道：「您還記得殿下嗎？」

能在女皇面前被稱為殿下的，只有那個人而已。

薛淼漫不經心的笑容緩緩消失，雙眼定定看著窗外的某處，似乎神魂被牽住了，星星點點的淚光在她眼眶裡流轉，打濕了她渾濁的瞳孔，也沖淡了瞳孔中的冷酷。她雖然一句話也不說，表情卻已經出賣了她的內心。

對她而言，唯有李憲之是不同的，是她僅存的溫情與柔軟。

女官趴伏在地，哽咽道：「您後悔嗎？」

薛淼過了好半晌才轉過頭，聲音沙啞：「悔……抑或不悔？」

這是一個問句，因為連她也不知道自己到底是悔還是不悔。

「且留給後人評說吧……」她再次緩慢地轉過頭，看向窗外的暖陽，渾濁眼裡的淚光乾涸了，視線久久凝聚在遙遠的某一處。

女官跪在地上等了許久，見女皇總是不動，這才猛然站起來去試探她的鼻息，結果發現她竟然已經去了。

桌上的妝盒被她打翻在地，她拎起裙襬急急忙忙跑出去，大聲喊道：「不好了，陛下賓天了，陛下賓天了……」主攝影機對準薛淼一動不動的眼珠拍了一個特寫，她乾涸發黃的眼球和神光潰散的瞳孔分明屬於一個死人。

導演深吸一口氣，拊掌道：「卡！」

薛淼眼睛一眨，又活了過來。

肖嘉樹被母親出神入化的演技嚇得心跳快停了，連忙跑上去扶她，追問她好不好。

「傻孩子，這是演戲呢！」薛淼笑了笑，然後去看重播。

肖嘉樹扒拉著季冕的手臂，感嘆道：「季哥，好演員入戲的時候真的有點嚇人。以前我跟你合作拍《使徒》的時候就差點被你嚇死。你還記得『弒親』那場戲嗎？血濺在我臉上的時候，我真以為你在殺人。我媽剛才那場戲，我也差點以為她死掉了，你們都太厲害了！」

季冕捏捏他手臂上的軟肉，輕笑道：「其實你也很厲害。知道當初我為什麼敢篤定拍完這部電影，薛姨一定會理解我們嗎？因為我相信你的演技可以說服她。只有你把她帶入戲，她才會明白自己在做些什麼。女皇明知不該也要去做的事，她做不到，她捨不得你難過，她是個好母親。」

肖嘉樹臉紅了，撓撓鼻尖，小聲說道：「季哥，我想起有句話可以形容我們三個。」

「什麼話？」

「不是一家人，不進一家門，我們三個人的演技都很厲害！」肖嘉樹豎起一根大拇指，特別不要臉地笑了。

季冕也跟著笑起來，顧不上旁人的側目，輕輕把他擁進懷裡。

# 最終章

# 我愛你，你是我的現在和未來

陳曼妮的醜聞還在網路上持續發酵，不斷有媒體深挖她的黑歷史，譬如抄襲、在國外發表辱華言論、與多名富豪過從甚密等等，讓吃瓜群眾大呼過癮。又過不久，她竟然被警方刑事拘留了，罪名是涉嫌綁架，對象還是肖啟傑的兒子肖嘉樹，這簡直驚爆人眼球。

肖嘉樹被綁架的時候年紀還小，肖家又極為低調，始終未曾向外界透露任何消息，於是事情過去十年才因為陳曼妮的關係被媒體爆出來，但影響力絲毫不下於當年。

因為嫉妒薛淼就綁架了薛淼的兒子，既離間她和肖啟傑之間的夫妻情，又離間肖嘉樹和肖啟傑之間的父子情，還離間肖嘉樹與肖定邦之間的兄弟情，讓他們家不成家，一別十年。不得不說陳曼妮這招真是高，就連電視劇也不敢這麼演。她的完美形象已經徹底崩塌，毒婦之名卻深入人心。

綁架那事肖啟傑只是稍有懷疑，並無動作，可擋不住肖定邦要翻案徹查，所以之前被判刑的幾名綁架犯又重新被提取審問，最後果真查出問題了。後續案情還在深挖當中，具體如何誰也不清楚，但可以想見，陳曼妮要麼一無所有地走出拘留所，要麼鋃鐺入獄，這輩子恐怕都翻不了身。

薛淼得知消息後恨不得撕了陳曼妮，對肖啟傑更是連看一眼都覺得噁心。要不是他欺騙在先，她能嫁給他？兒子能受這些罪？

老爺子也被這一連串的醜聞氣得病倒了，卻沒忘記分別打電話給薛淼和肖嘉樹，語氣前所未有的溫和。他雖然思想守舊，到底不是是非不分的人，誰錯誰對還是分得清的。再者，薛淼能主動拒絕兒子饋贈的股份，沒讓肖家的股權被一個外人稀釋，他對薛淼更感滿意。

如今薛淼和兒子離婚，算不上肖家人，所以他也不覺得她混跡娛樂圈是多麼見不得人的事，還叮囑肖定邦多多照顧母子倆，別讓他們吃虧。

風風雨雨地鬧了一陣子後，肖嘉樹和季冕的戲分終於要殺青了。為了讓他們走得愉快，導演特意把最輕鬆的一場戲留在最後一天拍攝。

「來來來，」他對兩人招手，「我來跟你們說說戲。光看標題你們就應該清楚，這是李憲之和魏無咎產生情愫的一場戲。待會兒肖嘉樹你就躺在荷花池邊睡覺，季冕，你輕手輕腳地走過去凝視他，目光要深沉、複雜、熱切，把深埋在內心的愛意毫無保留地宣洩出來。肖嘉樹，你在心裡默數二十秒就睜開眼睛，對他盈盈一笑，這個笑容一定得燦爛、純真，讓季冕感覺到無所遁形，最後他猛然轉身，匆匆跑了。怎麼樣，這場戲簡單吧？」

「簡單。」肖嘉樹和季冕同時點頭。

「好了，那就開工吧！」

所有人準備就緒後，肖嘉樹便穿著一件粉白色的飄逸長袍走到荷花池邊躺下。此時已是初冬時節，池裡的荷花早就謝了，道具組卻買了很多模擬花插在泥裡，看起來比真花唯美。為了營造浪漫的氣氛，他們還在水裡撒了一些乾冰，讓整個池面籠罩在一層縹緲而又輕薄的霧氣中。肖嘉樹本就面如冠玉，體態優雅，如今長髮披肩，長袍曳地，往那兒一躺，幾縷微風吹來，撩動他的髮絲與衣襬，使他像謫仙一般清逸出塵。

導演對著鏡頭看了看，拊掌道：「不錯，構圖很美，躺在那兒別動，我們準備開拍了。季冕，你準備好了沒有？」

穿著黑色長袍的季冕比劃了一個沒問題的手勢。

「ACTION！」導演話音落下，場記打了板子，季冕就快步朝荷花池走去，但走得越近，將池邊的人看得越清楚，他的速度就越慢。最終，他改大步為小步，悄悄地來到那人身邊，微微彎腰看他。

他睡得很熟，雙頰泛著兩團紅暈，看起來相當可愛，蜿蜒而下的長髮有一部分被他握在手裡，還有一部分落入水中。霧氣蔓延過來，似乎想遮蓋他的容顏，卻讓他顯得更神祕美麗。他薄而優美的嘴唇向上翹著，彷彿夢見了什麼好事，表情既恬淡又純真。

荷花池看起來那麼美，可埋在清淺水面下的卻是一層又一層的淤泥，正如這金碧輝煌的宮殿，表面繁華，背地裡藏汙納垢，只有眼前這個人是唯一乾淨的存在。

季冕晦澀難辨的眸光瞬間就柔軟下來，改躬身站立為半跪，更貼近了去凝視對方。他一寸一寸打量眼前的人，冷硬的唇角不知不覺帶上笑意，接著伸出手，小心翼翼地撿起一縷髮絲，輕輕握在手裡。

肖嘉樹看起來睡得很沉，其實在頭腦裡回憶著這段劇情。他不知道劇本裡的李憲之到底有沒有睡著，如果換作是他，心心念念的人一旦靠近，怎麼可能半點感覺都沒有？哪怕睡得再沉，他也會瞬間甦醒，因為那是一種心電感應，是言語難以描述的。

他輕輕動了動眼珠子，讓睫毛輕顫起來。

巧合的是，季冕也沒按照導演的吩咐去演。他原本只需站在荷花池邊，靜靜凝視沉睡的李憲之，當他睜眼微笑便調頭離開就行了。他不應該跪下，更不應該撿起他的長髮。

可扮演李憲之的人是肖嘉樹，他怎麼可能無動於衷？更何況這人還在腦海中想像著如果是自己最愛的人靠近，他會第一時間感覺到並做出回應，想法那麼可愛，那麼令人愉悅。

於是，季冕更忍不住了，把撿起的長髮湊近嘴邊，輕輕吻了吻，眼裡的愛意越發深刻。就在這時，肖嘉樹顫動著睫毛醒過來，季冕表情一僵，趁對方睜眼睛之前把那縷長髮扔掉，深深埋下頭去作跪伏狀。

肖嘉樹並不知道剛才的季冕都做了些什麼。看見心愛的人只是跪在身邊，並沒有其他動作，甚至連半點表情都沒有，他不自覺流露出失望的情緒，隨即反應過來，扯開笑容。

礙於禮教他不敢表露心跡，但是只要這人能永遠陪伴在他身邊就夠了。想到這裡，他略帶苦澀的笑容瞬間變得燦爛起來，眼裡流淌著濃濃的情意。

季冕低呼一聲殿下，見他久久不應，這才抬頭去看，卻被他柔情萬千的笑容所懾，眼底不自覺流露出癡迷的神色，隨即臉頰燒紅。這赤紅很快蔓延到脖頸和耳根，讓他腦袋發暈，血液沸騰，差點就軟倒下去。意識到自己失態了，他猛然站起身，逃也似的離開此地。

肖嘉樹正想好好看看他，拉著他說會兒話，卻只等來他一個遠去的背影，臉上的笑容頃刻間便凝固了。過了好一會兒，他灼亮的眼眸熄滅，微翹的唇角抿直，漆黑瞳仁裡漸漸浮現一絲淚光。微風吹動他的長髮和薄衫，讓他顯得那樣寂寥……

導演一直盯著螢幕，沒有發話，但編劇坐不住了，一會兒看看場上的兩人，一會兒看看手裡的劇本，心緒有如萬馬奔騰。

臥槽！為什麼她覺得季老師和肖嘉樹演出來的版本比她自個兒寫的還動人還唯美？

相愛卻又不能愛的兩個人就該是這樣吧？雙雙在痛苦中掙扎，又雙雙在落寞中離去，我只敢凝視你的睡顏，親吻你的長髮；你只能守望我的背影，在內心呼喚我的姓名……

好虐，快被虐哭了！這場戲本來只想營造曖昧的氛圍，為什麼演出來比投火自焚那場戲還虐心啊？為什麼？編劇咬著指甲暗暗吞淚。

導演喊了一聲「卡」，沉吟道：「你倆怎麼臨時改戲？我可不是這麼跟你們說的。」

「我也不知道，自然而然就這麼演了。」肖嘉樹不好意思地撓撓鼻尖。

季冕臉頰還是滾燙的，正大口灌水試圖降溫。

他從小就是個極為克制的人，很少會讓情緒反應在表面上，更不明白臉紅為何物，但就在剛才，他竟然有了初戀的感覺，並為小樹怦然心動。

毫無疑問，他又一次被小樹帶入戲了。小樹內心的想法總是那般可愛，能輕而易舉將他鑄好的心防全部擊潰。若不是他跑得快，說不定會不管不顧把小樹抱進懷裡深深親吻。他心想，劇本裡的魏無咎應該也懷著同樣的心情，他若是不逃，便壓抑不住洶湧而來的愛意了。

導演點點頭沒說話，連著看了五六次重播才道：「行吧，這條過了。」

兩人的演繹比劇本裡描寫得更晦澀也更痛苦，看了簡直令人揪心。沒有十足十的生活經歷，誰能把這場戲改成這樣？而且兩人事前根本沒商量過，僅憑感覺來演，這默契……

導演忽然轉頭去看季冕，發現他臉還紅著，不禁意味深長地笑了笑。

季冕若無其事地回他一個笑。

方坤擠開人群走過來，小聲道：「季哥，你的影迷來探班，你過去招呼他們一下吧。」

「好。」季冕叮囑戀人道：「你先去卸妝，我一會兒就過來。靠門的櫃子裡有一件長版的羽絨外套，你記得穿上，今天氣溫比較低，別凍著了。」

肖嘉樹乖乖點頭，然後一動不動地站在原地目送季哥離開，表情有些可憐。其實他很想陪季哥去看望影迷，又怕影迷們反感，畢竟他們很不喜歡他的名字與季哥捆綁在一起。

季冕回頭看他，表情不捨。

方坤翻了個白眼，「走吧，就離開十幾分鐘，又不是生離死別，有什麼好捨不得的？」

「你不懂。」季冕對戀人揮揮手，見他一步一挪地往休息室走去，這才放心離開。

「對，我不懂，我他媽就是個單身狗！你們虐狗還不給理由，到底讓不讓人活了？」方坤喋喋不休地抱怨：「知道老子看見你們合作拍戲的時候有多擔心害怕嗎？你們恨不得在彼此的腦門上刻三個字『我愛你』！剛才導演肯定看出來了，以後還會有更多人看出來，我一想到這個，就為公關部的員工感到心疼！懷裡時時刻刻揣著一顆巨型炸彈，白天晚上都得想著怎麼把炸彈安全拆除，這日子真不是人過的！」

「不用他們拆彈，我和小樹自己來承擔。」季冕不以為意地擺手。已經得到雙方家長的認同和祝福，他真沒有什麼好怕的。

方坤知道季冕不是說著玩的，當下就閉嘴了。

兩人走到皇宮門口，果然看見很多舉著布條和彩旗的影迷。他們呼啦啦地圍過來，七嘴八舌詢問季冕的近況。由於這次活動是事先預約並安排好的，所以現場井然有序。

其中一名影迷擠到季冕身邊與他合照，大概是太興奮了，竟然張口說道：「季老師，你家肖嘉樹呢？他應該也在這個劇組拍戲吧，今天有沒有過來？」

「你家肖嘉樹」這五個字重重砸在影迷的頭頂，讓他們集體消音了幾秒鐘。

尼瑪！來之前不是已經說好了嗎？提起肖嘉樹的時候一定要迂迴、委婉，盡量顯得自然一點！妳倒好，張口就問，還加了「你家」兩個字，是不是生怕季老師不知道樹冠CP的存在？如果季老師是鋼鐵直男，他肯定會反感的吧？就算現在不疏遠肖嘉樹，以後肯定也會！妳這個死女人，真是成事不足敗事有餘！

這次的活動發起人暗暗瞪了該影迷一眼，正絞盡腦汁地想著補救的辦法，卻聽季冕輕笑道：「我家小樹在卸妝，妳們想見他嗎？」

「想！」活動發起人還來不及阻止，大家已經異口同聲地嚷嚷開：「季老師，您能把肖嘉樹請過來嗎？我們也很喜歡他！」

方坤扶額呻吟，頓感絕望。

他萬萬沒想到CP粉已經壯大到這種程度，連核心粉絲群都被攻陷了。當初說好了只是來看一看季冕，看完就走，現在又是怎麼一回事？提到肖嘉樹，妳們一個兩個眼睛賊亮，比中大獎還興奮！影城裡人來人往的，妳們好歹掩飾一下行不行？

不過他也知道這樣的要求有些強人所難，連季冕都毫不掩飾，憑什麼要求CP粉掩飾？如果看不見兩人合體，她們等於白來一趟。

季冕笑得更為愉悅，拿出手機正準備打電話給小樹，卻彷彿感應到什麼，回頭看去。只見小樹躲在城門內，正探出半顆腦袋悄悄張望，發現自己被捉了個正著，連忙縮回脖子，過了好一會兒又戰戰兢兢地探出來，賊頭賊腦的樣子十分滑稽。

季冕忍俊不禁，對他招手，「小樹快過來，我的影迷想見你。」

「哦！」肖嘉樹眼睛睜圓，眼眸發亮，屁顛屁顛地跑過來，像受到主人召喚的小奶狗。前來探班的影迷紛紛捂住鼻子，感覺自己快被萌出血了。真人版的肖嘉樹比螢幕上還要好看，尤其是那雙眼睛，又黑又亮，像綴滿了星光一般。他穿著粉白色的紗袍，長髮披肩，衣襬曳地，乘風而來，感覺相當夢幻。

當他走到同樣身著古裝的季冕身邊，仰起腦袋朝對方羞澀一笑時，影迷們心裡只有一句感嘆：不好，眼睛快被亮瞎了！什麼叫配一臉？這就是啊！

「肖嘉樹，我能拍張照片嗎？」之前那位影迷興奮得耳根都紅了。

「好啊！」肖嘉樹點點頭，準備走到她身邊，卻見她連連擺手，「不不不，不是跟我照，是跟季老師！你們能站在一起讓我拍一張嗎？」

「當然可以。」肖嘉樹還在發愣，季冕已經攬住他的肩膀微笑起來。

影迷們安靜片刻，隨即舉起相機瘋狂拍照，口裡不停說著話：「肖嘉樹，之前那些新聞你千萬別在意，不管你是什麼身分背景，對我們來說都沒什麼關係！你就是你，認真拍戲的肖嘉樹，你是一個好演員！」

「沒錯，粉絲對偶像的要求說高不高，說低也不低，總結起來一句話，始於顏值，陷於才華，忠於人品！你有顏值，有才華，有人品，我們一定會永遠愛你！」

「季老師，我們也愛你！季老師和肖嘉樹真的很像很像呢，都是非常棒的演員，我們會一直支持你們！」

面對這麼熱情又這麼暖心的粉絲，肖嘉樹感動得快哭了。他雙手合十，頻頻鞠躬，誠摯地道：「謝謝，謝謝妳們的理解和支持。我一定會繼續努力，拍出更多更好的電影。」

季冕也代替自家戀人道謝，然後讓方坤把準備好的熱飲拿出來，他一杯杯親手分發。

「季老師、肖嘉樹，《一路狂奔》什麼時候上映？你們在裡面扮演什麼角色？我們都快等不及了！」一位影迷大聲問道。

《一路狂奔》的官方微博已經開始發放劇照，最受歡迎的莫過於季冕和肖嘉樹的那兩組對比照，抗拒、牽制，卻又曖昧火辣，照片要表達的情感簡直太撩人，ＣＰ粉們幻肢都硬了，這才策劃了這次的探班活動。

「這個月月底就會上映。」季冕豎起食指，「至於我和小樹扮演的角色，暫時保密。」影迷們頓時哀嚎起來，齊聲表示自己一定會去電影院捧場，季老師和肖嘉樹合作拍攝的電影從來沒讓他們失望過。

季冕與肖嘉樹再次鞠躬道謝，直起腰時季冕習慣性地扶了扶小樹的後背，接著動作微微一頓。顧不上周圍都是人，他直接掀開小樹的外袍，把已經不太熱的暖寶寶取出來，又從自己兜裡拿出一片新的撕開，仔細貼在小樹的內衣上。

他的一系列動作非常自然，彷彿很習慣這樣照顧肖嘉樹，而肖嘉樹也乖乖拎著衣襬，轉過腦袋笑咪咪地看著他，似乎也習慣了接受這樣的照顧。

季冕確認暖寶寶開始發熱了才把外袍放下，輕輕拍打小樹的後腰，再回神時才意識到周圍全是影迷。

方坤趕緊站出來救場：「好了，季老師還有一場戲要拍，大家都散了吧。外地的影迷有沒買到回程票的嗎？沒有就跟我過來，我幫妳們訂購。住在這附近的影迷也來登記一下，我們會派司機開車送妳們回家，確保妳們都安全。」

「謝謝坤哥！」大家笑嘻嘻地與季冕和肖嘉樹道別，這才朝方坤走去，表情都很正常，但轉過身的時候卻舉起拳頭堵住自己的嘴，免得尖叫出來。

啊啊啊，季老師好暖，肖嘉樹好萌，官方發的糖果然甜到膩！

從這以後，季冕在粉絲群裡得了一個新外號，叫做發糖專業戶。走到哪兒都不忘發糖，再沒有比他更敬業的了。

肖嘉樹一邊走一邊摸貼在後腰的暖寶寶，笑容傻乎乎的。季哥剛才肯定是忘了周圍還有人，他就那麼擔心我被凍著嗎？咦，不對，季哥的暖寶寶也貼了很久，為什麼我就沒想到幫他看一看呢？肖嘉樹，你太沒良心了，你怎麼對得起季哥？

他傻傻的笑容瞬間消失，圍著季冕轉了一圈，把他的衣領和袍角全翻開，挨個查看暖寶寶，上竄下跳得像像猴子，表情很是自責。

季冕將他往手臂下面一夾，大步朝片場走去，路上遇見熟人便大大方方地打招呼，絲毫不避嫌。大家也沒往別處想，還以為兩人在鬧著玩，便露出了善意的笑容。

肖嘉樹起初還蹬了蹬腿，試圖掙扎下地，後來就垂頭喪氣地不動了，難過道：「季哥，你總是關心我照顧我，我卻忘了去關心你，你的暖寶寶早就不熱了我都沒發現。」

「我身上不正貼著一個巨大的暖寶寶嗎？」季冕低頭看他，表情愉悅。

肖嘉樹臉頰迅速漲紅，吭哧了半天才小聲道：「季哥，那我貼你一輩子啊？」

季冕低應一聲，這才把戀人放下，又拍了拍他挺翹的屁股，大步朝皇宮走去。肖嘉樹連忙追過去，悄悄把自己身上的暖寶寶撕下來，貼在他背後。

薛淼站在城牆上看著這一幕，不禁莞爾……

《女皇》殺青後，季冕和肖嘉樹便飛到國外舉辦婚禮去了，臨行前只為《一路狂奔》做了一場路演，氣得趙川差點一佛出竅二佛升天。這他媽都是些什麼人？你說你們是演員也就算了，拿到片酬後電影賺不賺錢與你們的關係不大，但你們是投資人啊！拍電影的錢都是你們出的，你們就不能長點心出點力？

好吧，與電影比起來，結婚的確比較重要，尤其婚禮還是薛淼為他們補辦的，請來了肖定邦、季母、修長郁等重磅嘉賓，可見用心十足。聽說肖啟傑也想去，求了薛淼很多次她都沒同意，後來只能空運了許多鮮花送去婚禮現場，聊表心意。

攪基攪到雙方家長都心知肚明，還大力支持的地步，趙川也是服氣的。他以前還覺得自己和周楠的感情非常好，是圈內難得的情比金堅的一對伴侶，看了肖嘉樹和季冕的相處模式才明白一個道理：貨比貨得扔，人比人得死。與二十四孝男友季冕比起來，周楠算個屁啊，不會做飯，不會打掃，也不會照顧人，這日子簡直沒法過了！

懷著酸溜溜的心情給兩人隔空送去祝福後，趙川只能絞盡腦汁地剪輯了一個預告片，大肆投放在網路上，希望能代替路演的宣傳效果。事實證明他的決定很英明，預告片裡剪輯了很多季冕和肖嘉樹的鏡頭，既使兩人的關係撲朔迷離，也讓觀眾看得欲罷不能。雖然情節不連貫，不能通過預告片知道電影在說些什麼，但笑點貫穿了每一個畫面，令人捧腹。

臨到過年誰不願意放鬆心情，於是喜劇片的市場就變得格外火爆，而《一路狂奔》是一眾賀歲片裡投資最小，演員咖位最大，宣傳發最少的，票房和口碑到底如何誰也說不準。

邱玲玲和蘇安娜這對閨蜜又和好了，眼下正相約來電影院看電影。盯著顯示幕看了一會兒，她們發現《一路狂奔》的排檔率並不算高，大概只有百分之十左右，在一眾大製作的電影中很不顯眼。

「也不知道這些年國內電影市場到底怎麼了，動不動就投資幾個億去拍電影，也沒見拍出什麼好東西來。」蘇安娜搖頭道。

「聽趙川導演說《一路狂奔》只投了幾千萬，其中三千萬是他和吳傳藝等人東拼西湊借來的，另外三千萬是季神和肖嘉樹出的，與其他賀歲檔電影比起來成本真的很低，應該能回本吧？」邱玲玲擔心季神和肖嘉樹虧錢。要是虧了，下次就很難看見他們合作了。

「虧不了，預告片都在網路上傳瘋了，我看一次笑一次，腹肌都快笑出來了。」蘇安娜拍拍自己的肚皮，催促道：「時間到了，咱們趕緊進場，我要看季神和肖嘉樹的互動。」

兩人走進播映廳坐好，趁燈光還未熄滅四下看了看，發現上座率幾乎達到了百分之百，不由鬆了一口氣。這部電影雖然排檔率低，但季神的票房號召力還是很強的，每一場都爆滿的話，院線後期會把他們的排檔率調高，這樣就不怕虧錢了。不過，僅僅依仗季神的名頭來吸引觀眾顯然是不夠的，票房要想大爆還得靠品質和口碑。品質和口碑不好，對季神也會產生負面影響，畢竟這是在消費他的人氣。

同時這也是肖嘉樹第一次擔當主演的電影，票房不佳對他的從影之路也很不利，無良媒體會給他冠上一個票房毒藥的名頭，日後再想翻身肯定得付出百倍千倍的努力。

希望這部電影能像預告片那樣精彩，別讓觀眾失望。

懷著這樣的想法，邱玲玲和蘇安娜靜下心來觀看電影，然後很快就沉迷進去。當肖嘉樹以極其酷炫的方式出場時，她們驚得下巴都快掉了。

肖嘉樹雖然是個富二代，但他的微博從來不炫富，相反還很接地氣。他喜歡曬自己織的毛衣毛褲，也喜歡曬美食照和風景照，自拍都很搞怪，還把粉絲送的綠帽子戴上自黑一把。他的口無遮攔和逗逼幾乎是人盡皆知的事，想到他，大家的第一印象是低調，第二印象是搞笑，從來不會覺得他多麼高冷。

然而，在這部電影裡，邱玲玲和蘇安娜首次顛覆了對肖嘉樹的印象。原來他也可以很高冷，很酷炫，穿著緊身西裝一邊款擺一邊跨進夜店的小模樣要多騷浪有多騷浪。

邱玲玲和蘇安娜臉紅了，感覺此時此刻的肖嘉樹就是會行走的費洛蒙，渾身上下都散發著誘人的氣息，但是很快她們又噴笑出來，只因路過一排落地鏡時，肖嘉樹竟湊過去撫弄自己鬢角的頭髮，一邊眉梢挑得高高的，一邊眉梢壓得很低，舌尖從齒縫裡滑出來，輕輕在唇角舔了一下。

臥槽，這樣的肖二少好油膩，好想打他是怎麼回事？

「沒眼看呀！騷成這樣會被套麻袋的吧？」邱玲玲垂頭扶額，低不可聞地道。

「很好啊，很有我樹的風采。」蘇安娜興奮道：「我有預感，這是一部男色電影！」

蘇安娜的預感沒出錯，肖嘉樹很快就因為太騷浪，哦，不，太炫富被綁架了。得知匪徒想從自己這裡拿到那張晶片，他和吳傳藝連忙去夜店尋找，卻碰上了黑幫包場。為了要混進去，肖嘉樹穿上那件在預告片裡出現的墨綠色貼身小旗袍。筆直的大長腿包裹在黑絲裡，屁股翹翹的，別提多誘人。他既可以是男一號，也可以是女一號，男女扮相都讓人驚豔，瞬間就讓觀眾高潮了。

「我幻肢硬了。」蘇安娜嘴巴張得大大的，忘了吃爆米花。

邱玲玲興奮得臉都紅了，小聲道：「季神快出來了吧？他倆終於要見面了！」

果然鏡頭一轉，季晁出場了，他叼著雪茄坐在主位，一眾面相兇惡，體格魁梧的暴徒都成了他的陪襯。他穿著一套昂貴筆挺的黑西裝，裡面的白襯衫敞開幾顆扣子，露出畫滿刺青的胸膛和性感的鎖骨，頭髮一絲不苟地梳理到腦後，完全展露出他那張刀削斧鑿的俊臉，狹長的眸子隔著煙霧微微一瞇，氣場懾人。

不知哪個小女生低呼了一聲，彷彿被嚇到了，又彷彿被迷得暈了頭，邱玲玲和蘇安娜卻已經不說話了。

這真的是一部男色電影，每一個畫面都散發著濃濃的費洛蒙，讓人想撲上去舔屏。

季神繪滿紋身的樣子太邪惡也太冷酷，簡直顛覆了她們的想像，他真的是那種可以駕馭任何角色的演員。

不過，季神的扮相不是最大的看點，很快，當肖嘉樹被押入包廂開始跳舞時，播映廳裡再次掀起高潮。觀眾都快笑岔氣了，覺得他這副模樣又喪又萌，和他的女神扮相形成了強烈的反差。當他撲到季晁雙腿之間時，不斷有女生發出興奮的尖叫。

邱玲玲和蘇安娜的眼睛都瞪直了，幾乎是屏住呼吸地看完了兩人在包廂裡的互動，想笑又擔心笑趴下的時候會錯過任何一個畫面，於是死死按捺住，直到季神幾槍把痔瘡膏的盒子打穿，意味深長地瞇了瞇眼，她們才吐出一口氣。

臉好紅，心臟跳得好快，她們感覺自己和電影裡的丁勁松一樣，戀愛了！

之後的情節越發搞笑，肖嘉樹被陷害入獄，季神主動投案去救他，變著法子捉弄他，白天讓他當個仗勢欺人的小狐狸，晚上把他逼到牆角逗得他嚶嚶哭泣，笑點一個接一個。

播映廳裡的笑聲幾乎就沒停下來過，邱玲玲和蘇安娜卻臉頰通紅，心肝亂顫。太萌了，這兩個人的互動簡直太萌了。得知心上人是被陷害的，丁勁松二話不說就掏出七千萬美金把對方贖出監獄，自己卻要坐好幾年的牢，這就是真愛啊！

「不想丁勁松坐牢，想他們兩個在一起。」蘇安娜看著在監獄門口揮手道別的兩人，眼淚都快出來了。

「不會的，電影才播了四十多分鐘，還有一大半沒播完，丁勁松後面還會出來的，他倆肯定還有對手戲。」邱玲玲輕聲安慰。天知道她有多喜歡這兩個人在一起的情節，他們看起來好般配，好曖昧，甜中帶笑，笑中又帶淚。

徐天佑晚上睡不著覺，躺在床板上對丁勁松絮絮叨叨，談論自己的父親、母親、兄弟姊妹，然後脆弱得哭起來。總是欺負他的丁勁松走到床邊，將他的腦袋抱在腿上，像撫摸嬰兒一般輕輕撫摸他髮絲，也低聲訴說自己的家庭和遭遇。這是兩人第一次交心，畫面那麼溫暖曖昧，令觀眾看了不禁產生戀愛的感覺。

監獄的劇情過去後，邱玲玲和蘇安娜心裡一陣空落，又很快被更多笑點和精彩的劇情吸引。終於，狂奔二人組在丁勁松的幫助下搗毀了人蛇集團，救出了被販賣的兒童和少女，故事也進入尾聲。肖嘉樹和吳傳藝登上了回國的班機，季神卻始終沒出現……

「這就完了？丁勁松呢？」蘇安娜狠狠皺著眉頭。

「再等等，還沒放片尾曲呢。」邱玲玲也覺得心裡缺了點什麼，很不得勁。

就在這時，坐在機艙裡的肖嘉樹開始頻頻往外看，似乎在搜尋什麼。

吳傳藝打趣道：「在找誰，捨不得你家大佬？」

「哼，我會捨不得他？」肖嘉樹朝天翻了一個白眼。

「是嗎？」坐在前排的男人回過頭，露出一張霸氣的臉，不是大佬又是誰？

肖嘉樹嚇得彈跳而起，大聲喊道：「我要下飛機……」邊說邊扒拉兩邊的乘客，試圖逃出去。這傢伙要是跟他回了國，他的菊花就真的保不住了！

密密麻麻的字幕爬上銀幕，片尾曲隨之響起，播放廳裡亮起燈，很多觀眾開始離場，卻也有很多觀眾留在座位上不願意動彈，而且大多是女觀眾，她們小聲說道：「再等等，萬一後面還有彩蛋呢！」

「對對對，我們先別走，再看看！」蘇安娜拽住邱玲玲。

邱玲玲根本沒想走好嗎？她的屁股就像長在椅子上一般，明知下一場的觀眾要進來了，卻死活不願意挪動，這是她頭一次希望電影永遠不要完結。

然而，很遺憾，片方並未贈送彩蛋，等到最後一排字幕滑上頂端，工作人員來催了，邱玲玲和蘇安娜才依依不捨地離開。

回去之後，她們懷著不甘的心情寫了幾千字的影評，強烈要求片方繼續拍攝第二部，她們還想看丁勁松和徐天佑這對歡喜冤家的互動。

「等不及了，好想網路版快點出來，這樣我就可以把丁勁松和徐天佑的對手戲單獨剪輯下來，做成MV。老實說，我覺得這部電影完全可以當成愛情喜劇片來看，換季神和肖嘉樹當主演，加大丁勁松和徐天佑的戲分，重重地加，那樣票房會更高。他倆的互動萌得我肝兒顫，不說了，明天準備二刷。」

「嘻嘻嘻，我也是把這部電影當成愛情片來看的。不說了，我明天準備三刷。我才不會告訴妳們後面的幾刷我純粹是為了看季神和肖嘉樹的對手戲才去的。」

「如果網路版出來了，哪位大神一定要把季神和肖嘉樹的戲分單獨做成MV，我一整年的狗糧就全靠妳們了！」

「這樣的MV我可以舔一年！」

此類評論在網路上比比皆是，季冕本來就是一個不容易被忽視的演員，而他在《一路狂奔》中的表現更是無可挑剔。丁勁松這個角色極為狠辣，卻又癡情專一，人設非常討喜，而肖嘉樹扮演的徐天佑是個生性風流的富二代，渣得很天然，卻又逗比可愛。這對CP的容貌相當，性格互補，站在一起的時候更是養眼，怎能不叫人喜歡？

繼《使徒》裡的兄弟ＣＰ、《蟲族大戰》裡的主僕ＣＰ後，季冕和肖嘉樹又創造了一對更逗趣的ＣＰ，大佬攻對小弱受，或者大佬攻對小浪受，反正怎麼配對都有愛，一時間吸粉無數。

很多不懂「腐」為何物的觀眾，在看完這部電影後終於正確抓到了男男ＣＰ的萌點，從此掉進腐坑再也爬不出來。

《一路狂奔》由於排檔率低，初期票房並不高，後勢卻非常迅猛，一週後終於爬上票房冠軍的寶座，狂攬九點八億，且排檔率漸漸升到了百分之四十七，口碑也持續發酵，臨到下線已坐收二十三億票房，算是春節檔最大的一匹黑馬。

肖嘉樹則憑藉傲人的票房成績成為了本年度最耀眼的一顆新星。有影評人酸溜溜地說肖嘉樹是他見過的運氣最好的演員，出道以來只拍了三部電影，卻部部都是高票房、高口碑的大作，像開了掛一般。果然富二代都是人生贏家，剛生下來就已經抵達終點站了。

無論別人怎麼酸，肖嘉樹的實力就擺在那裡，你說他憑藉家世才走到這一步，那你倒是點評一下他的演技，說說他的缺點啊！事實是他的演技沒得挑，哪怕與季冕那樣的國際巨星合作，他依然可以脫穎而出。吳傳藝在《一路狂奔》中的表現雖然很好，卻有被季冕壓制的勢頭，肖嘉樹卻完全不會。他的角色明明那麼弱氣，可觀眾絕對無法忽略他的存在。

他憑藉《一路狂奔》中的優異表現再一次證明了自己。

這部電影下檔後的兩個月，肖嘉樹和季冕一直未在公開場合露面，彷彿人間蒸發了，但很快，由薛淼主演的《女皇》再次讓兩人刷爆了銀幕。這回他們分別扮演仁宗李憲之和鎮國大將軍魏無咎，高超的演技和悲慘的劇情賺足了觀眾的眼淚。

大佬攻和小浪受的熱度還沒消退，君臣CP又出來了，一對比一對有愛，叫粉絲舔屏都不知道該舔哪一塊。網路寫手也忙得要死，各種同人文漫天飛，隨隨便便就能賺到大批的流量。CP粉這個神祕的群體徹徹底底火了，人數一擴再擴，幾乎能與根正苗紅的純粉分庭抗禮。樹冠CP的任何一點新聞都能長時間占據熱搜榜前三的位置，國民認知度史無前例的高。

方坤急得嘴巴都起了一串燎泡，生怕兩人火得太過，最後反而糊了，但他每一次打電話詢問季冕要不要把熱度壓一壓，都會得到否定的答案：「不用壓，隨大家去吧，我和小樹本來就是一對的。」

扯了結婚證，辦了儀式，雙方家長還都出席並表達了祝福，季冕和肖嘉樹也就徹底放飛了。管外界怎麼說呢，他們過自己的小日子就行。

薛淼也憑藉《女皇》中的優異表現重新登上大銀幕，熱度久久不退。

二十年了，她不僅沒老去，歲月還將最珍貴的一份禮物送給了她，那就是成熟和成長。哪怕與那麼多老牌影帝同場飆戲，她依然是最亮眼的那一個。戲裡戲外她都是無可爭議的女皇，誰也不能搶走她的風采。

《女皇》最終十九點九億的票房，惜敗於《一路狂奔》，成為本年度的票房亞軍，而薛淼和肖嘉樹在電影裡的表現也時時被影評人拿出來討論。都說藝術細胞是可以遺傳的，看了母子倆在電影中互飆演技的場景，很多人都對這句話深信不疑。

新聞媒體很想邀請三人做個專訪，畢竟他們的總票房加起來達到了驚人的四十億，說他們是近期最紅的演員也不為過，但不知道為什麼，三人卻齊齊失蹤了，再出現已是四月中旬的金像獎的頒獎典禮。

休息室內，季冕正低下頭專心打理西裝，早就穿戴整齊的肖嘉樹坐在梳妝檯上，目不轉睛地看著他。

方坤推門進來，看清兩人的服飾，額頭的青筋便跳了跳。

同樣的顏色，同樣的款式，同樣的手錶，只是一個打領帶，一個打領結而已，這有什麼區別嗎？生怕別人看不出來你們穿的是情侶裝？

「你們要不要換個衣服？」明知道自己在說廢話，他依然痛苦萬分地開口。

季冕連一眼都懶得給他，肖嘉樹則擺擺手，「不換，我就喜歡這樣穿。這衣服可是季哥幫我挑的，領結也是季哥幫我打的，漂亮吧？」

「漂亮。」方坤從牙縫裡擠出笑。

季冕拿出兩對款式相同的鑽石袖釦，幫戀人戴好後才開始幫自己戴。肖嘉樹盯著他俊美無儔的側臉，目光漸漸灼熱起來。季哥今天好帥，超級帥，帥得他合不攏腿！髮型很野性，目光很犀利，身材很筆挺，寬肩窄腰大長腿，簡直了……

如果這時候季哥抬頭看我一眼，我就親他一口。肖嘉樹眼饞地忖道。

季晁似有所感，忽然抬起頭看了他一眼，他立刻壞笑著撲過去，按住季晁的後腦杓，強迫他與自己交換了一個濕漉漉的舌吻。

「季哥，我把你的唇膏吃掉了。」事後他得意洋洋地舔著嘴唇。

季晁啞聲一笑，然後將他按在鏡子上一通深吻，手掌探入他的西裝外套，在他已經酥軟的後腰摩挲。眼看兩人又要膩歪在一起，方坤趕緊提醒：「二位，你們等會兒還要走紅毯，如果不想讓觀眾看見你們的小帳篷，還是消停會兒吧！現在只剩十分鐘了，十分鐘的時間你們能不能消腫？」

肖嘉樹摸了摸季哥又燙又硬的那處，頓時低笑起來。

季晁把頭埋在戀人頸窩裡呻吟，無奈道：「別摸，再摸下去我們就不用去走紅毯了。」

「那就不走唄。」肖嘉樹拉開拉鍊，握住那處。

眼看季晁被說動了，方坤連忙跪求：「別，兩位祖宗，求你們千萬別！這是你們失蹤五個月後的第一次亮相，一定不能放影迷和主辦方的鴿子！我去拿冰水給你們，你們先喝幾口降降火！」話落打開一絲門縫，探頭大聲喊道：「小周，快去拿冰水來，我有急用！」

肖嘉樹趴在季哥肩頭低笑，手指還是不老實。

季晁倒吸一口冷氣，一邊將他的手拿出來，一邊拍了拍他的屁股，嗓音飽含寵溺：「別調皮，不然我讓你出席不了頒獎典禮。」

會場外鋪著長長的紅地毯，紅毯兩端滿是記者和粉絲，鎂光燈如星光般閃耀，尖叫聲一浪高過一浪。開場嘉賓是一位德高望重的老藝術家，在他之後又有幾對男女明星相攜走過，都是圈內的大腕。

粉絲們看得目不暇接，主持人也介紹得口都乾了，就在這時，場外忽然安靜了幾秒，然後便是衝天而起的聲浪。

「季神，是季神！天啊，他真的和肖嘉樹一起走紅毯，這一趟來得太值了！」

季冕和肖嘉樹的粉絲幸福得快暈過去。開場前他們一直在猜測季冕和肖嘉樹到底會與哪位女明星攜手走紅毯，兩人主演的電影從年底一直火到年初，他們組成的CP也成為大家熱議的話題，粉絲還以為他們會為了避嫌分開走紅毯，甚至邀請某位女星壓壓之前的緋聞，可他們並沒有，他們一起來了，穿著同款式的西裝，戴著同樣的手錶和袖釦，只是一個打領帶，看起來比較成熟穩重，一個打領結，像王子似的青春亮眼，站在一起的樣子登對極了。

是的，就是登對，比之前走過去的幾對明星夫妻還要和諧融洽。這並不僅僅只是CP粉的感覺，就連新聞記者也都這樣認為，於是紛紛舉起相機瘋狂拍照。

《繼同時失蹤後，季冕和肖嘉樹又同時出現，他們幹什麼去了？》、《季冕與肖嘉樹穿著同款西裝走紅毯，是兄弟還是情侶？》、《票房收割機相攜亮相，氣氛融洽似情侶》，一個又一個博人眼球的標題在記者的心中醞釀，只等回去後埋頭敲鍵盤。這一對有太多的熱點可以炒作，也有太多的噱頭可以拋售，隨隨便便寫幾句就能引發數十萬的點擊量。

兩人的粉絲已然掌控了全場，尖叫聲完全蓋過了別的明星的粉絲。看見季冕下車後伸手去扶肖嘉樹的後腰，他們捂著嘴叫得臉頰通紅；看見季冕湊到肖嘉樹耳邊說話，笑容溫柔寵溺，他們興奮得差點暈過去。

這一對太甜也太養眼，幾乎秒殺所有開場嘉賓。看看他們同樣俊美的臉，看看他們同樣完美的身材，看看他們邁著優雅步伐的大長腿……粉絲已經不知道該怎麼去形容這一對，但就是覺得他們應該在一起。

如果今天他們分開走，手裡分別挽著一位女明星，他們一定會拉布條抗議。

「季老師、肖嘉樹，我愛你們！」

「季老師、肖嘉樹，你們一定要繼續合作啊，我喜歡看你們的電影！」其實這位粉絲更想說「你們一定要好好的在一起，別分開」，但公眾場合，她只能換個更委婉的說法。

季冕似乎聽見了，朝她的方向看過去，還拍了拍肖嘉樹的肩膀。兩人同時轉過頭微微一笑，看起來那麼和襯，那麼默契。

「啊啊啊，老夫的少女心！」這位粉絲捧著心軟倒在好友懷裡。這一刻真是太幸福了，她不想談戀愛，她只想看這兩個人談一輩子戀愛！

「季哥，我們的粉絲好多啊！」肖嘉樹對人群揮揮手，臉頰因為激動泛著一些紅暈。他第一次直白地認識到自己是多麼受歡迎，頻頻閃爍的鎂光燈照射在身上，刺得眼睛乾澀，但同時也帶來了一些別樣的成就感。這成就感不是萬眾矚目的得意，而是努力付出之後所獲得的滿足感。

「以後會更多。你的路還很長，我會一直陪你走下去。」季冕揉揉戀人的髮絲，毫不意外地聽見粉絲發出一陣高昂的尖叫聲。

由於兩人合作拍攝的電影太多，每一部都是搭檔，每一部都沒能得到圓滿結局，CP粉在壯大的同時也頗感怨念，更加希望現實中的他們能美滿一點。只要他們稍微親近一些，譬如搭個肩膀，拍拍頭，他們就能腦補出很多甜蜜的情節。

對此，季冕只能搖頭莞爾。他絲毫不介意CP粉的腦補，更不介意自己和小樹的緋聞傳得漫天都是，他們本來就是一對，怕什麼？

也正是緣於他的這份理直氣壯，旁人意淫歸意淫，卻從來不會認為他們真的在一起了。正如此刻，得知薛淼和修長郁就在他們後面出場，季冕和肖嘉樹竟停在紅毯中間不走了。

薛淼與修長郁攜手踏上紅毯，走到兩人身邊後笑著聊了一會兒，讓媒體拍幾張照片，然後才繼續前行。薛淼非常親熱地拍打季冕的肩膀，而季冕則對她畢恭畢敬。臨到上臺階時，修長郁去攙扶薛淼，季冕自然而然地把手掌按在肖嘉樹後腰，眼睛盯著他腳下，儼然一副守護者的架勢。這姿態原本是很曖昧的，但薛淼也在場，便令人不敢胡亂猜想。

這兩個人要真是有什麼，薛淼能允許他們走那麼近？不可能的！意淫就是意淫，成不了真。原本擬好標題的記者們又把之前的構想劃去，準備寫一篇母子聯手闖銀幕的長文。

踏上臺階，與主持人閒聊幾句，又在牆上留下簽名，四人這才步入會場。進入會場的一瞬間，黑暗降臨燈光未至，肖嘉樹忽然握住季冕的手，用力捏了捏。在紅毯上，當季哥跟他說會一直陪他走下的時候，他就想這樣做了。

要走就牽著手一起走，這樣才踏實！

季冕短促地笑了一聲，反握住他的手，直到步入燈火通明的大廳才放開。

兩人像沒事人一般走到第一排坐定。幾位老牌帝后反應不一，有的笑著站起來打招呼，有的只是漫不經心地一瞥，並不搭理。

「薛淼，恭喜妳復出成功。」一位影后似笑非笑地說道。她與薛淼同期出道，人家紅得發紫的時候她還在演洗腳婢，咖位相差極大，但現在不一樣了，她影后獎都拿了好幾座，薛淼四十出頭卻得重新來過，真是三十年河東三十年河西。

「咦，妳和妳兒子的座位在第一排嗎？主辦單位是不是搞錯了？」她狀似關切，實則暗含嘲諷。咖位足夠大的人才能坐第一排，這是常識。

「沒錯，座位是我臨時調換的，沈女士有意見嗎？」肖定邦徐徐走過來，語氣冰冷。肖氏製藥是這一屆金像獎的最大贊助商，自然是他們怎麼要求，主辦方就怎麼安排。

「怎麼會呢，我只是怕薛淼走錯位置而已。肖先生，您好，很高興見到您。」這位影后笑得極其尷尬。她還以為薛淼離婚後什麼都不是，沒想到肖家人卻還這麼護著她。

「定邦，最近還好嗎？」薛淼與繼子擁抱一下。

「還是老樣子。」肖定邦笑容溫和。

「哥，我想死你了！」等母親抱完之後，肖嘉樹就像樹袋熊一樣掛在哥哥身上。

肖定邦的笑容瞬間有了溫度，眼角眉梢全是濃濃的寵溺和熱切。他用力拍打弟弟脊背，又揉了揉他的腦袋，將他放開後還不忘幫他整理髮型，免得待會兒上鏡的時候不好看。弟弟雖然長大了，可關係修補之後他似乎又回到了兒時的狀態，黏人得緊。

不過，肖定邦一點也不覺得厭煩，反而十分享受。他錯過了弟弟的童年，卻依然可以伴隨他成長。他才二十出頭，人生的路還很長。

「淼淼、小樹，好久不見。」被身材高大的兒子擋了個嚴實的肖啟傑這才啞聲開口。

「爸，您怎麼來了？」肖嘉樹雖然很驚訝，卻也沒流露出怨恨之類的神色。他本來就不是一個記仇的人，更何況對方還是生他養他的父親。

薛淼只是挑了挑眉梢，並不回應。

兒子能招呼自己一聲已經足夠了，肖啟傑也不敢乞求更多，只能搖頭苦笑。幾位影帝影后齊齊站起來向兩人打招呼，態度很周全。肖啟傑擺擺手讓他們坐下，目光卻掃向季冕。

「小冕，你們最近還好吧？」原本對同性戀極為排斥的肖啟傑，現在卻得靠討好兒婿來討好兒子。

「很好，謝肖叔關心。」季冕溫和有禮地笑了笑。

「有空和小樹去我那兒坐坐，我現在搬到郎華山去住了，環境很好，很清靜，絕對不會有狗仔跟拍。」肖啟傑暗示性地說道。他見不著兒子，只能把希望寄託在季冕身上。他如今才知道什麼叫做一無所有，妻子走了，兩個兒子都不沾他的邊，他也只能拉攏季冕這個新的家庭成員。

至於兒子會不會絕後，這種問題他根本不考慮。只要兒子覺得幸福就好，他忽略了他那麼多年，還差點害死他，如今哪裡敢讓他不開心？兒子若是能像小時候那般對他甜甜一笑，他能激動得掉下淚來。

「好的，有時間我們會回去看您。」季冕知道小樹不會記恨肖啟傑，這才敢答應下來。

「好好好，你們也別總是忙著工作，要注意保養身體。你們在國外的專訪我看過了，真的很不容易，鋼絲吊上去足有十幾米高，看著嚇人……」肖啟傑是真的老了，一說起話來就喋喋不休。不過這也與他現在的處境有關係。以前他的話沒人敢不聽，現在他的話沒人聽，臨到頭反而只剩下孤零零的一個。

季冕坐在他身邊，極有耐心地點著頭。無論怎樣，這畢竟是小樹的家人，該尊重的還是要尊重，尤其是在公眾場合。

肖嘉樹緊挨著季哥落座，一隻手搭放在扶手上，一隻手撐著腦袋，靜靜看他們說話。他的家庭關係很複雜，季哥卻處理得非常好，從來不會讓他難做，也不會讓他的家人難堪，能嫁給季哥這種極有責任感的男人真是太幸運了。

咦，我為什麼要用「嫁」這個字……撐著頭的手微微往下一滑，差點讓肖嘉樹硌在椅子扶手上，若非季冕先一步托住他的額頭，他一定會出醜。

「想什麼呢？」季冕湊在耳邊低語，嗓音裡含著濃濃的笑意。

「沒想什麼，昨晚太累了，不小心打瞌睡。」肖嘉樹臉紅紅地擺手。

季冕眼中的笑意更濃，把礦泉水瓶擰開，低聲道：「喝點水醒醒睡意。」

肖嘉樹接過瓶子喝水，順便把腦海中的胡思亂想沖下去。

肖定邦攬住弟弟的肩膀，柔聲道：「想睡就靠著我睡一會兒，反正時間還早。」

他們其樂融融，宛若一家的樣子叫旁人看傻了眼。

季冕和肖嘉樹的關係一直備受外界猜測，從他們的一舉一動來看，的確好得有點過分，但從肖家人的反應來看，卻似乎是天經地義的事。如此，他倆應該不是同性戀吧？不然肖定邦和肖啟傑能那麼看重季冕？

大家都這麼想，久而久之，倒也沒人覺得季冕和肖嘉樹舉止親密是多麼奇怪的一件事。世俗觀念限制了他們的想像力，他們打死也猜不到這兩人居然早就結婚了，而且還獲得了雙方家長的祝福。

思忖間，又有幾位明星入場，卻都坐在後排。他們找到自己的座位後便走上來與前輩打招呼，其中一個是很久沒見的林樂洋。

看見情敵，肖嘉樹立刻從懶洋洋的狀態中回過神來，坐姿筆挺，目光如炬，咬牙忖道：小樣兒，你還敢來？

季冕把手按壓在他的手背上，輕笑了兩聲。

小樹吃醋的樣子真可愛……

「季總、肖嘉樹，好久不見，你們最近過得怎麼樣？」林樂洋躬身詢問。

「我們好著呢！」肖嘉樹往季冕身上靠了靠，然後愕然道：「咦，你好像變樣了，比以前帥很多啊！」他是個直腸子，有什麼說什麼，並不會因為那點私人恩怨就故意貶低對方。

林樂洋頓時笑起來，摸著山根處說道：「我最近墊了鼻樑，這樣比較上鏡。」肖嘉樹是第一個誇他帥的人，雖然發生了那麼多尷尬的事，但他對他真的討厭不起來。

為了事業，明星或多或少會對自己的容貌做出調整，這並沒有什麼大不了。他們的工作內容畢竟與普通人不一樣，五官和身材是他們的本錢之一，不保養不行。

肖嘉樹點點頭，再次誇道：「的確很上鏡。」

這是林樂洋頭一次在同期出道的藝人中聽見正面評價，不帶酸意，更不含嫉妒，讓他舒服極了。他與兩人寒暄幾句，分開後心內一嘆：肖嘉樹真是一個神奇的人，初看很倨傲，讓人不自覺地疏遠甚至討厭，但越是了解便越是喜歡，難怪季哥會愛上他。緣分這種東西不信不行，沒緣分再怎麼努力也會漸行漸遠，有緣分哪怕誤會重重也能走在一起……

林樂洋走後，肖嘉樹又靠倒在椅背上，指尖有一下沒一下地點著季哥的手背。大廳裡全是攝影機，正即時拍攝嘉賓的表現，他卻絲毫也不遮掩。季冕與肖啟傑說一會兒話便會看他一眼，眉目宛然，濃情脈脈。

兩人的氣氛很曖昧，一看就知道有問題，但因為左右兩端分別坐著肖啟傑、肖定邦和薛淼，旁人半點也不懷疑，這就是所謂的「燈下黑」吧。

所有嘉賓都到場後，頒獎典禮正式開始。

肖嘉樹有三部電影入圍，分別是《使徒》、《一路狂奔》和《女皇》。放眼整個影視圈，像他這種高產出、高品質、高口碑的新人演員實在不多，所以攝影師頻頻把鏡頭對準他。

他原本可以憑藉《一路狂奔》角逐最佳男主角獎，最終卻放棄了。吳傳藝是草根出身，沒人脈沒背景，自身卻很努力，他想多給對方一些機會，於是改去角逐最佳男配角獎。他在《使徒》和《女皇》中的表現都可圈可點，但相對來說，《女皇》中的演技更成熟些，所以入圍的角色是李憲之。

頒發到最佳男配角獎時，大銀幕開始播放幾位候選人演出的精彩片段。李憲之揮劍斬斷白幡和蠟燭，在熊熊烈火中跳入石棺，他最後那個絕望而又釋然的眼神令人久久難忘。攝像師立刻去拍攝肖嘉樹的反應，發現他正盯著螢幕，表情有些緊張。

「別緊張，在我心裡你是最棒的。」季冕輕輕拍打他手背。

對別人來說，這句話似乎只是一句套話，安慰人的時候誰都願意添上這麼一句，肖嘉樹卻知道，季哥絕對是發自肺腑地認為他是最棒的。或許這樣形容有些不要臉，但他一直都很清楚，自己在季哥心裡不但是最佳男配角，還是最佳男主角，是他的全部。同樣的，季哥也是他的全部。

能得到季哥的認同對肖嘉樹而言已經是最高獎項，金像獎甚至奧斯卡什麼的都比不了，於是他立刻就不緊張了，抿直的唇角微微一彎，輕鬆地笑起來。

自己只是說了一句話而已，就能讓戀人如此高興，季晁眼裡也溢出濃濃的愉悅。他發現小樹很容易受自己影響，於是他會慎重對待他們在一起的每一天，盡自己最大的努力讓小樹感到幸福。當小樹心底的愛意毫無保留地傳遞給他時，他自然而然也會變得幸福起來。他從來不會感到疲憊或有負擔，因為小樹的要求實在是太少，少到一個親吻，一個擁抱，幾句暖心的話甚或一條關懷的簡訊，就可以讓他樂上大半天。

哪怕不動用讀心術，季晁也能知道他在想些什麼。

「季哥，我現在一點也不緊張了。」肖嘉樹湊到季晁耳邊低語：「你就是我的獎盃。」

季晁扶額低笑，用盡全部的力氣才壓下抱住小樹親吻的衝動。

攝影師發現肖嘉樹雲淡風輕地笑了起來，與其他幾位候選人故作輕鬆的姿態完全不同，連忙給他的臉拍了一個特寫。觀看直播的粉絲豎起大拇指誇小樹苗夠淡定，然後把他和季神咬耳朵的畫面截圖保存。粉上這對CP簡直太爽了，吃狗糧可以吃到撐！你們倆還能再近一點嗎？鼻尖已經點在一起，再近就可以接吻了！

但很快季晁就離開了觀眾的視線，粉絲只看見一個空空的座位，而肖嘉樹也面無表情地看向大銀幕。

「臥槽，一眨眼人就沒了！這兩位不同框，我怎麼覺得那麼不習慣？」有粉絲哀嚎道。

「我就說畫面怎麼那麼不和諧，原來是小樹苗身邊少了季神的緣故。經常看見他們出雙入對，猛然少了一個真的有點冷，抱緊我自己。」

「季神不會是準備頒獎去了吧？如果是小樹苗得獎，那畫面……呵呵呵……」這位粉絲發出了杠鈴般的笑聲。

「啊，不能腦補了，畫面超級有愛！小樹苗要是沒得獎，季神會不會直接把獎盃給扔掉啊？哈哈哈……」

所有候選人都介紹完，也看了精彩片段，主持人邀請頒獎嘉賓上臺。季冕果然施施然走上來，手裡拿著一張精美的卡片。臺下的明星紛紛鼓掌，線上的觀眾笑得嘴巴都合不攏了。還真是季神來頒獎，如果得獎的不是小樹苗，他們要給主辦方寄一整年的刀片。

「季老師，您覺得獲獎的演員會是誰？」主持人故意給季冕挖坑。

「大家都有機會。」季冕話雖這麼說，含笑的目光卻毫不掩飾地看向臺下的戀人。肖嘉樹掩住嘴，免得自己太過得意的表情讓人看見，彎彎的眉眼卻已經把他出賣了。

主持人怪裡怪氣地「哦」了一聲，線上的觀眾也有志一同地發了很多「哦」的彈幕。季神你別裝了，你看向肖嘉樹的眼神還能再熱切一點嗎？

「好的，現在有請季老師為我們揭曉最佳男配角角獎。」主持人抬手道。

季冕慢慢打開卡片，盯著上面的名字看了兩秒，這才語氣欣悅道：「本屆最佳男配角獎的得主是……」他垂眸笑看戀人，溫柔至極地念出三個字：「肖嘉樹。」

現場嘉賓齊齊鼓掌，線上觀眾紛紛發來賀電。毫無疑問，這個獎頒給肖嘉樹絕對不存在內幕。今年他總共有三部電影入圍，每一部的表現都精彩至極，他甚至有資格角逐最佳男主角獎，卻放棄了，因為他想給別人更多機會，他的實力和人品有口皆碑。

肖嘉樹站起來對幾位候選人揮手，又與肖定邦、薛淼、修長郁擁抱。肖啟傑伸出手，表情忐忑，肖嘉樹並未猶豫，自然而然地抱住他，輕輕拍了兩下。這無言的和解，讓肖啟傑瞬間掉下兩行熱淚。這是他的兒子，也是他的驕傲。

薛淼的眼眶也紅了，背轉身擦了擦眼角。她可以仇視肖啟傑，卻不希望兒子對至親之人懷著恨意。他最終長成了最好的模樣，心地善良，心胸闊朗，他的人生才剛剛開始。

肖嘉樹踏上舞臺，慢慢走到季冕身邊。他並未去接獎盃，而是張開雙臂抱住對方，很緊很用力。季冕把獎盃放在臺上，同樣用力地回抱他，分開後凝望彼此，燦然一笑。對他們來說，榮譽和獎項都是可有可無的點綴，唯有彼此才是最重要的。

「獎盃不要了嗎？」

「獎盃：你們倒是看看我啊，我可是金像獎最佳男配角！」

粉絲的調侃聲鋪天蓋地，心裡卻都同樣悸動。

兩人緊緊擁抱在一起的畫面那麼美那麼暖，看著看著他們自己也會忍不住笑起來。

季冕拍拍肖嘉樹的後腰，肖嘉樹這才拿起放在一旁的獎盃發表感言。他感謝了家人、朋友和工作人員，最後看向季冕說道：「最後我還要感謝季哥，是他帶領我走出迷途，沒有他，就沒有現在的肖嘉樹。」話落再次展開雙臂去擁抱季冕，在所有人看不見的角度，低不可聞地道：「季哥，你是我的現在和未來，也是我的全部，我愛你。」

季冕眼眶濕潤了，努力克制洶湧澎湃的感情，附在他耳邊傾訴：「我也愛你。」

臺下掌聲雷動，沒有人聽見他們說了些什麼，卻能感受到他們的喜悅和感動。

（全文完）

# 番外篇

## 之一：向全世界宣布我愛你

五年後，坎城國際電影節的頒獎典禮上，肖嘉樹憑藉《機器之心》裡的九嶺一角獲得了金棕櫚獎。九嶺這個人物的靈感來自於他早年出演的一部電影《蟲族大戰Ⅲ重返地球》，而該電影的編劇和《機器之心》的編劇同屬一人，有好萊塢金牌編劇之稱的萊納。

看過肖嘉樹扮演的CT001後，萊納就曾說過一定會量身為他打造一個劇本，於是修修改改三年後，劇本終於成形，並由季冕擔任導演和製片人。

這部電影講述的是智慧型機器人和人類的大戰爆發後，人類最終取得勝利，並把全世界所有的智慧型機器人銷毀，只剩下九嶺一個。為了生存下去，九嶺不得不偽裝成人類混跡在城市中。他經歷了很多事，有些非常荒誕，有些非常可笑，有些非常可悲……他的結局令人遺憾，但所要表達的情感卻深入心靈。

電影上映後票房並未大爆炸，只能說是不賺不賠，表現平平，卻在幾個月後為肖嘉樹贏來一座重量級的國際獎項。他拿起沉甸甸的獎盃發表感言，還是一如既往的感謝家人、朋友和工作人員。

對於他拿到影帝獎的事，粉絲們已經習以為常。他雖然才出道五年，卻包攬了國內最有分量的幾個獎盃，厚厚的履歷與季冕不相上下。他很少接廣告和代言，只一心一意拍戲，偶爾也會當投資人，籌拍幾部電影。由他參演或投資的電影均是精品，品質和口碑很有保障。

他能有現在的成就，全是憑實力得來的。粉絲們感到很欣慰，調侃道：「咱們的小樹苗已經長成參天大樹了，從今以後咱們也可以喚他一聲國際影帝了，哈哈哈……」

這位粉絲剛發出老母親般的笑聲就被嗆住了，只因肖嘉樹慢悠悠地感謝完所有應該感謝的人，竟把獎盃舉到唇邊吻了吻，深情道：「我能取得今天的成就還得感謝一個人，那就是我的戀人。他陪伴我經歷了無數風雨，也見證了很多風景。這座獎盃屬於我也屬於他，在此我必須向他道一句：我愛你，謝謝。」

他灼熱的目光緊緊盯著臺下，攝影師順著他的目光拍過去，鏡頭正好對準季冕。

「臥槽！我懂英語，我敢肯定肖嘉樹說到自己戀人的時候用的是他而不是她，所以他的戀人是個男人？」一名粉絲感覺自己有可能幻聽了。雖然她是ＣＰ粉，也曾無數次幻想過肖嘉樹和季神在一起的場景，卻打死也沒想到這一天會真的實現。只因這兩個人太坦蕩了，從不會為網路上的流言而刻意疏遠彼此，甚至還與對方的家人保持著非常友好的關係。季冕經常陪肖啟傑打高爾夫球，肖嘉樹也會每隔一個月就飛去美國探望季媽媽。

如此一來，大家反而迷惑了，最終把他們的關係定位成親如兄弟的好友。如果他們真的是同性戀，雙方家長早就原地爆炸了，哪裡會像現在這樣其樂融融？

「是季神吧？肖嘉樹說的一定是季神吧？快看季神的表情！」美夢成真的時候，廣大粉絲竟然有點不太敢相信。

五年時光裡，肖嘉樹和季冕的粉絲早就打成一片，ＣＰ粉更是占據了絕對主力的位置。

眼看季神年紀漸大還不結婚，他們非但不催促，還頻頻叮囑他一定要等肖嘉樹，兩人一塊舉辦婚禮最好，最喜慶。私心裡，他們是希望這兩個人在一起的，卻從來不會明說。畢竟現實歸現實，臆想歸臆想，這個道理他們始終都明白。

現在他們感覺自己好像在做夢，一個兩個捂著嘴巴瞪著眼睛，彷彿見鬼了一般。

「季神好像很驚訝，該不會不是他吧？我不敢看，我的心跳和呼吸都快停止了！」一位粉絲絕望地說道。

季冕的表情的確很驚訝，他顯然沒料到戀人會來這麼一齣。在上臺領獎之前，小樹的心情一直很平靜，沒有流露出出櫃的想法，怎麼突然就表白了？他知道這樣做會造成什麼影響嗎？多少人會排斥他們，非議他們？小樹剛拿到第一個有分量的國際獎項，這一出櫃，日後的戲路只會越走越窄。他還沒爬到巔峰就會開始下沉，難道他不明白嗎？

季冕的顧慮，肖嘉樹如何不知道？但他不在乎。他轉身看向大銀幕，指著季冕映照其上的錯愕的臉，輕笑道：「攝影師找得很準，沒錯，那位就是我的戀人季冕。」

臺下一片如雷的掌聲。外國人的思想總是比國人開放，並未覺得當眾出櫃有什麼大不了的。再說這兩個人絲毫不為自己的前途考慮，旁人也沒義務為他們操心。

季冕緩緩收起錯愕的表情，愉悅地笑了起來。他站起身朝臺上走去，隔了老遠就伸出手臂，表達自己迫不及待想要擁抱戀人的衝動。

肖嘉樹把獎盃交給主持人，大步走到他跟前將他緊緊抱住。

肖嘉樹早就給自己設定了時間表。他只給自己五年，五年之後無論能不能獲得預期的成就，都會退居幕後，這樣才能抽出更多時間陪伴季哥。天知道當他獨自趕赴外地拍戲時，對季哥是如何思念，又是如何熬過那一個個無眠之夜，他從來不認為事業比家庭更重要。

沒錯，我就是這樣一個沒有上進心的傢伙！

這樣想著，肖嘉樹低聲笑起來。

季冕揉了揉他後腦杓，然後在萬眾矚目之下親吻他的臉頰，眼裡全是毫不遮掩的濃情，他愛慘了這個沒有上進心的傢伙……

「啊啊啊，竟然真的是季神！」

「看見他們兩個抱在一起的畫面，我死而無憾了！」

「快掐掐我，告訴我這不是我在做夢！尼瑪，我昨天才夢見肖嘉樹和季神宣布出櫃，今天就成真了！好感動，想哭！」

「終於等到你們，還好我沒放棄！粉了那麼多對CP，這一對才是我的天命！」

「大家快看主持人，有沒有覺得很搞笑？我忽然想起了五年前的金像獎頒獎典禮，他們那個時候該不會就在一起了吧？」

順著這位粉絲的指引，大家看向站在角落的主持人，只見他舉起手裡無人問津的獎盃，無奈地聳了聳肩。哈囉，你們抱夠了沒？抱夠了就把獎盃拿下去吧，這好歹也是金棕櫚獎，含金量很高的好不好？

季冕似乎感覺到了主持人的無奈，再一次親吻戀人的臉頰後才把獎盃接過去。

肖嘉樹把手覆在他的手背上，共同舉起獎盃晃了晃，笑容燦爛。

他早就說過會向全世界宣布季哥是自己最愛的人，現在他做到了！

季冕微微一愣，眼眶驀然濕潤。

兩人在坎城國際電影節上出櫃的消息掀起了軒然大波，在採訪不到本人的情況下，國內的新聞媒體開始對他們的親屬和好友圍追堵截。薛淼每每被問及此事就甩出四個字「無可奉告」，就連施廷衡等人也被記者追問得煩不勝煩。

還有膽大的記者跑去採訪肖定邦，卻被對方龐大的保鏢陣容隔絕在外，只好去高爾夫球場圍堵肖啟傑。這些年，肖啟傑過得非常悠閒，最大的愛好就是打球，剩餘的時間養養花種種草，偶爾去電影院看一場兒子或前妻新拍的電影。心態平復了，身體也健康了，現在的氣色看起來很不錯。

眼看保鏢差點和記者打起來，他放下車窗冷聲道：「在回答你們的問題之前，我先問你們幾個問題，你們的答案讓我滿意了，我一定知無不言言無不盡。」

「您請說。」記者連忙湧上去。

「第一，我兒子從小到大吃你們家白飯了？第二，我兒子出櫃傷害到你們之中的誰了？第三，我兒子沒後絕你們種了？」肖啟傑拋出三句話。

記者被問得啞口無言，他這才輕蔑地笑起來，「我兒子既沒吃你們家白飯，也沒傷害到任何一個人，你們操什麼心？我們做父母的都沒說話，你們有什麼資格去評價他們？上車，走人！」最後一句話是對保鏢說的。

幾名保鏢立刻關上車門揚長而去。事後，記者把這段採訪視頻放到微博上，本意是想讓大家看看肖家人到底是何等囂張，卻沒料竟引來一片讚聲。

肖定邦當晚就轉了該微博，配文道：「老爺子威武。」

肖老爺子已經過世，如今的肖啟傑是肖家新晉的老爺子，也是他力排眾議，讓季冕以家人的身份前來弔唁。可以說肖嘉樹和季冕的戀情在他的支持下，已經是肖家公開的祕密。

薛淼當即轉了微博，配文道：「老東西終於幹了一件人事。」

修長郁雖然有些不情願，卻依然給這條微博點了讚，算是變相支持肖啟傑的做法。

該記者看傻眼了，他打死也沒料到肖家人竟然是這種態度。

喂，你們兒子搞基了絕後了，你們怎麼一點表示也沒有？好歹跳出來罵幾聲啊！

網友卻覺得這一家子簡直太明事理。肖啟傑說的沒錯，肖嘉樹既沒吃你家白飯，也沒傷害到任何一個人，人家小倆口歡歡喜喜地過自己的日子，礙著誰了？雙方長輩沒異議，粉絲也沒跳出來罵，你們算老幾？

CP粉在這場沒有硝煙的戰爭中發揮了極其重大的作用。他們引導輿論，壓制熱點，轉移視線，穩穩當當把這樁驚天動地的大新聞給壓了下去，根本用不上冠世和冠冕買的水軍。

當然，這也與肖嘉樹和季冕沸沸揚揚傳了五年的緋聞有很大關係。他倆的「疑似戀情」

時不時就要上一回頭條或熱搜，觀眾不說審美疲勞，卻也習以為常，忽然有一天他倆真的在一起了，竟有種塵埃落定的踏實感。

好嘛好嘛，他倆在一起了，所以呢？他們本來就是一對啊，有什麼好奇怪的？

於是詭異的情況出現了，大眾非但沒對兩人的結合表達出反感的情緒，反而有些喜聞樂見。國民CP果然是國民CP，不是說著玩的。

當新聞的熱度快消退時，某個主持人竟在微博裡宣布，季冕和肖嘉樹將連袂出席她的訪談節目，敬請大家期待。接受度高並不代表大眾對兩人的關係沒有好奇心，於是這檔節目受到了前所未有的關注。

化妝間裡，肖嘉樹正仔仔細細為季冕調整領帶。這些年，他從接受照顧的那一方慢慢學會了如何去照顧季哥，感覺還挺樂在其中。天冷給季哥加衣，天熱給季哥減衣，每隔一段時間就做一頓大餐給季哥補補身體，小日子別提多滋潤。

季冕什麼話都不說，只默默看著他，目光溫柔繾綣。

「你瞅啥？」肖嘉樹臉紅紅地瞪他一眼。

「瞅你怎麼了？」季冕短促地笑了笑。

「再瞅，再瞅我就把你吃掉！」肖嘉樹抱住季哥的腦袋就是一通亂啃，笑容燦爛。

季冕摟住他纖細的腰，深深回吻，舌尖探入他口中吮吸津甜的汁液。

推門進來的方坤視若無睹地道：「行了行了，時間到了。來，先喝幾口冰水。」

五年的時間足夠他鍛煉出強大的心臟和熟練的應對。話說回來，他原本以為這次出櫃鐵定會掀起輿論大戰，不料大家的反應竟然很平常，倒是那些CP粉哭哭啼啼了半個多月。哦，別誤會，她們不是傷心，而是太高興了。

「好了，可以上場了。」季冕喝掉半瓶冰水，卻見戀人臉頰鼓鼓的，含著一口水就是不嚥，頓時笑了起來，「別靠近我，我知道你要幹什麼。」

肖嘉樹晃晃腦袋，用眼神詢問他自己想幹什麼。

「你想嘴對嘴把水餵給我對不對？」季冕無奈極了，卻還是湊過去，把小樹嘴裡的水吻掉。愛上一個總是在調皮搗蛋的傢伙就是這種體驗，每天都很無奈，又每天都很愉快。

肖嘉樹咂摸咂摸紅潤的嘴唇，得意洋洋地笑了。

方坤垂頭扶額，暗暗忖道：沒事，被虐五年我早就習慣了，至少這碗狗糧是CP粉口中的黃金至尊狗糧，不是誰都能吃到的。

尼瑪，吃個屁啊！開播時間快到了你們還在膩歪，信不信老子拿電鋸把你們劈開？想到這裡他趕緊走過去，費了老大的勁兒才把肖嘉樹這個小祖宗從季冕身上撕下來，但很快季冕又主動黏上去，趁攝影機還沒拍到後臺的時候親了親肖嘉樹的臉頰。

主持人看見了這一幕，當即便道：「看來我們的嘉賓等不及了，現在有請他們上臺。」

在觀眾的歡呼聲中，兩人走到臺前坐下。

主持人開門見山問道：「所以你們是戀人關係，對嗎？」

「不對。」肖嘉樹搖搖頭。

現場觀眾大多是兩人的粉絲，聽見這話瞬間安靜下來，面面相覷間流露出極度失望又極度惶恐的神色。

臥槽！別告訴他們肖嘉樹後悔出櫃了，現在想藉訪談節目澄清，他們堅決不認帳！

肖嘉樹舉起右手笑道：「我們是伴侶，領了結婚證的。」

季冕舉起左手與他十指交握，兩人戴在無名指上的同款婚戒被導播拍下特寫，傳到背後的大螢幕上。

「啊啊啊……」臺下的觀眾不知道該如何反應了，一個個捂著嘴尖叫，惶恐和失望均被興奮取代。他們就說嘛，肖嘉樹這傢伙愛慘季神了，怎麼可能反悔？

主持人錯愕不已地盯著兩個戒指，嘆息道：「竟然真的是婚戒啊？之前有網友扒出來過，但是我沒敢相信。」

「因為很少有兩個男人敢光明正大把婚戒戴在手上對嗎？」肖嘉樹得意地笑了起來，「看見你們猜來猜去的，其實我們挺樂呵的。」

季冕笑了一下，目光很是溫柔。

觀眾被兩個人的互動弄得心都酥了，無奈揮手道：「你們開心就好！」

主持人早就知道兩人感情甚篤，但近距離接觸後卻更為驚訝地發現，他們比她想像得更愛彼此，他們每一個眼神都纏繞著愛意，每一句話語都充滿著溫暖，並把那種濃濃的幸福感傳遞給周圍的人。

她不由好奇地問道：「你們是什麼時候相愛的？」

肖嘉樹愣了愣，然後臉紅了，含糊道：「我也不清楚，不知不覺就愛上了。」

他才不會告訴這些人他是在做了一個春夢之後才發現自己愛上季哥的！

季冕握住戀人的手，想笑又忍住，略微回憶片刻後說道：「相愛的具體時間真的記不住，因為那是很自然的事，但我第一次注意到小樹的存在，是在拍攝《使徒》的過程中。」

「哦？是什麼讓你注意到他呢？」主持人睜大眼睛詢問，臺下的觀眾則豎起耳朵，他們就愛聽這種不為人知的幕後故事。

肖嘉樹轉頭看向季哥，表情非常好奇。

季冕笑睨他一眼，繼續道：「他當時還是個什麼都不懂的小新人，拍戲的時候全憑本色出演，沒什麼演技，但他自己並不那樣認為，經常對周圍的人說自己的演技很棒。」

肖嘉樹捂住臉，耳朵慢慢爬上紅暈。

天啊，差點就忘了自己還有這樣一段黑歷史！

「後來呢？」主持人追問道。

「後來我實在看不下去了，心想我是不是應該好好教教他什麼叫做真正的演技，讓他正視一下自己，於是在接下來的拍攝中，我全心全意投入進去，他果然被我嚇住，好半天都回不過神。老實說，我這樣做是非常不妥的，用行話來形容就是壓戲。對於一個剛出道的演員而言，心態是很重要的，心態一旦被打壓下去，就會對接下來的戲產生不自信甚至畏懼心理。我是一個老演員，用盡全力去壓一個新人的戲，他的心態有可能會崩，我立刻就後悔了，心想NG之後一定要找個時間好好與小樹談一談，用正確的方式去引導他。」

「後來你們談話了？你發現他很有潛力，越來越關注？」主持人理所當然地認為。

「不，沒有談話。」季冕擺擺手，「小樹的心態沒有崩，他只是愣了幾秒就被我帶入戲，像真正的凌峰那樣因為毒癮發作而顫抖抽搐。當時我把他抱在懷裡，我能感覺到他的身體在小幅度抖動，然後我的肩膀濕了，那是他在默默流淚。在那一瞬間，我什麼都不能思考，順著他的反應做出了凌濤該有的動作。這是一場重頭戲，難度很大，但我們一次NG都沒吃，很順利就拍完了。後來我去看重播，發現小樹比我想像中表現得更好，他的表情、他的肢體動作和他的眼神，完完全全是凌峰該有的模樣。在那一刻，我的心臟狠狠一跳，對自己說，這是一個很不得了的小新人，他的未來不可限量。」

說到這裡，季冕露出驕傲的神色。

肖嘉樹用手掌蓋住通紅的臉頰，隔著指縫偷瞄季哥，眼睛濕漉漉的。

說起往事，季哥的語氣那麼溫柔，那麼驕傲，彷彿他取得的成功也是他的成功一般。

肖嘉樹一點也不覺得季哥壓戲的做法很過分，如果沒有季哥的引導，他絕不可能站在現在的這個舞臺上。

觀眾熱烈地鼓掌，主持人坐不住了，興奮道：「所以你們算是不打不相識？」

「算吧，那個時候我對小樹其實有很多誤解。我以為他很幼稚，後來才發現他只是太純粹；我以為他很驕傲，後來才發現他只是太耿直。為了鍛煉演技，他在外面流浪好幾天，很多人把他的這段經歷剪接下來做成表情包，誇他可愛，但在可愛背後，我看見的卻是他的努力。努力的人都很可愛，所以漸漸的他在我心裡變成了最可愛的那一個。」

肖嘉樹徹底受不住了，呻吟著靠倒在椅背上。

季冕摸摸他的頭，笑容溫柔。

主持人捂著胸口感嘆：「天啊，我應該帶幾瓶藍藥上來訪問的，我感覺自己血槽快空了，被你們虐空的。單身狗真的不適合採訪你們，會受到一萬點傷害。」

臺下的觀眾哄然大笑，有的甚至笑出了眼淚。

這一對真好真幸福，說起往事甜死人！

「既然說起來了，我就再透露幾個小祕密給你們。」季冕似乎來了興致，繼續道：「拍攝《荒野冒險家》時，前四集我都有裸上半身的鏡頭，後面幾集我總會把衣服穿好，你們知道這是為什麼嗎？」

「為什麼？」主持人微微前傾，感覺這個話題會更勁爆。

肖嘉樹下意識地摸了摸後腰，然後垂頭扶額。

季哥今天怎麼了，話這麼多？

站在後臺的方坤冷冷一笑，忖道：憋了這麼久，終於可以放肆地撒狗糧，季冕豈能放過這個機會？悶騷的人就是這麼可怕！

臺下的觀眾交頭接耳，竊竊私語，最後有一位鐵桿粉絲回憶起真相，大聲喊道：「紋身！《一路狂奔》裡的紋身！」

眾人這才恍然大悟。

沒錯，當時季冕身上畫了很多紋身，靠近胸口的那一處用花體字寫了XJS三個英文字母，隱沒在層層疊疊的線條裡，並不顯眼，但終究還是被眼尖的網友發現。該網友發了一個帖子，說XJS三個字母一定是「肖嘉樹」的縮寫，季冕這是在變相對肖嘉樹表白，可惜類似的傳言太多，很快就被刷下去了。

如今再看，這位網友簡直是名偵探柯南，那麼早就發現了季冕和肖嘉樹的姦情，真相果然只掌握在少數人手裡。

季冕指著自己的左胸，目光始終凝望著戀人，一字一句徐徐開口：「沒錯，XJS，就是肖嘉樹。我早已經把最愛之人的名字刻在心上，宣之於眾。」

臺下的粉絲捂著臉倒伏一片，尖叫聲夾雜著羨慕的哄笑聲。

肖嘉樹拿起麥克風說道：「我也刻下了一個烙印，但我不會告訴你們在哪裡。」

兩人對視一眼，齊齊輕笑，表情那般繾綣。

這期節目播出後造成了極大的轟動，過了很多很多年後，還有人把視頻拿出來回味，笑容甜蜜。他們當初有多恩愛，現在就有多幸福，五年、十年、二十年，直到老去……

所有人都變了模樣，唯有他們始終如一。

## 之二：你是我的鑰匙

在一間昏暗逼仄的茅草屋裡，體格健碩的男子將瘦弱的少年壓在牆壁上，用極低沉極沙啞的聲音說著話：「為什麼要分手？說呀！我們之前明明那麼好……」

男人的話頭停住了，鼻子不斷噴著熱氣，像是在哽咽，又像是難以為繼，只能用一雙通紅的眼睛盯著被困在雙臂之間的人，目光凶狠，彷彿要把對方生吞活剝。

少年同樣眼眶通紅，嘴唇微微顫抖了幾下，正準備說話，一個極度不爽的聲音就打破了兩人之間的張力：「卡卡！你倆搞什麼鬼？我說過多少次了，我要的是既愛又恨的濃烈感情，不是你死我活的對峙！杜林，你盯著劉海軒的目光裡只有怨恨，沒有深愛，不知道的還以為你是來找他尋仇的，下一秒就能把人砍死！劉海軒，你笑什麼笑啊？你的掙扎呢？你的不捨呢？你的近情情怯、撕心裂肺呢？你他媽只知道硬邦邦地杵在牆角，什麼反應都沒有，我給你找一根繩子，直接給你掛到房樑上，讓你徹徹底底成為一條鹹魚好不好？好不好？」

男子一邊怒吼一邊用捲成筒狀的劇本敲打兩位演員的腦袋，語氣聽起來怒不可遏，旁邊的幾個副導演正在打圓場，表情相當無奈。

男子的頭髮亂糟糟的，並未細心打理，有那麼幾根還翹起來，正迎風招搖。他身上穿著的花襯衫和大褲衩也都皺巴巴的，像是在圓肚罈子裡漚了幾個月又挖出來的鹹菜，有一股難以言喻的味道，腳下踩著的人字拖已經快磨穿腳底板卻還捨不得扔，整體形象透著股落魄。

若非大家口口聲聲叫他總導演，不知情的人還以為這是哪裡來的流浪漢。

但是，當流浪漢轉過身，顯露出來的並非粗糙蠟黃的臉，而是俊美到極致的容顏。只這一張臉就足以抵消一切落魄和不修邊幅。他正是時年三十七歲，已經轉戰幕後的肖嘉樹。如今的職業不是演員，而是一名導演。

他在片場似乎威望頗高，聽見他怒吼的聲音，幾名場務聚在一起竊竊私語道：「大魔王又發飆了，這是今天的第幾次？快看，劉海軒的腦袋都快被他敲掉了。杜林那麼壯碩的一個硬漢，在他面前卻連大氣都不敢喘，嘖嘖嘖，真可憐！」

杜林和劉海軒正是這部戲的兩位男主角，也是被肖嘉樹蹂躪得生不如死的受害者。他們一個頻頻點頭，似乎很是謙遜，一個卻瞪著眼睛，非常不服氣。

「肖導，您別總是罵人，您曾經也是拿過好幾個獎盃的影帝，不如您教教我們這場戲該怎麼演？」劉海軒似笑非笑地開口。

「我早就說過，這場戲是整部電影的重頭戲，讓你們私底下好好做功課，你們聽了嗎？身為長工和地主家的少爺，又是兩個男人，他們的愛情是不容於世的，是壓抑也是絕望的。你們有把這種絕望中爆發的感覺表演出來嗎？在我眼裡，你們就像兩個彆扭的小屁孩，打打鬧鬧就過去了，根本理解不了什麼叫做瘋狂的愛。那種愛無須言語，無須動作，只需要眼神的互相碰觸就能在瞬間噴發。所有的絕望、壓抑、熱切、瘋狂，都像炸彈一樣爆開，繼而促使他們掙脫束縛，在雨夜的草棚裡合而為一。沒有這種強烈到極致的感情鋪墊，你們怎麼演下面的那場床戲？直接脫了褲子就上嗎？那樣的話，老子還拍什麼文藝片？老子直接去拍A片就好了！」

肖嘉樹口沫橫飛地破口大罵，手裡的劇本一下一下敲擊兩個主角的頭，恨不得親自上去幫他們開竅。

劇組的人紛紛埋下頭，大氣不敢喘。

肖導在圈子裡是出了名的大魔王，達不到要求的演員他是說換就換，毫不手軟。沒有辦法，他執導的每一部戲都由他爹、他媽、他哥乃至於他老公投資，堪稱真正的大權在握。

兩位男主角都是時下當紅的電影明星，滿懷傲氣，聽見他越罵越離譜，忍不住懟了一句：「肖導，要不然您親自給我們示範一下什麼叫做絕望瘋狂的愛？您說得太抽象了，我們實在理解不了啊！」

肖嘉樹是個標準的工作狂，當即就扔下劇本，甩手道：「我親自示範給你們看，你們要是再演不好，就給我滾蛋！你過來，站到牆根那裡去。」他說著說著就去拉扯扮演小少爺的演員劉海軒。

「你準備和他演什麼？吻戲？」一個低沉的嗓音在場外響起。

咋咋呼呼的肖嘉樹像是被一雙無形的手扼住了咽喉，眼睛猛然圓睜，然後一格一格地轉動腦袋，朝聲音傳來的方向看去。只見一名身材高大的男子踱著優雅的步伐不緊不慢地走過來，一張刀削斧鑿的臉龐明明帶著笑，狹長的眼睛卻微微瞇起，無端泛著冷意。

「媽呀，是季冕！」不知誰驚恐地嘀咕了一聲，然後能跑的工作人員就都跑了，偌大一個片場頓時變得無比空曠。

從震驚中回過神來的肖嘉樹忍不住縮了縮脖子，似乎意識到了什麼，臉頰漲得通紅，手忙腳亂地抹了抹亂七八糟的頭髮，又扯了扯皺巴巴的衣服和褲衩，穿著人字拖的雙足不安地蜷著，哪還有之前的趾高氣昂？

「季、季哥，你什麼時候回來的？不是說還要在歐洲待一個月嗎？」他滿臉的煩躁已被驚喜取代，三十好幾的大男人，嗓音竟然有些奶，有些柔，像是在撒嬌。

親眼見證了他的變臉過程，兩位男主角不禁目瞪口呆。

我操，說好的大魔王呢？一秒鐘變小奶狗還能不能行了？

然而，更令他們崩潰的事情還在後面，大魔王肖導不僅秒變小奶狗，還扔掉劇本，撲過去給了季冕一個熊抱。為了趕檔期，他已經三四天沒洗澡了，更沒換衣服，如今天氣又熱，那股味兒可想而知。

兩位主角對邋遢的肖導十分嫌棄，卻不敢表現出來，此時不禁同情被他抱住的季冕。這位可是如今在娛樂圈裡呼風喚雨的人物，真正的大魔王，他要是能受得了不修邊幅的肖導才怪。世人都說季冕深愛肖嘉樹，兩人情比金堅，是娛樂圈的模範夫夫，但見識過這個圈子裡的種種亂象，又從未與肖導合作過，杜林和劉海軒壓根兒不信那些傳言。

要不是肖導家世顯赫，有錢有勢，季冕怎麼可能與一個男人結婚？

唉，真是苦了季冕，這也太忍辱負重了！

兩位男主角腦補得正歡，眼珠卻差點被兩人的互動驚得掉下來。

只見上一秒還冷著臉的季冕下一秒就把肖嘉樹緊緊抱在懷裡，五指插入他髮間，揉了揉他亂糟糟油膩膩的頭髮，甚至湊近了聞一聞，目中全無嫌棄，反倒透出無奈和寵溺，「多久沒洗澡了？是不是又通宵工作，沒有好好休息？我要是不回來監督你，你又該病倒了！」說著說著還拍了拍肖嘉樹的屁股，無論是動作還是表情都透著珍惜和愛憐的感覺。

肖嘉樹嘴裡嘟囔著沒有，雙手卻緊緊拽住季哥的衣角。

無論他在片場多麼威嚴，抑或在自己的領域裡取得多麼耀眼的成就，在季哥面前他依然是那個剛入行的，對季哥無比依賴的小菜鳥。

季冕攬住戀人的肩膀，看向兩位男主角，溫柔寵溺的表情瞬間被公式化的疏冷取代，「你們需要指導？行，我和小樹表演一段給你們看。劇本我早就拜讀過了，直接上吧。」

兩位男主角被他強大的氣場壓得頭都不敢抬，肖嘉樹卻興高采烈地道：「好好好，季哥你幫我調教調教他們，要不然我再說幾百遍他們也聽不懂。」

季冕短促地笑了一聲，然後把戀人拉入拍攝場地，狠狠摜在牆上，當戀人快撞傷時又巧妙地卸了力道，令他的的後背看似猛烈，實則只是不輕不重地貼住牆磚。

他比肖嘉樹整整高出一個頭，於是只能俯下身，湊得極近地去盯視對方，狹長雙目漆黑如墨又亮如寒星，種種強烈的情緒在瞳仁中交織，宛如黑洞一般。

肖嘉樹抬起頭，視線與他輕輕一觸就被他眼中的狂情吞噬了進去，嘴巴張了張，卻一個字都吐不出來。

「為什麼要分手？說呀！我們之前明明那麼好……」季冕一字一句地逼問，嗓音又啞又沉，極度壓抑。

「我們都是男人。」肖嘉樹快把嘴唇咬破了才艱難地擠出這句話。

「跟我告白的時候你不說，跟我接吻的時候你不說，偏偏在我離不得你的時候，你卻嫌棄我是一個男人。風亭，你是想我死嗎？」季冕的眼珠子已經紅了，表情似猙獰似瘋狂，在肖嘉樹企圖解釋的時候忽然扼住對方的脖子，猝然吻了下去。

不，這與其說是親吻，不如說是啃咬。

季冕一隻手掐著戀人的脖子，彷彿這樣就能阻止他說出更多傷人的話，一隻手探入戀人的衣擺，狠狠揉捏他白皙柔韌的身體。他的頸部和手背爆出一條條青筋，由此可見他有多用力，又有多克制。

然而，再多的克制都沒有辦法抹消他內心的絕望，他想殺死眼前這個人，卻又想不顧一切地愛他。他把對方的嘴唇咬出了血，卻又盡數吞嚥。強硬地將一條長腿擠入對方胯間，打開戀人的私處，又扯掉了他的褲子，手掌在他後腰和臀部揉捏，力道極大，恨不得把這個人融入自己的身體。

絕望的氛圍在兩人間瀰漫，與此同時又燃起一股火焰，是怒火，也是焚燒一切的慾火。

原本還不以為然的兩位男主角這會兒已經看呆了。他們從來不知道，世界上有一種演技竟能傳神到如此地步。也直到此時他們才明白肖導口中絕望的愛到底是什麼，愛到要與戀人同歸於盡，這還不夠絕望嗎？

連續一個多月沒見到戀人，季冕吻著吻著就忘了情。

看見肖導的衣服被撩上去，褲頭被扒下來，露出一截白生生，紋著JM兩個英文字母的後腰，片場的工作人員終於意識到情況不對。

「咳咳咳，走了走了，大家都出去，讓肖導和季總好好聊聊！」副導演連忙清場，其餘的工作人員趕緊跑出草棚。

兩名男主角一邊跑一邊竊竊私語：「真沒想到他們竟然比傳說中還要恩愛。肖導後腰的紋身你看見了吧？JM，季冕！」

「看見了，嘖嘖嘖，這兩個人怕是愛慘彼此了。」

肖嘉樹確實愛慘了季冕，為了陪伴對方，連最重要的工作都能丟到一邊，聽見副導演清場的話，還抽空喊了一句：「今天提前收工，大家都走吧，改天我請客吃飯！」

「謝謝肖導！」眾人嘻嘻哈哈地跑遠了，肖嘉樹側耳聆聽片刻，這才全身心地投入到與戀人的纏綿中，並在心裡胡思亂想道：下回不管季哥在哪裡，哪怕遠在天邊，我也得每時每刻穿高檔西裝，抹香噴噴的髮油，把自己打扮得光鮮亮麗，不然季哥看見了多倒胃口？不行不行，今天一定要賣力表現，把這副邋遢的樣子抹消了！

這樣想著，他越發熱情地回應季冕，右手握住對方粗硬灼熱的巨物，時快時慢地捋動。

季冕喘了一口粗氣，又笑了幾聲，雙手捧住戀人的腦袋，給了他一個令人窒息的吻。

肖嘉樹被吻得渾身發軟，只能無力地靠在牆壁上，漫無邊際地忖道：想去床上，這裡的牆磚咯得背疼了！

季冕立刻將他抱起來，放置在道具組早已準備好的木床上。

這樣舒服多了！想要６９式，不過今天沒洗澡，還是算了！肖嘉樹迷迷糊糊地想道。

季冕立刻壓住戀人，又轉過身，把自己蓄勢勃發的那物塞進他嘴裡，繼而含住戀人精緻的小東西，反覆吞吐。

肖嘉樹興奮得頭皮發麻，差點就射了出來。

太久沒與季哥親熱，他有些受不住。

「想射就射，不要憋著，反正等會兒我還能讓你重新硬起來。」季冕低笑。

肖嘉樹強行壓下快感，艱難地問道：「季哥，你是不是有讀心術啊？我心裡想什麼你都能知道，特別是在床上。」

季冕的眼眸暗如墨色，緩緩問道：「我如果真的有讀心術，你會害怕嗎？」

肖嘉樹忍不住笑了，把季冕的陰莖吐出來，又握在掌心，戲謔道：「我怕什麼？季哥，你的這個玩意兒就是鑰匙，不但能打開我的身體，也能打開我的心。你相信嗎？我對你沒有任何隱瞞，更沒有任何祕密，因為你早已經住在我這裡了。」

他指了指自己的心臟，眼中是全然的信賴與深愛。

要命的地方被戀人握住，季冕如何能不激動？更令他難以自持的還是對方宣誓一般的話語。戀人可能永遠不會知道這句話對他而言意味著什麼，但是在這一刻，季冕真切地感覺到綁縛在自己內心深處的最後一道枷鎖正在打開，繼而徹底消失。

是的，無論他有沒有讀心術，在小樹面前都是一樣的，與普通人無異。小樹對他的愛從無隱瞞，更無陰霾。他們會永遠在一起，直至死亡將他們分離。

季冕不可遏抑地笑了起來，然後轉過身，迫不及待地吻住戀人，用自己的「鑰匙」將他裡裡外外開發了好幾遍，又吞噬殆盡。

翌日，全劇組的人都在等待肖導。這個眾所周知的工作狂竟然遲到了，而且還遲到了半個小時以上，昨晚幹嘛去了？

幾名工作人員互相對視，笑容都有些曖昧。

兩位男主角倒是半點都不急，這會兒正一邊喝咖啡一邊對戲。觀摩過了季總和肖導的表演，他們已經對這場重頭戲有了全新的理解。

偏在此時，片場的大門被推開了，然後劉海軒把含在口中的咖啡噴了出來。

臥槽！這位穿著高級西裝，抹著油亮髮油，擦著馥郁香水，走路都帶著一股妖風的絕世美男是誰啊？還是昨天那個不修邊幅、邋裡邋遢的肖導嗎？

「都說女為悅己者容，原來男人也一樣！」杜林搖頭感嘆。

「難怪肖導以前是華國最紅的流量明星，就憑他這個顏值，我都想去跪舔了！」劉海軒一邊擦拭衣服上的咖啡漬，一邊吞嚥口水。

「別做夢了，全國人民都知道肖導是季總的。」副導演涼涼地提醒一句。

眾人定睛一看，果然看見肖導身後還跟著同樣穿著西裝的季冕。他這會兒正輕輕按揉著戀人的腰，表情一派饜足，像是再沒有任何人任何事能夠取代此刻的幸福。

# 後記

很多人都說，一個作者的個性、人品、三觀，乃至於人生經歷，即便再如何費心隱藏，也會在他的作品裡或多或少展現出來。對於這句話，我是十分認同的，因為《愛你怎麼說》這部作品就是我在某一個人生階段，經歷了某些不太愉快的事情後，有感而發的創作。

看到這裡，讀者一定會很好奇，到底是什麼樣的經歷促使我寫了這樣一個故事。有人說它很沙雕，也有人說它和我以前的作品風格完全不一樣，不太像我了。

的確是這樣，卻也是有原因的。

說來慚愧，雖然這個故事很甜蜜，但真實世界的我卻經歷了一場背叛，也終於發現我一直生活在很多謊言中。醒悟過來並毅然離開之後，我常常會產生這樣的妄想——若是我具備看透人心的能力，是不是就能規避很多背叛和謊言，繼而走向幸福？是不是就不會陷入眼下這樣的困境？

隨即我又恐懼不安地意識到，不會的，每個人都有祕密，也有不欲人知的黑暗面，當我們看透了這一切，迎來的不是幸福，而是幻滅。人心是世界上最善變的，也是最複雜的，我們永遠不要對它抱有期待。

當時的我一度陷入這種陰暗的情緒中不能自拔，不敢相信任何人，也不願向外界求助。我覺得那是一件非常丟臉的事。我的父母、親友、兄弟姊妹對我的困境一無所知，我就這樣安靜地待在各種壞情緒的沼澤裡，等待著被吞滅。

我沒有工作的熱情，也找不到生活的樂趣，用通俗的話來說：我變成了一條鹹魚，只等著慢慢風乾。

偶有一天，夜深人靜，我難以入眠，就天馬行空地想到，世界上會不會有那麼一個人，他的心裡只有陽光，沒有黑暗；他對待別人永遠只有真誠，沒有欺騙；他喜歡就咧嘴笑，不喜歡就皺眉頭，把所有的話都寫在臉上。你不用費心去猜測他的想法，也不用時時刻刻提高防備。即便擁有看透人心的能力，你也無法對他升起一丁點討厭。

有他的生活永遠是陽光的，積極的，快樂的。即便落入深淵，陷入沼澤，困於絕境，他也能自己走出來，甚至將旁人拉出來。

想像著這樣一個人，大半夜的，我竟不知不覺微笑起來。在這一刻，我放在被子上的指尖不受控制地動彈，蠢蠢欲動地想要寫些什麼。

我立刻爬起來，打開電腦，開始描述我腦海中的這個人和發生在他周圍的故事。我的內心一片灰暗，我的指尖卻流瀉出了一縷陽光，這種感覺真的很奇妙。

首先，我想讓他擁有一個並不如何幸福的家庭，其次，我要讓他擁有一段並不如何快樂的經歷。他最好要經受一些挫折，遇見很多迷茫，在困境中掙扎，卻始終找不到出路，就像現實中的我一樣。但他同時又很堅強、開朗，積極向上。他可以被打敗，卻不會被打垮。他開始在迷霧中尋找方向，並最終走上了正確的道路，清晰地明白自己想要的是什麼，喜歡的是什麼，並勇敢地去追。

他的陽光一定會感染很多人，即便是防備心最重的社畜也會在不知不覺中喜歡上他，因為他心中有愛。

構思這段大綱時，我的臉上一直掛著微笑，我預感到這一定是個非常有趣的故事，哪怕它與我以前的寫作風格不同，抑或有些沙雕，並不能被絕大多數讀者接受。我無法捨棄它，一定要把它寫出來。

歷時三四個月，我完成了這個故事。我當然知道世界上並不存在這樣完美的人和如此熱烈的愛，沒有背叛和欺騙，沒有黑暗和陰霾，一切的一切都像一個童話，看似美好，實則虛幻。但是，這就是美好且虛幻的故事能夠帶給人的感受。我從我的主角身上汲取力量，並把這些力量回饋在行文中，然後徹底走出了負面情緒的深淵。

現實幾多愁苦，愛閱讀的人卻能用文字治癒。

願所有讀過這個故事的人，都能從中獲得快樂。

綺思館045

# 愛你怎麼說 3（完）

國家圖書館出版品預行編目資料

愛你怎麼說 / 風流書呆著. -- 初版. -- 臺北市 : 晴空, 城邦文化出版 : 家庭傳媒城邦分公司發行, 2019.10
冊；　公分. --（綺思館045）

ISBN 978-957-9063-46-3（第3冊：平裝）

857.7　　108010475



城邦讀書花園
www.cite.com.tw

作　　者　風流書呆
封面繪圖　MOON
責任編輯　施雅棠
國際版權　吳玲瑋
行　　銷　巫維真　蘇莞婷　黃俊傑
業　　務　李再星　陳紫晴　陳美燕　馮逸華
編輯總監　劉麗真
總 經 理　陳逸瑛
發 行 人　凃玉雲
出　　版　晴空
城邦文化事業股份有限公司
104台北市中山區民生東路二段141號5樓
電話：（886）2-2500-7696　傳真：（886）2-2500-1966
發　　行　英屬蓋曼群島商家庭傳媒股份有限公司城邦分公司
104台北市中山區民生東路二段141號2樓
書虫客服服務專線：(886)2-2500-7718；2500-7719
24小時傳真服務：(886)2-2500-1990；2500-1991
服務時間：週一至週五09:30-12:00；13:30-17:00
郵撥帳號：19863813　戶名：書虫股份有限公司
讀者服務信箱E-mail：service@readingclub.com.tw
晴空部落格　http://sky.ryefield.com.tw
香港發行所　城邦（香港）出版集團有限公司
香港灣仔駱克道193號東超商業中心1樓
電話：852-2508-6231　傳真：852-2578-9337
E-mail：hkcite@biznetvigator.com
馬新發行所　城邦（馬新）出版集團【Cite(M)Sdn. Bhd.(45832U)】
411, Jalan 30D/146, Desa Tasik,Sungai Besi, 57000 Kuala Lumpur, Malaysia.
電話：(603) 9057-8822　傳真：(603) 9057-6622
Email：cite@cite.com.my
美術設計　洸譜創意設計股份有限公司
印　　刷　沐春行銷創意有限公司
初版一刷　2019年10月03日
定　　價　360元
I S B N　978-957-9063-46-3

原著書名：《爱你怎么说》，由北京晉江原創網絡科技有限公司授權出版。